HEYNE

Das Buch

Der Melatenfriedhof in Köln, ein Ort der Ruhe und des Gedenkens, dient Friedhofsgärtner Konrad Leisegang seit vielen Jahren als Arbeitsplatz und Zufluchtsort gleichermaßen. Als er ein altes Grab abräumen will, stößt er jedoch auf etwas, das die Friedhofsruhe jäh durchbricht: eine zweite Leiche unter der ersten. Zeitgleich ereignet sich auf einem Flug von Bogotá nach Deutschland ein vermeintlich natürlicher Todesfall. Die Leiche wird in die Rechtsmedizin gebracht, die direkt an den Friedhof angrenzt. Kurz darauf wird der Wachmann des Instituts ermordet. Zufall? Konrad muss, unterstützt von dem aufgeweckten Schüler Martin, tief in die Geheimnisse seines grünen Paradieses eintauchen, um die beiden Fälle zu lösen. Und gerät dabei selbst in größte Gefahr …

Der Autor

Thomas Krüger, geboren 1962 in Ostwestfalen, arbeitete zunächst als Journalist für Tageszeitungen und Magazine. Heute ist er Hörbuch- und Kinderbuchverleger, Autor von Kinderbüchern (»Jo Raketen-Po«) und zahllosen Sonetten – u. a. an Donald Duck. Thomas Krüger lebt mit seiner Familie in Bergisch Gladbach bei Köln.

THOMAS KRÜGER

ES RAPPELT IN DER KISTE

Der Friedhofsgärtner ermittelt

KRIMINALROMAN

WILHELM HEYNE VERLAG
MÜNCHEN

MIX
Papier | Fördert gute Waldnutzung
FSC® C014496

Penguin Random House Verlagsgruppe FSC® N001967

Originalausgabe 11/2024

Redaktion: Michelle Stöger
Umschlaggestaltung: © zero-media.net unter Verwendung von iStockphoto (Valeriia Dorofeieva, LeeYenz, Natalia Misintseva); FinePic®, München
Satz: Uhl + Massopust, Aalen
Druck und Bindung: GGP Media GmbH, Pößneck
Printed in Germany
ISBN: 978-3-453-44198-9

www.heyne.de

Für Simone, Niklas und Verena

DEN LEICHEN EIN HEILIGER ORT

Es war Mittwoch, der 29. August. Gegen 18 Uhr herrschte in Köln Feierabendverkehr. Der Tag war noch immer warm und sonnig. Der Himmel: ein tiefes Leuchten, spätsommerlich blau, mit ein paar Kondensstreifen. Sie ließen an Stricheleien auf dem Reißbrett eines einfallslosen Stadtplaners denken. Ansonsten war hoch über Köln alles in Ordnung.

Unten eher nicht. Die breite Aachener Straße glich einem überfüllten Parkplatz. Hitze flirrte. Es stank nach Sprit, nach Teer. Die schnurrenden E-Mobile im Stau milderten das Abgaswabern über den Fahrzeugen kaum. Heute war es besonders schlimm: An einer Baustelle, wo die Fahrbahn erneuert wurde, war ein qualmender Asphaltfertiger im Einsatz, und irgendwo stadtauswärts hatte es geknallt. Blaulicht quälte sich durch zähes Blech. Ein Martinshorn nervte.

Die junge Frau verließ die Straßenbahn an der Haltestelle Melaten. Sie trug Sonnenbrille, wirkte gestresst. Sie ging zum Ende des Bahnsteigs bis an die Fußgängerampel, guckte nach rechts, wartete nicht auf Grün sondern zickzackte zwischen den stehenden Autos hindurch.

Sie war eine elegante Erscheinung, schlank, etwa Mitte

dreißig, ganz in Schwarz. Ein Wesen von sizilianischem Stolz. Mit zielstrebigen Schritten hielt sie auf den alten Haupteingang des Melaten-Friedhofs zu, dessen Begrenzung – teils schmiedeeiserner Lanzenzaun, teils mannshohe Steinmauer – über Hunderte von Metern der schnurgeraden Straße folgte. Die Frau hatte dunkles, mittellanges Haar, gescheitelt. Es umgriff die Kinnpartie wie ein strenger Pagenschnitt. Sie trug ein eng anliegendes knielanges Kleid – wie gesagt: schwarz. In der Linken hielt sie einen schwarzen Geigenkasten.

Sie musste etwas erledigen.

In Gedanken sah sie Martin in einem Grab. Sie lächelte. Ein kurzes, waffenscheinpflichtiges Lächeln. Eigentlich war ihr nicht nach Lächeln. Ihr fehlte die Zeit. Sie konnte nicht lange nach ihm suchen. Und lange fackeln durfte sie ebenfalls nicht.

Sie näherte sich dem Portal des alten Haupteingangs: Der wuchtige Durchgang erinnerte an den Umriss eines ägyptischen Tempels. Oberhalb des Sturzes, in der Giebelfläche sozusagen, war ein Spruch in vergoldeten Großbuchstaben zu lesen, jedes U ein V:

FVNERIBVS AGRIPPINENSIVM SACER LOCVS
Den Toten Kölns ein heiliger Ort

Als die Frau durch das Portal unter dem Spruch hindurchschritt, wechselte sie von einer hektischen Welt in eine ruhige. Es dauerte nicht lange und das Raunen des Verkehrs, der Motoren, wurde vom dichten Grün verschluckt.

Nun ja, hier und dort heulte ein Friedhofsfahrzeug, keuchte ein Pritschenwagen beladen mit Bagger und Motorsägen zu einer aufzulassenden Grabstelle oder einer alten Platane, von der Äste abzubrechen drohten. Lärm war auf dem Friedhof allerdings die Ausnahme. Hier waren die Bewegungen leiser, feiner. Hummeln und Bienen flogen, Amseln, Stare, Elstern, Rotkehlchen, Meisen, Tauben, Zaunkönige, Gimpel und Zilpzalpe und nachts Käuze und diverse Fledermäuse. Am Boden wuselten Eichhörnchen, Mäuse, Wildkaninchen, dann und wann Marder, sogar Füchse – und zum Herbst hin immer wieder Igel. Auf Melaten lebten sie in Frieden – auf der Aachener Straßen hinterließen sie Matschflecke. Der Friedhof war eine Welt voller Schlupfwinkel, und die Menschen – sogar die, die hier nicht lagen, sondern als Besucher umherwandelten – ließen den Tieren und Insekten des Friedhofs ihre Ruhe.

Die Luft duftete von Wild- und Wiesenkräutern. Alles roch irgendwie nach Grün. Die Bäume, Büsche, Sträucher hielten nicht nur den Verkehrslärm, sondern auch Stress und Abgase fern. Der Friedhof gönnte dem Erfinder des Verbrennungsmotors, Nikolaus August Otto, der hier seit über 130 Jahren lag, Ruhe vor den Geistern, die er gerufen hatte.

Auf dem Friedhof benahmen sich sogar die Radfahrer.

Meistens jedenfalls.

Die Frau in Schwarz folgte dem Hauptweg, schritt auf ein breites Rondell mit angegrüntem, sandsteinernem Hochkreuz in der Mitte zu, wo am Wegrand das Ehrengrab der Kölschen Funken lag: eine prächtige Anlage, gestaltet mit rotem Granit. In einem Seitenweg links des Rondells trug die bronzene Statue eines verstorbenen Karnevalisten sommers wie winters eine rote Clownsnase.

In Köln hatte der Tod Humor.

Davon wollte die Frau in Schwarz nichts wissen. Sie verließ das Rondell auf ihrem von Leichen gesäumten Weg, näherte sich einem Kriegerdenkmal. Oben, auf dem Säulenbaldachin des turmhohen Dings, hockte ein die Schwingen ausbreitender, drohender Bronzeadler.

Der guckte allerdings weniger düster als die Frau.

Während sie sich auf die Ostseite des Friedhofs zubewegte, fanden, keine hundert Meter entfernt, Abräumarbeiten statt: nah dem Grab von Edith Mendelssohn Bartholdy – gestorben 1969. Einst hatte sie im WDR die Sendung *Der Lebensabend* moderiert. Nun lag sie hier.

Gleich neben ihr, vor einem stark verwitterten Sandsteinblock mit kaum noch leserlichen Buchstaben, stießen die Finger des Friedhofsgärtners Konrad Leisegang auf Knochen. In über zwei Metern Tiefe.

»Hast recht gehabt«, sagte er. »Fantastisch.«

Weil Konrad über einige Erfahrung mit Menschenknochen verfügte, wusste er sofort, dass er einen Schädel gefunden hatte. Sein Herz hüpfte. Er war ein schlaksiger Typ, fast zwei Meter groß, und hatte trotz seiner 38 Lebensjahre noch immer das melancholische Gesicht eines Hamlet-Darstellers: ernste große Augen und verstrubbeltes Haar, das wunderbar zum grüblerisch-verträumten Charakter Konrads passte. Man hätte ihn für einen an die Forschung verlorenen Akademiker halten können, wäre da nicht der grüne Arbeitsoverall der Friedhofsgärtner gewesen.

Da sich Konrad in der engen Ausschachtung kaum bücken konnte, war er in die Hocke gegangen. Seine Finger schlüpften in die Augenhöhlen des Schädels wie in die Löcher einer Bowlingkugel. Jetzt musste er vorsichtig lockern und ziehen:

»Ich hab ihn.«

»Hier ist auch was!« Eine zweite Stimme.

»Nicht so laut. Wir sind auf dem Friedhof.«

Konrads Stimme klang, wenn er leise sprach, immer leicht gedämpft, wie von einer dünnen Schicht Erde bedeckt.

Statt auf den Vorwurf einzugehen, rief die zweite Stimme: »Ich stell mir grad vor, hier um uns rum hätten früher Zuschauer gestanden, um dem Scharfrichter zuzugucken.«

»Dem was? Pssst!«

»Dem Scharfrichter. Der alte Richtplatz von Köln. Der lag hier irgendwo.«

»Und was bedeutet das für uns?«

»Dann könnte es ja sein, dass die Knochen hier von Leuten stammen, die vielleicht gerädert wurden.«

»Aha.«

»Gerädert und geköpft. Vielleicht waren das Hexen!«

»Nein«, widersprach Konrad. »Außerdem …«

»Stimmt. Hexen sind hier meist verbrannt worden. Erwürgt, dann verbrannt.«

»Außerdem waren das keine Hexen, sondern Frauen, die man zu Hexen erklärt und dann umgebracht hat«, sagte Konrad – so leise, als spräche er zu sich selbst. Das offene

Grab, das es abzuräumen galt, lag nicht weit entfernt vom neuen Haupteingang des Friedhofs. Neben jenem Bereich, den ein Steinblock mit besinnlichen Worten als *Ruhegarten* auswies. Konrad hatte mit dem Bagger sehr tief gegraben. Tiefer als geplant, denn er und sein Kollege gingen einem Verdacht nach. Einem, der ganz und gar nichts mit Hexen zu tun hatte.

In diesem Grab war ein Kölner Fabrikant bestattet worden, der um 1900 herum zu Geld und Einfluss gekommen, aber mit seinem Tod in Vergessenheit geraten war. Über hundert Jahre lang hatte das Grab Zeit gehabt, zu verfallen. Ein eher unscheinbares Grab, abseits der Angebergräber der Kölner Geldsäcke. Kaum hatte Konrad hier am Montag begonnen, in die Tiefe zu graben, war er auf ein Metallkästchen gestoßen. Und nun …

Er besah den Fund. Es war der erstaunlich gut erhaltene Schädel einer Frau. Zumindest vermutete Konrad das. Das Loch auf der Rückseite deutete auf Mord hin. Erschlagen. Von hinten. Mit was auch immer. Konrad beugte sich halb über den Schädel, drehte sich vom Weg weg. Er wusste, dass es nie gut kam, wenn Leute plötzlich Knochen, insbesondere Totenköpfe, sahen. Nicht mal hier, auf dem Friedhof. Sein Gesprächspartner hatte da weniger Probleme:

»Ein Femur!«, rief er.

»Pssst. Bitte.«

»Guck doch! Ist ein ziemlich kurzer. Hier!«

Femur – Oberschenkelknochen. Das lateinische Wort wirkte fremd im Ton der aufgeregten Stimme. Eine ältere Dame, die sich aus südlicher Richtung näherte, schrie plötzlich auf, was auf dem Friedhof selten geschah, denn der Friedhof war der Ort der Zeit nach dem Tod und nicht der des Moments unmittelbar davor. Die Dame war elegant gekleidet, weißhaarig – der Volksmund nannte es *melatenblond*. Vielleicht kam sie von einem Kaffeekränzchen mit befreundeten Witwen auf einen Abstecher zum Ruheplatz des Gatten. Sie schnappte keuchend nach Luft, war alt genug, um nun auch den letzten Atemzug beziehungsweise Schritt noch zu tun. Sie stolperte, stützte sich, Halt suchend, auf einem der Grabsteine rechts des Weges ab. Da erblickte sie in dem gähnenden Erdloch links von sich – sie konnte ein Stück weit hineinsehen – nicht nur den erschrockenen Konrad mit Schädel in der Hand, sondern auch eine Faust, die einen stattlichen Knochen hielt und hochfuhr, als würde diese Faust eine Keule schwingen und zuschlagen wollen. In dem Moment ging die Fantasie mit der alten Dame durch:

»Ein Kind! Da … da ist …«, japste sie verwirrt, »… ein Kind … im Grab!«

Eine weitere Person eilte, wie tänzelnd, von den Toiletten nahe der Trauerhalle herbei. Sie fing die hyperventilierende Dame auf, die nun auch noch vom Halt am Grabstein abzurutschen und in das Loch mit dem Keulenschwinger hineinzuplumpsen drohte. Den Namen der Retterin kannte Konrad, und er war froh über ihr Auftauchen: Oma Gitti, das Herz einer Gruppe von Obdachlosen, die regelmäßig am anderen Ende des Friedhofs übernachteten. Meist fand man sie dort in der Nähe des Rechtsmedizinischen Instituts, im Schatten der Mauer zum Jüdischen

Friedhof Ehrenfeld, der ebenfalls an Melaten grenzte. Oma Gitti trug ein sehr buntes Sammelsurium von Altkleidern, was der gut situierten älteren Dame sicher aufgefallen wäre, hätte sie in diesem Moment über jenen kritischen Blick verfügt, für den sie sonst durchaus berüchtigt war:

»Ein … ein Kind!«

»Kommen Sie, kommen Sie. Setzen Sie sich mal hin und beruhigen Sie sich. Das ist ein Engelchen. Das wohnt hier«, sagte Oma Gitti in ihrem typischen Singsang. Sie zog die Verwirrte behutsam vom Grabloch fort, lotste sie zu einer Bank an den Urnenreihen des Ruhegartens.

»Ich habe mich ja so erschrocken«, stammelte die alte Dame, versuchte, das Bild des Knochenschwingers aus dem Kopf zu bekommen, während Oma Gitti sie behutsam mit sich lotste und ihr dabei die Hand tätschelte. Als die Dame auf der Bank saß, holte Oma Gitti ihr etwas zu trinken. Ein Wasserglas fand sie zwar nicht, aber da lagen ein paar kleinere, in den Boden steckbare Grabvasen auf einem Fenstersims der Trauerhalle. Eine davon sah recht sauber aus und gefiel Oma Gitti wegen der bunten Blümchenaufkleber. Das Wasser entnahm sie einer Gießkanne. Die entdeckte sie neben dem Grabkerzen-Automaten an der Trauerhalle, wo der Hauptweg des Friedhofs begann. Er wurde *Millionenallee* genannt, weil an seinem Rand die prachtvollsten Grabanlagen Melatens lagen: Oberbürgermeister, Regierungsmitglieder, Kaufleute, Bankiers. Möglicherweise auch das Grab, dem die Dame ihren Besuch hatte abstatten wollen. Oma Gitti verscheuchte einen durstigen Dackel von der Gießkanne und befüllte anschließend die Vase. Das Wasser von den Toiletten schien ihr ungeeignet, und der Wasserhahn am Friedhofseingang ließ sich partout nicht aufdrehen. Was Oma Gitti aber nicht wunderte, denn es passte ja zu einem Friedhof, dass dort alle möglichen Dinge verrosteten, außer Betrieb, defekt waren.

Ein bisschen *defekt* war auch Oma Gitti.

Während die alte Dame gedankenverloren einen Schluck Gießkannenwasser nahm, hatte Konrad seinen Schreck überwunden. Er wollte sich mit klopfendem Herzen aus dem Loch stemmen und sich nach dem Befinden der Dame erkundigen. Er ahnte, dass sie sich später beschweren würde. Arno Schorn, der Chef der Friedhofsgärtner von Melaten, hatte viel Verständnis für Konrads Schrullen, dennoch gab es immer mal wieder einen Rüffel – und wenn nicht von Schorn selbst, dann von Konrads Kollegen, die in der Mehrheit nicht so viel Verständnis für ihn hatten wie Schorn.

Er wollte sich gerade aus der Grube hochwuppen, als plötzlich ein Schatten auf ihn fiel – lang und schwarz.

Ein Schatten und das vordere Ende eines Geigenkastens.

»Ich habe es geahnt«, sagte eine kalte Stimme, und während Konrads Herz gefror, wurde Martin, die Person neben ihm, jäh daran erinnert, dass er nicht nur zu laut, sondern auch vergesslich gewesen war: »Mist!«

BITTE SCHNALLEN SIE SICH AN

Als um 18 Uhr in Köln die Kirchenglocken läuteten, sprang die Zeitanzeige in der Schalterhalle des Flughafens von Bogotá auf zwölf Uhr mittags. Kurz darauf wurde der Flug nach Frankfurt am Main ausgerufen und am Gate ging ein Aufatmen durch die Wartenden. Endlich. Die Maschine hatte fast sechzehn Stunden Verspätung. Ein Streik, aber nun war ein Ende in Sicht. Nun konnte man zwölf Stunden lang die Augen schließen und schlafen. Morgen früh, Ortszeit sechs Uhr, würde man in Deutschland landen.

Als das Boarding begonnen hatte, eilte ein Geschäftsmann, ein untersetzter älterer Herr mit schwarzem Lederkoffer zum Check-in. Er hatte schon am Tag zuvor sein Gepäck aufgegeben. Doch als klar war, dass der Flug um mehr als zwölf Stunden verschoben wurde, hatte er noch einmal sein Fünfsternehotel bezogen.

Geld genug hatte er.

Und er brauchte Ruhe.

So wirkte er, als er die Halle betrat, ganz und gar nicht entspannt. Und jetzt, wo die Zeit drängte – der Service hatte ihn zu spät informiert –, musste er noch eine längere Kontrolle über sich ergehen lassen.

Es gab wohl Sicherheitsprobleme. Die Welt war voll

davon und Südamerika ganz besonders. Nach der Kontrolle des Handgepäcks und einem Moment der Irritation fand der Mann den entsprechenden Schalter, legte seine Papiere dort noch einmal vor. Hinter der Glasscheibe saß ein Mann mit dunkelblauer Schussweste, ein Militärpolizist. Er besah die Dokumente, blickte auf, sah dem etwas atemlosen und im Gesicht teigig blassgrauen Herren erneut in die Augen:

»Sie fliegen nach Deutschland, Herr … Hoffmann?«

Er sprach mit erstaunlich wenig Akzent.

»Ja«, räusperte sich der Herr. Er hatte damit gerechnet, auf Englisch angesprochen zu werden: »Frankfurt. Dann weiter nach Köln.«

»Köln«, sagte der Offizier, »war dort für ein Jahr. Militärischer Austausch. Konrad-Adenauer-Kaserne. Wie sagt man …?« Er sprach die Worte langsam, weil er sie eins nach dem anderen aus den Ablagen seiner Erinnerungen zog: »Be-trunken mit Kölsch heißt er-trunken.«

Er betonte die Anfangssilben, lachte. Hoffmann lachte ein bisschen mit.

»Der ist gut«, sagte er, wenig überzeugend.

Der Militärpolizist hielt die Ausweispapiere vor sich in der Luft.

»Sie leben schon lange in Kolumbien? Ein R-Visum?«

»Ja«, sagte Hoffmann mit einer gewissen Zurückhaltung. Ein R-Visum erhielt man, wenn man sich für einen unbegrenzten Aufenthalt in Kolumbien qualifiziert hatte. Ein solches Visum zu bekommen, war an strenge Bedingungen geknüpft.

»Was machen Sie beruflich?«

»Ich bin … ich war Chemiker.«

»Chemiker?«

Der Blick des Militärpolizisten wurde argwöhnisch. Hoffmann bemerkte seinen Fehler. Wieso war er nicht bei den Absprachen geblieben? Verheiratet mit einer Kolumbianerin. Punkt. Verlor er die Nerven? Chemiker waren die Stützen der kolumbianischen Kokskartelle. In jedem Chemiker steckte Potenzial für Jahrzehnte politischen Chaos'.

»Was genau?«

Hoffmanns Herz schlug schneller:

»Lebensmittelchemie. In der Forschung. Zuckeraustauschstoffe. Ein heikles Feld. Viele dieser Ersatzstoffe … entweder sie bringen nur die Verdauung durcheinander oder gleich den ganzen Stoffwechsel. Sacharin, Cyclamat, Aspartam, Steviosid … Thaumatin. Ganz gleich, sie …«

»Thaumatin, verstehe. Hauptsache, Sie haben das Problem gelöst«, würgte der Militärpolizist ihn ab. Machte der Mann Witze? Wer über Witze aus dem Mund eines Militärs lachte, stand schnell an der Wand.

»Ich? Nein, nein, ganz bestimmt nicht. Forschung ist ein Kampf mit vielen Niederlagen. Ich … habe mich bemüht.«

Der Militärpolizist lächelte, gab die Dokumente zurück:

»Le deseo un buen viaje y una buena vida en Colombia«, sagte er.

Hoffmann schluckte:

»Muchas … gracias. Ellos … son muy amigables.«

Er stotterte. Sprach mit starkem Akzent. Sein Herz raste. Der Militärpolizist zeigte keine Regung. Hoffmann nahm die Papiere entgegen, wandte sich ab, schob Personalausweis und Reisepass umständlich zurück ins Jackett und ging schleunigst weiter Diese verdammte Übelkeit hatte sich schon am vergangenen Abend angekündigt. Sie schnürte ihm die Luft ab. Er stellte den Lederkoffer ab, öffnete den obersten Knopf des Hemdkragens, griff den Koffer, ging weiter. Er schwankte, blieb nochmals stehen, schwitzte stärker. Im Gewimmel des Flughafens fiel das nicht auf. Nur ein Kind, das die Welt des Terminals mit großen Augen und in der Nase bohrend erkundete, glotzte Hoffmann an. Als es seiner Mutter sagen wollte, was an Hoffmann so interessant war, schimpfte sie nur, zog dem Kind den Finger aus der Nase und widmete sich wieder den Verlockungen des Duty-free.

Hoffmann erreichte das Gate. Nur noch wenige Passagiere warteten darauf, dass ihre Bordkarten eingelesen wurden und dass ihnen die freundliche Dame am Durchgang den Weg in den Flieger freigab. Ein Gefühl von Beklemmung trieb ihn auf den Tunnel zu, der zum Flieger führte, zurück nach Hause. Zwölf Stunden Flug. Es war ein Horror, den er überstehen musste.

Fixiert auf den langen Flug, bemerkte er nicht, dass zu den wenigen noch Wartenden zwei Männer gehörten, die am Gate gesessen und den Zugang zum Wartebereich beobachtet hatten. Als Hoffmann erschien, wechselten sie einen Blick, erhoben sich. Auch sie trugen dunkle Aktenkoffer und dunkle Anzüge. Und das war nicht das Einzige, was sie zu dunklen Gestalten machte. Der eine war schlank, hochgewachsen, hatte in seinem Blick etwas, das auf ein Gehirn hinter den Augen schließen ließ. Der andere war eher klein, gedrungen. Sein Gesicht war gezeichnet von den Narben eines intensiven Lebens. In der kolumbianischen Unterwelt nannte man sie *Los Manos* – die Hände. Grammatisch korrekt wäre *Las Manos* gewesen, aber Pablo und Pedro empfanden sich ganz und gar als Männer, da störten weibliche Artikel nur. Es gab dann und wann Klugscheißer, die sie auf die falsche Grammatik hinwiesen.

Solche Klugscheißer hatten keine besonders hohe Lebenserwartung.

Der hochgewachsene mit dem Gehirn hieß Pablo. Pablo Baresco. Genannt: Zwei-Finger-Pablo. Aus Gründen. Der Gedrungene mit dem Blick einer Baustelle hieß Pedro. Pedro Brasi. Acht-Finger-Pedro. Ebenfalls aus Gründen.

Die beiden bestiegen nach Hoffmann den Flieger.

Als Hoffmann am Ende der Fluggastbrücke durch die Einstiegstür des Airbus trat, fiel dem Bordpersonal bereits auf, dass etwas mit ihm nicht stimmte. Eine Stewardess in dunkelblauer Uniform hob in aller Freundlichkeit dezent ihre feine Nase. Getrunken hatte der Mann nicht. Aber dennoch, das blassgrau verschwitzte Gesicht, der fast panische Blick: Man hatte Hoffmann von nun an auf dem Schirm.

Der Flieger war gut gefüllt, doch in der Businessclass waren nur knapp die Hälfte der Plätze besetzt. Das Bordpersonal sorgte diskret dafür, dass die Dame, die neben Hoffmann hätte sitzen sollen, durch einen Flugbegleiter mit weniger feiner Nase ausgetauscht wurde. Ein Problem mit der Elektronik an ihrem Platz, erklärte man der Dame:

Beleuchtung, Fernsehmonitor. Funktionierten nicht richtig. Und es gab während des Flugs so viele gute Filme. Sie bekam noch einen Piccolo Champagner extra und war ohnehin erfreut, den Flug nicht neben diesem nervösen Dickerchen verbringen zu müssen.

Hoffmann nahm den Austausch gar nicht wahr. Er atmete schwer, als er den Lederkoffer in der Ablage über dem Sitzbereich deponieren wollte. Nach zwei vergeblichen Versuchen, den Koffer hochzuhieven, stellte er ihn auf den Boden, unterhalb des Fensters.

»Darf ich Ihnen behilflich sein?«

Der Flugbegleiter. Hoffmann erschrak.

»Danke, nein, ich ...«

Sein Atem ging rasselnd.

»Solche sperrigen Gegenstände müssen gesichert sein«, sagte der junge Mann. »Sie könnten sich bei Turbulenzen verselbstständigen.«

Er schob die Hand vor, sah Hoffmann freundlich, aber fest, in die Augen. Hoffmann nickte. Der Mann nahm den Koffer, verstaute ihn. Währenddessen lief vor ihm auf dem Monitor der vor Starts übliche Film mit Sicherheitschecks inklusive dem obligatorischen:

»Bitte schnallen Sie sich an ...«

Hoffmann befolgte die Anweisung. Aber auch mit dem Sicherheitsgurt hatte er Schwierigkeiten.

»Kann ich sonst noch etwas für Sie tun?«

Wieder der Flugbegleiter. Er half mit dem Gurt. Dann sagte er:

»Sie sehen, wenn ich das sagen darf, ein wenig blass aus.«

Blass war untertrieben. Hoffmann war mittlerweile leichengrau.

»Vielleicht … eine Reisetablette? Etwas zur Magenberuhigung.«

Das Schwindelgefühl wurde stärker.

»Ich habe heute Morgen beim Frühstück wohl etwas gegessen, was ich nicht gut vertragen habe. Und dann … das lange Warten.«

Der junge Mann lächelte verständnisvoll. Doch Hoffmann hatte gelogen. Er hatte seit Stunden nichts gegessen.

»Machen Sie es sich bequem. Ich besorge Ihnen etwas.«

Der Mann hatte sein Hilfsangebot kaum formuliert, da brachte eine Kollegin bereits die Tablette. Mit einem Glas Wasser. Hoffmann nahm die Tablette mit einem Schluck Wasser, von dem er zittrig einiges verschüttete.

Schon wurde eine Serviette mit Kranich-Symbol darauf gereicht.

Pablo und Pedro hatten ebenfalls in der Businessclass Platz genommen. Pablo schräg hinter Hoffmann, Pedro auf gleicher Höhe, an der linken Bordwand. Pablo betrachtete sein Smartphone, was weder mit dem Checken von Geschäftsmails noch mit Zeitvertreib zu tun hatte. Auch Pedro betrachtete sein Smartphone. Bei ihm war es Zeitvertreib. Er spielte Tetris und verlor. Nach dem Auftrag wollte er dem Erfinder dieses Spiels einen Besuch abstatten.

Als sich die Maschine aufs Rollfeld bewegte und sich der Reihe der startbereiten Flieger anschloss, hatte Hoffmann das Gefühl, die Übelkeit würde nachlassen. Die Tablette wirkte. Er hätte jetzt gern geschlafen, aber er musste wach bleiben. Mindestens einen halben Tag lang musste er noch durchhalten …

Reiß dich zusammen, dachte er und starrte aus dem Fenster, begann zur Ablenkung Dinge zu zählen: Militärfahrzeuge am Rand der Startbahn, die Maschinen vor ihnen, die Hallen und die flachen bunten Häuser, die teils zum Flughafen, teils zu den Wohngebieten im Nordwesten Bogotás gehörten. Beim Beschleunigen zählte er die unterschiedlich dunklen Asphaltflicken auf der Rollbahn, die Randbeschilderungen auf den Grasflächen daneben – bis ihn die Geschwindigkeit mit einem neuen Schwung Schwindelgefühle überschüttete und er die Augen schließen musste.

Das Flugzeug hob ab. Hoffmann hielt die Luft an. Es kam ihm vor, als müsste er sie bis zum Übergang in den Reiseflug anhalten, was etwa eine Viertelstunde dauerte. Als dann die Anspannung abfiel, konnte er sich gegen das Einschlafen nicht mehr wehren. Er bemerkte es so wenig wie die Tatsache, dass man ihn weiterhin beobachtete.

Als er erwachte, hatte er Schmerzen. Ein Tonnengewicht lastete auf ihm. Das Aufwachen war sein Versuch, dieses Gewicht zu heben. Er stöhnte vor Anstrengung. Seine Gedanken standen in Flammen: Wie lange hatte er geschlafen? Wo befand er sich? War das eine Schlaftablette gewesen? Erinnerungen an die Momente vor dem Start. Der Kopf pochte. Der gesamte Körper schien langsam zu erstarren. Er musste sich bewegen, dieses Gewicht heben. Die Maschine schnitt durch ein von tief leuchtender Helligkeit gesäumtes Wolkenfeld. Ein abendliches Bild. Er musste stundenlang weggetreten gewesen sein. Große heiligweiße Wolkengebilde waren da aufgewachsen, majestätisch und zugleich zart glimmend, golden, wie mit Honig bestrichen. Und dann … Hoffmann versuchte aufzustehen. Er war noch immer angeschnallt. Der Gurt … Jemand kam auf ihn zu, sprach ihn an. Hoffmann konnte ihn nicht verstehen. Das strahlende, warme Licht, es wechselte, schimmerte plötzlich tiefgrün. Hoffmann tauchte ganz ein in diese Farbe, und dann trat in diesem geheimnisvollen Grün wie in einem überirdischen Garten ein Engel auf ihn zu, und er führte jemanden an der Hand. Einen Mann in schäbiger Kleidung. Einen Menschen ohne Geld und Habe. Jemanden, der den Beistand eines Engels auch im Leben brauchte.

Doch dieser Mann war tot.

Der Engel hatte ihn zum Leben erweckt.

Der Mann sah Hoffmann an, und Hoffmann erkannte ihn, und sein Herz blieb stehen. Er wollte etwas sagen. Da hob der Engel die Hand, und Hoffmann schwieg, und der Engel lächelte und sagte mit einer Stimme, für die Engel aus Filmen berühmt sind:

»Alles ist gut. Du bist kein Mörder. Dir ist vergeben.«

Und dann umarmte der tote, lebende Mann Hoffmann, und das Glück, das Hoffmann fühlte, hob alles auf, was er im Leben je Schlimmes erlebt hatte.

Der Flugbegleiter schüttelte ihn, rief:

»Schnell! Schnell! Ein Notfall!«

Das Bordpersonal, für Notfälle geschult, ging eilig, aber routiniert ans Werk: Kontrolle der Vitalfunktionen, Herzstillstand. Defibrillator. Die Szene wurde vom Rest der Businessclass abgeschirmt. Die Dame, die neben Hoffmann hatte sitzen sollen, hatte während des Flugs noch einen zweiten Piccolo getrunken, war nun noch ein Stück entrückter und doppelt froh, den Platz gewechselt zu haben. Auch Pablo und Pedro saßen nicht mehr auf ihren vorigen Plätzen, sondern mehrere Reihen von Hoffmann entfernt auf benachbarten Sitzen, sprachen miteinander. Das heißt: Pablo sprach, Pedro hörte zu und nickte.

Die Reanimationsmaßnahmen hatten keinen Erfolg. Als die Maschine um kurz nach fünf Uhr morgens – sie hatten Tempo machen können – in Frankfurt landete, war Hoffmann seit zwei Stunden tot. An Bord wussten nur wenige von dem Vorfall. Der flugbegleitende junge Mann, der sich um Hoffmann gekümmert hatte, hatte den Lederkoffer in der Dramatik des Geschehens vergessen. Aber das Ding war ohnehin verschwunden, nachdem Fluggäste und Besatzung den Flieger verlassen hatten.

IM GEWITTER DER ROSE

Konrads Herz fand nur langsam zurück in den Rhythmus der Friedhofsruhe. Das hatte vor allem mit Amalia Schmitz zu tun, der ersten Violinistin des WDR Sinfonieorchesters, die um 20 Uhr in der Oper sein musste: eine Aufführung von Shakespeares *Sommernachtstraum* mit der Musik von Felix Mendelssohn Bartholdy. Amalia hatte ihrem Sohn Martin am Morgen eingeschärft, ab spätestens 17 Uhr zu Haus zu sein und sich schon mal umzuziehen, denn auch Martin gehörte zum Ensemble des Stücks. Natürlich war er auch um 18 Uhr noch nicht erschienen und Amalia hatte ihn auf seinem Smartphone nicht erreichen können. Martin stellte das Ding nicht nur morgens vor der Schule ab, sondern wann immer es stören könnte.

Martin ging ins nahe Apostelgymnasium, in die siebte Klasse. Seit Wochen, genauer seit Ende der Ferien, blieb er nach der Schule auf dem Friedhof hängen – was auf der Liste beliebter Freizeitaktivitäten für Zehnjährige nicht besonders weit oben stand. Er hatte zwei Klassen übersprungen, machte niemals Hausaufgaben, brachte dennoch reihenweise Einsen heim und wurde von seinen zwei bis drei Jahre älteren, teils mehrere Köpfe größeren Mitschülern gemobbt oder gemieden.

Gemobbt insbesondere von Rochus Gröben, dreizehn, im Wiederholungsjahr in der Siebten und Sohn des schwerreichen Fabrikanten Richard Gröben junior. Rochus konnte mit seinem Taschengeld Kursschwankungen an den internationalen Börsen auslösen. Kurz nachdem Martin der Klasse vorgestellt worden war, hatte Rochus ihm im Beisein aller Mitschüler als Einstandsgeschenk einen Kindersarg überreicht. Das heißt, er hatte den Sarg von zwei seiner willigen Helfer, Enno und Marius, überreichen lassen. Rochus hatte fast die gesamte Klasse im Griff.

»Kannst jetzt in Ruhe sterben, Schmitz«, hatte er gesagt. »Hier braucht dich keiner.«

Selbstverständlich war Martin dieser Aufforderung nicht gefolgt. Er ging oft sehr eigenwillig mit Empfehlungen, Anordnungen, Hinweisen um. So hatte der Sarg sein Interesse an Friedhöfen geweckt, und schon am Tag darauf hatte er Rochus gebeten, das Ding gegen ein etwas größeres Modell umzutauschen, denn es liege sich doch sehr eng darin – die Lacher, die der Spruch auslöste, hatte Rochus Gröben als Kriegserklärung aufgefasst. Seitdem hatte Martin manches Widerliche erlebt und war vorsichtiger geworden.

Was nun den *Sommernachtstraum* betraf: Martin war zum Mitmachen verdonnert worden, denn seine Eigenwilligkeiten stauten sich auch bei Amalia manchmal auf, und dann gab es diese mütterlichen … Entladungen. Martin sollte zusammen mit weiteren Kindern von Musikern und Darstellern eine der vielen Elfen und Waldgeisterchen spielen, die kostümiert über die Bühne hopsten, um der Komödie Farbe zu verleihen.

Die Krönung seines Kostüms war eine quietschbunte Blümchen-Badekappe, die seiner Oma gehört hatte. Schon der Gedanke an den Auftritt damit war ihm so zuwider, dass er Amalias Anweisungen einfach verdrängt, dann komplett vergessen hatte und viel zu lange bei Konrad geblieben war.

Als Amalia ihren Sohn am Grab zur Rede gestellt hatte, hatte er auch noch die Frechheit besessen, auf das Grab von Edith nebenan zu verweisen und zu behaupten, er habe da wohl die Mendelssohn Bartholdys verwechselt. Nur deshalb sei er hier.

Amalia hatte Martin resolut aus dem Grab gezogen und fortgeschleift. Wie ein schwarzer Engel Richtung Hölle.

Von Amalias Donnerwetter hatte Konrad einiges abbekommen. Er hatte im Gewitter der Worte kaum etwas sagen können. Viel zu perplex war er gewesen, denn zum einen war es seine erste Begegnung mit Amalia Schmitz und zum anderen hatte ihn ihre Erscheinung getroffen wie ein Blitz.

Nun leuchteten seine Wangen in einem Rosa ähnlich dem der hübschen Fleißigen Lieschen (*Impatiens walleriana*) schräg gegenüber, am Fuß des Grabkreuzes von Justizrat Johann-Joseph Gade († 1834). Und als Minuten später jemand laut rief, blühte Konrads Kopf noch einmal auf.

»Du bist das. Hab schon gedacht, da wachsen Tomaten, die ich besser pflücken sollte.«

Arno Schorn. Der oberste Gartenmeister von Melaten.

Konrads schuldbewusster Blick milderte seinen Ärger:

»Was haste wieder anjestellt, Jung?«, brummte er. Ein kugeliger Sechzigjähriger mit gepflegtem Zwirbelbart:

»Du sollst keine älteren Damen erschrecken. Die kommen noch früh jenuch zu uns. Ich habs mal ausjebügelt.«

»Tut mir leid, Chef«, sagte Konrad.

»Haste den Knirps wieder mitbuddeln lassen?«

Ein leichter Vorwurf in der Stimme.

»Gucken Sie mal, was Martin gefunden hat.«

Konrad hob den Schädel. Drehte ihn. Arno Schorn sah genauer hin.

»Loch im Kopp?«, brummte er. »Hammse den ollen Fabrikanten etwa erschlagen?«

»Der ist von ner zweiten Leiche. Lag tiefer. Darunter. Eine Frau.«

»Unter dem Fabrikanten? Du glaubstes nich …« Schorn zog die mächtigen Augenbrauen hoch. Seine Bartspitzen zitterten: »Der Knirps hat die gefunden?«

»Martin hat geahnt, dass wir noch tiefer graben müssen.«

»Na, aus dem wird noch was.«

»Der is schon was.«

Schorn nickte.

»Sei ma vorsichtich mit dem Jungen. Du weißt ja, Kinder ham hier in den Gräbern nix zu suchen. Falls das in die Zeitung kommt.«

»Klar, Chef«, sagte Konrad. »Martin weiß das auch.«

»Na, ich bin jespannt.«

Schorn zog ab, Richtung Feierabend, blieb dann aber noch einmal stehen:

»Im Notfall behaupteste, er is 'n Schülerpraktikant. Un jetz mach Schluss für heute.«

Schorn wusste, dass der Schädel nicht wieder unter die Erde kam. Das Loch im Kopf würde Konrad keine Ruhe lassen:

»Schließ die Funde weg«, sagte er noch, »oder gib se gleich drüben ab.«

Er wies quer über das Gelände. Mit *drüben* meinte er das Institut für Rechtsmedizin, das an der anderen Seite des Friedhofs am Melatengürtel lag. Wo Tote, deren Todesursache fraglich war, untersucht wurden.

Man kannte Konrad dort. Der Schädel war nicht sein erster Knochenfund mit möglichen Mordspuren.

Mit einem letzten Gruß zog Arno Schorn davon, zum Betriebshof. Anschließend ging es wahrscheinlich ins *Kölschgrab,* die Stammkneipe der Friedhofsgärtner in der nahen Dürener Straße.

Es war jetzt fast 19 Uhr. In einer Stunde schloss der Friedhof. Konrad arbeitete gern spät. Oft über den Feierabend hinaus. Der Friedhof war der Ort der Abendstunden. Vor allem im Sommer, wenn die Sonne schien und das Licht sich goldgelb färbte. Dann hatte Konrad das Gefühl, dass der Himmel die Erde berührte und die Gräber anfingen, Geschichten zu erzählen.

»Noch im Dienst, Kollege?«

Nicht die Stimme eines Grabes, sondern eines älteren Herren, den Konrad gut kannte: Heribert Rehbein war 64, Kölner Kommissar im letzten Arbeitsjahr. Ein bedächtiger Ermittler, mit dem Konrad schon manches Gespräch geführt hatte. Heribert, kaum eins fünfundsechzig groß und ein Kopf mit hoher Denkerstirn, besuchte auf Melaten seine Mutter Käthe. Mehrmals die Woche. Und sommers wie winters trug der Kommissar Trenchcoat und Hut. Käthe Rehbein war vierzig Jahre lang Sekretärin diverser Kölner Polizeipräsidenten gewesen, hatte bei einigen das Regiment geführt und das Amt vor Schaden bewahrt. Deshalb schmückten nicht allein die Blumen ihres Sohnes das Grab, sondern alle paar Wochen auch ein Strauß der obersten Kriminalbehörde. Und an Käthes Geburtstagen sogar eine Schale mit Trauerschleife:

Unvergessen

Konrad und Rehbein unterhielten sich kurz. Konrad zeigte dem Kommissar den Schädel und den Oberschenkelknochen. Und Heribert Rehbein gab Konrad denselben Rat, den ihm schon Arno Schorn gegeben hatte:

»Brings rüber zu den Forensikern. Wenn die was finden, sehen wir weiter.«

Das wollte Konrad gleich am nächsten Morgen tun. Heribert Rehbein ging heim. Konrad sicherte das Grabloch, hier gab es noch Arbeit genug in den kommenden Tagen. Dann legte er die Knochen zurück in den Jutebeutel und nahm ihn mit zu seinem Spind im Gebäude des Betriebshofs.

Auf dem Weg dorthin begegnete ihm Marlies von Törne, mit ihrer Gruppe von Qigong-Senioren aus dem nahen Stift Sankt Ursula. Die Ü-80-Jährigen befanden sich auf dem Rückweg von ihrer Übungsstunde, die sie regelmäßig auf einer Wiese unweit des Rechtsmedizinischen

Instituts abhielten. Sie grüßten, wippten locker dahin. Bis auf Gisbert Schwaderlapp. Der humpelte. Gerd von Hoppenstedt frotzelte, Gisbert habe sich mal wieder »bis so 'n Stück« – er machte mit Daumen und Zeigefinger eine Fünf-Zentimeter-Geste – »ans Jenseits rangeturnt«.

Lachend zogen sie weiter, und als Konrad den Betriebshof fast erreicht hatte, kam ihm noch *der Paul* entgegen. Ein recht kleiner älterer Mann mit leichtem Bierbauch und strubblig graublondem Haar. Links trug er einen Ohrring: ein in die Jahre gekommener Punker.

Der Paul war der Paul, so wie *Oma Gitti* Oma Gitti war, *Joschi* Joschi, *Bernadette* Bernadette und *der Köbes* der Köbes: jene Gruppe von Obdachlosen, die an der Westseite des Friedhofs, nah der Fröbelstraße, ihr Nachtasyl hatten und von Gärtnermeister Schorn geduldet wurden. Die Stadtverwaltung allerdings sah das nicht gern. Immer mal wieder gab es Beschwerden von besorgten Bürgern, und neulich war in den Abendstunden Polizei aufgetaucht, um das Nachtlager zu räumen. Arno Schorn hatte daraufhin etwas taktisch Kluges getan. Er hatte mit Geschäftsleuten aus der nahen Dürener Straße gesprochen. Die kannte er persönlich. Mehrere Ladeninhaber organisierten eine Tafel, um Lebensmittel an Bedürftige abzugeben.

Die Tafel war Teil der Bürgerinitiative *Lindenthal:Lebenswert – LiLeBü*. Paul hatte sich, auf Vermittlung von Schorn, mit dem Juwelier Cornelius Walterscheid, Ose Schumann von *Oses Tee-Oase* und Alice Stüssgens vom lokalen Supermarkt getroffen. Paul, Bernadette, Oma Gitti, Joshi und der Köbes würden Unterstützung von der Tafel bekommen und beim Verteilen der Lebensmittel helfen. Sie durften nun darauf hoffen, von den Behörden in Ruhe gelassen zu werden, denn die Geschäftsleute aus der Dürener Straße hatten Einfluss in der Stadt. Besonders Ose Schumann setzte sich sehr dafür ein, dass die Gruppe auf dem Friedhof bleiben durfte.

Doch nicht allein die Behörden waren den *Fröbelingern*, wie Schorn sie nannte, ein Problem. Als Konrad den Paul grüßte, wirkte der aufgewühlt.

»Der Joschi ist verschwunden«, sagte er, als Konrad nachfragte.

»Der Joschi? Der ist doch immer mal ’n paar Tage weg.«

»Ja, aber diesmal. Ich weiß nich. Seit ner Woche schon.«

»Na, komm«, sagte Konrad. »Der taucht wieder auf.«

Paul wirkte nicht überzeugt.

»Gab wieder Stress. Schmierereien an der Friedhofstür. Die wollen sie jetzt uns in die Schuhe schieben.«

»Schmierereien?«

»An der Tür vom Jüdischen Friedhof. Joshi hatte da nachts was gehört und is gucken. Da sindse weg. Aber ’n paar Farbdosen warn noch da. Un Hakenkreuze hattense aufgeschmiert.«

»Die Polizei glaubt doch nicht im Ernst, dass ihr das wart?«

»Is doch immer einfach, zu glauben, wir warn das. Verhört hammse den Joschi ja schon. Und kannste glauben: nich mit Samthandschuhn.«

Konrad guckte betreten. Der alte Jüdische Friedhof von Ehrenfeld war ein kleiner historischer Friedhof am Rand von Melaten. Er lag, von einer Mauer eingefasst und stahltürgesichert, neben dem Rechtsmedizinischen Institut. Das Gelände war nicht öffentlich zugänglich und die abgeschlossene Tür war häufiger beschmiert.

»Wir warn das nich«, beteuerte Paul und holte Konrad aus seinen Gedanken.

»Das musst du mir nicht sagen«, sagte Konrad.

»Aber wenn die Faschos denken, dass Joschi sie erkannt hat …«

Konrads Herzschlag beschleunigte sich:

»Hat er der Polizei denn gesagt, wer das war?«

»Na klar hat er das. Aber erkannt hat er keinen. Die warn vermummt. Und geglaubt hammse ihm sowieso nich, die Polizei.«

»Seid ihr denn bedroht worden, seitdem?«

»Immer mal wieder. Von allen möglichen Leuten. Kennste doch.«

»Ja.«

»Aber jetzt nich speziell von … Faschos«, ergänzte Paul. »Nich in den letzten Tagen.«

Konrad nickte:

»Pass mal auf«, sagte er, »der taucht bald wieder auf, der Joschi. Wenn da jetzt was gewesen wär … ich meine, ich spreche doch immer mal mit dem Rehbein. Der hat auch nichts gesagt. Also, was angedeutet oder so.«

»Ach, der Rehbein. Der is doch auch Polizei«, sagte Paul.

»Der taucht wieder auf«, wiederholte Konrad. »Der Joschi … Das ist doch sein Leben hier.«

»Ja«, sagte Paul. »Aber verstecken tut der sich nich. Der war immer der Mutigste von uns allen. Der kneift nich.«

Sie verabschiedeten sich. Nachdenklich zog Konrad weiter, zu den Verwaltungs- und Wirtschaftsgebäuden auf dem Betriebshof, wo sich seine Sachen befanden. Am Spind betrachtete er den Jutebeutel. Nach kurzer Überlegung stopfte er Schädel und Oberschenkelknochen in seinen Rucksack und nahm die Funde kurzerhand mit.

Bevor er nach Haus ging, standen noch ein paar Einkäufe an. Zunächst in *Oses Tee-Oase* in der Dürener Straße. Ose Schumann, 69, zierlich und drahtig wie eine Yoga-Lehrerin, wollte ihren Teeladen schon zumachen. Sie war gerade dabei, das im Kopfteil der bunten Ladentür baumelnde Schild von GEÖFFNET auf GESCHLOSSEN zu drehen – bei Ose hießen die Worte allerdings PASARÁN! und ¡NO PASARÁN! Ein Scherz, der auf Oses wild bewegte rote Vergangenheit anspielte. In ihrer Studienzeit in einer WG in Sülz war sie Ose Luxemburg genannt worden. Als Ose nun Konrad erblickte, wusste sie sofort, was er wollte. Für treue Kunden öffnete sie den Laden gern noch einmal.

Und weil er nicht nur ein treuer, sondern auch ein netter Kunde war, kaufte Konrad neben seinem Tee gleich auch ein bebildertes Buch, das in einem Stapel auf dem Verkaufstresen lag. Ose nahm das oberste Buch in die Hände:

»Das ist 'n Mängelexemplar«, sagte sie und zwinkerte. »Kriegste zum Sonderpreis.«

Zehn Euro war absolut Fair Trade.

Ose hatte das Buch herausgegeben. Zu ihren vielfältigen

Interessen gehörte Architektur, insbesondere die Baugeschichte Kölns. Und dieses prächtige Buch befasste sich mit der Bau- und Denkmalgeschichte des Melaten-Friedhofs.

»Ich arbeite schon am nächsten. Der Friedhof ist eine ganz besondere Unterwelt.«

»Glaub ich gern«, sagte Konrad und dachte an den Schädel.

Mit zweihundert Gramm *Superior Fine Tippy Golden Flowery Orange Pekoe First Flush* plus dem sperrigen Bildband im Gepäck schlurfte er weiter zum Supermarkt. Alice Stüssgens hatte bis 21 Uhr auf und die Dame an der Kasse kannte Konrad. Das war sein Glück, denn als Konrad den Rucksack öffnete, um ein Paket Schwarzbrot, einen Kanten Käse und ein bisschen Suppengemüse einzupacken, guckte nicht nur eine leicht gestauchte Ecke des Buches, sondern auch der Oberschenkelhals heraus. In der Schlange hinter Konrad schnappte ein Kunde nach Luft. Die schlagfertige Kassiererin grinste und rief durch den halben Laden:

»Konrad, du sollst deinen Hund nicht so verwöhnen!«

Konrad schnürte den Rucksack fix wieder zu, zahlte und eilte nach Haus. Weit war der Weg nicht. Seine Wohnung lag direkt an der Ostseite des Friedhofs, an der Piusstraße. Geräumige hundert Quadratmeter im obersten Geschoss eines der dortigen Mehrfamilienhäuser.

Zwei Häuser nebenan, ebenfalls im obersten Stock, wohnte Martin. Mit seiner Mutter. Die Konrad ja nun kannte.

Er kochte, aß zu Abend. Um 21 Uhr guckte er, Suppe löffelnd, Nachrichten. Dann sah er nach draußen.

Es dämmerte. Aus dem großen Wohnzimmerfenster, über den Balkon hinaus, fiel der Blick auf die Grabfluren jenseits der Friedhofsmauer. Nachts leuchteten dort rötliche Lichter. Insbesondere im Herbst. An den Trauertagen war der nächtliche Friedhof ein Feld voller Sterne. Und auch heute Abend glomm er wie ein Nachthimmel.

Konrad dachte nach.

Er machte sich Tee, trank den ersten Schluck und wandte sich dem Rucksack zu, legte eine alte Zeitung auf den Wohnzimmertisch. Er zog Oses Bildband über den Friedhof aus dem Rucksack, blätterte ein wenig, und nahm sich vor, in den nächsten Tagen darin zu lesen. Der Schädel war wichtiger. Er legte das Buch beiseite, nahm den Schädel und stellte ihn auf den Tisch. Er betrachtete das fast kreisrunde Loch im Hinterhaupt. Eine Frau, die möglicherweise ermordet worden war. Erschlagen. Rücklings. Eine Unbekannte. Eine, die von der Zeit beseitigt worden war. Die man hatte entsorgen wollen.

Wie sollte er nun vorgehen?

Konrad ging zu einem Schreibtisch in der rechten Fensterecke des Wohnzimmers, zog die Schublade auf, holte ein Schulheft heraus und ein verbeultes Metallkästchen, nahm beides mit sich und legte die Sachen ebenfalls auf den Wohnzimmertisch.

Er setzte sich, trank einen weiteren Schluck Tee, schlug das Heft auf. Es enthielt Notizen, die er sich beim Sichten der Unterlagen zu den alten Gräbern gemacht hatte. Unterlagen aus der Friedhofsverwaltung, soweit sie noch in der Verwaltung bei Arno Schorn aufbewahrt wurden.

Den Anfang der Notizen machte ein Name:

Theodor Schlagowski.

Ein Mann, der auf Melaten begraben lag. Schon lange.

Geboren: 18. Januar 1871

Gestorben: 28. Oktober 1918

Vor über hundert Jahren also.

Die weiteren Notizen handelten davon, dass man sich seitens der Friedhofsverwaltung offenbar eine Zeit lang bemüht hatte, Personen zu kontaktieren, die eine Verlängerung der Belegungsdauer hätten beantragen können. Irgendwann war das eingestellt worden. Man hatte niemanden gefunden und sich dann nicht weiter um die Angelegenheit gekümmert.

Theodor Schlagowskis Grab war für Jahrzehnte aus dem Blickwinkel geraten. Niemand hatte sich für den Toten interessiert. Ein kleines Niemandsland auf einem Friedhof voller Totenreiche.

Dann hatte Arno Schorn entschieden, das Grab aufzulassen und Konrad mit den Arbeiten beauftragt. Konrad befasste sich gern mit der Vergangenheit interessanter Gräber. Und kaum hatte er in der Tiefe wie erwartet die ersten Restknochen Schlagowskis gefunden, war er auf dieses flache, verbeulte Metallkästchen gestoßen. Messing oder so. Verschmutzt, aber nach ein bisschen Polieren hatte es golden geglänzt. Eine Gummierung zur Abdichtung war zerfressen und im Inneren hatte dieser Umschlag gelegen, Ölpapier oder Wachspapier. Wasserdicht also. Hätte es zumindest sein sollen, doch im Laufe der Zeit war wohl Feuchtigkeit eingedrungen. Feuchtigkeit und Bodenleben.

Das Papier, das Dokument in diesem Umschlag, war halb zerstört, von Mikroben zersetzt. Die Schrift, wo nicht weggefressen, nur noch zum Teil erkennbar. Eine Art Anklage. Eine Beschuldigung. Konrad öffnete das Kästchen und nahm das Papier heraus. Er hatte es schon Dutzende Male gelesen. Die Worte, die noch lesbar waren:

> *Der hier … Theodor Schlag… große Schuld auf … Mörder … Erschlagen hast … Do… in deinem Haus bei …. reine Seele. Missbraucht hast … erschlagen am 2 … des J… 191… Kammer … Spuren schon finden. Ihre Leich … hast … toten Körper beiseit … Blut …. Waffe, ein stäh… Blutgeld bezahlt allen, die … geschworen, jedem das …. verraten möcht. Schlagowski … Mörder! Zwanzig Jahre jung …. Vergangen …. zwei Leben … Hölle schmoren … Wahrheit … Licht kommen …. deine Tat finden … tiefer … nicht ausgewa… Musste mit ihm in die Kiste … tiefer, und ihr werdet … Gepeinigten … Kopf mit … Wunde. zerspaltenen Schädel. Die Wahrheit ist ein eisern Ding. Sie vergeht nicht. Sie wird ans Licht … Schlagowski, du wirst …. nicht davon … jüngsten Gericht!*

Notizen in krakeliger, sehr alter Handschrift. Konrad hatte die Sätze, die Satzfetzen, die Überreste dieser Mitteilung mühsam entziffert. Die Botschaft an sich blieb kryptisch. Er rätselte seit Tagen an den Worten herum, hatte Nachforschungen angestellt über diesen Theodor Schlagowski. Der war eine Kölner Größe im alten Kaiserreich gewesen. Nach seinem Tod aber schien der Mann in

Vergessenheit geraten zu sein. Keine Verwandten, keine Nachfahren.

Konrad goss Tee nach, trank.

Der Tee öffnete Türen in seinem verwinkelten Gehirn.

Später, als es endgültig dunkel geworden war, packte er den Schädel zurück in den Jutebeutel, legte den Fetzen Papier zurück in die Messingbox, setzte sich noch eine halbe Stunde auf den Balkon und versuchte, an etwas anderes zu denken, stellte sich vor, was wohl gerade in der Oper geschah. Das belebte ihn, heiterte ihn fast auf. An Martin mit seiner Blümchen-Badekappe dachte er dabei nicht. Martin hatte ihm natürlich nichts von diesem Kostüm erzählt. Aber der *Sommernachtstraum* versetzte Konrad irgendwie in Aufregung.

Er besaß einen alten CD-Player und eine gar nicht mal kleine Sammlung klassischer Aufnahmen. Gerät und CDs hatten zum Bestand der Wohnung gehört, die ihm sein Vater hinterlassen hatte. Ein Mann, der an der Universität gearbeitet hatte, am Institut für Ur- und Frühgeschichte. Ein verschlossener Alkoholiker, der Konrad so fremd geblieben war wie ein archäologisches Relikt.

Von Felix Mendelssohn Bartholdy besaß Konrad nur die *Italienische Sinfonie*. Herbert von Karajan, 1973.

Konrad nahm sich vor, gleich in den nächsten Tagen nach einer guten Aufnahme des *Sommernachtstraums* zu suchen. Er konnte Martin ja mal fragen, seine Mutter wusste doch bestimmt, welche Aufnahmen da zu empfehlen waren.

Über all dies nachdenkend, hörte er im Geist Violinen.

Die Luft war angenehm. Die nahe Aachener Straße schnurrte wie ein Kater aus Metall, begleitete die Melodien in Konrads Kopf. Ein Nachtfalter bumperte liebestrunken gegen das Fenster nebenan. Auf dem Balkon dort blühte eine duftende Staude Gelber Nachtkerzen und verführte die Brummer.

Gegen 23 Uhr 30 legte sich Konrad schlafen. Um sechs Uhr morgens ging sein Wecker. Da war die Maschine aus Bogotá bereits in Frankfurt gelandet.

DER THEODOR, DER THEODOR, ALLEIN AUF SEINER GRABESFLUR

»Sind Sie ein Angehöriger?«

Die junge Dame am Informationsschalter der Airline wich dem Blick des Mannes aus, als sie ihre Gegenfrage stellte.

»Nein, ich bin ein guter Freund«, antwortete der Mann. »Ich wollte Herrn Hoffmann abholen. Und nun hieß es, die Fluggäste seien bereits alle ausgestiegen. Er befand sich doch an Bord?«

Sie sah nach unten, zögerte. Dann hob sie den Kopf. Ihr Blick flackerte.

»Ich bin nicht befugt, Ihnen über die Passagierliste Auskunft zu geben.«

Die Dame war nicht gut darin, Nein zu sagen.

Der Mann wirkte angespannt. Er war jung, dunkelhaarig. Mit seiner hohen vorgewölbten Stirn und den stechenden Augen wirkte er durchsetzungsfähig wie ein aufstrebender Jungmanager. Doch seine Lippen vollführten nervöse Bewegungen:

»Hören Sie, es ist wichtig. Ich hole Herrn Hoffmann nicht nur ab. Er braucht seine Medikamente. Die hat er vergessen. Wenn er die nicht nimmt … Sie verstehen?«

Die Dame wurde noch unsicherer, seufzte:

»Medikamente? Also … Warten Sie einen Moment.«

Sie griff zum Hörer eines neben ihr angebrachten, von außen nicht sichtbaren Telefons. Solche Geräte, das wusste der junge Mann, machten Ärger. Die Dame dachte anders darüber. Ihr gab das Ding Sicherheit. Sie führte ein kurzes Gespräch, nickte mehrmals, legte auf:

»Gleich kommt jemand, der Ihnen vielleicht helfen kann«, erklärte sie erleichtert.

Der Mann nickte automatisch. Aber der Boden unter seinen Füßen wurde heiß. Die Frage war ein Fehler gewesen. Er räusperte sich und wandte sich halb vom Schalter ab:

»Ich warte dort drüben.«

Er wies ins Ungefähre des Wartebereichs und machte sich so schnell davon, dass die Dame *Halt*! rufen wollte. Aber ihre natürliche Schüchternheit verbot es ihr.

Nach nur wenigen Minuten hatte der Mann das Terminal des Frankfurter Flughafens verlassen, befand sich im Parkhaus, bei seinem Wagen, überlegte. Sein Kopf pochte. Immer wieder sah er sich um. Plötzlich hatte ihn in der großen Flughafenhalle das Gefühl überkommen, dass ihn die Augen Hunderter Überwachungskameras anstarrten – was gar nicht so falsch war. Fehler über Fehler. Es hatte alles so einfach sein sollen, und nun? Was sollte er jetzt tun? Nicht einmal eine Smartphoneverbindung hatten sie. Die ganze Sache war dämlich, kopflos, laienhaft organisiert worden. Der Mann hätte doch allein nach Köln reisen können, mit der Bahn. Weshalb hatte er ihn in Frankfurt abholen müssen? So ein Mist!

Nun musste er die Sache ausbaden.

Er versuchte, sich zu beruhigen. Es gab nur drei Erklärungen für das, was passiert war: Entweder der Mann hatte sich abgesetzt. Das schien ihm aber unwahrscheinlich. Nicht nach dem, was er von ihm wusste. Nein, dieser Hoffmann war nicht der Typ, der einen hinterging.

War er von der Polizei festgenommen worden?

Seltsamerweise bereitete ihm diese Erklärung die geringsten Sorgen. Am schlimmsten war Möglichkeit Nummer drei:

Hoffmann war hochgenommen worden. Aber *nicht* von der Polizei.

Der Mann ging noch einmal zurück in die Abflughalle, mied allerdings den Schalter. Er konnte ihn aus der Distanz im Blick behalten. Die Dame saß nicht mehr an ihrem Platz. Die Halle schien groß genug, um ein Segelflugzeug hindurchfliegen zu lassen. Vielleicht hatte er diesen Hoffmann einfach nur verpasst? Sie kannten sich nicht, aber sie hätten sich erkannt. Er hatte Fotos von dem Mann gesehen, und diesem Hoffmann war gesagt worden, wer ihn abholen würde.

Doch Hoffmann war dort nirgends. Und draußen, vor den Fenstern der Halle, stand das Flugzeug nach wie vor an seinem Platz an der Fluggastbrücke. Ein Flugzeug von vielen dieser Überseemaschinen, die Frankfurt täglich zu Hunderten ansteuerten. Der Mann folgte einem Gefühl. Es lotste ihn auf die Besucherterrasse. Von dort aus hatte er einen guten Blick auf die Maschine und das Drumherum. Ein großer Vogel. Daneben wirkte alles recht klein …

Vorn am Flieger, halb verdeckt von Bug und rechter Tragfläche, stand ein signalrot-weißer Transporter mit gelb-rot gestreiftem Heck – wie ein Küken unter den Fittichen der Mutter.

Ein Rettungswagen?

Der Mann dachte an eine vierte Möglichkeit, die das Verschwinden Hoffmanns erklären konnte. Sie war die natürliche Folge von Möglichkeit drei:

Sie hatten Hoffmann außer Gefecht gesetzt. Vergiftet vielleicht? Oder betäubt, um ihn zu entführen und anderswo zu verhören? Im Gehirn des Mannes ging es rund. Wenn das, was er da zusammenfantasierte, tatsächlich geschehen war, dann musste er herausfinden, wohin sie Hoffmann brachten.

Er holte sein Smartphone hervor und rief jemanden an. Das Gespräch dauerte fast fünfzehn Minuten. Er hatte große Schwierigkeiten, seinen Gesprächspartner zu beruhigen. Der Typ am anderen Ende der Leitung war der Panik nahe.

Er selbst ging jetzt mit kühlem Kopf vor.

In der folgenden Stunde gelang es ihm, ein wenig Licht in die Angelegenheit zu bringen. In der Notfallambulanz des Flughafens fand er jemanden, der ihm Auskunft gab. Seine schlimmste Befürchtung bestätigte sich. Hoffmann war tot.

Was geschah nun mit der Leiche?

Weil sich der Mann mit ganzer Kraft auf den Fall Hoffmann konzentrierte, bemerkte er nicht, dass sich zwei der Fluggäste – Zwei-Finger-Pablo und Acht-Finger-Pedro – an seine Fersen geheftet hatten. Ohne aufzufallen, was dem Gehirn Pablos und der Durchschlagskraft Pedros zu verdanken war. Man sollte sich allerdings keine falschen Vorstellungen von den Kräfteverhältnissen innerhalb des Duos machen. Acht-Finger-Pedro, der Gedrungene, Wuchtige, war eine Kampf- und Mordmaschine. Man nannte ihn Acht-Finger-Pedro, weil er mal zwei Verräter mit je einer Hand unter Wasser gedrückt hatte. Dabei hatte er zwei Finger verloren. Es war nicht klar, ob sie ihm von den Opfern oder von den mit Crystal-Meth aufgeputschten Piranhas im Mordbecken abgebissen worden waren. Pedro hatte nicht mal gezuckt. Das tat er nur, wenn Pablo Baresco, der Schlanke, Nachdenkliche, ihm Anweisungen gab. Pablo musste nur mit zwei Fingern schnipsen, dann gehorchte auch Pedro.

Um kurz nach sieben Uhr machte sich ein Leichentransport auf den Weg nach Köln. Zwei Fahrzeuge folgten ihm. Die Todesumstände des Mannes, der auf dem Flug von Bogotá nach Frankfurt gestorben war, waren in einem Maße rätselhaft und warfen so viele Fragen auf, dass eine gerichtsmedizinische Untersuchung anberaumt worden war. In Köln.

Der Leichenwagen fuhr mit gleichmäßiger Geschwindigkeit. Er geriet nur kurz vor Köln in einen Stau, im dort üblichen Baustellensalat. Das Fahrzeug ließ sich gut verfolgen, denn es fuhr nie schneller als 120 km/h. Im Leichenwagen wusste der lebendige Teil der Fahrzeugbesatzung nichts von den Verfolgern. Der Mann im Wagen dahinter, der den Toten als lebendigen Menschen vom Frankfurter Flughafen hatte abholen wollen, wusste nichts von Fahrzeug drei, hinter ihm. Nur in Fahrzeug drei wussten Pablo und Pedro von allen anderen. Hätte der Nerd Martin sich Gedanken über den kleinen Konvoi gemacht, hätte er sich vielleicht zu der Hypothese verstiegen, dass das Wissen der drei Parteien voneinander, mathematisch betrachtet, eine Funktion der Wagenreihenfolge darstellte.

Aber Martin war jetzt auf dem Schulweg und dachte daran, dass sein Schultag mal wieder eine Funktion der Launen Rochus Gröbens sein würde. Nach dem *Sommernachts*-Albtraum ein weiteres Desaster.

Konrad machte sich am Donnerstagmorgen nach einem wunderbar melodischen Schlaf auf den Weg zur Arbeit. Doch zunächst kehrte er bei der Rechtsmedizin ein. Um kurz nach acht erschien er mit einem Jutebeutel am Empfang und fragte nach Josepha Roth und Benedikt Weiss. Konrad kannte die beiden Forensiker, die oft zusammenarbeiteten. Intern nannte man sie das *Team Roth-Weiß*. Die beiden spielten unter Forensikern in einer Liga, von der man beim ebenfalls in Rot-Weiß antretenden 1. FC Köln nur träumen konnte.

»Na, Konrad, was haste diesmal?«, begrüßte ihn die Dame am Empfang. Konrad gewährte ihr einen Blick in den Jutebeutel:

»Vom Friedhof?«

»Klar.«

»Und wenn der einfach nur gestorben is?«

»Der ist ne die«, sagte Konrad.

»Ne Frau?« Die Dame beäugte den Schädel skeptisch. »Was verrät dir das? Die Frisur?«

Sie grinste.

»Haste geforscht?«

»N bisschen«, sagte Konrad. »Brauch aber noch mehr Informationen. Vielleicht kommt ihr hier weiter.«

»Bestimmt«, sagte die Frau, fühlte sich selbst gemeint und beäugte das Loch im Schädel.

»Wenn die bei den Reichen lag, dann hat die vielleicht nur einen Golfball an den Kopf bekommen. Die können 200 Kilometer schnell werden.«

Die Dame wohnte nobel, bei Marienburg, golfplatznah. Auf ihrem Zierrasen wuchsen nicht nur Boviste.

»Die lag bei den Reichen, die Leiche, aber ich glaube nicht, dass die reich war«, sagte Konrad vieldeutig.

Die Dame runzelte die Stirn und erinnerte sich daran, dass ein Morgenschwätzchen eine gewisse Zeitspanne nicht überschreiten sollte:

»Benedikt ist noch nicht da«, sagte sie daher. »Der hat einen Außentermin. Aber Josepha ist da. Dann ruf ich sie mal.«

»Danke«, sagte Konrad. Und wartete.

Als Josepha Roth nach zehn Minuten erschien, war sie sehr in Eile:

»Drei schwere Verkehrsunfälle, und bei jedem machen die Versicherungen Druck. Ein Airbag, der angeblich zu spät ausgelöst hat. Ein Mann, der angeblich angeschnallt war, obwohl die Polizei das verneint. Eine Frau, die angeblich verbotene Medikamente eingenommen hat. Dann ein Multimillionär, dessen Todesursache eigentlich ziemlich klar ist, wären da nicht die geldgierigen Erben, die sich gegenseitig des Mordes beschuldigen. Hässliche Sachen. Und alles heute. Und zu allem Überfluss dreht in Mühlheim auch noch einer durch, hört Stimmen und setzt sich mit Gitarre und Cowboyhut im Keller an ein Lagerfeuer. Sieben neue Leichen. Alle heute abzufrühstücken. Das gibt bestimmt noch ne Nachtschicht. Was haste denn, Konrad?«

Die Frage war rhetorisch. Der Schädel stand nach dem einführenden Gespräch auf dem erdbraunen Holz des Empfangstresens. Daneben lag nun auch der Oberschenkelknochen. Josepha wies auf das bräunliche Hinterhaupt.

»Wegen des Lochs hier?«

Sie drehte den Schädel, betrachtete ihn genauer.

»Sieht tatsächlich nicht danach aus, als sei das entstanden, weil der Sarg eingebrochen ist. Harter, gerundeter Hammerkopf mit flacher Schlagseite, würde ich sagen. Das Loch ist aber … recht klein. Ziemlich schmaler Hammer.«

»Eine … Kugel?«

»Nein, dafür dann doch zu groß. Eine solche Kugel hätte vom Schädel nichts übrig gelassen … Andererseits … Eine Schleuder vielleicht.«

»Golfball«, murmelte die Dame vom Empfang, und dann lauter: »Konrad behauptet, das ist ne Frau.«

»Kann schon sein«, sagte Josepha. »Der Femur hier, das *Collum Ossis Femoris.*«

»Collum was?«

»Der Oberschenkelhals. Er ist etwas nach vorn gedreht. Typisch Frau. Und hier, am Schädel, die Augenwulst: kaum ausgebildet. Frauen erinnern weniger an Neandertaler als Männer. Kinn sehr spitz. Ziemlich vollständig, die Dame.«

»Also doch«, sagte Konrad.

»Na ja warte mal noch ein bisschen. Hab ich Zeit?«

Josepha Roth sah Konrad herausfordernd an.

»Klar«, sagte Konrad, betrachtete den Schädel. »Ich glaub, Zeit spielt jetzt nicht mehr so die Rolle.«

»Bei mir schon«. Josepha Roth seufzte. Nur der Schädel schien zu grinsen.

Als Konrad die Gerichtsmedizin um kurz nach neun verließ, war ein Leichentransport aus Frankfurt vorgefahren. Konrad nahm im Augenwinkel wahr, wie man einen Zinksarg aus dem Heck auf eine Rollbahre zog. Er dachte sich nichts dabei. Das Einliefern von Särgen gehörte hier zum Alltag.

In den folgenden Stunden arbeitete Konrad wieder an dem aufzulassenden Grab des Kölner Fabrikanten. Was er bisher wusste: Der Mann, Theodor Schlagowski, war 1918, in den letzten Tagen des Ersten Weltkriegs, gestorben. Er hatte sich im Wilhelminischen Kaiserreich vom Hufschmied zum Werkzeugmacher und dann zum Maschinenfabrikanten hochgearbeitet und war zum Zeitpunkt seines Todes einer der reichsten und mächtigsten Kölner gewesen.

Dennoch lag ein Schleier auf seiner Geschichte. Wer waren Schlagowskis Erben, seine Nachkommen? Was war aus seinen Firmen geworden? Das meiste, was Konrad wusste, hatte er in Chroniken in der Stadtbibliothek und im Stadtarchiv gefunden. Im Internet war er nicht recht vorangekommen. Zahlreiche Unterlagen der Unternehmen Schlagowskis waren im Stadtarchiv eingelagert gewesen. Doch vieles davon war beim Einsturz des Archivs

2009 zerstört worden oder hatte im Grundwasser des damals vollgelaufenen Archivkellers gelegen und wurde seitdem restauriert. Die Suche gestaltete sich schwierig. Das Historische Archiv von Köln war eine Schatzkammer der Geschichte. Aber die Suchmöglichkeiten im neuen Gebäude waren noch immer beschränkt.

Wer hatte die Blechdose ins Grab gelegt? War das halb zerstörte, in Wachspapier eingewickelte Dokument eine Anklage? Hatte es den Namen des Mordopfers enthalten? Die wichtigsten Informationen fehlten. Der Kölner Geldadel des vergangenen Jahrhunderts hatte sich gigantische Grabanlagen und Grüfte anlegen lassen. Weshalb hatte man diesen reichen Kölner abseits der Prachtzonen bestattet? Das Grab der Bankiersfamilie Deichmann zum Beispiel war so lang, dass man es im Volksmund *Kegelbahn* nannte. Schlagowski ruhte auf weniger als zwei Quadratmetern. Und schon seit Jahrzehnten hatte sich niemand mehr um dieses Grab gekümmert.

Der Tag war sonnig. Konrad geriet bei der Arbeit ins Schwitzen. Er brauchte eine Pause, wuppte sich aus dem Grab hoch, ließ die Beine in der Ausschachtung baumeln. Er verschnaufte und überlegte, sich am Kiosk an der Aachener Straße was zum Trinken zu besorgen.

Der alte Grabstein lag flach und breit gegenüber dem Loch. Hunderte Kilo schwer. Konrad musste ihn noch zerspalten. Anschließend würden Kollegen mit Bagger und Pritschenwagen kommen und die Reste abtransportieren. Die Spitzhacke lag schon da. Einen Presslufthammer setzte Konrad ungern ein. Die Eichhörnchen hassten den Lärm.

Konrad betrachtete den Stein.

Sandstein, dachte er. Eigentlich bevorzugten reiche Menschen Marmor und Granit. Je haltbarer der Stein, desto besser. Sandstein verwitterte stark. Die vom Steinmetz aufgemeißelten Symbole wirkten nach hundert Jahren wie abgeschliffen, teils abgeblättert: Waage, Kreuz, Ölbaumzweig, Flamme und Kelch. Zeichen aus dem Grenzraum von Leben und Tod. Konrads Augen wanderten langsam. Vieles war kaum noch zu erkennen. Auch von Namen und Lebensdaten waren Teile unleserlich geworden:

THEODOR SCHLAGOWSKI 1871–1918

Der Zahn der Zeit hatte T…OD … SCHLAG… übrig gelassen. Mit D statt T.

Nun, der Verwitterung war Schulbildung fremd.

Es raschelte. Jemand sang. Konrad sah sich um. Das Rascheln kam aus dem Rucksack, der im Schatten eines Strauchs neben der Grube lag. Als Konrad nachsah, floh eine Maus. Hätte er vorsichtiger nachgesehen, hätte er das Tier auf Wohnungssuche ertappen können, die Winkel im Dunkeln des Rucksacks inspizierend. Vielleicht hatte die Maus aber auch Hunger gehabt. Im Rucksack befanden sich neben diversem Krempel noch angebrochene Tüten Pistazienkerne und Studentenfutter. Plus ein paar Haselnüsse für die Eichhörnchen.

Er schob einen Gesteinsbrocken in die Öffnung des Rucksacks – so, dass neben dem Stein ein Schlupfloch verblieb. Für die Maus. Dann widmete er sich dem Singen. Es war lauter geworden. Konrad sah auf und im Gegenlicht des Ruhegartens tanzte Oma Gitti. Sie drehte sich im

Kreis, ihr goldgraues Haar offen, und die bunten Tücher und Schleier ihres Patchwork-Kleides umflatterten sie wie Paradiesvögel.

Gitti benahm sich bisweilen etwas wunderlich. An manchen Tagen war sie klar im Kopf, an anderen schwebte sie in ihrer eigenen Welt. Immer aber pflegte sie ungefragt Gräber, die sie für vernachlässigt hielt. So hatte sie viel zu tun.

Niemand wusste, wie alt sie war. Oma Gitti hatte darüber, je nach Laune, verschiedene Ansichten. Der bisherige Rekord nach oben – vor wenigen Wochen, an einem Abend mit zahlreichen Glühwürmchen aufgestellt – war 114 gewesen.

»114? Im Leben nicht!«

Martin. Er kannte Konrad erst seit wenigen Tagen und hatte gleich den vorlauten Naturwissenschaftler raushängen lassen.

»114«. Oma Gitti war beharrlich geblieben.

Martin hatte gelacht und Konrad hatte ihn schattig angesehen.

»Das ist vollkommen unmöglich, weil …«, hatte Martin erklären wollen, da hatte Konrad, so laut, dass es Martin ausbremste, dazwischengerufen:

»Da waren ziemlich harte Jahre dabei, nicht wahr, Oma Gitti?«

»Kannst du sagen, Konrad«, hatte Oma Gitti mit hellem Lachen gerufen und begonnen, von ihren harten Jahren zu erzählen. Da war sie plötzlich wieder klar gewesen.

Martin hatte zugehört. Konrad hatte sich flüsternd zu ihm gewandt:

»Harte Jahre zählen doppelt.«

»Du bist ganz schön schlau«, hatte Martin gesagt, wie immer zu laut, und Oma Gitti hatte es gehört und auf sich bezogen. Seitdem mochte sie auch Martin.

Der hatte an jenem Tag mehr gelernt als je an irgendeiner Schule.

Heute war wieder einer der wunderlichen Oma-Gitti-Tage. Sie tänzelte zwischen Hummeln herum, und als sie mit Konrad sprach, berichtete sie in singendem Ton von einem Engel, der in der Stadt gelandet sei. Ein grün leuchtender Engel. Wie ein funkelnder Edelstein. Ein Engel des Friedens. Dann tänzelte sie ein Stückchen zurück in die Wirklichkeit. Sie bemerkte, dass Konrad hart gearbeitet und sehr geschwitzt hatte, und holte ihm aus der von Dackeln so geliebten Gießkanne zu trinken. Diesmal fand sie sogar ein Glas. Später, in der Nacht, würde Konrad mehrmals aufs Klo müssen, mit leichten Bauchschmerzen.

Als Martin am Nachmittag aus der Schule kam, berichtete er vom Stress mit Rochus Gröben. Der hatte vor versammelter Klasse behauptet, er habe für Martin ein Grab gekauft und würde ihm die Kaufurkunde in den kommenden Tagen feierlich überreichen.

Das ist praktisch deine Sterbeurkunde, hatte das Arschloch gesagt.

»Jetzt wird's aber kriminell«, meinte Konrad.

Er bemerkte, dass Gröbens Aktion der eigentlich robusten Seele Martins zusetzte. Also versuchte er ihn mit Interesse an der Aufführung des *Sommernachtstraums* abzulenken. Da Konrad von Martins Blümchenbadekappen-

Auftritt noch immer nichts wusste, wusste er auch nicht, dass Erinnerungen an den *Sommernachtstraum* keine so gute Idee waren. Immerhin gelang es ihm, Martin das Versprechen abzuluchsen, seine Mutter mal nach einer guten Aufnahme der Sommernachtsmusik Felix Mendelssohn Bartholdys zu befragen.

Erst beim Buddeln im Grab wurde Martin wieder munter. Dieser Kriminalfall Schlagowski, der sich anbahnte, faszinierte ihn. Sie sprachen über die Dinge, die sie zu Schlagowski wussten: einfache Anfänge, Hufschmied, Werkzeugmacher, dann eine erste kleine Fabrik, zu Wohlstand gekommen im Kaiserreich, Vergrößerung der Fabrik, Ausweitung der wirtschaftlichen Interessen, Landbesitz in der Zülpicher Börde, Gründung einer Zuckerfabrik, später auch Werke der Chemischen Industrie. Im Ersten Weltkrieg waren Sprengstoffe Gold wert. Überhaupt hatte Schlagowski im Krieg glänzende Geschäfte mit der Heeresversorgung gemacht: Da war auch der Landbesitz Gold wert. Er lieferte Zucker, Kohl, Sauerkraut, Rübensaft.

Fronternährung.

Und was den gefundenen Schädel betraf: Es war Martin gewesen, der vor Tagen die Theorie aufgestellt hatte, dass die kryptischen Zeilen des gefundenen Schreibens vielleicht bedeuten könnten, dass ein Mordopfer dieses Fabrikanten direkt unter dem eigentlichen Toten bestattet worden war.

Musste mit ihm in die Kiste … tiefer, und ihr werdet …

Konrad hatte sich mit einer Erklärung zu *musste mit ihm in die Kiste …* zurückgehalten. Martin war zehn. Aber an dem, was Martin vermutete, war ja was dran: Ein besseres Versteck der Leiche als unter der Leiche des Mörders gab es wohl kaum. Ein *todsicheres* Versteck.

Nun spann Martin seine Überlegungen weiter:

»Vielleicht hatte dieser Theodor sein Grab schon länger. Und er hat die Frau hier heimlich einbuddeln lassen. Bevor er selbst in die Kiste kam.«

Konrad dachte nach.

»Hmmm«, sagte er, »wenn er dann später hier begraben wurde, bestand aber doch die Gefahr, dass sie beim Ausheben des Grabes die Tote finden.«

»Richtig«, sagte Martin. »Die, die den Sarg des Mannes hier reingelegt haben, die wussten von dem Mord. Vielleicht die Familie, die alles vertuscht hat.«

»Das ist mir zu wild, Martin.«

»Das war ne superreiche Familie. Die haben zusammengehalten.«

»Ja, aber die Reichen, die haben doch nicht selber hier gegraben?«

»Nein, aber die Angestellten. Die angestellten Totengräber. Die Arbeiter, die waren alle abhängig von den Superreichen. Die haben schweigen müssen. Wer reich war, der hatte das Sagen.«

»Ist wohl immer noch so«, meinte Konrad nachdenklich.

»Die wussten es und haben nichts gesagt. Wegen drastischer Folgen.«

Nun kam Martin mit einer Geschichte aus dem Alten Ägypten. Von den Pharaonen. Die nach dem Ableben in verwinkelten Gräbern im Tal des Todes unter die Erde kamen oder in Pyramiden aufgebahrt wurden. Unter Abertonnen von Steinquadern in versteckten Grabkammern. Mitsamt ihren Reichtümern. Und damit Grabräuber später keinen Zugang zu den Schätzen fanden, habe man die fürs Grab zuständigen Mitwisser, die Architekten, Baumeister, Bauarbeiter und so, gleich mit begraben. Und ihnen vorher noch die Zungen rausgeschnitten.

»Und dann die Kammern mit Zaubersprüchen verflucht und mit Giftgas gefüllt!«

»Du weißt zu viel«, sagte Konrad, »wann machst du Abitur?«

»Ach, Abitur.« Martin winkte ab. Konrad lachte.

Sie theoretisierten und frotzelten weiter, bis zwei Kollegen Konrads mit Pritschenwagen und Bagger anrückten, um die Trümmer des Grabsteins abzuholen, den Konrad leider noch immer nicht zerkleinert hatte. Die Kollegen waren sichtlich sauer und zogen unverrichteter Dinge wieder ab:

»Das erklärst du dem Schorn ganz alleine«, fluchte Gandulf Kantmann.

Ausgerechnet Kantmann, den Konrad der Gattung Kollegenpest zuordnete, hatte Schorn schicken müssen:

»Mist!«

Martin sah sich den noch unzerstörten Grabstein genauer an und meinte:

»Vielleicht war das schlau von dir, Konrad. Ich mache mal ein paar Fotos.«

Martin zog sein Smartphone hervor – ein neues Modell mit hochwertiger Kamera – und legte Aufnahmen von jedem Detail des halb verwitterten Grabsteins in seiner iCloud ab. Wer wusste schon, ob der Stein nicht vielleicht versteckte Botschaften enthielt? Da waren ja all diese verwitternden Symbole.

»Bei den Pharaonen wären das alles Geheimzeichen gewesen«, sagte Martin.

Dann war der Arbeitstag vorbei. Es war deutlich zu spät geworden.

Als Konrad gegen 20 Uhr Feierabend machte und Martin vorausflitzend nach Haus eilte, weil er beim Fotografieren eine harsch formulierte WhatsApp seiner Mutter gesehen hatte und nicht schon wieder zu was mit Blümchenbadekappe verdonnert werden wollte, erschien Benedikt Weiss zur Nachtschicht in der Forensik. Eine Stunde später kam auch Josepha Roth. Etwas übermüdet. Der Oberstaatsanwalt hatte im Fall des Wohnungsbrandes in Köln-Mülheim dann doch noch Dringlichkeit angemahnt, denn die Presse saß ihm im Nacken. Also würde im Untergeschoss der Rechtsmedizin, über den Edelstahltischen im Sektionssaal, vermutlich noch bis vier Uhr morgens das kalte Licht brennen. Und weil schon tagsüber so viel zu tun gewesen war, hatte man sich dem Leichnam aus Frankfurt noch gar nicht widmen können. Der lag, wie in den Unterlagen vermerkt, im Kühlfach Nummer neun. Im Kühlraum neben dem Sektionssaal: ein langgestreckter Flur mit vielen Stahltüren. *Verdacht auf Vergiftung* stand in den Unterlagen. Dringlichkeit Stufe II. Mülheim ging vor. Der Mann aus dem Flieger hatte Zeit bis zum nächsten Tag.

»Irgendwann später nehm ich mir den aber noch vor«, dachte Benedikt Weiss, denn was weg war, war weg.

Heute Nacht allerdings waren sie wegen Erkrankung einiger Kollegen nur zu dritt. Das Standardteam: Roth, Weiss plus Präparatorin. Die erfahrene Sektionsassistentin Renata Grabowski, die man erst dann richtig kennenlernte, wenn man einen blöden Spruch über ihren Nachnamen machte.

Benedikt Weiss kannte sie – und schätzte sie deswegen ganz besonders.

IN DER NACHT SIND DIE LEICHEN NICHT ALLEINE

»Gott, bin ich müde«, sagte Josepha Roth. Mit brennenden Augen und leichtem Schwindelgefühl blickte sie auf den dunklen Grund ihres Kaffeepotts. Sie war seit fünf Uhr früh auf den Beinen, hatte nach der normalen Schicht noch versucht, zwei Stunden zu schlafen. Das hatte ein brachiales Abendgewitter zu verhindern gewusst. Draußen war das Unwetter noch immer nicht vorbei. Wäre der Krankenstand im Institut nicht so alarmierend hoch, hätte Josepha Roth seit Langem Feierabend. Man sollte bei Sektionen wach und bei Sinnen sein, auch wenn ein Schnitt daneben kein Drama war.

Benedikt Weiss, ein großer Mann mit markanter Glatze und noch markanteren Furchen auf Wangen und Stirn, sah die Kollegin über den Rand seiner Brille hinweg an. Er trug, wie Roth, smaragdgrüne OP-Kleidung.

»Noch eine Ladung Koffein und ich befürchte plötzlichen Herztod.«

»Was dir die Arbeit ersparen würde.«

»Bei dir würde ich allerdings besonders liebevoll schneiden«, erwiderte Weiss.

Roth grinste schief.

Sie lehnte an einer mit Waage und Wasserhahn ausgestatteten Arbeitsfläche aus Edelstahl, angebracht unterhalb eines Hängeschranks und nischenartig in die Seitenwand des großen Sektionssaals eingelassen. Vier dieser Nischen gehörten zu den vier Sektionstischen des Saals. Und diese opferaltargroßen, die Raummitte beherrschenden Tische bestanden natürlich ebenfalls aus Edelstahl.

Alles leicht abwischbar.

Auf der Ablage rechts neben Josepha Roth stand der Schädel, den Konrad gefunden hatte. Dahinter lag der Oberschenkelknochen. Josepha Roth hatte die beiden Fundsachen nachmittags in ihr Büro bringen wollen, dann aber überlegt, zwischen den regulären Sektionen ein paar Untersuchungen vorzunehmen. Der Termindruck, den die Staatsanwaltschaft plötzlich erzeugt hatte, hatte es verhindert. Nun betrachtete der Totenkopf die Arbeiten wie eine Warnung vor zu viel Eile.

Gearbeitet wurde während dieser Nachtschicht nur an einem der Sektionstische. Josepha Roth und Benedikt Weiss warteten auf die Leiche. Renata Grabowski, die Präparatorin, das heißt die Sektionsassistentin, holte sie aus dem Kühlbereich. Es ging um das letzte der Opfer aus dem Brand in Mülheim. Die anderen Toten waren bereits am Nachmittag untersucht worden.

Es war kurz vor Mitternacht. Die Tür öffnete sich. Renata Grabowski kam zurück, mit dem Transportwagen – Edelstahl – auf dem, unter weißem Tuch, Arbeit lag. Roth und Weiss wandten sich vom Kaffee ab, schlüpften in frische blaue Handschuhe, legten OP-Masken an und gingen auch bei diesem Toten – einem 52-Jährigen Mann, Frührentner, wohnhaft im Dachgeschoss des abgebrannten Hauses – nach der Devise vor: Selbst wenn alles nach Rauchvergiftung aussah, durften keine Spuren übersehen werden, die auf Brandmord, Leichenbeseitigung oder sonstige Versuche, ein Verbrechen zu verschleiern, hindeuteten.

Bisher waren die Untersuchungen flott vorangeschritten. Die erste Leiche, der Verrückte mit dem Lagerfeuer-Tick, war mitsamt Krankenakte eingeliefert worden, die ihm eine Vorgeschichte massivster Schizophrenie attestierte. Und bei der Gewebeentnahme hatte Josepha Roth die psychoaktiven Substanzen, die der Mann zum Befeuern seiner Verrücktheit geschluckt hatte, beinahe riechen können.

Nun ja, den Proben würde sich Hartmann von der Toxikologie am kommenden Vormittag widmen. Sie aber wussten längst Bescheid. Da brauchten sie keinen weiteren Experten.

Als der 52-Jährige auf dem Tisch lag, begann das übliche Prozedere: Vor dem ersten Schnitt äußere Leichenschau und Aufnahme des Protokolls mit dem Diktiergerät. Unterbrochen von detektivischen Diskussionen, die man dem Protokoll vorenthielt:

»Hier ist eine gräuliche Substanz.«

»Bist du schon im Gehirn? Donnerwetter, der Kollege hat es eilig.«

»Die Kollegin belieben zu scherzen. Nein. Hier. An Mundwinkel und Unterlippe.«

Benedikt Weiss entnahm mit einem Spatel eine Probe

der gräulichen Masse, zeigte sie Josepha und tat die Substanz anschließend in eine Probendose.

»Leberwurst.«

»Könnte auch Teewurst sein. Ich habe da mal eine Studie gelesen ...«

»Die berühmte Teewurst-Leberwurst-Studie?«

»Nicht ablenken, Herr Kollege. Bei Hitzeeinwirkung und hoher Kohlenmonoxidkonzentration verliert Teewurst die rosige Farbe und ...«

»Wie so manches im Tod«, sinnierte Weiss, zog die Unterlippe des Mannes mit einer Hakenzange ein Stück weit auf, blickte in den Mund, nickte:

»Leberwurst. Lippe spricht Wahrheit.«

»Lippe in diesem Zustand ist ein bakterieller Frontalangriff. Teewurst jetzt schon auszuschließen, halte ich für verfrüht.«

»Ihr spinnt doch«, warf Renata Grabowski ein. »Dürfte ich das Ende eurer Diskussion noch vor meiner Rente erleben?«

»Frau Roth, nehmen Sie bitte zu Protokoll: Die Teewurst-Leberwurst-Kontroverse von Köln drohte zu entgleisen, als die Präparatorin Sachverstand und Eile anmahnte.«

»Sachverstand ist ein rares Gut«, dozierte Renata Grabowski. »Und um ihn gleich anzuwenden: Weder Teewurst noch Leberwurst scheinen mir für diesen Fall entscheidend zu sein.«

»Punkt für Frau Grabowski«, sagte Josepha Roth.

»In Ordnung«, sagte Benedikt Weiss. »Ich möchte nur darauf hinweisen, dass in der Frage Teewurst-Leberwurst folgende Naturkonstante berücksichtigt werden sollte: männlich, Ü50, alleinstehend, Köln-Mülheim, das bedeutet Leberwurst.«

Renata Grabowski verdrehte die Augen, und Josepha Roth lachte:

»Weiblich, Köln-Lindenthal, gut situiert hieße dann wohl Teewurst. Punkt für den Kollegen Weiss. Und jetzt zurück zur Sachlichkeit.«

»Ich bitte darum«, sagte Renata Grabowski.

Benedikt Weiss begann zu schneiden. Man ging nun routiniert vor. Und der von Konrad gefundene Totenkopf verlor seinen strengen Blick auch dann nicht, als Weiss mit der elektrischen Knochensäge kreischend die Schädeldecke des Mülheimers öffnete.

Konrad war eingeschlafen, hatte dann aber einen dermaßen lauten, orchesterbegleiteten Sommernachtstraum, dass er schon kurz darauf mit einem Crescendo erwachte. Ihm klingelten die Ohren und sein Herz hämmerte. Draußen, irgendwo weit hinter Köln, zuckte eine Folge von Blitzen, grollte Donner. Das Gewitter zog ab. Die verdrehten Vorhänge am gekippten Balkonfenster verrieten den vergangenen Windtanz.

In Konrads Kopf verblassten die Bilder und Töne des Konzerts: die rollenden Kesselpauken, das Heulen und die melancholischen Violinen. Ach, diese Violinen … alles hallte nach, schlich davon.

Es war wenige Minuten nach Mitternacht. Früh am Freitag. Konrad entschied sich aufzustehen. Der Regen verebbte wie Applaus, sobald die Mehrheit der Konzertbesucher entschieden hatte, in die Tiefgarage der Philharmonie zu eilen, um dem Stau an der Ausfahrtschranke zu entgehen – was dann regelmäßig zu Stau an der Ausfahrtschranke führte.

Konrad trank einen Schluck Wasser und beschloss, noch eine Nachmitternachtsrunde um den Friedhof zu drehen. Manchmal, wenn sein Kopf keine Ruhe gab, unternahm er Spaziergänge im geisterhaften Dunkel. Er ging dann nicht außen, um den Friedhof herum, sondern innerhalb der Mauern, in der glimmenden Düsternis der Grabfelder und Schotterwege. Es war eine Route von fast zwei Kilometern und im Mondschein warmer Nächte, im Streulicht der angrenzenden Straßen, eine Angelegenheit, die ihn wohlig frösteln ließ.

Konrad hatte einen Schlüssel für die Zugangstore. Er war ja Angestellter des Grünflächenamtes, und es war ihm gelungen, seinem Chef einen Generalschlüssel abzuschwatzen. Den hütete er wie seinen Augapfel. Um acht Uhr abends, wenn der Pförtner seine Runde machte, wurden sämtliche Tore geschlossen. Wer sich nach acht noch auf dem Gelände befand, konnte den Friedhof über Drehtore am Haupteingang und, an der gegenüberliegenden Seite, an einem Eingang nah der Rechtsmedizin verlassen. Man kam dort raus, aber nicht wieder rein.

Es hatte sich kaum abgekühlt. Konrad trug nur ein schwarzes T-Shirt und knielange Shorts. Seine sockenlosen Füße steckten in einem alten Paar Laufschuhe. Sollte er mit Matsch an den Schuhen zurückkehren, würde er sie im Hausflur, unter der Treppe, in einer schwarzen Abtropfschale abstellen. Da Konrad ein entspanntes Verhältnis zu Matsch und Erdreich hatte, war Heinz Krause, der cholerische Hausverwalter, nicht grad sein bester Freund.

Gegen halb eins öffnete er das Friedhofstor am Haupteingang, schlüpfte hindurch, schloss wieder zu und betrat nach nur wenigen Schritten das Dunkel im Vorhof der Millionenallee. Den Weg abwärts glimmte ein Glühwürmchen. Das war ungewöhnlich so spät in der Nacht, so spät im Sommer und so kurz nach dem Regen. Ungewöhnlich wie ein sieben- oder achtstelliges Jahreseinkommen. Irgendwie, dachte Konrad, passte das schwebende Juwel hierher, an diesen Ort, wo der Geldadel Kölns tiefer schlief als sonstwo in der Stadt.

Konrad wandte sich nach rechts, nach Norden, bewegte sich an der Trauerhalle vorbei, unter tröpfelnden Linden hindurch auf den Ehrenfelder Teil des Friedhofs zu. Dort, in der Nähe der alten Arbeiterviertel Kölns, lag man weniger pompös. Das Tröpfeln unter den Bäumen störte Konrad nicht. Im Gegenteil. Er genoss das prickelnde Gefühl, wenn er getroffen wurde.

Er hatte eine Taschenlampe dabei, schaltete sie aber nicht ein. Im Grunde handelte es sich um eine notfalls auch als Schlagwaffe einsetzbare Leuchtkeule. Hell wie eine Kernfusionslampe blendete sie noch in hundert Metern Entfernung, sollte ihre gebündelte LED-Power dort auf schreckweit offene Augen treffen. Konrad setzte sie ein, wenn er im Dunkel zwischen den Gräbern verdächtige Geräusche hörte, Schattiges wahrnahm. Umrisse, die zu zwielichtigen Gestalten gehören könnten. Wenn Konrad dann seinen Schattenhabicht – *Shadowhawk*, so hieß das Ding – aufleuchten ließ, war der Schreck am Zielpunkt in aller Regel so groß, dass sich weitere Ordnungsmaßnahmen erübrigten. Die Störenfriede rannten davon, hechteten über die Mauer, die etwa zur Oskar-Jäger-Straße hin gar nicht so hoch war. Oder sie missbrauchten ein Grabkreuz an der Mauer als Trittleiter. Unter Grabschändern waren Leute mit Arthrose selten. Blödsinn verzapften meist jüngere Männer, deren Alkoholpegel zwar dafür sorgte, dass sie auf der anderen Seite der Umfriedung auf die Nase fielen, rüber allerdings kamen sie auch mit drei Promille.

Besonders effektiv war der Einsatz des Schattenhabichts, wenn Konrad im Moment des Einschaltens »Möge dich der Blitz beim Kacken treffen!« rief. Das hatte er üben müssen, denn Konrad war nicht der Typ für solche Sprüche. Doch manchmal musste man über seinen Schatten springen, wenn man einen Schatten springen lassen wollte. Und eine kleine Unsicherheit in der Stimme hatte den Effekt der Blitzeinlage noch nie verdorben.

Plötzlich hörte er es ganz in der Nähe rascheln. Am Rand des Schotterwegs. Konrad stoppte, lauschte, blickte konzentriert. Er hielt den Daumen druckbereit auf dem Feuerknopf seiner Lichtwaffe. Das Rascheln hielt an. Je intensiver sich Konrad darauf konzentrierte, desto feiner wurde es, verteilte sich auf mehrere Geräusche: Rascheln, Raspeln, auch ein Schmatzen war da. Scharfe Zähnchen, die vielleicht eine Schnecke aus dem Haus sägten, auffraßen, den Panzer eines dicken Käfers knackten. Konrads

Fantasie übersetzte die Geräusche in Bilder. Geräusche, die sich gut kombinieren ließen mit dem, was sich nur wenige Hundert Meter entfernt, im Keller des Rechtsmedizinischen Instituts, abspielte, tagtäglich und manchmal, wie jetzt, auch nachts. In der Fantasie Konrads entstand eine Komposition aus knackendem Chitin, schmatzender Weichmasse und den feinen Zähnen der Säge, die ein Brustbein öffnete. Der Tod war nicht schön. Hier auf dem Friedhof allerdings ernährte er gerade eine Igelfamilie.

Erleichtert erkannte Konrad das Schattenknäuel, das sich in eine schemenhafte, kugelige Kette verwandelte und mit raschelnden Geräuschen seitlich des Weges im Laub eines aus Buchen bestehenden Wäldchens verschwand. Die Igelin hatte vier oder fünf Junge. Vermutlich Mitte oder Ende Juli zur Welt gekommen. Jetzt erstmalig auf Ausflug. Natürlich nachts, Igelkugeln manövrierten am sichersten im Schutz der Dunkelheit. Feinde hatten sie hier auf dem Friedhof kaum: Marder vielleicht. Aber einem gesunden Igel konnte auch ein Marder nichts anhaben. Der Feind lauerte außerhalb des Friedhofs, auf den breiten Straßen, der Aachener, dem Melatengürtel, im Nachtverkehr.

Neulich, beim Buddeln, hatte Martin Konrad darauf hingewiesen, dass die Sache mit den Mardern, den Igeln und den Autos eigentlich ganz witzig sei.

»Was soll daran witzig sein?«, hatte Konrad gefragt.

Er hatte aufgehört zu graben.

»Na ja«, hatte Martin gesagt, »ein Marder killt leichter ein Auto als einen Igel.«

Das war in der Tat witzig – und irgendwie gerecht. Und

jetzt, mitten in der Nacht, musste Konrad grinsen, als er an das Gespräch dachte und an den am Grabrand dozierenden Martin, der zu seinen Erklärungen die Hand hob und sie bewegte wie ein kaum vier Käse hoher Dirigent.

Einer, der den Takt manchmal mit einem Oberschenkelknochen angab.

Und dann fuhr ein Blitz in Konrads Gehirn. Etwas Nasses, Kaltes griff an sein linkes Bein. Konrad wollte aufschreien, aber das Dunkel packte zu, schnürte ihm die Kehle zu und ließ sein Herz stoppen.

Josepha Roth, Benedikt Weiss und Renata Grabowski führten die Obduktion des Brandopfers mit dem gebotenen Ernst durch. Wie immer. Nach der Öffnung des Brustbeins bewies die deutliche Schwärzung im Inneren der aufgeschnittenen Luftröhre, dass der Mann vor dem Exitus intensiv Rauch eingeatmet hatte. Außerdem zeigten die hellroten Fingernagelbetten des Toten, dass er lange Zeit einer Beatmung mit Kohlenmonoxid, einem der gefährlichsten Brandgase, ausgesetzt gewesen war. Eindeutig handelte es sich auch bei diesem Mann nicht um eine beseitigte Leiche, sondern um ein Opfer des schizophrenen Feuerteufels. Der Oberstaatsanwalt hatte einen Fall weniger an der Backe.

Die nächste Frage im Sektionssaal lautete: Feierabend oder Frankfurt.

»Kommt«, sagte Benedikt Weiss, zurück in Kalauerlaune. »Einer noch. Frankfurt. Der Mann aus dem Flieger«. Er sah seine Kolleginnen an: »Gegenstimmen?«

Renata Grabowski und Josepha Roth wechselten einen stummen Blick:

»Nein«, sagte Renata. »Ich schlafe morgen aus.«

»Aber so was von«, stöhnte Josepha. »Hoffentlich ist der Mann schnörkellos gestorben.«

»Der Mann, als grundsätzlich einfach konstruiertes Wesen, ist selten ein Rätsel«, dozierte Weiss.

»Aber oft ein Schwätzer«, erwiderte Renata Grabowski. »Wir machen jetzt sauber, und dann weiter im Gekröse.«

Benedikt Weiss grinste.

Plötzlich ertönte irgendwo außerhalb des Sektionssaals eine Kaskade dumpfer Geräusche. Anschließend etwas, das wie unterdrücktes Rufen klang, plus Geschepper. Dann war wieder Ruhe.

»Was war das jetzt? Wiederauferstehung?«

»Funktioniert die Schließanlage nicht? Der Trakt sollte abgeriegelt sein.«

»Vorhin, als ich kam, war alles in Ordnung«, sagte Renata Grabowski. »Und der Pförtner war vor Ort.«

»Vorhin ist gut. Das war ja fast noch in einem anderen Leben.«

Josepha Roth sah auf die Uhr. Schon nach ein Uhr morgens.

»Vielleicht hat der Pförtner hier gerade rumgelärmt?«

»Heinrich?«

Renata schüttelte den Kopf:

»Bei Heinrich denke ich automatisch an einen Schlafwandler.«

»Also, manchmal graut mir vor dem«, meinte Josepha

Roth, »dieser kalte Blick. Erwarte ich eher hier auf dem Tisch, aber nicht am Eingang. Haben wir noch Kaffee?«

»Ich sag's doch«, meinte Benedikt Weiss, »scheintot, aufgewacht, doch noch den Löffel abgegeben. Der, groß wie eine Suppenkelle, hat ordentlich gescheppert.«

Die Kolleginnen übergingen den Kalauer. Sie arbeiteten weiter, ließen die dem Mann entnommenen, zerschnippelten Organe zurück in die Bauchhöhle flutschen, wo sie eingenäht wurden. Als es etwa fünfzehn Minuten später erneut lärmte, ein lautes Rasseln diesmal, wurde ihnen die Sache doch unheimlich. Renata Grabowski bereitete den Leichnam weiter für den Rücktransport ins Kühlfach vor. Josepha Roth ging in den Nebenraum, setzte neuen Kaffee auf, und Benedikt Weiss verließ den Sektionssaal, um nach dem Rechten zu sehen.

»Atze?!«

Wie ein Dampfstoß schoss das Wort aus Konrads Kehle. Und ebenso plötzlich verflog der Schreck, der ihn sekundenlang gelähmt hatte. Ein Maunzen. Erleichtert sah er nach unten, wo sich eine pitschnasse schwarze Katze liebevoll an seinen nackten Waden rieb. Das Tier gehörte Martin, und es kannte und mochte Konrad, auch wenn Konrad ihn dann und wann eingefangen und Martin übergeben hatte.

Atze war nämlich kein Freigänger, sondern ein Ausbüxer. Immer mal wieder gelang es ihm, aus der Wohnung zu entkommen – vorzugsweise abends, wenn die offene Balkontür mal nicht bewacht wurde. Atze nutzte jede Unachtsamkeit von Martin und Amalia Schmitz aus und wurde zu einem nächtlichen Streuner, den die Nager und Singvögel des Friedhofs fürchteten. Was den Autoverkehr betraf, hatte Atze bisher einen Schutzengel gehabt. Den Namen Atze hatte Martin gewählt, weil er meinte, er sei passend für eine Katze, der ein Teil fehlte – und zwar ein Teil des linken Ohres. Eigentlich war Atze ein Kater, aber Martin dachte nicht in Geschlechterkategorien. Wenn Atze nicht gerade schlief oder Beine liebkoste und sich bei Dosenöffnern einschleimte, war er ziemlich rauflustig.

Konrad streichelte den schnurrenden Jäger, bis der sich fast an seinen Beinen trocken gerieben hatte und weiterstreunte. Hätte Konrad ihn einfangen sollen? Trotz Atzes krimineller Energie achtete Konrad den Freiheitsdrang des Katers. Er seufzte, sah dem Schatten nach, zog dann sein Smartphone aus der Tasche. Das war nur deswegen aktiviert, weil sich Konrad ab und zu mit Martin austauschte. Und weil er manchmal, jetzt zum Beispiel, nach der Uhrzeit sah: Viertel nach eins. *Nun aber los,* dachte er. Viel später als zwei wollte er nicht zurück im Bett sein.

Zügig hielt er auf den mit Melaten verschmolzenen alten Ehrenfelder Friedhof zu. Das machte er bei seinen Nachtrunden häufiger. Er wollte nachsehen, ob in *Fröbelingen* alles in Ordnung war. Er hatte ja noch das Gespräch mit Paul im Ohr. Die Neonazis, die da gewütet hatten. Die wussten nun, dass es im Mauerwinkel zum Jüdischen Friedhof, zur Fröbelstraße hin, einen Platz gab, auf dem Obdachlose übernachteten. Oma Gitti, Joschi, Paul, der Köbes und Bernadette mochten sich in Fröbelingen sicher fühlen. Wenn man sie genau dort allerdings attackierte, dann war der Mauerwinkel eine Falle.

In Gedanken versunken, kam Konrad nach etwa zehn Minuten am Klohäuschen des Ehrenfelder Friedhofs vorbei. Kurz hinter dem Häuschen erreichte er das neu angelegte Feld eines Ruhegartens. Im knisternden Dunkel, gespickt mit einzelnen Grablichtern, wirkte die von gewundenen, heckengesäumten Schotterwegen durchzogene Szenerie mit schemenhaften Stauden, Stelen, Büschen, jungen Birken, Ahorn- und sonstigen Bäumen geisterhaft lebendig. Die schlanken Grabstelen und die Steine auf dem Urnenfeld waren erstarrte Trolle, die sich jederzeit in Bewegung setzen konnten. Der Friedhof der vergangenen zwei Jahrhunderte wirkte oft wuchtig, majestätisch, in Würde erstarrt: In den modernen Ruhegärten, Engelsgärten, Auengärten steckte viel mehr Lebensenergie. Hier trafen sich im Dunkeln Feen, Elfen – und natürlich schwirrten hier Fledermäuse. Das übte auf Konrad einen großen Reiz aus.

Gegen den westlichen, von schattenhaften Baumkronen durchbrochenen Himmelshintergrund erhob sich der düstere Block des Rechtsmedizinischen Instituts. In zwei Räumen der oberen Laboretagen brannte noch Licht:

Irgendwie, dachte Konrad, waren auch diese Lichter Grablichter.

Bis vor Kurzem war das Gelände des Ruhegartens eine Wiese gewesen. Unter zwei Roteichen in der Mitte hatte sich Gisbert Schwaderlapp von den Sankt-Ursula-Senioren wiederholt den Rücken verrenkt. Eigentlich herrschte auf dem Friedhof Sportverbot. Aber Marlies von Törne fand das unzeitgemäß. Es roch nach zwangsverordnetem Stillhalten. Marlies hatte in ihrer Jugend *Ho-Ho-Ho-Tschi-Minh!* gerufen. Sie und ihr Club umgingen das Sportverbot, indem sie sich mit Qigong der relativen Bewegungslosigkeit widmeten. Der nördliche Rand des Friedhofs war eh eine etwas abgelegene Zone.

Kaum hatte Konrad an die Qigongs gedacht, drang ein Keuchen und Röcheln zu ihm herüber. Konrad erstarrte. Das Keuchen näherte sich rasend schnell – wie ein Waldkauz im nächtlichen Sturzflug auf Beute. Konrad vergaß vor Schreck, den Schattenhabicht einzusetzen. Die Schemen von Kastanien, Ebereschen, Birken, Ahorn, von Stelen, Sträuchern, Grabbepflanzungen schienen alles mit Dunkelheit zu verwischen, und als Konrad das um die Kurve biegende schwarze, wie ein schattenhaftes Fangnetz auf ihn zufliegende Gezappel wahrnahm, war es zu spät:

»Aaaah!«

Wummms!

Kollision. Laut aufschreiend flog Konrad zur Seite. Treffer an der Schulter. Er stürzte. Der Schatten taumelte, fluchte, eilte weiter. Ein Mann? Konrad sah ihn, ohne etwas erkennen zu können. Plötzlich machte der Schatten eine hektische Bewegung. Zuckte dort neben seinem Kopf etwas in der Luft? Eine schwarze Faust? Der Schatten schien sich zu ducken und zugleich beiseitezuspringen. Dann prallte er gegen einen Baum, nur wenige Sekunden nach dem Zusammenstoß mit Konrad. Der lag rücklings halb auf dem

Weg, halb zwischen Gräbern, was seine Wahrnehmung zusätzlich beeinträchtigte. Der Baum stand am Wegrand, unbemerkt, aber effektiv – wie ein Parteispitzel in Peking oder Ho-Chi-Minh-Stadt.

Jemand brüllte:

»Verfickte Scheiße!«

Eventuelle Zweifel, ob es sich tatsächlich um einen Mann handelte, waren nun ebenfalls verflogen. Der Fluchende stöhnte vor Schmerz, löste sich vom Baum, entfernte sich weiter, Richtung Klohäuschen oder zum Ausgang Weinsbergstraße. Vielleicht auch einmal quer über das Gelände. Konrad hatte kein Wort herausgebracht. Er tappte in nassem Schotter und Rindenmulch herum. Im Dreck dort lag irgendwo der Schattenhabicht. Er war ihm aus der Hand geflogen. Und als er ihn endlich gefunden hatte, sich aufrichten und dem Keuchen ein Licht hinterherschicken wollte, rummste es erneut. Konrad, noch halb auf allen vieren, den Hintern schon hoch, fiel vorwärts auf den Bauch, mit einem Gewicht auf dem Rücken, das ebenfalls sehr laut keuchte und fluchte. Konrad versuchte, sich umzudrehen, das Gewicht abzustoßen. Jetzt schrie er, schlug um sich. Von Nachtruhe, geschweige denn Friedhofsruhe, konnte ganz und gar nicht mehr die Rede sein:

»Ah! Aua! Verflucht, lass mich … lass …!«

Der Gegner, der ein bisschen nach altem Schweiß roch, hielt inne. Rasselnder Atem. Eine heisere Stimme, frisch geteert. Ein Raucher.

»Konrad?«

»Paul?«

Zwei keuchende Männer, ineinander verknäult wie bei etwas, das man auf einem Friedhof nun wirklich nicht tat.

»Was machst DU denn hier?«

»Was macht IHR denn da?« Eine verwunderte, weibliche Stimme. Ebenfalls heiser: Bernadette.

»Und du?« Konrad zu Paul. Dann zu Bernadette: »Bernadette?«

»Ja.«

»Der Mann!«

Paul fluchte, rappelte sich auf, wollte dem Flüchtenden nach, stoppte aber gleich wieder, weil es ja doch nichts brachte und weil er eigentlich ganz froh war, in diesem Moment so unerwartet auf Konrad gestoßen zu sein. Körperlich war er ohnehin nicht in der Lage, die Verfolgung des Mannes aufzunehmen. Ein halbes Leben unter freiem Himmel, im Herbst, Winter bei Nässe und Kälte, und diverse Phasen mit zu viel Alkohol und zu vielen selbst gedrehten Zigaretten: Paul, Mitte sechzig, war mit Arthrose und Kurzatmigkeit bestens vertraut.

»Wer war das?«, flüsterte Konrad. Paul hatte sich etwas entfernt, schnaufte, kam zurück. Seine Schritte knirschten. Das klang in Konrads Kopf wie Sand zwischen den Zähnen. Bernadette war ziemlich geladen. Im Grunde hatte sie ein sonniges Gemüt, konnte scheu sein wie ein Reh – ein sehr … kräftig gebautes allerdings. »Starke Frau: rothaarig und friedlich. Seltenes Juwel«, hatte Paul mal gesagt. So wie Männer reden, wenn Frauen das grad nicht hören. Paul, den Bernadette um fast einen Kopf überragte, war eher der aufbrausende Typ. Er und Bernadette waren seit Jahren mehr als dicke miteinander. Aber wenn nötig, zeigte ihm Bernadette, dass sie durchaus auch Haare auf den Zähnen hatte.

Jetzt war sie wirklich genervt. Schon wieder gab es Stress, weil Typen, die zu doof waren, ein Fahrrad geradeaus zu schieben, ihre Ecke des Friedhofs als nächtliche Hauptverkehrsader missbrauchten. Als Konrad endlich seinen *Shadowhawk* wiedergefunden hatte, flammte das Lichtschwert in seiner Hand auf, wischte zwischen Ahornbäumen, Birken, Ebereschen, Kastanien hindurch, ließ nassen Stein aufglänzen und Blüten blitzen. Der Mann war verschwunden.

»Das war bestimmt wieder so ein Scheißnazi«, sagte Bernadette.

»Ich mach die fertig. Ich lass mir das nicht gefallen!«, schimpfte Paul. Seine Stimmbänder rasselten.

»Wenn das ein Fascho war, dann sei lieber vorsichtig«, meinte Konrad.

»Vorsicht bei Nazis ist die Mutter des Scherbenhaufens.«

»Paul, mit diesen Leuten ist nicht zu spaßen. Wollte der euch überfallen?«

Konrad war ruhiger geworden. Das Licht, das von seiner Hand ausging, vermittelte ihm Sicherheit, hielt Unheimliches auf Distanz. Es war eine Waffe. Außerdem waren sie jetzt zu dritt.

»Wir haben den vorhin gehört«, sagte Bernadette, als hätte die Dunkelheit ihr eine Frage gestellt: »War ein Heidenlärm und Gefluche, und dann wollten wir nachgucken.

Oma hat nichts mitbekommen. Und der Köbes ist grad nicht da.«

»Wir müssen zurück«, meinte Paul. Dass Oma Gitti jetzt allein war, besorgte ihn. Auch wenn sich niemand in ihrer Welt auskannte – darin herumtrampeln konnte man, wenn man denn wollte und Springerstiefel trug.

Konrad begleitete die beiden. Bei Oma Gitti war zum Glück alles in Ordnung. Sie schnarchte und klang ein bisschen wie defektes Blechspielzeug. Bis weit nach drei Uhr morgens blieb Konrad in Fröbelingen, unterhielt sich mit Paul und Bernadette über dieses und jenes: die Tafel, die Nazis, Joschi, der noch immer verschwunden war, und natürlich den Mann. Oma Gitti murmelte im Traum Unverständliches.

Was sie alle nicht bemerkten: Sie wurden beobachtet. Von zwei Gestalten, die sich auch von einem Lichtschwert Marke *Shadowhawk* nicht verschrecken ließen. Die beiden waren Meister der Tarnung. Zwar lebten sie davon, gesehen und gefürchtet zu werden. Doch wenn es drauf ankam, verschwanden sie in ihren eigenen dunklen Schatten. Auf dem nächtlichen Friedhof, dem Ort des Todes, fanden Männer des Todes reichlich Schlupfwinkel, verwandelten sich in Grabsteine, die schwarze Hüte trugen.

Pablo und Pedro lauschten. Eigentlich lauschte nur Pablo und Pedro wartete. Sie verharrten regungslos. Eine Fledermaus umflitzte sie und sie erschraken nicht. Profis wie sie erschraken nie. Und die Fledermaus hatte keine Zeit, sich um die Gestalten zu kümmern. Einzig der leicht offen stehende, debil wirkende Mund Pedros hatte einladend gewirkt, hätte der Fledermaus ein Versteck sein können. Aber auch das hätte Pedro nicht irritiert. Er hätte den Mund geschlossen, die Fledermaus verschluckt und sich weiterhin ruhig verhalten.

So hatte sie Glück. Sie hatte noch längst keine Zeit für Unterschlupf und Ruhe. Sie musste Insekten fangen. Ein gutes Kilo in diesem Sommer. Dagegen war die Arbeitsbelastung in den Nachtschichten der Forensik ein Klacks.

Als Pablo genug gehört hatte, gab er Pedro ein Zeichen, und sie zogen sich zurück. Kurz darauf verabschiedete sich Konrad von den Fröbelingern und machte sich auf den Heimweg. Im Rechtsmedizinischen Institut brannte noch immer Licht. Unten, im Kellergeschoss. Und in einem der höher gelegenen Fenster. Konrad sah sich um. Ihn fröstelte. Das höhere der Lichter schien ihn zu beobachten. Konrad schüttelte sich. Es war Zeit, den Irrsinn des Tages zu vergessen.

»Ich glaube, da war nichts«, sagte Benedikt Weiss, als er nach knapp fünfzehn Minuten zurück in den Sektionssaal kam. Er klang, als müsste er sich selbst von dieser Aussage überzeugen:

»Im Gebäude ist alles ruhig. Da treibt sich keiner rum. Im Hinterhof liegt eine Aluleiter. Damit habe ich Heinrich gestern hantieren sehen. Er hatte das Ding an die Mauer gelehnt, um überhängende Zweige abzuschneiden. Ich dachte noch, ob das wohl gut geht.«

Renata Grabowski sah ihren Kollegen verwundert an.

»War Heinrich jetzt etwa draußen?«

»Nein. Das heißt, ich weiß es nicht. Bestimmt nicht, um Äste abzusägen. Am Platz war er aber auch nicht. Sein Fernseher lief. Vermutlich war er, wie ich, mal nachsehen. Oder er war auf der Toilette.«

»Heinrich«, sagte Josepha Roth und verdrehte die Augen. »Lasst uns weitermachen.«

Es war spät. Das heißt früh. Sie wollten fertig werden. Und es lagen noch mindestens zwei Stunden Arbeit vor ihnen.

Sie schlossen das Protokoll ab. Ein letzter Blick und Benedikt Weiss deckte das weiße Tuch über den Toten. Dann zogen er und Josepha die Leiche rüber auf den Transportwagen. Anschließend begleitete Benedikt Weiss Renata Grabowski. Sie brachten den Mann, das Opfer aus dem Mülheimer Wohnungsbrand, zurück in den Kühlbereich. Dort, im langen Flur, brannte, wie immer, das Licht, und es war, wie immer, alles still, alles sauber. Renata Grabowski sah sich nervös um:

»Dieser Lärm vorhin …«

Benedikt Weiss konnte die Sache irgendwie nicht ernst nehmen.

»Vielleicht spukt es hier ja«, sagte er. »Ein Poltergeist.«

Nun musste Renata Grabowski schmunzeln:

»Ich habe neulich einen Krimi gelesen, der spielte genau hier, im Rechtsmedizinischen Institut. Handelte von einem Untoten in Kühlfach vier.«

»Soso. Ein Untoter.«

Sie öffneten Kühlfach siebzehn, schoben den Toten aus Mülheim hinein.

»Soll ich in der Vier mal nachsehen?«

»Das war ein Witz, Herr Weiss.«

»Machen Sie etwa Witze, Frau Grabowski?«

»Lassen Sie das, Herr Weiss.«

Sie wandten sich Kühlfach neun zu. Holten den Toten aus dem in Frankfurt gelandeten Flieger aus Bogotá heraus, zogen ihn auf den Transportwagen.

Der Kühlbereich bestand aus einem lang gestreckten neonbeleuchteten Flur mit Fliesenboden, an beiden Seiten gesäumt von je einem Dutzend Edelstahltüren. Groß und wuchtig. Hinter jeder dieser Türen befanden sich jeweils drei übereinanderliegende Kühlfächer. In den Wintermonaten und in der Hochphase des Karnevals – eine Zeit des Sterbens – hatten hier bis zu neunzig Tote Platz. Bei Katastrophen konnte der gesamte Trakt auf wenige Grad über null heruntergekühlt werden. Dann könnte man Verstorbene auch außerhalb der Kühlfächer lagern. Das hatten die Rechtsmediziner zum Glück nur einmal, in der Corona-Hochphase, erlebt.

Sie brachten die Leiche in den Sektionssaal und setzten die Arbeit fort:

Der Mann aus Fach neun war ein älterer, leicht korpulenter Herr. Den Papieren zufolge 65 Jahre alt. Er wirkte gepflegt, aber tatsächlich irgendwie auch alt.

»Die Sünden der Zivilisation«, sagte Josepha Roth. »Zu viel Alkohol. Zu viel Essen.«

»Na ja«, meinte Benedikt Weiss, »dem Äußeren nach zu urteilen, war der Schnaps des Mannes eher Cognac und das Essen hatte mindestens zwei Sterne. Manchmal wohl drei. Sieht doch alles sehr gepflegt aus. Was sagt die Akte?«

Sie studierten die Unterlagen der Staatsanwaltschaft: ein karger Polizeibericht, der die Auffälligkeiten des Todes an Bord des Fliegers dokumentierte.

»Verwirrung, Unwohlsein. Die Besatzung des Flugzeugs meinte, er habe halluziniert. Atemnot wurde festgestellt. Dann brach er zusammen.«

»Hmmm. Hier wird ja offensichtlich Vergiftung gemutmaßt. Na, ich weiß nicht. Aber untersuchen wir den Fall und entnehmen Gewebeproben für die Kollegen von der Toxikologie.«

Die kommenden zweieinhalb Stunden verliefen in bewährter Routine. Zunächst erfolgte die äußere Besichtigung der Leiche. Vermerkt und dokumentiert wurden Gewicht, Größe, allgemeiner Zustand, Hautfarbe, Lage und Ausmaß der Totenflecken, Ausprägung der Leichenstarre, Hautauffälligkeiten, eventuelle Narben, Wunden, Zustand der Zähne, Vermerke zur Kleidung. Dann wurde der Körper geöffnet: Brustbein, Schädel. Jedes Organ wurde untersucht. Proben wurden entnommen. Das Gehirn wurde in Scheiben geschnitten. Etc. Etc. Am Ende sahen sich Roth und Weiss an, und Renata Grabowski komplettierte den Blick.

Die Sache war eindeutig.

»Herzinfarkt. Das wird nichts mit Vergiftung. Aber soll sich Hartmann austoben. Die Pumpe war so was von überfällig.«

»Und das Hirn. Hui. Mit 65. Mindestens zwei leichtere

Infarkte hatten sich da schon zwischen die Geistesblitze gemogelt.«

»Tja. Bei manchen kommt der Dämmerzustand früh, andere lösen noch mit neunzig Gleichungen mit vielen Unbekannten.«

»Herz und Hirn – wahre Kalkskulpturen.«

»Höchst atheromatöse Gefäße. Sklerose. Stenose. Grad drei.«

»Typische Verschlusssache.«

»Genug der Kalauer«, sagte Renata Grabowski. »Ich will nach Hause.«

»Die Kollegin hat recht. Ich bin mir selbst nicht mehr geheuer«, sagte Benedikt Weiss. Sie brachten den Fall Frankfurt zum Abschluss und schafften den Verstorbenen zurück ins Kühlfach neun. Als sie dann aber im Kühlraum standen und dort eine Sektionsschere wie von Geisterhand bewegt zu Boden fiel – das Ding war aufgrund der allgemeinen Müdigkeit auf dem Transportwagen vergessen worden –, stach Benedikt Weiss noch einmal der Hafer:

»Vielleicht spukt es hier ja doch, Frau Kollegin«, unkte er. »Wie war das noch mit diesem Krimi, den sie gelesen haben? Kühlfach vier?«

»Herr Weiss, bitte!«, sagte Renata Grabowski mit einem Seufzen: »Die Zahl Vier hat für mich aktuell nur eine einzige Bedeutung. Es ist vier Uhr früh«, sie wies hoch zur Uhr über der Tür zum Kühltrakt. »Ich habe jetzt Feier…«

»Scheiße!«, entfuhr es Benedikt Weiss. Renata Grabowski verstummte schockiert.

Zunächst wegen des unflätigen Wortes.

Dann vor allem wegen dem, was sie sah: Benedikt Weiss hatte das Kühlfach mit der Nummer vier geöffnet. Jemand lag da drin.

Ein Toter in Fach vier war nichts Ungewöhnliches. In dieser Nacht allerdings hätte es leer sein sollen. Die Kühlung des Fachs war defekt. Mitte der kommenden Woche sollte sie repariert werden. Wenn denn alles nach Plan lief.

Das wirklich Ungewöhnliche aber war, dass der Tote im Fach seine Kleidung trug. Vollständig. Und dass sie ihn kannten, beziehungsweise *erkannten*. Er sah sie nämlich schräg an, der Mann, obwohl er auf dem Bauch lag.

»Jetzt sagen Sie bitte, dass das ein Witz ist, Herr Weiss«, hauchte Renata Grabowski.

»Heinrich«, sagte Benedikt Weiss. Nach Witz klang das nicht.

Heinrich Gerberus. Der Pförtner. Mit seltsam verdrehtem Kopf. Als hätte er beim Schlafwandeln nach hinten geguckt.

So was kann tragisch enden.

BLAULICHT-BLUES

Konrad schlief tief und fest, als Oma Gitti zu singen begann. Es war die Blaue Stunde, noch vor fünf. Oma stimmte den Blues an. Konrad hörte sie nicht. Er lag in seinem Bett, in seiner Wohnung in der Piusstraße, und genoss im Traum seine eigene Sommernachtsmusik. Paul hatte weniger Glück, und wäre er nicht schon von Omas Gesang erwacht, dann spätestens, als sie ihn zum Tanzen hochzog.

Paul und Bernadette hatten im Tiefschlaf nichts mitbekommen von dem, was sich seit einer halben Stunde im und am Institut abspielte. Als sich der nächste Sommertag in der Dämmerung abzeichnete, dröhnten plötzlich Fahrzeuge herbei, rauschten vor den Eingang der Rechtsmedizin. Türen schlugen, Blaulicht flackerte, Stimmfetzen gingen hin und her. Das Blaulicht pulste mit einer für die Forensik geradezu perversen Lebendigkeit, schwappte über die Mauer zum Friedhof und gaukelte Oma Gitti Partystimmung vor. Als Paul, zum Tanz gezwungen, endlich vollends wach war und begriff, was da ablief, drängte er zur Flucht. Doch Bernadette hielt ihn zurück:

»Die finden uns sowieso. Und wer abhaut, macht sich verdächtig.«

Das stimmte. Was sollten sie also tun?

Oma Gitti tanzte einfach weiter.

Die Polizeibeamten und die Spurensicherung brauchten nicht lange, um herauszufinden, dass derjenige, der dem Pförtner des Instituts den Hals umgedreht und den Toten in ein Kühlfach gestopft hatte, rückseitig aus dem Gebäude geflohen war. Der Täter hatte eine ausziehbare Aluleiter gefunden und als Laufsteg zweckentfremdet. Er hatte mit der Leiter die knapp fünf Meter Distanz zwischen einem Fenster im zweiten Stock und der Krone der Friedhofsmauer überwunden. Die Leiter war stabil genug. Anschließend war sie in den Hof zwischen Institut und Mauer gerasselt. Das Fenster stand offen. Die Situation war eindeutig.

»Muss ein ziemliches Geschepper gewesen sein«, sagte Jan-Philip Freese, ein athletisch gebauter Beamter, der die Ermittlungen an diesem Morgen leitete. Er machte sich ein Bild und löcherte das Team Roth-Weiss. Die waren mittlerweile so müde, dass Freese kaum von ihrem ansonsten chirurgischen Scharfsinn profitieren konnte. Der Leiter des Instituts, Professor Kosanos, erschien ebenfalls. Renata Grabowski hatte ihn angerufen und aus dem Bett geholt, bevor die Polizeibeamten das hatten tun können.

Während sich Kriminalhauptkommissar Freese als Chef der Spurensicherung dem Chef der Rechtsmedizin zuwandte und beide zur besten Kaffeemaschine des Instituts ins Chefbüro weiterzogen, übernahm Freeses Kollegin, Kriminalkommissarin Julia Malik, die Befragung der Forensiker im Kühlraum. Freeses Leute drangen derweil auf den Friedhof vor, fanden die Sprungspuren des Flüchtigen, schwärmten aus und standen vor Rätseln. Der Boden war aufgrund des Nachtregens stellenweise sehr matschig, und obwohl sich die Fußabdrücke des Flüchtenden deutlich vor der Mauer abzeichneten, verloren sie sich auf den trittfesten Schotterwegen.

Neben den Wegen fanden sich genügend Spuren. Leider auch eine ganze Menge, die das wenig hilfreiche Muster von Tanzschritten nahelegten:

»Mann, hier gibt's zu viele Lebende«, schimpfte Anja Gösebrecht, die jüngste Beamtin von der SpuSi. Sie goss Gips in verdächtige Abdrücke, hatte schon zahlreiche weiße Pfützchen angelegt, um den Weg des Täters zu rekonstruieren. Dabei achtete sie darauf, ihre Arbeit nicht mit eigenen Spuren zu sabotieren.

Dafür sorgte ihr Kollege Gernot Breckers.

»Breckers! Pass mit deinen blöden Quadratlatschen auf!«

Anja Gösebrecht ließ verärgert einen noch halb gefüllten Gipsbecher fallen.

»Mach dich locker, Gösi«, nölte Breckers. »Meine Füße kennste doch.«

»Ja, und wo die hinstapfen, bleibt nichts, was man auswerten könnte!«

Gernot Breckers lachte und trampelte einfach weiter. Er bog um die Ecke. Dann blieb er abrupt stehen:

»Sieh an, sieh an, Timoteus. Was sind das denn für Vögel?!«

Er hatte die Fröbelinger entdeckt. Paul und Bernadette saßen in ihren speckigen Schlafsäcken, halb aufgerichtet, an der Mauer, als hätten sie wenige Sekunden zuvor noch geschlafen. Oma Gitti hörte auf, sich im Takt eingebildeter Musik zu wiegen. Sie erwachte aus ihrem Morgenblues. Da sie mit Arschlöchern nicht tanzte, hielt sie Abstand zu dem Polizeibeamten. Jedenfalls tat sie nichts, was Breckers als übergriffig werten konnte.

Also nutzte Breckers die Gelegenheit und wurde selber übergriffig. Dank seiner radikalen Befragungsmethoden dauerte es keine zehn Minuten, und er hatte die drei Obdachlosen mit haltlosen Anschuldigungen dermaßen in die Enge getrieben, dass Bernadette keinen anderen Ausweg sah, als auf Konrad zu verweisen:

»Konrad. Konrad Leisegang. Der ist Friedhofsgärtner auf Melaten. Der kann bestätigen, dass wir hier sein dürfen. Er war dabei heute Nacht. Er kann unsere Unschuld bezeugen! Er hat alles miterlebt!«

»Ein Friedhofsgärtner? Und der arbeitet nachts? Für wie blöd hältst du mich?«

»Sag ich lieber nicht«, murmelte Bernadette.

»Was?«

»Nichts. Schon gut.«

»Den Leisetreter nehmen wir uns gleich mal vor, Gösi!«, brüllte Breckers.

Scheiße, dachte Paul, *jetzt kriegt Konrad auch noch Ärger.*

Konrad war unausgeschlafen und sah käsebleich aus, nachdem Breckers ihn um halb sieben mit einem Klingelsturm geweckt hatte. Zu Konrads Glück hatte Anja Gösebrecht in der Zwischenzeit ihren Vorgesetzten Freese informiert.

Freese gehörte zwar zum Männertypus *Muckibude statt Buch*, aber er war nicht dumm. Er befürchtete, Breckers würde das Verhör an die Wand fahren, wenn er es allein durchführte. So stand Konrad um kurz nach sieben nicht Breckers, sondern Freese gegenüber, an ungefähr derselben Stelle, wo er in der Nacht umgerannt worden war, und berichtete vom nächtlichen Sprinter. Tatsächlich konnte die SpuSi dank seiner Angaben ein paar weitere Fußabdrücke ausgipsen. Jetzt fehlte zu den Spuren nur noch der Rest des Unbekannten. Konrads Personalien wurden aufgenommen. Er durfte gehen.

»Den kriegen wir«, versicherte Freese. Konrad hörte es, bezog es auf sich und erschrak. Freese zog es zurück an seinen Schreibtisch. Professor Kosanos guckte betreten. Er befürchtete schlechte Presse und sah den Ruf des Instituts in Gefahr.

Die Spurensicherung packte ihre Sachen zusammen. Zurück blieben Fragen und Unordnung. Auch Josepha Roth, Benedikt Weiss und Renata Grabowski gingen heim. Die Obduktion des ermordeten Pförtners übernahmen andere. Der Tagesbetrieb an der Forensik räumte auf und tauschte den kompletten Personalbestand aus, als könnte man so das Geschehen der Nacht gleich mit loswerden. Doch schon in der frühmorgendlichen Ausgabe eines Online-Nachrichtenportals gestaltete man den Bericht über den Mord an Heinrich Gerberus mit aufgemotztem Aufmacher. Die Headline lautete: WACHMANN DES TOTENREICHS ERMORDET. Hier und da setzte man ein paar Unwahrheiten in den Bericht, garnierte alles griffig mit der Frage »KRIEG IN DER UNTERWELT?«, und dem Institut drohten klebrige Gerüchte.

Konrad, verwirrt nach all den Verhören, legte sich am Morgen noch einmal hin, um die Unruhe im Kopf in den Griff zu bekommen. Zum Glück hatte er heute frei. Am frühen Freitagnachmittag saß er Kaffee schlürfend in einem mit Kühlungen ausgestatteten Nebenraum, einem der Lagerräume von Alice Stüssgens Supermarkt. Hier sammelte Alice die für Lindenthal bestimmten Waren der Kölner Tafel – vor allem Lebensmittel. Ausgabe war am kommenden Mittwoch: an Tischen, die man hier im Raum und auf dem Hof hinter dem Supermarkt aufbauen würde. Paul und Bernadette halfen beim Checken der Bestände. Konrad half nach dem zweiten Kaffee mit. Es ging zu wie in einem Bienenkorb.

Zu Hause war Konrad die Decke auf den Kopf gefallen. Bei der Tafel hatte er Ablenkung. Zahlreiche Mitglieder der Bürgerinitiative LiLeBü tauchten irgendwann auf. Zum Beispiel Cornelius Walterscheid, der Juwelier, der das älteste Schmuckgeschäft des Viertels führte. Walterscheid schaute mit einer Liste von Spendern vorbei, die für die nächsten Tage Waren versprochen hatten. Walterscheid war so etwas wie der Buchhalter, Schriftführer, Kassenwart der Lindenthaler Tafel. Er war sehr engagiert, blieb aber nur kurz. Wegen einer Sommergrippe wirkte er angeschlagen.

Als er sich verabschiedete und gehen wollte, kam Ose Schumann von *Oses Tee-Oase* und schleppte einen Karton mit Fairtradekaffee und exotischen Teesorten an:

diverse Kräutertees sowie ein ganzes Sortiment Guaven-, Moringa-, Papaya-, Avocadoblatt-Tee. Allesamt aus Nicaragua oder El Salvador. Alice stöhnte. Oses Spenden gehörten zu den verlässlichen Lagerleichen der Tafel. Doch Ose hatte ein Herz für Lateinamerika, hielt an der VHS Vorträge über das Leben in kleinbäuerlichen Kommunen der Sierra Madre – und so zierlich sie auch wirkte, sie war erstaunlich durchsetzungsfähig. Da knickte sogar Alice ein. Ose schenkte Cornelius Walterscheid einen Grippetee mit Mädesüß, Lindenblüten, Weidenrinde, Kamille und Pomeranzen. Walterscheid bedankte sich, mit kränklichem Blick. Und ließ sich von Ose fürsorglich umgarnen.

»Pomeranzenallergie«, brummte Gunda Kämpers, die alles beobachtete und in Alices Supermarkt für die Warenbestellungen sowie die korrekte Auszeichnung von Inhalts- und Schadstoffen verantwortlich war.

»Nee, Cornelius hat 'n Magengeschwür. Wegen seines Bruders …«, flüsterte Alice.

»Wegen seines Bruders?«

»Ist ne lange Geschichte, Gunda. Erzähl ich dir bei Gelegenheit.«

Alice wollte verhindern, dass Cornelius das Getratsche hörte, und blockte ab. Doch Walterscheid war ganz und gar von Oses Hilfsbereitschaft umgarnt. Sein totenblasser Teint ließ Ose umso heftiger auf die Kraft der Natur in ihren Tees verweisen. Als sie Cornelius aus dem Laden lotste, hatte er Alices Mitgefühl.

Dann klingelte das Telefon.

Kurt Dröger von der Drogerie *Die Drögerie* rief an und teilte mit, dass ihn sein Neffe Werner soeben über eine für den frühen Montag geplante Übermenge Zwetschgen am Kölner Fruchtmarkt informiert habe:

»Werner sagt, die kriegen da dauernd zu viel!«, bellte Dröger in den Hörer.

»Nehmen wir!«, bellte Alice zurück, notierte sich alles und rief, halb hinter sich gewandt:

»Gunda, für Mittwoch ne Extrapalette günstiges Klopapier!«

»Is gebongt!«

Gunda zückte Bestellblock und Bleistiftstummel, notierte *Klopapier, günstig* und setzte vorausschauend *Backmischung Obstkuchen* hinzu.

Am späteren Nachmittag wollte Alice mit ihrem Transporter raus in die Eifel, wo ein Großbauer Kartoffeln geerntet hatte und die Über- und Untergrößen spendete. Die Lindenthaler hatten sich jahrelang kaum für die Kölner Tafel interessiert. Nun waren sie, dank der Bürgerinitiative, aktiv wie die Pfifferlinge. Und Alice übernahm mit ihrem Transporter sogar Einsammelaktionen für die anderen Ausgabestellen der Stadt.

Was nun diesen Einsatz betraf: Paul hatte sich vor Tagen bereit erklärt mitzufahren. Jetzt allerdings hing er in den Seilen. Die letzten Tage waren Scheißtage gewesen. Joschi war verschwunden und Bernadette und er konnten vorerst nicht zurück nach Fröbelingen. Wegen der Polizei. Und dann hatte der Köbes vor wenigen Stunden über einen gemeinsamen Bekannten verlauten lassen, er habe jetzt mal

Tapetenwechsel nötig. Da gebe es eine Frau, die habe sein Herz erobert. Und tschüss. Er hatte sich ohne persönliche Worte von der Gruppe verabschiedet. All das schlug Paul mächtig auf den Magen. Alice bot Paul und Bernadette an, für einige Zeit in eine mietfreie Sozialwohnung zu ziehen. Alice war des Supermarkts wegen nicht unvermögend und Besitzerin mehrerer Reihenhäuser. Eine der Wohnungen dort stand leer und wurde erst in den kommenden Wochen neu belegt.

»Da könntet ihr …«

»Das ist nett, danke. Aber lassen Sie mal …«

Paul und Bernadette zogen, zumindest vorübergehend, auf den Südfriedhof um. Da war Platz genug. Und die Bekannten dort hatten vielleicht was von Joschi gehört.

Ach, Joschi.

Gegen 16 Uhr gingen sie. Konrad war betrübt.

Statt Paul fuhr nun er mit Alice in die Eifel. Unterwegs würde er den Kopf freibekommen, denn Alices Fahrweise ließ Grübelei gar nicht zu. Und wer die Ruhe des Friedhofs liebte, der mochte, wenn er denn lebend dort ankam, auch die Eifel.

Als Konrad und Alice aufbrechen wollten, tauchte plötzlich Martin auf.

»Hier bist du!«, rief er, entrüstet wie jemand, der bei der Party des Jahres übergangen worden war und nun den Schuldigen fand. Hinter Martin folgte Amalia, leichte Verzweiflung in den Augen: die Prüfungen der Erziehung. Als sie Konrad sah, wurde ihr Blick schlagartig nervös-überrascht, was Konrad erröten ließ. Amalia nickte ihm freundlich zu. Konrad nickte zurück. Sein Herz flatterte. Martins brachialer Aktivismus überspielte die Gefühlsregungen der Erwachsenen:

»Was ist mit dem Totenschädel?«, rief er. »Weißt du schon was? Wurde die Frau erschossen oder einfach nur erschlagen?«

»Was heißt denn *einfach nur*?«

»Martin, wegen *dieser* Fragen sind wir *nicht* hier!«

Im Raum verhakten sich unsichere Blicke. Hermann Kürten, Tafel-Helfer und Rentner mit Kalkschulter, ließ einen Kopfsalat fallen, der nun mit Druckstelle kaum noch bis Mittwoch durchhalten würde.

»Die Sachen hier sind aber zum Teil schon abgelaufen!«, bemerkte Martin, der, wie alle hochbegabten Nervensägen, das Thema blitzschnell wechseln konnte und sich aus der Schusslinie brachte. Er wies auf einen Stapel Stiegen mit Kühlware aus dem Supermarkt:

»Die Leute bei der Arbeit stören, wollten wir *auch* nicht, Martin.«

Alice, eine robuste Natur, lächelte Amalia verständnisvoll an. Dann brachte sie ihren Walkürenbusen in Stellung.

»Junger Mann, das mit der Haltbarkeit wird von Ramona geprüft.«

Sie wies auf eine bebrillte Unscheinbare in Kassensturzposition.

»Ramona war beim Finanzamt und nimmt Zahlen sehr genau. Außerdem bedeutet *abgelaufen* nicht gleich *schlecht*. So was glauben nur Leute vom Finanzamt.«

Amalia musste lachen. Ramona bekam nichts mit. Und Alice zwinkerte Martin zu:

»Willst du helfen oder nerven?«

»Helfen, aber konstruktiv«, sagte Martin.

»Na, dann wende dich mal konstruktiv ans Finanzamt. Wenn ich dich richtig einschätze, bist du gut darin, Haltbarkeit und Verfallsdatum zu trennen.«

»Sie meinen, Detektivarbeit?«

»So ungefähr.«

»Genau meine Kragenweite!«

»Angeber«, raunte Amalia. Was nur Martin hörte.

Amalia wandte sich Alice zu, während Konrad fieberhaft überlegte, wie er ein, zwei halbwegs unpeinliche Sätze mit Amalia wechseln konnte. Martin rutschte neben Ramona. Die übertrug Zahlen von den Verpackungen diverser Lebensmittel in eine Kladde.

Amalia besprach mit Alice ihr eigentliches Anliegen: Bei den Bühnen der Stadt Köln war die Idee aufgekommen, in der ab September beginnenden neuen Spielzeit Genussgutscheine auf Kultur auszugeben. Eine Idee der Intendanz. Amalia, als Vertreterin der Bühnen, sollte vorfühlen, ob so was bei der Tafel ankam. In Lindenthal vielleicht eher als in Mülheim, hatte die Intendanz gedacht. Und da die Intendanz den Kölnern kaum näherstand als ihre Finanzbeamten, war nun jemand wie Amalia für den Kontakt zum Volk zuständig.

Martin stellte derweil fest, dass Ramonas Zahlen ihn ganz und gar nicht interessierten. Er rückte Konrad, der mit Gemüsesortieren beschäftigt war, auf die Pelle:

»Ich hab schon gedacht, du bist wegen Mordverdacht festgenommen worden. Ich weiß Bescheid. Genickbruch. Aber du kannst das gar nicht gewesen sein …«

»Danke, Martin«, sagte Konrad, blickte verstohlen zur Seite. Zum Glück konzentrierte sich Amalia auf Alice und die Pläne der Intendanz.

»Keine Ursache, Bro.«

»Bro?«

»Sagt man doch so. Hör ich in meiner Klasse dauernd. Also, Genickbruch können nur Leute von Spezial-Kampftrupps. Dir fehlt für so was der Killerinstinkt.«

»Sehe ich auch so«, sagte Konrad.

»Du würdest den Kopf vermutlich in eine Richtung drehen, in die er sich sowieso drehen lässt, dann bricht der Hals aber nicht. Du musst knallhart in einem Winkel gegen die normale Drehung drehen … So!«

Martin vollführte eine martialische Bewegung.

»Und dann zack nach unten.«

»Knack!«

Konrad fuhr zusammen. Hermann Kürten, der Mann mit Kalkschulter, hatte Martins Schilderungen verfolgt und vor Anspannung in eine rohe Möhre gebissen. Martin glühte in seinen Erzählungen, und Konrad versuchte so unauffällig wie möglich, Martins Gedanken in eine andere Richtung zu lenken.

Zu seiner Erleichterung näherte sich nun Alice:

»Also, ich wär dann so weit.«

Sie hatte mit Amalia alles geklärt. Die Kulturgenuss-Gutscheine würde man mal antesten. Und als sich auch

Amalia ihnen zuwandte, um sich zu verabschieden, überraschte sie Konrad:

»Ich möchte mich bei Ihnen entschuldigen«, sagte sie. »Gestern, am Grab. Ich habe gedacht, *Sie* haben Martin diese Flausen in den Kopf gesetzt.«

»Flausen?«

»Mama, das sind keine …«

»Flausen, Martin. Wenn ich dann bitte ausreden dürfte?«

Martin zog einen Schmollmund. Amalia wandte sich wieder an Konrad:

»Ich hätte wissen müssen, dass Sie ihn ebenso wenig stoppen können wie ich. Er hat mir viel von Ihnen erzählt. Ich hoffe, er nervt Sie nicht allzu sehr?«

Martin beschloss, so früh wie möglich von zu Hause auszuziehen.

»Nein, nein«, druckste Konrad. »Martin ist mir oft eine große Hilfe. Er ist wissenschaftlich sehr … interessiert. Und klug.«

Bei Amalia zuckte ein Augenlid:

»Schön, dass Sie das so sehen. Martin hat mir verraten, dass Sie sich für den *Sommernachtstraum* interessieren?«

»Ja, ich … ich höre gern klassische Musik. Mein Vater … ähm, er hat mir eine Reihe von Aufnahmen hinterlassen. Leider fehlt mir … also, beim *Sommernachtstraum*, da bin ich … da fühle ich mich ganz unsicher.«

Das war ihm anzumerken, und Amalia Schmitz konnte nicht umhin, es sympathisch zu finden. Sie lächelte:

»Darf ich Sie, auch im Namen von Martin …«

Martin verweigerte jede Reaktion.

»… zum Kaffee einladen? Am Wochenende vielleicht? Es ist sehr kurzfristig, ich weiß. Aber hätten Sie Zeit? Am Sonntag? Ich könnte Ihnen die eine oder andere Empfehlung geben.«

»Empfehlung?«

»*Der Sommernachtstraum*. Aufnahmen.«

»Oh, das wäre … sehr gern! Am Sonntag? Ja, das wäre …«

»Um 16 Uhr?«

»16 …? Ja.«

Dann drängte Alice zum Aufbruch. Die Eifel. Neben Konrad fuhr auch Martin mit. Abstand zu seiner Mutter war genau das, was er jetzt brauchte. Amalia dachte praktisch und erlaubte ihm die Fahrt. Am späten Freitagnachmittag röhrte Alices Supermarkt-Transporter über die Autobahn Richtung Euskirchen und weiter nach Kall zum Bauernhof von Kunibert Schäfers, wo sie den Laderaum mit frischester Tafelware – *Schäfers Annabell, festkochend* – befüllten. Martin half. Um kurz nach 20 Uhr bretterten sie zurück. Im Wagen dozierte Martin über Eifel und Vulkanismus und schilderte in prächtigen Farben den Untergang des Rheinlands, wenn der Vulkan unter dem Laacher See wie erwartet irgendwann wieder ausbrechen würde. Dabei verputzte er mit großem Appetit die meisten der Wurstbrote, die Hermine Schäfers für Alice und ihre Helfer geschmiert hatte. Vor allem aber unterzog Martin seinen Freund Konrad schon mal sämtlichen Befragungen zur Mordnacht im Rechtsmedizinischen Institut. Fragen, mit denen er sonst wohl Kaffee und Kuchen am Sonntag torpediert hätte.

So war Martin auf der Rückfahrt von Kall doppelt satt. Es war 21 Uhr. Das Autoradio hatte seit der Abfahrt von Schäfers Hof Oldies gespielt. Alice liebte Oldies. Die Musik steigerte sich von *Knockin' on Heavens Door* über *Highway to Hell* bis zu *The End*. Passend zu Alices Fahrstil. Dann folgten Nachrichten. Die plätscherten so dahin, denn Alice konzentrierte sich auf die Autobahn, die Tachonadel zitterte bei 150. Konrad und Martin diskutierten. In Konrads Kopf arbeitete es. Einige seiner Fragen waren geklärt worden. Der Totenschädel aus den Tiefen des Grabes von Theodor Schlagowski. Diese vermutlich schon vor hundert Jahren verstorbene Frau und der ermordete Pförtner, beide hatten wohl nichts miteinander zu tun. Bei der Toten vermutete er eine Bedienstete Schlagowskis. Konrad würde recherchieren müssen. Beim Mord im Rechtsmedizinischen Institut lag natürlich die Vermutung nahe, dass er, Konrad, mit dem Mörder des Pförtners zusammengestoßen war. Leider hatte er in dem Moment nichts erkannt. Alles war zu schnell geschehen. Und es war zu dunkel gewesen.

Martin löcherte Konrad, ob er sich nicht an das Gesicht, die Kleidung erinnern konnte. Nein, konnte er nicht. Aber vielleicht gab es Aufzeichnungen von Überwachungskameras im Rechtsmedizinischen Institut. Und vielleicht hatte die Polizei auf dem Friedhof Spuren übersehen.

»Die sind super im Spurenübersehen«, meinte Martin. »Morgen guck ich da selber nach.«

»Dein Ego möchte ich haben«, meinte Alice.

»Wieso Ego?« Martin setzte eine professionelle Unschuldsmiene auf.

Konrad lachte und verstummte, als die Nachrichtensprecherin gegen 21 Uhr 4 eine Meldung brachte, die mit »Bei dem Mordfall im Kölner Institut für Rechtsmedizin tappt die Polizei weiter im Dunkeln …« begann. Martin war sofort begeistert davon, denn es bestärkte ihn in der Überzeugung, dass die Polizei seine Hilfe geradezu herbeisehnte.

Der Rest der Fahrt verlief in wilden Spekulationen.

GUTEN APPETIT

Fast den ganzen Samstag verbrachte Konrad im Internet. Sein Rechner mit veraltetem Betriebssystem brauchte lange für jeden Seitenaufbau. Konrad recherchierte auf den Webseiten des Kölner Stadtarchivs, suchte nach Pressearchiven, wo er in alten Artikeln und Reportagen auf Informationen zu Theodor Schlagowski, seinem Wirken in der Stadt und seinen Lebensverhältnissen zu stoßen hoffte. Er kam nur mühsam voran, brauchte gefühlt unendlich lange, wenigstens einige der digitalisierten Ausgaben der Kölner Zeitung aus der Zeit des Ersten Weltkriegs zu durchforsten. Die Bildqualität der PDF-Ansichten war dürftig, was vor allem an Konrads Monitor lag. Der interessanteste Hinweis, den er fand, hatte mit dem Ende der Schlagowski-Werke zu tun. Wenn Konrad es richtig verstand, dann waren Schlagowskis Fabriken nach dessen Tod in andere Hände übergegangen und in eine neue Rechtsform überführt worden. Konrad notierte den Begriff *GWAG* und vermutete, dass es sich um eine besondere Form der Aktiengesellschaft handelte. Vermutlich musste er sich zu Kapitalgesellschaften im Kaiserreich schlau machen. Die Umbenennung war auf den 6. Mai 1919 datiert, streng genommen also nach dem Ende des Kaiserreichs. Aber wirtschaftsrechtliche Dinge brauchten vermutlich lange, um sich grundsätzlich zu ändern. Auf jeden Fall deutete die Nachricht darauf hin, dass Schlagowski keine Erben gehabt hatte. Konrad nahm sich vor, im Stadtarchiv nachzuforschen, ob er dort was zu einer Namensänderung fand oder vielleicht eine Übernahmeanzeige.

Abends fiel ihm ein, dass er im Eifer der Recherchen versäumt hatte, sich Gedanken über das Kaffeetrinken bei Amalia zu machen. Er wurde unruhig und überlegte, dass es vielleicht besser gewesen wäre, sich mit Martin zu treffen. Martin hätte ihm verraten können, womit er Amalia eine Freude machen konnte. Außerdem hätte der Junge online für ihn recherchieren können. Er hätte schnell gute Ergebnisse geliefert.

Was er heute wohl gemacht hatte?

Der Sonntag begann für Konrad mit großer Nervosität. Eine Nacht voller wirrer Träume entließ ihn am Morgen zerknittert, mit einem Blick, der an zerwühlte Bettwäsche erinnerte. Zwei Tassen starken Kaffees brachten ihn langsam auf Trab.

Die Einladung Amalias war eine Aufgabe, der er sich nicht gewachsen fühlte. Er verbrachte den Morgen und den frühen Nachmittag damit, allen Eventualitäten gedanklich vorzubeugen. Was dazu führte, dass sich seine Nervosität nochmals steigerte. Er hörte Musik, denn sollten sie später über Musik sprechen, wollte er nicht ganz ohne Wissen dastehen. Er legte nach und nach all die CDs in den Player, deren Inhalte ihn im Lauf seines Lebens fasziniert hatten. Vor allem die mit Violinpassagen. Und in Ermangelung des *Sommernachtstraums* von Mendelssohn Bartholdy dessen *Italienische Sinfonie*, dirigiert vom Porsche 911 des vergangenen Musikzeitalters: Herbert von Karajan.

Konrad versuchte, sich zu den Klängen bewegende Gedanken zu machen. Ein musikalischer Mensch wie Amalia Schmitz würde auf musikalisch Unsensibles allergisch reagieren …

Um 13 Uhr, als sein Magen grollte wie ein Wagner-Paukist, aß er ein Brot und gestand sich ein, dass er sich verrückt machte. Also versuchte er, rationaler mit dem weiteren Verlauf des Nachmittags umzugehen. Was würde er Amalia mitbringen? Ein Geschenk? Auf jeden Fall Blumen. Und Kuchen oder Torte? Er durfte in Zeiten des gleichberechtigten Miteinanders nicht in alten Rollenmustern verharren und ihr, der Frau, die Kuchensachen überlassen. Im *Café Ruhepol*, gegenüber dem Juweliergeschäft gab es eine legendäre Zitronentarte. Und für deftigere Ansprüche einen Schokoladenkuchen, schwer wie Uran. Die Schokoware war auf jeden Fall was für Martin. Jede Mutter freute sich doch über ein zufriedenes Kind.

Konrad brach gegen 13 Uhr 30 auf, trat aus der Haustür und verfiel gleich wieder ins Nachdenken: Der Tag war mittlerweile so unsäglich heiß, dass alles, was mit Sahne oder Baiser daherkam, Gefahr lief, die Form zu verlieren. Und Blumen würden bald die Köpfe hängen lassen. Bis 16 Uhr waren es noch zweieineinhalb Stunden. Zunächst also ein Geschenk. Blumen und Kuchen beziehungsweise

Torte kamen später. Bei Blumen und Torte war Kühlung so wichtig wie bei den Leichen in der Forensik.

Blöd nur, dass es am Sonntag kaum Gelegenheiten gab, Geschenke zu besorgen. Konrad streifte ziellos durch die Dürener Straße. Wo würde er sonntags einkaufen können? Das *Blumen-Paradies* von Florian Cremers würde schon deshalb geöffnet haben, weil man den nahen Friedhof sonntags gern mal besuchte und auf den Gräbern Zeichen des Gedenkens hinterließ. Cafés wie das *Ruhepol* lebten von Wochenendgästen.

Leider war die Buchhandlung von Lothar Herzog geschlossen. Ein Buch wäre eine schöne Idee gewesen. Etwas mit Kultur. Konrad sah auf die Uhr. Halb drei. Vielleicht sollte er noch schnell mit der Straßenbahn zum Hauptbahnhof. Dort gab es einen Buchladen, der am Wochenende geöffnet hatte. Dann musste er sich allerdings sputen.

Als er am Juweliergeschäft vorbeieilte, traf er auf Cornelius Walterscheid, der eben das Geschäft betreten wollte, trotz Sonntag. Cornelius sah noch immer angegriffen aus, blass im Gesicht. Oses Tee hatte offenbar kaum geholfen.

Weil sie sich kannten und weil Cornelius Walterscheid als kundenorientierter, aufmerksamer Mensch bemerkte, dass Konrad etwas auf der Seele lag, kamen sie ins Gespräch.

Und dann nahm Walterscheid ihn mit in den Laden.

»Bei so was ist ein Juwelier die erste Adresse«, sagte er.

»Aber Juwelen sind doch ...«, druckste Konrad, dem

unter seinem wirrlockigen Kopf ein bisschen blümerant wurde.

»Zu teuer? Keineswegs«, sagte Walterscheid. Kaum ging es um Geschäfte, kam Leben in ihn.

»Nein, nicht deswegen. So Schmuck und so. Oder Uhren, das ist … das ist doch sehr …«

»Konrad, sprich nicht weiter!« Walterscheid hob die Hand, und die Augen in seinem gräulichen, wässrigblässlichen Gesicht verrieten einen Mann, dem schon jede Sünde gebeichtet worden war.

»Das ist ja das Problem von uns Juwelieren in der heutigen, schnelllebigen Zeit. Wir kommen zu spät. Am Schluss. Wenn es ernst wird. Ein modernes Geschäftskonzept muss dort ansetzen, wo der Edelstein dem Blumenstrauß sozusagen auf Augenhöhe begegnet.«

»Aha«, sagte Konrad.

»Ich zeige dir was«, sagte Walterscheid, der verstanden hatte, dass Konrad gerade gar nichts verstand. Mit Menschen in Konrads Zustand kannte er sich aus. Gut eine Viertelstunde später verließ Konrad das Geschäft mit einer Kleinigkeit, wie Walterscheid sich ausgedrückt hatte. Etwas, das Amalia nicht dazu verpflichten würde, es zu tragen. Etwas Unverfängliches, Preisgünstiges, Hübsches. Konrad, der Nervöse, hatte es unter den von Cornelius Walterscheid präsentierten Kleinigkeiten entdeckt, hatte es sympathisch gefunden und gleich einen spontanen Gedanken dazu gehabt: *Vielleicht ist es gut, wenn ich die Wohnung mit einem Witz betrete,* hatte er gedacht. *Ein Witz lockert auf. Ich klingle an der Tür, dann öffnet sie, und dann …*

dann sage ich: Ist nur eine Kleinigkeit. Etwas vom Friedhof … und bei den Bildern, die ihm seine Fantasie zu dieser Idee lieferte, hatte er schmunzeln müssen, war aber auch ins Schwitzen geraten.

In Gedanken bereits eine Stunde weiter, verließ er das Juweliergeschäft und bemerkte nicht, dass es an diesem Nachmittag unter Beobachtung stand. Als Konrad die Straße überquerte und ins Blumengeschäft ging, parkte am Straßenrand ein BMW mit getönten Scheiben. Zwei Männer saßen darin. Zusammen hatten sie achtzehn Finger. Über eine Stunde hatten sie dort schon gewartet und den Laden von Cornelius Walterscheid observiert. Pedro sah Konrad nach, Pablo behielt weiter das Juweliergeschäft im Auge. Als Konrad mit einem feurigen Blumenstrauß, aus dem mehrere orange-rote Rosen und einige volllippige Callalilien hervorstachen, Richtung Konditorei davonzog, blickten sie sich an und Pablo traf eine Entscheidung. Nach einer weiteren Minute stiegen sie aus, öffneten den Kofferraum des BMW, nahmen etwas heraus, schlossen ihn wieder. Sie überquerten die Straße und verschwanden in der Hofeinfahrt neben dem Juweliergeschäft. Sie trugen blaue Overalls plus Kappen mit Schirmen, die sie sich tief in die Stirnen gezogen hatten: Handwerker. Pedro trug einen Werkzeugkasten, der in den vier Fingern seiner rechten Hand so locker dahinschwang wie eine Handtasche. Das Tor zu der Hofeinfahrt stand tagsüber meist offen. Und wie Cornelius Walterscheid bereits zweimal in seinem Geschäftsleben hatte erfahren müssen, war dieses Tor zum Hof so etwas wie die Achillesferse des Geschäfts.

Kurz bevor Konrad mit Blumen, Konditorware und seiner kleinen Überraschung vor der Eingangstür zur Piusstraße 128 stand, gab im Innenhof des Gebäudekomplexes mit dem Juweliergeschäft das Schloss einer Stahltür nach. Die Tür lag versenkt in einem Treppenschacht, gut verborgen vor den Fenstern zum Innenhof. Sie hatte sich fast fünfzehn Minuten lang gegen alle Knackversuche gewehrt. Dann hatte sie aufgegeben und Pablo und Pedro schlüpften ins Gebäude.

Zur selben Zeit machten sich Marlies von Törne, Gisbert Schwaderlapp und vier weitere Senioren aus der Sportgruppe des Wohnstifts Sankt Ursula auf den Weg. Statt Qigong stand heute mal Walking auf dem Programm. High-Speed, eine knappe Stunde lang. Gisbert war heiß auf Kuchen. Eine Runde mit ordentlich Dampf und er durfte zum Kaffee ein zusätzliches Stück Apfelkuchen mit Schlagsahne verputzen. Gisbert lebte die Spannungen zwischen seinem Diät- und seinem Sportplan wie kein Zweiter. Und die anderen machten mit. Beim Gedanken an Kuchen wurden sie alle agil. Die Walking-Sticks klapperten wie Kastagnetten.

Gegen 15 Uhr 45 bewegte sich der staksende Tross vom Stift am Aachener Glacis auf die trittfesten Pfade der Hundewiese im Kölner Grüngürtel. Die Sonne brannte. 33 Grad. Nach nur wenigen Schritten, noch kaum in Sichtweite des Sportplatzes der Kölner Turnerschaft von 1843, den sie einmal umrunden wollten, begannen Werner Köhler und Norbert Podolski zu maulen:

»Bei dieser Hitze. Da wirste ja bekloppt! Mach mal langsam da vorn!«

»Du hast doch auch schon vier Bypässe, Gisbert!«

»Ihr Jammerlappen!« Gisbert schnaufte.

»Sport is Mord!«, beschwerte sich Gerd von Hoppenstedt.

»Ein bisschen Schwitzen und der Kardiologe ist arbeitslos, Gerd. Hopphopp!«

»Apropos Schwitzen. Wie viel Knofi hast du heute Mittag gegessen?«

»Knofi?«

»Der Wind kommt von vorn, Gisbert!«

»DEIN Wind, Gisbert!«

Lachen. Angesichts des *Walking in Sunshine* klang es nach Schnappatmen.

»Ich kriege Seitenstechen«, meldete sich Rita Kuckelkorn. Rita war insofern der Anker- und Ruhepol der Gruppe, als sie mit 144 Kilogramm zu einer gewissen Massenträgheit neigte.

»An der Kampfbahn machen wir Pause«, ordnete Marlies an.

»Die von uns, die dann noch leben«, stöhnte Gerd von Hoppenstedt, der sein Arbeitsleben sitzend, als leitende Kraft eines Versicherungskonzerns, verbracht hatte. Aber das Schatten spendende Oval von Bäumen und Büschen um den Sportplatz war zum Greifen nah. Gisbert befand sich bereits dort, wo der Weg in die Schatten der Büsche tauchte. Und dort verließ er – typisch – den Weg. Gisbert suchte mal wieder eigenmächtig eine Abkürzung. Oder wollte er, seiner Prostata wegen, wildpinkeln? Es kam nie heraus, denn wenige Sekunden nach seinem Verschwinden stoppte Gisbert abrupt und rief keuchend:

»Scheiße, da liegt einer!«

»Wundert mich nich!«, kam es heiser von Gerd. »Hitzekollaps!«

Gisbert hörte nicht hin.

»Guten Appetit«, sagte er, mit unpassendem Sarkasmus.

Es war exakt der Moment, als Konrad mit klopfendem Herzen die Wohnung der Schmitzens in der Piusstraße betrat und wegen des Kaffeearomas in der Luft »Das duftet aber gut« sagte. Er hatte Martin den Kuchen in die Hand gedrückt. Amalia schnupperte derweil am feurig gelb-rot leuchtenden Blumenstrauß, den Konrad ihr zuvor überreicht hatte, und meinte lächelnd: »Die hier duften noch besser.«

Sie lachten und Martin verdrehte die Augen.

»Hast du die von einem frischen Grab mitgenommen?«, stichelte er.

Amalia scheuchte ihn in die Küche, den Kuchen anschneiden. Konrad schluckte. Sein Adamsapfel ruckte nervös auf und ab:

»Wo Martin gerade von … also von Gräbern spricht. Vom Friedhof … also, ich habe da noch eine kleine Überraschung … vom … quasi …« Konrad wankte innerlich. Seine Idee mit der Überraschung vom Friedhof bekam Schlagseite. Er hatte sich die Szene zu oft vorgestellt und setzte erneut an:

»Ich habe da noch eine kleine Friedhof … vom … Überraschung. Nein, ich meine …« Er holte Luft.

»Ja?«

»Eine … kleine …«

Konrad verstummte, zog hastig einen Würfel, eine kaum fünf mal fünf Zentimeter große, in dezent sandgelbes Geschenkpapier mit Schleifchen verpackte Schachtel hervor und überreichte sie Amalia.

»Bitteschön. Nur ein kleines … eine kleine …«

»Vom Friedhof? Cool!«, rief Martin, der grinsend in der Küchentür stand.

»Nein!«, widersprach Konrad. »Das war … ich habe nur gedacht …«

»Da bin ich ja gespannt«, sagte Amalia. Sie befreite die Schachtel mit den geübten Fingern einer Violinistin vom Papier, öffnete sie und holte eine niedliche Glasfigur daraus hervor: ein putziges Eichhörnchen mit großen, schwarz aufgetupften Augen. Schwanz und Öhrchen bernsteinfarben, fast fuchsrot und neugierig aufgestellt. Der Bauch milchweiß. Das ganze Tierchen in Nussbettel-Pose. So kannte man sie tatsächlich vom Friedhof, die Eichhörnchen.

»Oh, wie süß!«, sagte Amalia. Sie schmolz dahin.

Und Konrad dann auch.

In genau derselben Sekunde rief Rita Kuckelkorn: »Gott, wie schrecklich!«

Sie sprach allen aus der Seele. Marlies, im sonstigen Leben ein hartes Kaliber, wollte erst gar nicht hinsehen.

Und sogar Gisbert hielt sich mit weiteren Kommentaren zurück.

Im Gebüsch, ein Stück abseits des Weges, der auf die Aschenbahn zulief, lag eine Leiche. Halb bedeckt von frühem Laub und im Gehölz ziemlich unzugänglich.

Die Rückenlage der Leiche brachte es mit sich, dass es auch Laien wie den Senioren vom Qigong-Club möglich war, forensische Schlussfolgerungen anzustellen. Ein junger Mann. Kantiges, wächsernes Gesicht. Hohe Wangenknochen. Markantes Kinn. Buschige Augenbrauen. Hoher Haaransatz mit Scheitel. Das Haar schwarz, dicht, kurz geschnitten. Ein Typ, der sich durchsetzen konnte. In diesem Fall allerdings wohl nicht. Der Mann war kaum dreißig Jahre alt. Er trug eine dunkle, hochgeschlossene Freizeitjacke mit Reißverschluss und dunkle Hosen. An den Füßen verdreckte jeansblaue Sneakers. Das linke Auge des Mannes blickte groß und milchig-glasig zum Himmel, wo die Seele nun wohl weilen mochte, die dem knapp einsachtzig großen, schlanken Leib entfahren war. Dieses eine Auge verriet noch immer das Erstaunen darüber, dass dem Kopf sehr plötzlich etwas sehr Hartes entgegengeeilt, mitten in das andere Auge geflutscht war und alle Verwunderung beendet hatte. Das rechte Auge war verschwunden. Da war nur noch eine blutige Höhle. Dass es sich um ein tiefes Loch handelte und nicht bloß um eine oberflächliche Verletzung verrieten die Fliegen, die sich, des schwülheißen Wetters wegen, schnell eingefunden hatten und sich nun nicht nur am Wundrand tummelten. Immer mal wieder tauchte eine aus der Wunde auf, kletterte aus dem

Schacht, der möglicherweise hinab ins Stammhirn, Kleinhirn, Hinterhirn reichte. Wie aus einem Bergwerk. Die muntere Geschäftigkeit der Insekten ließ darauf schließen, dass sie mit der neuen Wohnung und ihren Vorräten zufrieden waren. Das Wunder des Lebens im Reich des Todes. Bald würde es hier und im übrigen Körper von Würmern wimmeln.

»Lecker!«, sagte Konrad just in dem Moment, als Marlies von Törne Rita Kuckelkorn ermahnte, jetzt bloß nicht auf die Idee zu kommen zu kotzen. Marlies, die ihren Ruf nicht verlieren wollte, war zurück im Modus hartes Kaliber. Gerd von Hoppenstedt zog mit zitternden Fingern sein Smartphone hervor:

»Ich«, er schluckte, »ich ruf mal besser die Polizei, was?«

Gisbert nickte nur.

»Mach das«, sagte Marlies.

Ihnen allen, sogar Gisbert, war der Appetit auf Apfelkuchen mit möglicherweise Schlagsahne gründlich vergangen.

Vorerst.

»Apfelkuchen mit Schlagsahne!«, rief Konrad freudig. Er vergaß alle Zurückhaltung, als er auf dem Wohnzimmertisch der Schmitzens neben der von ihm mitgebrachten Zitronentarte seinen Lieblingskuchen entdeckte. Denn natürlich hatte auch Amalia über Kuchen nachgedacht. Martin hatte seiner Mutter verraten, was Konrad ihm in einem ihrer vielen Gespräche auf dem Friedhof mal gestanden hatte: seine Liebe zu Apfelkuchen. *Der Apfel,* so Konrad, sei die Frucht eines ganz besonderen Baums. Und weil Martin sich in der folgenden Stunde brav wie ein Musterknabe verhielt – er meinte, es Konrad wegen des Schokoladenkuchens schuldig zu sein –, verbunden mit dem glücklichen Zufall, dass Amalia Schmitz sonntagsnachmittags nichts lieber aß als ein Stück Zitronentarte aus dem *Café Ruhepol,* fing das Date locker an und ging auch locker weiter. Sie scherzten, lachten, tranken Kaffee – Martin bekam Kakao – und sprachen über Musik. Dann drängelte Martin Konrad zu den Ermittlungen in Sachen Schädelfund. Es ging ihm darum, seiner Mutter zu beweisen, welch großartiges Ermittlerteam er und Konrad bildeten – ein weiterer Grund, Konrad jetzt nicht zu nerven. Martin sah seine Zukunft ganz eindeutig nicht in der Schule, sondern auf dem Friedhof.

Amalia Schmitz wusste längst, was ihren Sohn an Konrad so faszinierte. Und irgendwie ahnte Konrad, dass Amalia ihn vor allem deshalb eingeladen hatte, damit sie ihm auf den Zahn fühlen konnte. Natürlich wollte sie als Mutter wissen, was das für ein Kauz war, mit dem Martin, ebenfalls ein Kauz, so viel Zeit verbrachte.

Konrad schlug sich wacker, obwohl die Lockerheit jetzt in etwas sehr Ernstes mündete. Als er über die Knochenfunde sprach und die Vermutung äußerte, da sei eine junge Frau achtlos beseitigt worden, stieg Amalias Achtung für ihn. Sie sah deutlich, dass Konrad nicht etwa einer morbiden Marotte folgte, sondern einer edlen Überzeugung. Er wollte einer Entwürdigten Gerechtigkeit widerfahren lassen: einer jungen Frau, die womöglich brutal ermordet und dann beseitigt worden war.

Auf Ungerechtigkeit reagierte Amalia allergisch.

Und nach der vierten Tasse Kaffee …

»Ich trinke zu Hause ja oft Tee, aber dieser Kaffee ist wirklich unglaublich aromatisch.«

»Tee? Oh, einen guten Tee schätze ich ebenfalls sehr …«

… befeuert vielleicht von zu viel Koffein und zu viel gutem Kuchen …

»Noch ein Stück von diesem paradiesischen Apfelkuchen und ich platze.«

… öffnete Konrad sogar einmal kurz den grabsteinschweren Deckel seiner Seele und verriet, dass er seine Eltern kaum kannte. Sein verstorbener Vater, ein häufig betrunkener Mitarbeiter des Instituts für Ur- und Frühgeschichte, war ihm zu Lebzeiten fremd geblieben. Immerhin hatte er Konrad die Wohnung in der Piusstraße vererbt. An seine Mutter hatte Konrad keine Erinnerungen. Sie war gestorben, als er gerade auf der Welt war. Sein Vater hatte sich fortan mit Alkohol verbündet, in einen Mantel des Schweigens gehüllt und Konrads Erziehung den eigenen Eltern, Konrads Großeltern, überlassen. Die Großeltern mütterlicherseits hatte Konrad ebenfalls nie kennengelernt. Auch sie waren früh verstorben.

Amalia Schmitz entfernte sich im Verlauf der Gespräche immer weiter von der Ansicht, dass es sich bei Konrad um einen Kauz handle. Nein, er war ein sensibler, nachdenklicher Mensch, der vermutlich an seiner eigenen Geschichte zu knabbern hatte.

Amalias Gegenwart faszinierte Konrad: ihre Eleganz, ihre so klaren wie traumverlorenen Augen die Ruhe, die sie ausstrahlte ihre Stimme, sonor und doch auch irgendwie singend, all dies versetzte Konrad innerlich in Schwingung, ließ ihn fliegen.

Mit leichtem Herzen, Schmetterlingsgefühlen und sehr viel Apfelkuchen im Bauch schwebte er hinaus auf den Bürgersteig. Konrad träumte, wandelte nur noch locker mit dem Boden verbunden dahin und war dermaßen aufgewühlt, dass er nun keinesfalls direkt in seine Wohnung wollte. Er schwenkte Richtung Aachener, dann Dürener Straße, fügte dem Nachmittag noch einen Spaziergang hinzu. Es zog ihn diesmal nicht auf den Friedhof, sondern unter die Lebenden. Sie sollten sehen, wie gut es ihm ging. Konrad hatte sich gar nicht zu fragen getraut, aber alles an Amalias Verhalten hatte es angedeutet. Sie würden sich bald wiedersehen.

Er flanierte also noch einmal die Dürener Straße rauf und runter. Es war ungefähr 19:30. Kaum eine Dreiviertelstunde bis zum Sonnenuntergang. Die Tageswärme ließ nach, weil die Schatten zwischen den Zeilen der Geschäfte länger geworden waren und die Straße abdunkelten: den Bürgersteig, die Parkstreifen und die zwischen den Parkstreifenabschnitten angeordneten Bäume mit der schützenden Stahlrohrumrahmung am Wurzelansatz, wo man Fahrräder anketten konnte und es auch ausgiebig tat.

Konrad jonglierte mit kühnen Gedanken. So frei, wie er sich jetzt fühlte, erschienen ihm die Straßenbäume wie Sklaven. Das quadratmetergroße Stück Boden, das man ihnen gelassen hatte, war nur ein Käfig, ein Freiluftgefängnis für die Linden, Robinien, den Ahorn, die Mehlbeere. Man hatte die Bäume zu Abgaseinatmern degradiert. Der Ausblick auf Schaufenster ersetzte einem Baum wohl kaum die Gesellschaft von Mitbäumen. Auch nicht der Blick auf gute Literatur bei der Buchhandlung Herzog.

Voller Mit- und Hochgefühl kam Konrad auf dem Rückweg wieder am Juweliergeschäft von Cornelius Walterscheid vorbei, als plötzlich Alarmgeklingel losbrach. Die Tür des Geschäfts flog auf und ein völlig verwirrter, totenbleicher Juwelier mit halb aus der Hose gezogenem Hemd taumelte auf den Bürgersteig. Er krächzte etwas Unverständliches und kollabierte. Dann lag er da wie tot. Die Klingel schrillte weiter. Konrad stürzte auf Walterscheid zu. Zwei zufällig vorbeikommende Passanten ebenfalls.

Da lag der Tote nah der Kampfbahn von 1843 bereits in einem Zinksarg. Gisbert, Marlies, Gerd, Rita, Werner und Norbert hatten ausgeharrt. Man hatte ihnen Fragen gestellt. Doch zur Auflösung des Falles konnten sie kaum etwas beitragen: Sie hatten die Leiche ja nur gefunden. Zufällig, weil Gisbert sich kaum an Regeln und Gesetze und schon gar nicht an vorgegebene Trampelpfade hielt. Niemand kannte den Mann. Obwohl sich die Forensik quasi um die Ecke befand, hatte der Mann noch über eine Stunde so daliegen und den Fliegen Nahrung und Gelegenheit zur Eiablage geben müssen, bevor ein Gerichtsmediziner vor Ort war. Der Tatort war mit rotweißem Band abgesperrt worden. Zahlreiche Schaulustige hatten sich eingefunden. Jogger, Menschen mit angeleinten Hunden. Allein die Polizei und die Entdecker des Toten durften sich hinter dem Absperrband aufhalten.

So hatten Gisbert, Marlies, Gerd, Rita, Werner und Norbert mitbekommen, dass der Mann vermutlich innerhalb der vergangenen 36 Stunden getötet worden war. Länger lag der Todeszeitpunkt kaum zurück, so der Forensiker. Die Totenstarre war gelöst. Die Fäulnis hatte eingesetzt, war aber noch nicht weit fortgeschritten. Der Mann war vom etwa fünfzehn Meter entfernten Weg hergeschleift worden. Die Schleif- und Fußspuren waren allerdings dürftig, weil die extreme Wärme nach dem kurzen Gewitterregen in der Nacht auf Freitag den Boden zusammengebacken hatte. Man untersuchte noch, ob der Tote auf dem Weg umgebracht worden war. Vieles sprach dagegen. Die Wunde im Auge des Mannes erinnerte in mancher Beziehung an eine Schusswunde, aber da war keine Austrittswunde am Hinterkopf. Und da die Kugel vorn nicht durch Knochen eingedrungen war, hätte sie hinten wieder herauskommen müssen.

Also eine Stichwunde. Aber womit? Der Forensiker hatte gerätselt. Die Wunde war einerseits rund wie ein Einschussloch. Allerdings mit einer sehr markanten Auffälligkeit, einer halbzentimeterbreiten, kaum babyfingernagelgroßen Hautvorlappung oben, am Lidansatz.

»Seltsam, seltsam«, hatte der Forensiker gesagt.

Er hatte dies und das vermutet und seine Gedanken mit dem leitenden Beamten vor Ort geteilt: Kommissar Heribert Rehbein.

»Na, erst mal ab mit dem Mann ins Kühlfach, dann sehen wir weiter«, hatte er schließlich gesagt und sich von Rehbein verabschiedet.

Rehbein hatte sich des Falles angenommen, obwohl er die letzten beiden Jahre fast ausschließlich im Büro gearbeitet hatte. Aber sein Kollege und Nachfolger, der mittlerweile die meisten größeren Einsätze leitende Jan-Philipp Freese, war am Nachmittag in der Muckibude gewesen. Da Rehbein um diese Zeit am späten Sonntag ohnehin gern im Grüngürtel spazieren ging oder auf Melaten das Grab seiner Mutter besuchte, hatte er sich aufgemacht und es dem jungen Kollegen ermöglicht, weiter an seinen Gewichten rumzumachen.

Rehbeins Ermittlungsmethoden waren von einer gewissen Bedächtigkeit gekennzeichnet. Auch deshalb war es nun sehr spät geworden.

Während die Spurensicherung den Boden noch akribisch absuchte und die Leiche abtransportiert wurde, rekapitulierte Rehbein das Geschehen. Die Qigong-Senioren, die ihm dabei behilflich sein wollten, schickte er nach Haus. Gisbert & Co. zogen beleidigt ab. Es war ohnehin Zeit für ein spätes Abendessen und womöglich war noch Apfelkuchen übrig.

Der Hunger war zurück.

Heribert Rehbein sah ihnen nach und bekam Angst vor dem Alter. Dann widmete er sich wieder dem Fall. Der Tote hatte nichts bei sich gehabt, was hätte helfen können, ihn zu identifizieren. Keine Papiere. Kein Smartphone. Ein junger Mann ohne Smartphone war ein Anachronismus. Vermutlich hatte der Mörder dem Toten das Handy abgenommen. Was darauf schließen ließ, dass Mörder und Opfer sich kannten. Zu gut, um ein Smartphone mit verräterischen Informationen darauf zurückzulassen.

Mit diesen Gedanken ging Heribert Rehbein heim. Er würde sich morgen im Kommissariat der Sache intensiver widmen.

Als Heribert Rehbein den Tatort verließ, war es Konrad und einigen helfenden Passanten auf der Dürener Straße gelungen, Cornelius Walterscheid aus der Bewusstlosigkeit zurückzuholen. Einen Arzt zu verständigen, hatte er vehement verweigert. Konrad war in höchster Sorge:

»Soll ich nicht doch besser …?«

»Nein, nein, nein, alles gut.«

Walterscheid stand wackelig auf den Beinen.

»Sind Sie überfallen worden? Wir müssen die Polizei rufen!«

»Die kommt sicher bald«, sagte Walterscheid. »Der Alarm …«

Außerdem hatten bereits mehrere der umstehenden Passanten mit der Polizei telefoniert. Hier in der Dürener Straße, wie zuvor im Grüngürtel, äugte man neugierig Richtung Tatort. Als Konrad Cornelius Walterscheid vorsichtig zurück ins Geschäft half, warf man ihnen enttäuschte Blicke nach.

Von den Tätern, die das Juweliergeschäft überfallen hatten, fehlte jede Spur.

»Die sind weg, durch den Keller«, sagte Walterscheid.

»Keller und Innenhof, das sind Schwachpunkte hier im Gebäude. Als Alarm ausgelöst wurde …«, er atmete schwer, »sind sie geflohen.«

Er hatte den Alarm abgestellt. Dann war er in einen der Schalensessel gesunken, die um einen halb abgeschirmten Tisch im hinteren Teil des Geschäftsraums standen: ein Tisch für diskrete Kundengespräche. Alles hier drinnen, Stühle inklusive, strahlte den Retrocharme der Fünfzigerjahre aus: das rötliche, polierte Holz der umlaufenden Wandverkleidungen und der davor aufgereihten Vitrinen mit ihren Glashauben. Drei links, drei rechts. Auch die Umrahmungen der in die hohen Wände eingelassenen Schmuckschaukästen. Fast eichhörnchenrot war es, das Holz. Kirschholz vielleicht? Rotbuche? Lärche? Der Farbton war Konrad schon am frühen Nachmittag aufgefallen. Als Cornelius Walterscheid so energisch und so hilfsbereit gewesen war. Ein Rot, das die Reflexionen der Schaukästen, der Glashauben, der Wandspiegel hervorhob und dem Schimmern und Glitzern von Schmuck und Uhren Raum gab. Eine Atmosphäre wärmender Schönheit herrschte im Geschäft.

Walterscheid saß in sich zusammengesunken da, trank einen Schluck Wasser.

Während er sich langsam beruhigte, sah Konrad sich verstohlen um. Nebenan gab es eine kleine Küche, einen Aufenthaltsraum für Angestellte. Irgendwas stimmte hier nicht. Nach einem Überfall hätte er durchwühlte Schubladen, herausgerissene Schmuckauslagen, zerschlagenes Glas erwartet. Beschädigt war aber nur eine der Vitrinen.

Zerschlagen und ausgeräumt. So viel immerhin. Vielleicht hatte das den Alarm ausgelöst. Ansonsten sah es hier drinnen aufgeräumt aus. Wenn es professionelle Juwelendiebe gewesen waren, dann hätten sie doch sicher mehr Beute gemacht? Sie hätten damit gerechnet, dass sie beim Einschlagen von Glasvitrinen Alarm auslösen, dachte Konrad.

Oder lag er da falsch?

Hatte diese Vitrine besonders wertvolle Juwelen enthalten? Diamanten?

Auf dem Tisch befanden sich diverse Papiere. Konrad, darauf bedacht, die Privatsphäre des Juweliers nicht zu verletzen, warf nur einen flüchtigen Blick darauf. Der aber genügte, um eine Sterbeurkunde zu erkennen. Konrad sah verschämt zur Seite, als ihm sein Übergriff bewusst wurde.

Doch Cornelius Walterscheid hatte den Blick bemerkt.

Er hob das Wasserglas, betrachtete es, als müsste er daraus die Zukunft lesen, trank einen weiteren Schluck. Dann gab er sich einen Ruck:

»Mein Bruder«, sagte er. »Er ist gestorben.«

Konrad starrte ihn an, begriff dann, dass sich diese Aussage auf die Sterbeurkunde bezog.

»Das tut mir leid.«

»Er lebte in Kolumbien. Schon lange«, sagte Walterscheid: »Wir hatten kaum noch Kontakt. Jetzt wollte er … Er kam mit dem Flugzeug. Aus Bogotá. Hatte während des Flugs einen schweren Herzinfarkt. Ist noch an Bord gestorben. Die Rechtsmedizin hat mich informiert. Gestern.«

»Die Rechtsmedizin?«

»Ja, da hat man ihn hingebracht. Um die Todesursache festzustellen.«

»Oh.«

Die Rechtsmedizin. In die doch ebenfalls eingebrochen worden war, wobei ein Mord geschah. Vermutlich zu dem Zeitpunkt als auch die Leiche von Walterscheids Bruder dort lag. Hatten die Ereignisse miteinander zu tun? War das alles nur Zufall? Bevor Konrad weitere Fragen stellen konnte – ohne mit der Tür ins Haus zu fallen, denn Cornelius Walterscheid war in Trauer und Konrad nicht der Typ, mit Türen in Trauerhäuser zu fallen –, war die Polizei nun endlich eingetroffen. Vier Beamte.

Auch Ose Schumann erschien, abgehetzt, in großer Sorge. Vermutlich hatte sich der Überfall auf der Dürener Straße herumgesprochen. Ose kümmerte sich in den folgenden Minuten rührend um den lädierten Juwelier. Und sie achtete streng darauf, dass die Polizei ihn nicht zu grob befragte.

So hatte Jan-Philipp Freese, der Einsatzleiter, bald ziemlich schlechte Laune. Überdies müffelte er penetrant – der Mann kam direkt aus der Muckibude. Als die Beamten mit Walterscheid sprachen, wollte sich Konrad verabschieden. Aber natürlich wurde auch er befragt. Und weil Ose Schumann dem Juwelier besser Beistand leistete als ein gewiefter Rechtsanwalt, ließ man den Frust an Konrad aus. Man nahm seine Personalien auf. Freese blaffte ihn an:

»Schon wieder Sie? Was für ein Zufall?«

»Oh, Herr …?«

»Freese. Wir kennen uns.«

»Das stimmt.«

Freese verknitterte die Augen, als müsste er ein großes Gewicht heben.

»Vielleicht sollte ich mich mal genauer mit Ihnen beschäftigen?«

»Ich bin zufällig hier am Geschäft vorbeigekommen … vorhin.«

»Klar. So wie man zufällig um zwei Uhr morgens auf dem Friedhof rumläuft, wenn da grad einem Mann der Hals umgedreht wird?«

»Das war aber nicht auf dem Friedhof.«

»Na, Sie sind ja prächtig informiert. Lassen Sie die Polizei daran teilhaben.«

»Nichts lieber als das.«

Es dauerte dann noch über eine Stunde, bis Konrad den Laden verlassen konnte. Und er war froh, als er endlich gehen durfte. Schon wegen des penetranten Schweißgeruchs.

LASS UNS MAL REKAPITULIEREN ...

Am Montag erschien Konrad unausgeschlafen auf dem Friedhof. Das Wetter war nach der Hitzewelle der vergangenen Tage plötzlich nur noch mau. Es hatte sich abgekühlt. Morgens gab es Nebel. Die ganze Stadt lag in grauem Dunst, der sich erst gegen Mittag verzog. Arno Schorn zitierte Konrad gleich zu Arbeitsbeginn zu sich und ließ sich schildern, was sich da in der Nacht zum Freitag jenseits der Forensik abgespielt hatte. Und nachdem Konrad alles erklärt hatte, wurde er ein bisschen gerüffelt und zur Strafe ans Bäumestutzen entlassen. Das war eine Arbeit, die er ganz und gar nicht mochte. Zumal Schorn ihm denjenigen Kollegen zur Seite stellte, mit dem er am wenigsten auskam: Gandulf Kantmann. Sie sollten sich mal die rebellischen Kastanien und Robinien nah der Adenauer-Gedenkstätte am Hauptweg vornehmen. Bei Adenauer hatte Schorn dann doch gern Ordnung.

Kantmann verachtete Konrad (nicht Adenauer) und hasste Bäume. Vor Jahren war ihm nach einem Sturm mal ein morsches Aststück auf den Kopf gefallen, hatte ihn eine halbe Stunde lang außer Gefecht gesetzt und ihm eine Woche mit Gehirnerschütterung eingebracht. Allerdings konnte man bei Kantmann nicht sicher sein, dass das, was da erschüttert worden war, Gehirn genannt werden durfte. Jedenfalls hatte er langfristig einen mittelschweren Dachschaden davongetragen und glich seine Doofheit seitdem mit Brutalität gegen Lebendholz aus. Es ging das Gerücht, dass er immer mal wieder einer der alten Platanen und Linden mit der Säge Schaden zufügte. Mehrere Bäume waren in den vergangenen Jahren mysteriös verletzt, das heißt: geringelt, in einem umlaufenden Streifen von ihrer lebenswichtigen Rinde befreit, sozusagen bei lebendigem Leib gehäutet worden; und zwei der Riesen hatten der Schäden wegen gefällt werden müssen. Bei Jungbäumen war dann und wann konzentrierte Chlorlösung an die Wurzeln gegossen worden. Das hatte die Friedhofsgärtner aufgeschreckt. Nachweisen können hatte man Kantmann allerdings nie etwas und Schorn war ein Vertreter des Prinzips Unschuldsvermutung. So schnell gab er Verdächtigungen nicht nach.

Konrad hatte sich geschworen, den Täter zu überführen. Eine schwierige Aufgabe, denn er arbeitete, wie gesagt, nur ungern mit Kantmann zusammen, und Nähe war nun mal wichtig, wenn man jemanden auf frischer Tat ertappen wollte. Außerdem streute Gandulf Kantmann seinerseits das Gerücht, Konrad, der schräge Vogel, sei der heimliche Baumkiller. Es hatte zur Folge, dass die Kollegen Konrad gegenüber misstrauisch wurden.

Konrad war fassungslos. Er war ja kein gewöhnlicher Tier- und Pflanzenfreund, sondern gehörte zu denjenigen Menschen, die in Bäumen Seelenwesen sahen.

So litt er sehr, als er am Montag das beständig von den Bäumen gesäbelte Grün beseitigen musste. Kantmann stutzte wie ein Berserker, verpasste den Bäumen Schnitte, die an ausrasierte Nazifrisuren erinnerten. Wann immer Konrad etwas dagegen einwenden wollte, tat Kantmann so, als könne er ihm wegen des Gehörschutzes nicht folgen, und erhöhte die Drehzahl der Motorsäge.

Der einzige Lichtblick an diesem Arbeitstag war, dass Gandulf Kantmann seine Pausen überzog und den Feierabend verfrüht antrat. Um 17 Uhr fiel das Geheul des Kettensägen-Massakers in sich zusammen. Kantmann grunzte ein »Jetzt 'n paar Kölsch und dann rauf auf die Mutter!« und rotzte Konrad etwas zwar Grünes, aber weder politisch noch menschlich gut Gemeintes neben die Arbeitsschuhe. Dann lachte er auf und eierte breitbeinig davon. Sein Tiefergelegter wartete auf dem Parkplatz des Betriebshofs.

Konrad war erleichtert. Er meinte, in der plötzlichen Stille sogar ein ganz feines Aufatmen von Eichhörnchen zu hören. Die ersten Singvögel kehrten in den zuletzt von Kantmann geschundenen Baum zurück: zwei junge Zilpzalpe mitten in der ersten Mauser. Die beiden sahen zerzaust und ein bisschen so aus wie von Kantmann in die Mangel genommen. Schon deshalb genossen sie Konrads Sympathie. Hoch in der Baumkrone landete ein die Stadt als Lebensraum schätzender Habicht und schien Kantmann nachzublicken wie ein Geier einem hoffentlich bald Verendeten.

In einiger Entfernung, am Westrand des Friedhofs, wo

sandiger Boden gegen die Friedhofsmauer und den Melatengürtel hin anstieg, lugte ein Fuchs aus seinem Bau. Das konnte nur jemand wie Konrad erkennen, der ein Auge hatte für die Feinheiten der Friedhofsfauna.

Konrad hatte den Fuchs im Frühjahr verletzt im Schutz eines Grabsteins gefunden und mit Katzenfutter aufgepäppelt. Vermutlich war das Tier beim Überqueren der Straße angefahren worden. Konrad hatte ihn *Socke* genannt. Er hatte mal einen Film gesehen, mit einem Wolf, der *Socke* hieß. Bald war aus Konrads *Socke* eine ganze Familie geworden: Socke mit Frau und drei Welpen. Sie schauten Konrad manchmal bei der Arbeit zu, wenn sich der Friedhof geleert hatte und Leute wie Kantmann verschwunden waren.

Heute blieb Socke zu Haus, denn schon wieder nahte jemand, bei dem der Fuchs skeptisch war: ein eher kleiner, etwas pummeliger Mensch in strahlend gelbem Hoodie. Ein Zwerg mit übergroßem Selbstbewusstsein. An der Hüfte dieses Zwerges baumelte eine Art Box, ein sperriges, zylindrisches Ding an einem Gurt, der über die Schulter gehängt quer über die nicht sehr breite Brust verlief.

Konrad räumte Kantmanns Schlachtfeld auf, säuberte eine mit Sägemehl und Laub verunreinigte, auf dem Mauerrand eines alten Wasserbeckens abgestellte Vogeltränke und war in Gedanken wieder halb bei dem Überfall auf Cornelius Walterscheid, als Martin plötzlich neben ihm stand und ein Gesicht machte wie Sherlock Holmes vor der ersten Nassrasur. Brust und Bauch des Hoodies waren bedruckt mit: »Als Gott mich schuf, brauchte er neun Monate.« Martin hatte den Hoodie auch morgens in der Schule getragen, hatte eine Grundsatzdiskussion mit seinem Religionslehrer geführt und war natürlich mal wieder kräftig mit Rochus Gröben angeeckt. Der hatte sich am Morgen besonders aggressiv aufgeführt, wozu Martin allerdings schwieg.

Aus einem Impuls heraus hoffte Konrad, dass sich Martin etwas entlocken ließ über das, was Amalia Schmitz nach dem gemeinsamen Kaffeetrinken noch gesagt hatte. Da war plötzlich dieses Gefühl … Der Friedhof bereitete sich auf den Herbst vor, doch tief in Konrads Bauch regte sich der Maulwurf eines kleinen Frühlings.

Martin allerdings stand der Sinn an diesem Nachmittag weniger denn je nach Romantik. Er blieb bei Sherlock Holmes:

»Ich hab was rausgefunden«, sagte er mit Pokerface.

Konrads Mund bewegte sich. Aber die Frage nach Amalias Reaktion traute sich nicht raus. Martin setzte das Pokern fort:

»Über den Mann, der dich hier umgerannt hat.«

»Mann?«

Konrad schaltete nur langsam.

»Ach so, *der* Mann.«

»Genau. *Der.* Die Polizei hat nämlich *doch* Spuren übersehen.«

Martin hob eine durchsichtige Plastiktüte. Er hatte seiner Mutter eine Pappbox mit Gefrierbeuteln geklaut: Zwanzig Stück, PE, kälteunempfindlich, mit praktischem Zip-Verschluss, ein Liter Inhalt. Der Liter bestand aus … Luft?

»Da ist ja nichts drin«, sagte Konrad, dem der Beutel vor der Nase baumelte.

»Und ob da was drin ist«, sagte Martin: »Fasern.«

»Fasern? Die paar Fussel da?«

Konrad nahm den Beutel in die Hand. Ein paar dunkelblaue Fussel. Fleeceähnlich. Zerrupft. Konrad musste wieder an die Jungmauser der Zilpzalpe denken.

»Aber nicht aufmachen, den Beutel. Wegen Kontamination«, sagte Martin.

»Was ist *das* denn?«

»Fremdspuren. Vielleicht ist da auch DNA dran.«

»Die sieht man tatsächlich nicht«, murmelte Konrad und begriff gar nicht, dass er einen Witz gemacht hatte. Martin nahm ihm die Tüte wieder ab, hielt sie dann hoch, vor Konrads Augen:

»Das ist von dem Baum.«

»Wie lange bist du eigentlich schon hier?«

»Direkt nach der Schule.«

»Heißt seit wann?«

Martin wand sich:

»Seit zehn so.«

»Seit zehn?«

»Hatte früher Schluss. Ich wollte dir aber eigentlich was zu dem Baum …«

»Alle? Oder nur du?«

»Wie, alle?«

»Frei. Schulfrei?«

»Das ist ja wie ein Verhör«, sagte Martin.

»Das *ist* ein Verhör«, sagte Konrad.

»Nur ich.« Martin seufzte. Dann aber grinste er wieder: »Ich verpasse ja nichts. Außerdem hat Rochus zu viel Ablenkung, wenn ich da bin. Das ist nicht gut für seinen Notendurchschnitt.«

Konrad verdrehte die Augen.

»Deine Mutter wird mir die Ohren langziehen und dir den Friedhof doch noch verbieten, wenn du so weitermachst.«

»Dir bestimmt nicht. Du hast jetzt einen Stein bei ihr im Brett. Wegen der Zitronentarte.«

Martin guckte ihn schelmisch an, und Konrad konnte nicht umhin, aus dem Takt zu geraten und bei beschleunigtem Herzschlag ein bisschen rot zu werden.

»Sie hat … hat sie …? Also …?« Er räusperte sich: »Du bist also seit zehn auf dem Friedhof. Hättest ja auch mal eher auftauchen können.«

»Da hätte ich ja gleich bei Rochus bleiben können.« Martin lachte. »Ich war ja da. Heute Morgen. Du hattest aber grad Stress mit deinem Kollegen. Ich habe mal kurz gelauscht und geprüft, was der Sägenmann so zum Frieden in der Welt beitragen könnte. Da habe ich ihn lieber dir überlassen und bin zurück und hinten beim Institut geblieben. Spuren suchen. Außerdem hat dir dein Chef heute Morgen doch bestimmt schon wegen deines Ausflugs letzte Woche in der Nacht die Ohren langgezogen. Wenn ich dann auch noch in deiner Arbeitszeit bei dir gewesen wäre …«

»Hör schon auf!«, Konrad hob abwehrend die Hände. »Woher weißt du eigentlich, dass Schorn …?«

Martin schloss die Augen, lächelte weise und tippte mit seinem Zeigefinger zunächst auf seine Brust – dorthin, wo das Wort *Gott* stand – und wies dann Richtung Konrad.

»Ich Sherlock. Du Watson.«

»Ich gleich Nervenzusammenbruch, du Angeber«, stöhnte Konrad. »Aber jetzt zeig deinen Fund noch mal her.«

Martin hielt den Beutel mit dem dürftigen Inhalt noch einmal hoch:

»Du hast mir ja gesagt, dass der Mann dich umgerannt hat und dann gegen einen Baum geknallt ist. Hast du jedenfalls behauptet.«

»Ja«, sagte Konrad und betrachtete die Fussel im Beutel. Dann steckte Martin alles wieder zurück in diese seltsame zylindrische Umhängebox.

»Ich habe also versucht, das mal zu rekonstruieren. Und die infrage kommenden Bäume systematisch …«, nun zog Martin aus der Box eine Pinzette hervor plus ein Paar Einweghandschuhe.

»Was ist das eigentlich?«, fragte Konrad und wies auf die Box.

»Eine Botanisiertrommel. Ebay. Ich steh auf so was. Voll retro. Bisschen unpraktisch. Aber fürs Spurensammeln prima. Außerdem kann ich Blödmännern, die mich hier anquatschen und fragen, ob ich nicht in der Schule sein müsste, vorgaukeln, dass ich wegen Biounterricht unterwegs bin und Insekten und Blätter und so sammle. Bei Leuten mit Botanisiertrommel fragen sie dann nicht weiter.«

Wieder grinste Martin.

»Mit allen Wassern«, sagte Konrad.

»Was?«

»Gewaschen.«

»Na klar!« Martin fuhr fort mit seinen Erklärungen: »Jedenfalls habe ich an einem der Bäume da oben am Weg an der Rinde … Baumrinde ist ja fast wie mit Widerhaken ausgestattet. Selbst bei Birken, die so glatt aussehen wie Babypopo-Bäume. Da kannst du dir trotzdem die Finger dran aufreißen. Und es musste ungefähr auf Mannshöhe, also auf Pulloverhöhe oder so sein. Der Mann ist also vermutlich dagegengeknallt und ein Stück weit mit dem Stoff des Pullovers drübergerutscht. So hab ich dann diese Fussel gefunden, und …«

»Gut, gut, verstanden«, unterbrach ihn Konrad. »Aber was haben wir davon? Von den Fusseln, meine ich.«

»Fasern. Hab ich das noch nicht gesagt?«

»Du hast von DNA gesprochen. Ich glaub kaum, dass da DNA …«

»Wieso? Über den Schweiß vielleicht. Der Mann ist gerannt. Der hatte den Pullover vielleicht schon länger an. Bei den heutigen Analysemethoden reichen oft schon winzige Spuren. Die dann aber nicht kontaminiert sein dürfen.«

»Ich hab's ja verstanden. Und dann?«

»Dann können wir die Daten vielleicht abgleichen mit Datenbank-Daten. Oder wir finden den Pullover.«

»Wir, Martin?«

Martin seufzte.

»Nein, die Polizei natürlich. Also, die Ermittler, die ihren Job nicht gemacht haben.«

»Vielleicht haben die aber auch schon solche Fussel gefunden? Weißt du's?«

»Fasern. Haben die nicht«, sagte Martin unbeeindruckt. »Garantiert nicht.«

Konrad nickte.

»Vielleicht stammen die Fussel, also die Fasern, von was ganz anderem als dem Pullover des Mannes, der womöglich vorher in der Forensik dem Wachmann den Hals umgedreht hat und dann abgehauen ist. Vielleicht hat der ja einen Laborkittel getragen? Hast du sonst noch was gefunden, Sherlock?«

»Ich habe natürlich auch nach Fußspuren, also nach Fluchtspuren, Ausschau gehalten, Watson. Meiner Meinung nach, besser gesagt, meinen Analysen zufolge sprechen die nicht leicht lesbaren Spuren, nicht bloß die Fußspuren unterhalb des Baums, an dem ich diese Fasern gefunden habe, dafür, dass da jemand mit Wucht gegen den Stamm geknallt, dann hingefallen ist, sich aufgerappelt hat und anschließend weitergelaufen ist. So hast du es ja auch geschildert. Hast du wirklich nicht erkannt, welche Farbe der Pullover des Mannes hatte?«

Martin blickte so streng wie erwartungsvoll zu Konrad hoch.

»Nachts sind alle Pullover grau, Martin. Ich weiß nicht mal, ob das ein Pullover und ob das überhaupt ein Mann war. Ich meine, Männer, Frauen, da gibt es fließende Übergänge ...«

Martin sah Konrad mitleidig an.

»Na gut«, sagte er. »Aber diese Fasern sollten untersucht werden.«

»Dann sollten wir sie Kommissar Rehbein geben«, sagte Konrad und streckte Martin die Hand entgegen. Fordernd.

Martin zögerte. Doch dann zog er den verschlossenen Gefrierbeutel erneut aus der Botanisiertrommel hervor und übergab ihn Konrad.

»Aber ...«

»Ich weiß. Kontamination. Dann übergibst du ihn.« Konrad reichte Martin den Beutel zurück.

Martin grinste: »Meine Mutter ist übrigens ganz gespannt darauf, was *du* über den Fall *Dienstmädchen* rausfindest. Du hast dich da gestern sehr weit aus dem Fenster gelehnt. So sagt man wohl in der Welt erwachsener Menschen, die ihre Köpfe in dünnerer Luft halten als unsereins. Du musst dich jetzt anstrengen, Watson. Aber keine Sorge. Ich helfe dir.«

Frühreife war die Pest des 21. Jahrhunderts. Ganz klar.

»Du machst mich fertig«, sagte Konrad. Und wieder pochte sein Herz. Er überlegte, ob er noch kurz in der Forensik vorbeischauen sollte. Vielleicht traf er Benedikt Weiss oder Josepha Roth dort an. Von ihr hatte er seit Abgabe des Schädels noch nicht wieder etwas gehört. Allerdings würde sie aufgrund des Mordfalls wohl noch kaum Zeit gefunden haben, sich dem Fund forensisch zu widmen.

Als Konrad Feierabend machen wollte, wuchteten sie die Werkzeuge des Tages auf die Ladefläche des Elektrokarrens, der seit Arbeitsbeginn am Rand des Weges stand. Dann stiegen sie auf und zuckelten los. Konrad lenkte. Martin redete.

Als sie sich dem Betriebshof näherten, erblickte Konrad Kommissar Rehbein auf dem Weg zum Friedhofsausgang an der Aachener Straße. Martin hätte den Kommissar gern übersehen, aber Konrad bremste, sprang vom Fahrersitz und rief:

»Herr Kommissar!«

Rehbein sah auf.

»Gut, dass ich Sie sehe. Wir haben … ich meine, Martin hier hat heute Morgen was gefunden, das sich die Polizei vielleicht mal ansehen sollte. Er hat es mir eben gezeigt.«

Heribert Rehbein wirkte immer ein bisschen melancholisch, wenn er sich am Grab seiner Mutter postum Ermahnungen hatte anhören müssen. Als er Martin auf dem golfkarrenähnlichen Gefährt sah, verflog alle Melancholie. Der Kommissar hatte Martin in den vergangenen Wochen bei seinen Gesprächen mit Konrad kennengelernt und sich manchen Ratschlag des kleinen Besserwissers anhören müssen. Heribert Rehbein war alt genug, um das Weltwissen eines Zehnjährigen als unschlagbar anerkennen zu können.

Er grinste also.

»Sherlock Holmes«, sagte er, mit einer jahrzehntelang geräucherten Stimme. »Da bin ich mal gespannt.«

Dann stutzte er.

»Was hast du denn da auf dem Schoß? Einen Rattensarg?«

In Rehbeins Erik-Ode-Gesicht zuckten die schlaffen Wangen und Martin erlebte einen seltenen Anfall von Sprachlosigkeit.

»Das ist eine Botanisiertrommel«, erklärte Konrad. »Für den Biounterricht. Martin hat heute für die Schule, für den Biolehrer, Blätter und … und Insekten gesucht. Und dabei ist er oben, hinter dem Institut, auf was Interessantes gestoßen. Wo die Polizei gestern alles abgesucht hat. Wegen des Mordes …«

Martin litt.

»Soso«, sagte der Kommissar, »Sherlock Holmes hat wohl gedacht, die Spurensicherung war ein bisschen schlampig und hat was übersehen.«

»Gar nicht!«, rief Martin und ärgerte sich sofort über diese kindisch-bockige wie feige Antwort.

»Na, zeig mal, was du da hast«, sagte der Kommissar und fügte doppeldeutig hinzu: »Wenn Freeses Spusi aktiv war, sieht's am Tatort ja immer aus, als wäre da jeder Stein umgedreht worden.«

Martin, mit roten Ohren, zog den Gefrierbeutel zum wiederholten Male aus der Botanisiertrommel, übergab ihn dem Kommissar und verkniff sich jede Bemerkung zu Kontamination.

Kaum hatte der Kommissar den Beutel in Augenschein genommen, änderte sich allerdings seine Stimmung:

»Das ist ja 'n Ding! Wo hast du das gefunden?«, fragte er in ehrlich interessiertem Ton. Martins Selbstbewusstsein kam wieder auf die Beine. Und als er dem Kommissar die Umstände des Fundes beschrieb, blickte er triumphierend hinüber zu Konrad: *Ich hab's dir ja gesagt, die haben geschlampt.*

Dann berichtete der Kommissar vom Fund des Toten nahe der Hundewiese. Der junge Mann mit Loch im Auge und Fliegen im Gehirn.

»Dunkelblaue Fleecejacke«, sagte Rehbein. »Das müssten die Laborheinis zwar noch genauer untersuchen, aber verdammt, wozu habe ich Augen und 45 Jahre Berufserfahrung!?«

Ja, wozu?, fragte sich Martin, sagte es aber nicht.

»Gute Arbeit, Sherlock. Ganz ehrlich.«

Martin winkte lässig ab.

»Das heißt«, begann Konrad zu rekapitulieren, »der Mann, der in der Nacht aus dem Institut geflohen ist, ist später ermordet worden. Der Mörder hat seinen eigenen Mörder gefunden?«

»Wenn diese Fasern eine solche Identifizierung ergeben, könnte das wohl sein.«

»Der Fall zieht weite Kreise«, sagte Martin altklug.

»Beide Morde wirken allerdings nicht besonders geplant«, sinnierte Rehbein, »das scheinen Taten gewesen zu sein, die im Affekt erfolgten.« Er beschrieb ihnen, mit welcher Hektik der tote Pförtner vermutlich ins Kühlfach gestopft worden war und wie die Polizei den jungen Mann im Grüngürtel gefunden hatte:

»Husch, husch ins Gebüsch. Ein Stück abseits des Weges. Liegen gelassen. Früher oder später hätte den sicher eine Hundenase aufgespürt«, sagte er.

Heribert Rehbein begann, den Stand der Ermittlungen

mit Konrad und Martin zu diskutieren, als gehörten sie im Morddezernat zu seinen Kollegen. Sie befanden sich am Rand einer Wiese, unweit einer Wegkreuzung nah der Platanenallee zum Hochkreuz. Da sie dort friedlich sprachen und gestikulierten, näherten sich bald vorwitzige Eichhörnchen und präsentierten sich, als wüssten sie Antworten auf all die Fragen. Heribert Rehbein zog wie nebenbei ein Tütchen aus seiner Manteltasche und verstreute Haselnüsse und Kürbiskerne. Das belebte die Wiese ungemein.

Die Eichhörnchen knackten Nüsschen, futterten Kerne. Heribert Rehbein, Konrad und Martin zerbrachen sich die Köpfe. Was war gesichert, was Vermutung? Die Kühlfächer im Institut für Rechtsmedizin wurden gerade überprüft. Vielleicht hatte sich der Mörder des Pförtners noch an anderen Kühlfächern beziehungsweise Leichen zu schaffen gemacht. Was hatte er überhaupt im Institut gewollt? Leichenschändung betreiben? Welchen Hintergrund hatte die Tat? Aus der Lebensgeschichte des Pförtners, dieses Heinrich Gerberus, ging nichts hervor, was auf kriminelle Verwicklungen schließen ließ. Aber vielleicht hatte man etwas übersehen?

Konrad jedenfalls vermutete es. Martin sowieso. Als Martin und Heribert Rehbein über grundsätzliche Motive für einen Mord sprachen, zu denen Eifersucht, Vertuschungsabsichten, Rache, Psychopathie, Geldgier, vielleicht sogar ein Auftrag gehörten, mischte sich Kommissar Zufall ein. Just in diesem Moment nämlich guckte Konrad gegen das Licht, den Weg entlang, der in den Hauptweg mündete. Und wer tauchte dort unterhalb der Platanen auf, schlich durchs Bild, verschwand im nördlichen Teil der Anlagen?

Cornelius Walterscheid.

Er war vermutlich unterwegs zur Trauerhalle, um sich mit Pfarrer Uermer zu treffen und das Begräbnis zu besprechen. Höchstwahrscheinlich würde Walterscheid seinen Bruder auf Melaten bestatten lassen wollen.

»Der Juwelier«, sagte Konrad.

Martin und Kommissar Rehbein unterbrachen ihr Gespräch. Rehbein, der seinem Gefühl nach gerade zu lange passiv gewesen war und bloß zugehört hatte, fragte:

»Juwelier?«

»Herr Walterscheid«, sagte Konrad. »Aus der Dürener Straße. Der ist überfallen worden.«

»Aha.«

Kollege Freese hatte den Kommissar natürlich nicht informiert.

Konrad erklärte dem Kommissar, dass Cornelius Walterscheid am Tag zuvor in seinem Geschäft überfallen worden war, und er, Konrad, kurz nachdem die Täter geflohen waren, hinzugekommen war, Walterscheid geholfen und mit ihm gesprochen hatte.

»Nach der Zitronentarte? Hast du mir gar nicht erzählt«, meinte Martin spitz.

»Auch unter Kollegen hakelt es manchmal bei der Informationsweitergabe«, sagte Rehbein. Martin blickte ihn fragend an.

»Interessant. Und was soll das mit unseren Morden zu tun haben?«

»*Unseren?*«, fragte Rehbein irritiert.

»Also, der Bruder des Juweliers ist gestorben«, sagte Konrad ablenkend, »hat mir Walterscheid selbst erzählt. Er kam mit dem Flugzeug aus Kolumbien und liegt nun in der Rechtsmedizin. Da lag er schon in der Nacht, als der Pförtner umgebracht wurde. Ist vielleicht nur ein Zufall, aber ...«

»Zufälle spielen bei Kriminalfällen keine große Rolle«, unterbrach Martin altklug – und so langsam ging er Heribert Rehbein und sogar Konrad auf den Wecker. Zumal Zufälle eine ganz entscheidende Rolle spielten – wie Konrad wenige Minuten zuvor selbst festgestellt hatte.

»Dann sollten wir vielleicht auch mal einen Blick auf den toten Bruder werfen. Der liegt ja sicher noch nicht unter der Erde, sondern im Kühlfach«, meinte der Kommissar.

»Das könnte sein«, sagte Konrad und hatte ein schlechtes Gewissen, da er nun womöglich die Totenruhe des Bruders von Cornelius Walterscheid störte. Heribert Rehbein hatte damit keine Probleme. Und weil er Sympathie hegte für Konrads Hobbyermittlerei, versprach er ihm, ihn über den Stand der Ermittlungen auf dem Laufenden zu halten. Soweit ihm das dienstlich verantwortbar schien. Heribert Rehbein war der Meinung, dass eine gewisse polizeiliche Offenheit gegenüber der Bevölkerung gut war für das Klima zwischen Stadt und Behörde.

Er besprach seine Fälle ja auch nach wie vor mit seiner Mutter.

So verabredeten sie sich für den kommenden Tag dort, wo Heribert Rehbein außerhalb seines Büros am besten nachdenken konnte: am Grab seiner Mutter auf einer schönen, auch bei Wildbienen beliebten Flur im nördlichen Teil des Friedhofs.

Praktischerweise gab es in kaum zwei Metern Entfernung zu Käthes Grab eine Ruhebank, auf der Heribert mehrmals die Woche saß, meist abends, nachdem er Blumen und Bepflanzung in Ordnung gebracht hatte. Dann hielt er mit seiner Mutter Zwiesprache.

»Morgen, früher Abend, gegen sechs«, sagte der Kommissar und verabschiedete sich mit klaren Ideen für den nächsten Arbeitstag im Dezernat. Er verließ den Friedhof über die Zufahrt zum Betriebshof.

Konrad sah ihm nach. Es war längst Zeit fürs Abendessen. Und sicher auch Zeit für Martin, nach Hause zu gehen. Sie machten sich gemeinsam auf Richtung Piusstraße.

Plötzlich meldete sich Konrads Neugier.

»Wo willst du hin?«, fragte Martin, als Konrad wider Erwarten zur Friedhofsmitte und nicht in Richtung Ausgang abbog.

»Zur Trauerhalle.«

Martin stutzte. Und verstand.

»Du hast vorhin jemanden gesehen?«

»Ja«, sagte Konrad, »glaub ich zumindest.«

»Wen? Lass mich raten. Den Juwelier?«

»Genau.«

»Hast du einen Verdacht?«

»Nein, ich will nur wissen, ob er es tatsächlich war. Ist so ein Gefühl.«

Martin stöhnte.

»Gefühle werden völlig überschätzt.«

Er schloss sich Konrad jedoch an. Und dann, als sie den Vorplatz der Trauerhalle erreichten und Konrad nach Cornelius Walterscheid Ausschau hielt, stöhnte Martin nochmals, murmelte »Scheiße!« und verdrückte sich am Toilettengebäude hinter einen Pfeiler.

»Was ist los?«, fragte Konrad erstaunt.

»Pssst!«

Martin wies hinüber zur Trauerhalle. Dort war von Cornelius Walterscheid keine Spur und auch nicht von Pfarrer Uermer. Stattdessen erblickten sie eine dreiköpfige Familie. Die drei hatten etwas an sich, das Geld und Geltung ausstrahlte. Sie waren im Begriff, die Trauerhalle zu verlassen, verabschiedeten sich mit großen Gesten von einem korpulenten Geistlichen, mit dem sie vermutlich über ein Begräbnis gesprochen hatten. Was sonst hatte man hier mit Geistlichen zu besprechen? Ein Mann, etwa fünfzig. Eine Frau, kaum vierzig. Ein Junge, höchstens fünfzehn. Der Junge, genervt-gelangweilt, verzogen, ein noch jugendliches Gesicht, das gekonnt Kälte und Herablassung ausstrahlte. Die Frau, vielleicht eine ehemalige Weinkönigin aus Rheinland-Pfalz, die dem Wein treu geblieben war. Der Mann, kompakt gebaut, Stahlblick, bulldoggiges Äußeres, stiernackiger Hals und kugeliger Kurzhaarkopf, dem man Rammstöße zutraute, trinkfest wirkend, mindestens ein bissiger Vorstandsvorsitzender und wahrscheinlich eine tragende Säule, ein Grundpfeiler in einer der im Kölner Stadtleben so bedeutenden Karnevalsgesellschaften. Dieser Mann herrschte, notfalls brutal: Seine Gesten, sein Habitus waren entsprechend. Und der Geistliche war ein Mann, der für seine Messen mindestens eine der romanischen Kirchen Kölns, wenn nicht gar den Dom beanspruchte.

Martin kannte den Jungen, Rochus Gröben, gut genug, um in den beiden anderen dessen Vater und Mutter zu vermuten. Und dann musste sich Martin eingestehen, dass der Zufall auch ihn heimgesucht hatte. Plötzlich verstand er sehr viel besser, weshalb Rochus Gröben an diesem Morgen in der Schule noch unausstehlicher gewesen war als sonst, sodass sich Martin nach den ersten beiden Stunden entschlossen hatte, das Weite zu suchen. An diesem Morgen hatten die Lästereien in der Klasse ausnahmsweise mal Rochus gegolten. Sticheleien, die ihn aus der Haut hatten fahren lassen. Sprüche wie »Habt ihr euren Opa um die Ecke gebracht?« oder »Stimmt es, dass dein Vater über Leichen geht?« oder auch »Gibt wohl viel zu erben bei euch, was, Rochus?«.

Julius Wieland war der Hauptstichler gewesen. Erst jetzt verstand Martin den Hintergrund. Julius war in der Klasse neben Martin der Einzige, der Rochus immer mal wieder auf Augenhöhe begegnete. Sein Vater war leitender Redakteur beim *Kölner Stadt-Anzeiger.* Irgendwie schien die Presse Gerüchte um den Tod von Rochus' Großvater, des alten Firmenpatriarchen Richard Gröben senior, aufgeschnappt zu haben. Ein Mann, der einer Familie von Fabrikanten vorstand: Zucker, Maschinenbau, Wurstwaren, Chemie. Töchter, Söhne, Neffen, Nichten. Allesamt Firmenleiter, unter denen Richards ältester Sohn, Richard Gröben junior, Rochus' Vater, gern die dominante Stellung eingenommen hätte – die Stellung, die der Alte innehatte, solange er lebte.

Und jetzt war er wohl tot, der Großvater.

Lag da schon wieder Mord in der Luft?

Die Einzelheiten der familieninternen Konflikte kannte Martin natürlich nicht. Aber Martin war ein Fuchs. Noch im Versteck vor den Friedhofstoiletten stellte er Überlegungen an. Und aus diesen Überlegungen ergab sich die Frage, ob nicht vielleicht auch dieser Großvater, Richard Gröben senior, die letzten Nächte in einem Kühlfach im Kölner Rechtsmedizinischen Institut verbracht hatte.

GEHE & WERDE

Eine Einladung ins Konzert? Nein, das war wirklich zu einfallslos. Oder ein Museumsbesuch? In Bonn, auf der Museumsmeile, gab es ein paar Häuser, die kannte er noch nicht. Kunst also vielleicht? Oder war das zu spießig? Vielleicht erwartete sie etwas Wild-Verwegenes? Wahrscheinlich aber erwartete sie gar nichts, und er sollte den Kopf in kaltes Wasser stecken, um die Überhitzung in den Griff zu bekommen.

Konrad hatte schon wieder kaum einschlafen können – aus einer verqueren Kombination heraus: Einerseits fühlte er sich völlig ideenlos, andererseits glühte er innerlich. Der Sonntagnachmittag mit Amalia Schmitz machte ihn unruhig. Was konnte er tun, um ein weiteres Treffen zu arrangieren?

Gegen halb sechs, es war noch dunkel, stand er auf und vertrieb alle romantischen Gedanken mit Blick in den Spiegel im kalten Badezimmer. Es bestand überhaupt kein Grund für Schmetterlinge im Bauch. Was war denn schon gewesen? Kaffee und Kuchen. Im Grunde etwas so Romantisches wie der Nachgang zu einer Beerdigung. Der Euphorie, die er nach dem Treffen verspürt hatte, traute er nicht mehr so recht. Und mit Martins Anspielungen von wegen *Du hast bei meiner Mutter einen Stein im Brett* sollte er besser vorsichtig sein. Er kannte doch Martin. Also zurück auf den Boden der Tatsachen. Der Tag war voller Termine.

Auf dem Friedhof hatte er erst am Nachmittag Dienst – Überstunden-Abbau. Mittags war er mit Josepha Roth verabredet. Die hatte ihn am Abend zuvor noch angerufen und ihm versprochen, sich den Schädel am Morgen mal genauer anzusehen. Sie hatte ein wenig angetütert geklungen und gemeint, am nächsten Morgen würde sie ohnehin mit Schädel zu tun haben. Dienst hatte sie nicht. Aber das Labor mal für Halbprivates zu nutzen, erlaubte ihr die lange, erfolgreiche Karriere des Teams Roth-Weiss.

Mittags also.

Nach dem frühen Frühstück mit schwarzem Kaffee versuchte Konrad seine Gedanken zu ordnen. In den Radionachrichten gab es keine Neuigkeiten zum Mordfall in der Forensik oder dem Toten im Park. Ob man ihn schon identifiziert hatte? Konrad versuchte sich erneut im Internet. Diesmal ging es nicht in die Vergangenheit. Er blieb in der Gegenwart, wühlte sich durch Nachrichtenseiten. Vor allem den *Kölner Express* und den *Stadtanzeiger*. Er hatte auf ein Foto gehofft, aber noch war da außer einem Tatortbild mit bedeckter Leiche und einer ausführlichen, sprachlich ausgeschmückten Fundmeldung – im *Express* – nichts zu finden. Eigentlich verwunderlich, denn was zog Menschen eher auf Nachrichtenseiten als Bilder von Mordopfern? Noch dazu eines, wo das Opfer ein dolchtief ausgestochenes Auge hatte? Vielleicht wollte man ein Foto des

Mannes nicht ohne Retuschen rausgeben. So ein Auge, aus dem in großem Maß Hirn ausgetreten war, trug ja nicht zur Identifizierung bei. Im Gegenteil. Da Heribert Rehbein die Ermittlungen am Fundtag geleitet hatte, konnte sich Konrad gut vorstellen, dass er vorwitzige Fotografen in die Schranken gewiesen hatte. Vielleicht wusste die Polizei längst, wer der Tote war, und ein Foto wäre überflüssig. Wie viele Informationen würde Kommissar Rehbein mit ihm und Martin teilen?

Mit all diesen Gedanken im Hinterkopf tigerte Konrad durch seine Wohnung. Um acht, zu Beginn der zivilen Zeit, machte er sich auf zum Sitz von Dumont-Schauberg, wo die Kölner Zeitungen verlegt und gedruckt wurden. Beim Pförtner informierte er sich über Möglichkeiten, das Archiv des Pressehauses zu nutzen. Vielleicht konnte er dort auch die Presse zur Zeit des Ersten Weltkriegs einsehen? Der Pförtner konnte – oder wollte – ihm nicht helfen. Konrad wurde an einen für Öffentlichkeitsarbeit zuständigen Mitarbeiter verwiesen. Der jedoch verhielt sich ebenfalls recht unkooperativ: Das Archiv sei noch im Aufbau. Und die Nutzung vorerst nur Mitarbeitern des Konzerns möglich. Aber Konrad könne einen Antrag stellen.

»Wir sind eben auch eine Behörde, irgendwie«, sagte der Mann und lächelte.

Halleluja. Konrad war enttäuscht. Er füllte lustlos einen Antrag aus und machte sich auf zum Stadtarchiv. Er hatte am Morgen gar nicht vorgehabt, das Archiv zu besuchen. Jetzt bewegte ihn einzig die Frustration.

Im Lesesaal des Archivs folgte Konrad den Pfaden, die

er bisher schon ausgetreten hatte. Mit schwindender Hoffnung auf neue Funde. Dann aber, vielleicht des hilflosen, enttäuschten Eindrucks wegen, den er an seinem Computerterminal machte, kam er mit einer freundlichen Mitarbeiterin, einer jungen Historikerin, ins Gespräch. Er schilderte ihr sein Anliegen – und sie half, gewährte ihm Zugang zu einem Bereich, der noch nicht im Netz stand, aber in den kommenden Monaten wieder für direkte Recherchen zur Verfügung stehen würde.

Er konnte sein Glück kaum fassen: Die alten Grabkarten und die Friedhofsbücher des 19. und frühen 20. Jahrhunderts waren vor Jahren ins Stadtarchiv ausgelagert worden. Die Dokumente hatten, wie er nun erfuhr, den Einsturz des Archivs größtenteils überstanden oder waren zu retten gewesen. Man hatte sie im neuen Gebäude bereits einsortiert. Die freundliche Angestellte zeigte ihm alles. Leider, sagte sie, seien einige Jahrgänge des Zweiten Weltkriegs schon auf dem Friedhof verloren gegangen, vermutlich einem Bombenangriff zum Opfer gefallen. Bis 1942 aber sei alles archiviert worden.

Bei den Papieren zu Theodor Schlagowskis Grab erwiesen sich die Unterlagen dann als ausgesprochen interessant. Es gab Tote, die ein seltsames Nachleben entwickelten. Ihre Geschichte setzte Staub an, aber unter der Staubschicht blieb eine rätselhafte Form von Bewegung. Da tickte was. Und wenn jemand kam und die Staubschicht beiseitefegte, dann …

Konrad spürte den Puls in seinem Kopf: Diese Handschrift, die er da in den Unterlagen von 1918 fand, das waren Vermerke des Bestatters. Ja, das mussten Dokumente des Bestatters sein. In Kurrentschrift, wie damals üblich. Konrads Arbeit brachte es mit sich, dass er diese klassische Schreibschrift der vergangenen Jahrhunderte kannte. Er war kein Grafologe, aber die Schrift, die da vor ihm lag, und die des Dokuments aus dem Metallkästchen wiesen verdächtige Ähnlichkeiten auf. Der I-Punkt, der eher wie ein kleiner Bogen, ein Vögelchen aussah. Und der Bogen über dem u, der nur ein Strich war, fast ein Häkchen. Die Schäfte von f und p, die am Ende nach links zackten. Das war untypisch, sehr individuell. Auch der seltsam aufrechte Winkel der Schrift, die sich doch meist sehr nach rechts neigte, was ihr eine gewisse Eleganz verlieh. Konrad hatte eine Kopie des Briefrestes dabei, verglich. Die Ähnlichkeiten waren wirklich erstaunlich. In diesen Worten lag etwas verborgen.

Hatte der Bestatter vom Mord gewusst? Vielleicht hatte der Bestatter – eine Frau war in diesem Beruf um 1918 doch extrem unwahrscheinlich – die Leiche der Frau im späteren Grab entsorgt? Entsorgen müssen? Und er hatte schweigen müssen, weil …

Bestechung?

Bedrohung?

Abhängigkeit?

Es gab viele Möglichkeiten. Martin hatte vielleicht recht gehabt. Er hatte ja schon beim Ausgraben der Knochen vermutet, dass diejenigen, die den Sarg des Mannes bestattet hatten, von dem Mord wussten.

Konrad kopierte, machte sich Notizen. Vor allem notierte er sich Name und Adresse des damaligen Bestattungsunternehmens:

Lucius Gehe & Egidius Werde, Hültzstraße 8.

Das war gar nicht weit entfernt vom Friedhof.

Konrad fotografierte einige der Papiere mit seinem so selten genutzten Smartphone. Und er sah immer wieder auf die Uhr. Die Zeit drängte. Er hatte noch nachschauen wollen, ob er Informationen zur Umbenennung der Schlagowski-Werke in eine GWAG fand. Das würde er ein anderes Mal tun müssen. Er brach auf zum Rechtsmedizinischen Institut.

Dort wartete Josepha Roth mit dem Kaffee und dem Totenschädel auf ihn. Sie saß auf ihrer Seite des Doppelschreibtischs, in dem Büro, das sie und Benedikt Weiss sich teilten. Weiss war auf einem Außentermin. Auf den Arbeitsflächen zwischen den Computern türmten sich Papiere, sodass der Schädel fast gar nicht auffiel. Josepha hatte auch den Oberschenkelknochen dabei. Sie hatte Proben genommen, eine DNA-Analyse lief. Das dauerte aber noch. Immerhin konnte sie mit ziemlicher Sicherheit sagen, dass die Knochen zu einer noch sehr jungen Frau gehörten: »Vermutlich kaum zwanzig Jahre alt, als sie umgebracht wurde«, sagte sie.

»Umgebracht?«

»Ja. Ohne Zweifel.«

Konrad nickte. Er hatte diese Antwort erwartet. Zwanzig Jahre, das war die Aussage in dem Brief aus Schlagowskis Grab gewesen. *Kaum zwanzig* klang, wie Josepha es mit ihrer müden Stimme betonte, als handle es sich um ein

Kind. Konrad war sich sicher, dass der Brief den Namen der Getöteten enthalten hatte. Leider waren die entscheidenden Stellen unleserlich geworden oder hatten sich zersetzt. Wenn er nur gewusst hätte, wie er …

»Konrad?«

»Was?«

»Hörst du mir überhaupt zu? Ich habe gesagt, die Wunde am Hinterkopf. Das Loch …«

»'tschuldige. Ich war in Gedanken.«

Josepha Roth leerte den Rest ihres Kaffees, griff erneut zur Kaffeekanne:

»Gott, hab ich schlecht geschlafen. Die Sache mit Heinrich lässt mich nicht los. Ich habe schon Tausende Tote gesehen. Übel zugerichtet zum Teil. Aber hier, im Institut? Ein Mitarbeiter, während wir nebenan arbeiten …«

Sie hielt inne.

»Was wollte ich noch sagen?«

»Der Hinterkopf«, half ihr Konrad. »Das Loch.«

»Ach so, ja.« Josepha stellte die Kaffeetasse beiseite und nahm sich den Schädel. »Das ist wirklich interessant. Das Loch hier. Die Wahrscheinlichkeit, dass ein solcher Schädel so tief unter der Erde nicht im Lauf der Zeit zerdrückt wird, ist verschwindend gering. Dieser hier ist jedoch nahezu unversehrt.«

Sie drehte Konrad die Rückseite der Schädelkalotte zu. Das Loch, fast kreisrund, euromünzengroß, ein bisschen ausgebrochen, schwarz.

»Weißt du, womit diese junge Frau ermordet wurde?«

»Nein, aber etwas erschien mir auffällig …« Sie zog ein

Foto hervor. Ein frisches Farbfoto, das man niemandem neben das Frühstück legen sollte. Konrad schluckte.

»Hier«, sagte sie. Sie wies mit dem Zeigefinger auf das Loch im Auge des fotografierten Toten. Ein neues Mordopfer.

»Den hatten wir heute Morgen auf dem Tisch, und die Wunde …«

»Du willst mir jetzt aber nicht sagen, der wurde von derselben Person getötet?«, unterbrach Konrad sie erstaunt. »Kannst du ungefähr sagen, wie lange der Schädel schon in der Erde lag?«

»Einige Jahrzehnte bestimmt«, sagte sie. »Die genaue Bestimmung ist schwierig. Sie wäre jedenfalls extrem aufwendig. Vielleicht sind es tatsächlich hundert Jahre. Aber worauf ich hinauswollte: Die Einbruchstelle im Schädelknochen und die Wunde im Auge dieses Mordopfers haben in gewisser Weise etwas gemeinsam. Am Schädel wäre mir das wahrscheinlich gar nicht aufgefallen. Hier aber …«, wieder zeigte sie auf das Foto.

»Bitte noch einmal«, unterbrach Konrad erneut. »Wenn das derselbe Täter ist, dann muss das erste Opfer«, er deutete auf den Schädel, »von einem Kleinkind umgebracht worden sein, damit das zweite Opfer – jetzt zeigte er auf das Foto – von einem weit über Hundertjährigen ermordet worden sein kann. Das ist doch …«

Verrückt, wollte er sagen.

»Darauf will ich ja gar nicht hinaus«, unterbrach ihn Josepha Roth. »Natürlich ist es ziemlich unwahrscheinlich, dass hier ein und derselbe Mörder am Werk war. Das wäre ja geradezu sensationell unmöglich. Nein, es geht um die Waffe. Zuerst habe ich bei dem Schädel gedacht, es muss eine Stahlstange, vielleicht eine angespitzte, gewesen sein. Etwas sehr Hartes. Eine Spitzhacke. Eine Kugel eher nicht. Aber bei der frischen Leiche hier, wo die Weichteile, die Haut des Augenlids und so, noch nicht verwest sind ... hier, siehst du diesen Hautlappen?«

Josepha Roth wies auf das zerstörte Auge des Toten. Das Blut war nun abgewaschen, und es war deutlich, dass die Wunde erkennbare Konturen in dem totenblassen Gesicht hinterlassen hatte.

»Da ist eine Art Aussparung im Einstich verblieben. So was Halbmondförmiges. Das ist bei dem Schädel natürlich nicht mehr zu sehen, weil die Haut da ja komplett fehlt. Aber als ich diese Wunde im Auge untersucht habe, musste ich wieder an den Schädel denken. Oben rechts. Auf zwei Uhr. Auch der Schädelknochen weist eine winzige Eigentümlichkeit auf, zwei feine Schleifspuren wie von zwei harten Kanten. Das muss von der Mordwaffe stammen. Und deshalb denke ich, dass es, vielleicht in beiden Fällen, nicht bloß ein x-beliebiger Stahlstab war, sondern ...«

Plötzlich fiel Konrad auf, was ihm schon längst hätte auffallen müssen. Sein Herz begann zu rasen, und er rief, aufspringend:

»Das ist doch der Tote, der im Grüngürtel gefunden wurde? Der Mann in der blauen Fleecejacke?«

»Woher weißt du denn, was der trug?«

Josephas sonst so selbstsicher tiefe Stimme krächzte überrascht.

Konrad berichtete Josepha von seinem – und Martins – Aufeinandertreffen mit Kommissar Rehbein. Denn natürlich handelte es sich bei dem Toten auf dem Foto um den jungen Mann in der blauen Fleecejacke.

»Wie bitte? DAS ist der Typ, der Heinrich umgebracht hat?«

Nun sprang auch Josepha Roth auf.

»Heinrich?«

»Unser Pförtner.«

»Womöglich«, sagte Konrad, »aber …«

»Dann ist der in der Nacht hier drin gewesen?«

»Wahrscheinlich. Ja.«

»Wie heißt der Typ?«

»Das weiß ich nicht«, sagte Konrad. »Ist er noch nicht identifiziert? Ich dachte, ihr hättet immer Informationen zu den Toten.«

»Nein. Zu diesem nicht. Wir kennen ihn mittlerweile zwar besser, als er sich vermutlich je selbst gekannt hat, seine … inneren Werte sozusagen, aber den Namen haben wir nicht. Unbekannter Toter, Mordopfer – so hat die Polizei ihn bei uns eingeliefert. Und er hatte wohl keine Papiere dabei. Die ermitteln noch, die von der Kripo.«

Josepha setzte sich wieder.

»Wenn der wirklich in der Mordnacht hier im Institut war, dann müssen wir schleunigst alles unten im Sektionstrakt und im Kühlraum nach seinen Fingerabdrücken absuchen. Wer weiß, was der hier noch alles angerichtet hat.«

»Der trug doch sicher Handschuhe«, warf Konrad ein. Josepha Roth stutzte.

»Ja. Hast sicher recht. In Toten bin ich besser als in Lebenden. Aber vielleicht gibt es unten doch noch Spuren, die nicht gefunden wurden.«

»Martin«, sagte Konrad.

»Martin?«

»Ach nichts. Mein Kollege geht davon aus, dass niemand besser im Spurenfinden ist als er. Er hat das mit der Fleecejacke auch schon bewiesen.«

»Mit der Jacke?«

»Martin hat die Fasern gefunden, die Kommissar Rehbein zu der Vermutung veranlassen, dass der Mann derjenige war, der bei euch eingedrungen ist. Fasern, die von der Polizei übersehen wurden.«

Konrad seufzte.

»Martin ist wirklich schlau.«

Josepha Roth kippte den Rest der nächsten Tasse Kaffee runter.

»Dann sollte dein Martin hier vielleicht mal nach Spuren suchen. Wenn er so schlau ist. Muss ja nicht jeder wissen, dass er hier …«

»Martin ist zehn.«

»Oh«, sagte Josepha. »Dann besser nicht. Zehnjährige verhalten sich bei geöffneten Leichen bisweilen irrational.«

»Ja«, sagte Konrad. »Martin wird dich vermutlich bitten, selber sezieren zu dürfen. Weil er denkt, dass er das besser kann als du.«

»Oha. So einer ist das.«

»Ja, so einer«, sagte Konrad. »Aber sonst schwer in Ordnung.«

»Na, du musst es ja wissen.«

Sie zog zum x-ten Mal während des Gesprächs die Glaskanne mit Kaffee von der Warmhalteplatte. Dann aber hielt sie inne und schob sie mit »Der Tod ist mir ohnehin grad zu nah« zurück unter den tröpfelnden Filter.

Der Tod. Konrad erinnerte sich:

»Du wolltest noch was zu dem Stahlstab sagen.«

Josepha Roth guckte verwirrt. Schließlich fiel es ihr wieder ein.

»Stimmt, ja. Gott, wo ist mein Gehirn bloß hin?«

Sie nahm den leeren Schädel noch einmal hoch und wies auf das Loch.

»Diese Spuren hier sind wie eingeschliffen. Ich könnte mir vorstellen, dass der Stahl eine sehr scharfkantige Nut hatte, eine Rille. Ein solches oder ähnliches Mordwerkzeug hätte dann auch die seltsame Wunde im Auge des anderen Toten verursachen können. Hart, rund, spitz, mit einer Nut. Aber was genau es gewesen sein könnte …«

Sie wiegte den Kopf.

»Ich muss nachdenken.«

»Ich auch«, meinte Konrad. »Ich danke dir jedenfalls sehr.«

»Vielleicht fällt deinem Martin ja was ein«, sagte Josepha.

»Ganz bestimmt«, sagte Konrad und verabschiedete sich.

Er ging und rekapitulierte: Junge Frau, kaum zwanzig, vor etwa hundert Jahren ermordet, beerdigt worden, im Grab von Theodor Schlagowski. Direkt unter ihm. Die Tatwaffe damals und die Tatwaffe beim Mord oder bei der Tötung des Mörders von Heinrich Gerberus identisch oder zumindest von gleicher Art. Etwas also, was damals und auch heute noch benutzt wurde. Für was auch immer.

Vielleicht wusste Kommissar Rehbein mittlerweile schon mehr zu dem Ding? Vielleicht war es gefunden worden? Konrad würde den Kommissar am frühen Abend treffen. Und er musste nachsehen, ob es das Bestattungsgeschäft noch gab.

Lucius Gehe & Egidius Werde, Hültzstraße 8.

Am Nachmittag hatte er drei Stunden Dienst am Grün. Zum Glück hatte sich Kollege Kantmann krankgemeldet. Vermutlich am Vorabend zu viel Dienst am Kölsch. Schorn hätte dem Suffkopp längst kündigen müssen, aber er war nachsichtig. Menschen, die auf dem Friedhof arbeiteten, suchten nach Feierabend manchmal Trost, sagte er. Dass dem so war, bewies die florierende Stammkneipe der Friedhofsgärtner: das *Kölschgrab*, wo sie fast alle einen Deckel offen hatten, der im *Kölschgrab* natürlich Sargdeckel genannt wurde.

Konrad, der mit Kneipen nicht so viel am Hut hatte, nutzte die Solozeit des Nachmittags, um beim Bäumestutzen zu mogeln. Er schonte die Säge und trug diverse Platanen, Linden, Buchen, Kastanien als *gestutzt* in die Kartierungen ein, sodass die Bäume erst mal Ruhe vor Kantmann hatten.

Anschließend sah Konrad nach den Fledermäusen. Sie versteckten sich tagsüber, diese kleinen Flitzer, von denen manche so winzig waren, dass sie kaum mehr wogen als ein Stück Würfelzucker.

Es gab zahlreiche Fledermauskästen auf dem Friedhof. Walter Klausen, ein Mitarbeiter des Naturschutzbunds und eine Seele von einem Menschen, hatte sie angebracht, kümmerte sich um sie. Hoch an Baumstämmen hingen sie. Manche rund, mit Einflugschlitzen statt Schlupfloch. Andere waren flache Holzkästen mit einem Schlitz an der Unterseite. Tagsüber suchten die Fledermäuse Schutz in möglichst engen Spalten. Manchmal, wenn Konrad über den Friedhof streifte und mit seinen Augen Details erfasste, die flüchtigen Beobachtern verborgen blieben, entdeckte er schlafende Fledermäuse an den verrücktesten Orten: in Steinrissen von Denkmälern zum Beispiel. Je enger ein Schlupfwinkel, desto sicherer schien er den Tieren. Sie krallten sich in die winzigen Vertiefungen des Sandsteins oder die rissige Oberfläche des inneren Kastenholzes. Diese Akrobaten des Nachtflugs fanden fast überall Halt und ein Versteck. Konrad empfand eine tiefe Verehrung für die zittrigen Wesen, die sich in ihrer Verletzlichkeit mit einer Lebensweise nah dem Verschwinden schützten.

Selbstverständlich ließ Konrad sie in Ruhe. Es gab aber immer wieder Arschlöcher, die mit Astwürfen Kästen beschädigten oder zum Absturz brachten, obwohl die Kästen allesamt höher als drei Meter hingen. Konrad hing Kästen, die einen Abwurf überstanden hatte, wieder auf oder reparierte sie. Die Friedhofsgärtner – hießen sie nicht gerade Gandulf Kantmann – begriffen den Friedhof als grandioses Biotop. Auf den jüngeren Grabflächen wuchsen Insekten anziehende Wildpflanzen: Wiesensalbei, Moschusmalve,

Königskerze, Seifenkraut, Nachtviolen, Duftnachtkerzen – Pflanzen, die ätherische Substanzen verströmten und Nachtfalter anlockten: ein Lieblingsfutter der Fledermäuse.

Als Konrad mit einer Aluleiter Richtung Fröbelingen, an die Nordostseite des Friedhofs zog, wo eine ganze Reihe Fledermauskästen hingen, hatte er plötzlich eine Vision. Er kam auf dem Parkweg an die Kreuzung wo er nachts dem Mann im dunkelblauen Fleece begegnet war. Etwas Kleines, Schwarzes durchzuckte Konrads Kopf. Ein Schatten. Ein blitzartig die Richtung wechselnder. Und dann sah er, im Geiste, wie der Mann, mit dem er in der Woche zuvor kollidiert war, nach der Kollision weiterlief und zur Seite sprang. Und Konrad begriff, weshalb der Mann gegen den Baum geprallt war. Er hatte sich in jener Nacht vor einer heranflitzenden Fledermaus erschrocken. Mit ihren Ultraschallsensoren konnten Fledermäuse sämtlichen Hindernissen ausweichen.

Konrad lächelte. Ohne die Hilfe der unbekannten Fledermaus hätte sich ein Zusammenhang zwischen dem Toten im Grüngürtel und dem Mörder im Institut für Rechtsmedizin vielleicht niemals herstellen lassen.

Die Natur und ihr tiefer Sinn für Gerechtigkeit.

In der folgenden Stunde ging Konrad gewissenhaft seiner Arbeit nach. Hoch auf der Leiter stehend, reinigte er zwei der Rundkästen, die aktuell nicht von Fledermäusen besetzt waren. Nach einer Weile hörte er von fern Glockengeläut, dann auch Musik, feierliche Klänge. Eine Beerdigung, dachte Konrad. Er konnte sich nicht helfen, das Musikstück glich in seiner Getragenheit einer Vertonung von Verwesung. Von seinem Standort hoch auf der Leiter hatte er einen guten Blick in die Umgebung. Er sah einzelne Schwarzgekleidete, die der Trauerzeremonie beigewohnt hatten und nun heimgingen.

Die Musik dröhnte minutenlang.

Meist blieb es andächtig still, wenn auf Melaten bestattet wurde. Gesungen, musiziert, wurde in der Trauerhalle. Auf dem Friedhof blieb Raum für Tränen, Gemurmel, Händeschütteln. Einzig der Pfarrer sprach laut, tröstete die Trauernden. Diese Musik ließ auf etwas Größeres schließen. Etwas, das einen Akzent setzen wollte, vielleicht die letzte Demonstration von Bedeutung eines wohlhabenden Bürgers. Ein solcher Mensch brauchte noch im Abgang die große Bühne. Diesen Menschen verabschiedete kein einfacher Pfarrer, sondern ein Mann höherer Rangordnung, in weiß- und purpurfarbenem Ornat und mit salbungsvollen Worten. Vielleicht ein Domkapitular. Und heimlich bestimmte die Familie des Verstorbenen den Ablauf der Zeremonie. Je länger die Musik, je pompöser der Ritus, desto wichtiger war man in der Stadt gewesen.

Als die Musik Konrad langsam auf die Nerven ging, erinnerte er sich daran, wie er und Martin am Tag zuvor nahe der Trauerhalle Richard Gröben junior plus Ehefrau und Sohn gesehen hatten. Fand also vielleicht dort unten, irgendwo Richtung Millionenallee, die Beerdigung von Richard Gröben senior statt? Dem Mann, der im Verlauf seines Wirtschaftslebens eine Art rheinischen Mischkonzern geformt hatte? Dem vielleicht reichsten Bürger Kölns?

Ja, dachte Konrad, Richard Gröben, das könnte passen. Und als die Musik endlich verstummte, murmelte auch Konrad auf seiner Aluleiter ein *Amen* und arbeitete weiter.

Kaum fünf Minuten darauf folgte die nächste Abwechslung. Während Konrad den Fledermauskasten säuberte, erschien Walter Klausen, der Vogelexperte des Friedhofs, grüßte nach oben und erzählte eine entzückende Geschichte von einem zutraulichen Rotkehlchen-Pärchen, das ihm seit Wochen bei den Arbeiten zusah. Und just in dem Moment, als Klausen von Rotkehlchen sprach, landete eine vorwitzige Elster unweit des Fledermauskastens und beobachtete Konrad, ohne dass der sie bemerkte. Anders als Klausen.

»Du hast ja auch Begleitung«, rief Klausen erfreut.

»Ja, Martin«, antwortete Konrad, halb abwesend. Und weil ihm beim Sprechen auf der hohen Leiter wacklig zumute war, verzichtete er auf die Erklärung, dass Martin erst am späten Nachmittag aus der Schule käme.

»Martin?« Walter Klausen lachte. »Meine heißen Friedrich und Roberta.«

»Oh«, sagte Konrad. Jetzt blickte er der Elster in die Augen.

»Ich geh dann mal!«, rief Klausen. »Und pass mit Martin auf, scheint mir ein schräger Vogel zu sein!«

Mit einer Melodie, die er vermutlich von Friedrich und Roberta gelernt hatte, zog Klausen davon. Konrad stieg von der Leiter. Die ihn anstarrende Elster verunsicherte ihn. Zum Glück waren die Reinigungsarbeiten am Fledermauskasten beendet.

Es war jetzt fast halb sechs. Konrad brachte seine Sachen zum Betriebshof und wollte dann gleich zum Grab von Käthe Rehbein, um dort den Kommissar und Martin zu treffen. Da lief ihm Pfarrer Uermer über den Weg: fast zwei Meter groß, hager, leicht erkennbar an seinem großen, weißhaarigen, segelohrigen Kopf und am, wie fast immer, vorwärtsgebeugten, eilenden Gang. Ein Fast-schon-Heiliger mit Sorgenmiene, die sich aufhellte, als er Konrad erkannte.

»Wie gut, dass ich dich treffe!«

Er hatte offensichtlich etwas auf dem Herzen.

»Den Cornelius scheint die Beerdigung seines Bruders sehr mitzunehmen«, sagte der Pfarrer. »Ich mache mir Sorgen. Er möchte eine Bestattung im kleinen Kreis. Und es rührt mich, dass er gern Paul, Bernadette und Oma Gitti dabeihätte. Und auch dich.«

»Mich?«, sagte Konrad verdattert. »Bei der Beerdigung seines Bruders?«

»Ja. Ich habe gestern mit ihm gesprochen.«

Also doch, dachte Konrad.

»Er macht sich Vorwürfe, dass er in den vergangenen Jahren keinen Kontakt zu seinem Bruder hatte«, fuhr Uermer fort, »und plötzlich ist er tot. Ich meine, der Bruder. Ein Mensch, der doch immer auch Teil der eigenen Persönlichkeit ist. Wenn Geschwister gehen, gehen wir mit ihnen … ein Stück weit. Und das Begräbnis … Der ganze Papierkram. Kannst du dir ja denken. Es ist jetzt keine leichte Zeit für ihn. Sie haben sich über zwanzig Jahre nicht gesehen. Und auf dem Flug hierher … Ich glaube, er braucht

Hilfe. Der Cornelius. Wie gut, dass Frau Schumann ihn so unterstützt.«

Der Pfarrer knetete die Hände. In Uermers Augen konnte Konrad lesen, dass er die Szenen, über die er sprach, mit ganzer Seele durchlebte.

»Zwanzig Jahre kein Kontakt. Dann, endlich, ein Treffen. Der Bruder fliegt von Bogotá nach Frankfurt, Köln, und dann … zack, tot. Tragisch.«

»Ja.«

Konrad nickte betroffen. Dann erzählte er Pfarrer Uermer von dem Überfall auf das Juweliergeschäft, was die Gedanken des Pfarrers nochmals bestätigte:

»Sehr tragisch, diese Schicksalsschläge.«

Die Beerdigung war für den kommenden Donnerstag angesetzt. In zwei Tagen also. Am 6. September, um 15 Uhr. Konrad dachte nach – und konnte endlich seine Frage loswerden:

»Was ich nicht verstehe«, sagte er, »weshalb lädt er Bernadette, Paul, Oma Gitti und mich zur Beisetzung seines Bruders ein? Er hat mit mir gar nicht darüber gesprochen, als ich bei ihm war.«

»Na ja«, sagte der Pfarrer, »da kommt vermutlich vieles zusammen. So ein Einbruch, ein Überfall, ist ein traumatisches Erlebnis. Dann die ganze Last der Trauer … Und die Tafel ist ihm ja immer ein Anliegen gewesen, dem Cornelius.«

»Das stimmt«, sagte Konrad. »Einen besseren Kassenwart für die Tafel kann ich mir gar nicht vorstellen.«

Pfarrer Uermer stimmte zu.

»Eine Seele von einem Menschen. Wohlhabend, doch stets auch die Armen im Blick. Er und Frau Schumann, die haben schon viel getan für die Bedürftigen.«

Ja, auch Ose aus der *Tee-Oase* war ein Engel. Wieder nickte Konrad.

»Und der Bruder?«

Pfarrer Uermer zuckte mit den Schultern.

»Ich weiß nur, dass er vor über dreißig Jahren nach Kolumbien ausgewandert ist. Das hat mir Oma Gitti vor Jahren erzählt, als sie noch …«, Uermer suchte nach Worten.

»Ich verstehe«, sagte Konrad, was Uermer erleichterte.

»Mehr weiß ich auch nicht. Außer das, was mir Cornelius gestern gesagt hat. Er hat keine Familie drüben.«

»Der Bruder? In Kolumbien?«

»Ja. Also, nein. Keine weiteren Angehörigen. Muss ein sehr eigenwilliger Mensch gewesen sein. Keine konfliktfreie Beziehung, zwischen Cornelius und ihm, wenn ich das richtig sehe. Aber ich will nicht zu weit gehen …«

»Verstehe«, sagte Konrad.

»Es wird nur eine kleine Trauergemeinde sein«, sagte Uermer. »Ganz anders als vorhin …« Sein Mundwinkel zuckte und ein Anflug von Ironie mischte sich in seinen Blick. »Der alte Gröben hat ja halb Köln auf den Friedhof gelockt. Und natürlich brauchten sie für ihn einen Geistlichen mit rechtem … mit dem richtigen politischen Gewicht. Na, es gab wirklich schon genug Wirbel um den Toten. Möge seine Seele in Frieden ruhen.«

Konrad horchte auf.

»Wirbel?«

»Schon gut.«

Pfarrer Uermer hob die Hände. Er hatte bereits zu viel gesagt. Ein Mann Gottes tratschte nicht. Sie besprachen noch kurz, wie man möglicherweise in Kontakt mit Bernadette, Paul und Oma Gitti treten könnte, und Konrad verriet ihm, dass die drei ihr Nachtlager sicherheitshalber auf den Südfriedhof verlegt hatten. Uermer dankte für die Information. Vielleicht konnte ihm sein Kollege von der Kirche zum Heiligen Geist im Kölner Süden bei der Suche helfen. Notfalls würde sich Uermer noch am Abend in seinen restaurierten, wild bemalten Fiat 500 setzen und selber losbrausen. Uermer – *für die Seele des Menschen braucht es göttliche Hände, für einen defekten Motor genügen meine* – war passionierter Schrauber und hatte seinen mit viel Liebe wieder fahrtüchtig gemachten Oldtimer von Lindenthaler Kindergartenkindern bemalen lassen. Die Knirpse hatten die lustige Idee gehabt, die Wagentüren mit je einem weißen Engelsflügel zu verzieren. So gelang es Uermer, wann immer er mit Ordensschwester Beata zu Spendensammelmissionen aufbrach, Widerstände bereits zu brechen, indem die beiden die Wagentüren öffneten und ausstiegen – denn wenn ein Engel seine Flügel ausbreitet, knicken selbst hartgesottene Sparfüchse des rheinischen Kapitalismus ein.

Uermer, ein Hektiker und eine Bohnenstange, wirkte zwar wie das Gegenteil des legendären Don Giovanni, doch im Geiste waren die beiden Brüder. Er sauste weiter. Es war nun kurz nach 18 Uhr – auch Konrad musste sich beeilen.

AUF DEM FRIEDHOF BRENNT NOCH LICHT

Das Bild hatte etwas Bizarres: Kommissar Rehbein saß auf der Bank am Rundweg des Bestattungsgartens. Um die Bank herum glommen rötlich und reichlich die Grablichter. Rehbeins Kopf mit der gewölbten Erik-Ode-Stirn war von honigsatter Sonne beschienen. In den Beeten um Käthe Rehbeins Grab herum regierte die wunderbare Ordnung von Lavendel, Hainsalbei und japanischen Rosengewächsen. Es summten Insekten, die an Pollenträgern nippten wie trunksüchtige Geister. Es duftete nach Rosen und Kräutern, was Käthe Rehbein, die niemals Kaffee getrunken hatte, immer Tee mit manchmal was drin, sehr gemocht hätte. Die Tageshelligkeit bekam langsam einen anderen Ton, entwickelte, unterstützt von den vielen Grablichtern, eine mitfühlende goldene Wärme. Und das große Licht auf Käthe Rehbeins Grab – in eine meterhohe weiße Marmorstele war eine Edelstahl-Laterne eingebaut – gab der Szenerie den Anschein, als sei Käthe Rehbein noch immer im Dienst und mit Rat und Tat bei der Sache.

Heribert Rehbein hatte Beistand nötig: Neben ihm auf der Bank saß Martin. Sie unterhielten sich. Aber nicht so, als würde ein Enkelkind seinem Opa bei Erinnerungen an die verstorbene Oma lauschen. Es war genau andersherum: Martin dozierte und der Kommissar kam kaum zu Wort. Er war sichtlich froh, als Konrad auftauchte:

»Na endlich!«, rief er mit einem Stoßseufzer. »Zehn Minuten später, und dein … Kollege hätte den Kriminalfall ganz allein gelöst!«

»Es waren alles nur Theorien«, wiegelte Martin ab.

»Wie war es denn in der Schule?«, fragte Konrad, um Martin auszubremsen. »Bist du wieder ausgebüxt?«

»Äh, nein. Es war unerwartet angenehm«, erwiderte Martin. »Rochus war nicht da. Sein Opa kam heute unter die Erde. Da hatte er frei. Langweilig war es trotzdem. Zum Glück hat die Polizei den Namen gefunden.«

»Den Namen des Opas?« Konrad guckte verwirrt.

»Den kannte die Polizei ganz bestimmt«, sagte Martin vieldeutig. Konrad runzelte die Stirn.

»Nein, der Tote aus dem Grüngürtel«, erklärte Heribert Rehbein: »War nicht einfach, aber wir haben ihn. Und dein Kollege hier hat auch schon … mehrere Mordmotive in petto.«

»Nicht so schnell«, sagte Konrad. »Der Mann im blauen Fleece ist also identifiziert?«

»Ich glaube, er hat sich, nachdem er von der Uni geflogen ist, gerächt.«

»*Wer* ist von der Uni geflogen?«

»O Mann. Du kommst zu spät! Dieser Geyer. Er hat…«

»Ein Geier?«

»Kilian Geyer. Ehemaliger Medizinstudent. Jetzt mach mal halblang, Martin«, sagte Heribert Rehbein, dem seine

Mutter Käthe offensichtlich zugeflüstert hatte, er solle sich als Kommissar nicht ständig bevormunden lassen.

»Genau«, setzte Martin nach, »aber die Brutalität, mit der…«

»Martin, bitte. Jetzt lass mal ausnahmsweise die Erwachsenen ran.«

Martin schmollte. Und Heribert Rehbeins Gesichtszüge entspannten sich:

»Kilian Geyer war vor über zehn Jahren Student der Medizin an der Kölner Universität. Er hat unter anderem zwei Semester in der Rechtsmedizin gearbeitet. Er war wohl recht gut im Studium, hat sich die Achtung des Institutsdirektors erschnippelt und durfte früh bei den Obduktionen dabei sein. Er ist dann aber hochkant rausgeflogen, als herauskam, dass er sich von windigen Presseleuten hat bestechen lassen, um Informationen zu mutmaßlichen Mordopfern rauszugeben. Auch Fotos der Leichen. Die waren der Sensationspresse viel Geld wert. Geyer ging nicht ungeschickt vor, aber man kann in der Forensik zwei und zwei zusammenzählen. So ist er schließlich erwischt worden.«

»Ja«, sagte Konrad und dachte an das Team Roth-Weiss.

»Geyer war 34 und nach dem Rauswurf einige Jahre lang ziemlich von der Bildfläche verschwunden«, fuhr Heribert Rehbein fort. »Keine festen Jobs. Immer mit einem Fuß im Kleinkriminellen-Milieu. Was es besonders schwierig macht, ist die Tatsache, dass er als Ganove bemüht war, keine Spuren zu hinterlassen. Pass, Wohnort, das war alles nicht auf dem neuesten Stand. Er hat sich bei den Behörden nie gemeldet. Hat wohl auch Köln eine Zeit lang verlassen. Wir haben ihn nur finden können, weil er zu Studienzeiten mal eine DNA-Probe abgegeben hat. Die Daten hätten eigentlich vernichtet werden müssen. Aber wie das so ist …«

»Tja«, sagte Martin, der auch mal wieder was sagen wollte. »Wie das so ist. Die besten Spuren sind die, die man nicht hinterlassen wollte.«

»Weise Worte«, sagte Konrad und lachte.

Kommissar Rehbein fuhr fort, über Kilian Geyer zu sprechen. Er listete ein paar Delikte auf, die man ihm vonseiten der Polizei in den vergangenen Jahren hatte nachweisen können. Nichts Großes. Im Grunde war der Mann eine gescheiterte Existenz.

»Gescheit, aber eben gescheitert«, so der Kommissar.

»Und dann ein Mord? Irgendwie passt das nicht«, sagte Konrad.

Martin sah das ähnlich:

»Die Polizei hat auch noch keine Beweise, dass er den Pförtner … Knack!«

»Knack?«

»Ja.«

Konrad nickte:

»Im Rechtsmedizinischen Institut werden sie sicher nach Spuren suchen, die der Mann dort hinterlassen hat«, vermutete er. Konkreter wollte er nicht werden. Er ahnte plötzlich, dass er gegenüber Josepha Roth vielleicht zu redselig gewesen war. Was, wenn die Polizei die Spurensuche selbst vornehmen wollte? Aber Heribert Rehbein ging nicht darauf ein.

»Wahrscheinlich«, sagte er lapidar. Und damit war klar, dass sie auch im Institut von Kilian Geyer wussten. Unabhängig von dem, was Konrad Josepha Roth erzählt hatte.

»Ich frage mich allerdings«, sinnierte Rehbein, »weshalb ein Mensch, der zwar ein notorischer Rechtsbrecher war, aber bisher nie zu Gewaltverbrechen neigte, plötzlich zum Mörder wird.«

»Und dann so brutal«, warf Martin ein.

»Ja, äußerst brutal.«

»Aber vielleicht hat er, als er im Institut gearbeitet hat, heimlich Organe verkauft. Das wäre dann schon auch brutal.«

»Das wäre …«

Konrad schüttelte sich.

»Martin, deine Fantasie sollte sich an Altersgrenzen halten.«

»Tut sie«, sagte Martin mit Unschuldsmiene.

»Hat er denn vielleicht so was gemacht? Organhandel?« Konrad guckte zu Rehbein. Der wirkte von dieser Theorie nicht recht überzeugt.

»So weit sind wir noch nicht im Durchwühlen seiner Vergangenheit. Aber ich denke nicht. Bei Organhandel wäre er in der Uniklinik besser aufgehoben gewesen. Bei den noch Lebenden oder den frisch Verstorbenen. Drüben im Institut …«, er wies zur Rechtsmedizin, »liegen doch hauptsächlich die von der Straße Gekratzten, die angeschwollenen Wasserleichen, die schon halb mumifiziert unter Kellerdielen Gefundenen, die zerteilten Opfer von Psychopathen.«

»Der Herr Kommissar kennt bei seiner Fantasie aber auch keine Altersgrenze«, witzelte Martin, was Heribert Rehbein erröten ließ wie ein Grablicht.

»Na ja«, meinte Konrad, »da werden schon auch normale Todesfälle untersucht. Aber stimmt schon. Für Organhandel kommt da wohl eher selten eine Leiche infrage.«

»Das meine ich ja«, brummte Rehbein. »Und die Delikte, mit denen Geyer bisher auffällig geworden ist, haben mit Gewaltverbrechen nichts zu tun. Geyer stammt aus Neckarsulm, hat nach der Schule eine Lehre in der Metallverarbeitung gemacht, Maschinenschlosser, hat aber abgebrochen. Dann hat er in einer Tag-und-Nacht-Tankstelle gearbeitet, in die Kasse gegriffen. Er hat in Kneipen gejobbt, hat sich als Musikmanager versucht, die Band betrogen. Aus diversen Jobs ist er rausgeflogen. Ob da Kriminalfälle zugrunde liegen, weiß ich nicht. Irgendwann hat er dann wohl das Abitur nachgemacht. Abendschule. Vielleicht ist er zwischenzeitlich mal bei Verstand gewesen. Er scheint jedenfalls einen so guten Abschluss gemacht zu haben, dass er Medizin studieren konnte.«

»Oder er kannte die Tricks, um sich an die Uni zu mogeln und den Medizinertest mit unseriösen Mitteln zu bestehen«, sagte Martin.

»Ich weiß nicht. Er war doch wohl gut als Mediziner«, meinte Konrad. »In der Rechtsmedizin nehmen die keine Versager.«

»Punkt für dich«, sagte Martin. »Aber ich habe eine neue Theorie.«

»Nämlich?«

Martin plusterte sich auf:

»Die Grausamkeit …«

»Geht es wieder in Richtung Gewaltfantasie?«

»Ich kann doch nichts dafür, dass dem einen der Hals gebrochen und dem anderen ein golfballgroßes Loch ins Auge gestochen wurde«, maulte Martin.

»Apropos Loch«, sagte Heribert Rehbein. »Die Ergebnisse der Rechtsmedizin liegen vor.« Konrad kannte sie ja schon von Josepha Roth, was er jetzt aber nicht kundtat.

»Das war keine Kugel, sondern ein sehr harter Gegenstand mit einem auffälligen Profil. Vielleicht was Hammerähnliches. Ist aber sehr tief in den Kopf eingedrungen. Wir forschen noch, was das gewesen sein könnte.«

»Forschen ist gut«, meinte Martin und fuhr fort:

»Jedenfalls weisen diese Grausamkeiten doch auf eines hin.«

Er guckte in die Runde.

»Worauf wartest du?«, fragte Konrad. »Auf einen Trommelwirbel?«

Martin seufzte.

»Nein, also … na, schon gut. Diese fiesen Morde könnten doch deswegen so fies geworden sein, weil Geyer gar nicht der eigentliche Drahtzieher der Morde war.«

»Jetzt wird es kompliziert«, stöhnte Rehbein.

»Was willst du damit sagen, Martin?«, drängelte Konrad.

»Da geht es vielleicht um viel Geld. Im Hintergrund. Da steckt vielleicht … organisiertes Verbrechen dahinter. Organisiert finde ich übrigens witzig, Organe, organisiert.«

»MARTIN!«

»Ja, schon gut. Jedenfalls. Mafia. Millionenbeträge. Dann könnte auch ein Typ wie Geyer vielleicht ungemütlich werden. Und …«

»Ok, da ist was dran«, unterbrach ihn Konrad. »Wir reden die ganze Zeit über Geyer und wundern uns bei diesem Kleinkriminellen über die Brutalität seiner Tat und sehen den Elefanten im Raum nicht.«

»Den Elefanten?«

»Na, der Geyer ist doch selber ermordet worden.«

»Ziemlich grausam«, ergänzte Martin.

»Genau. Und das legt nahe, dass es sich dabei vielleicht um organisiertes Verbrechen, einen Auftragsmord oder so handelt.«

Heribert Rehbein dachte nach.

»Vielleicht sogar zwei Auftragsmorde«, sagte Martin.

»Zwei?«

»Na ja, wir wissen doch gar nicht, ob Geyer den Wächter umgebracht hat, oder?«

Martin sah Kommissar Rehbein an. Das *wir* aus Martins Mund verwirrte ihn.

»Spuren gibt es tatsächlich noch keine«, gab Rehbein zögernd zu. Und dann, wie zu sich selbst: »Nur eben die … Beweiskette, dass Kilian Geyer, nachdem er mit Konrad zusammengestoßen war, blaue Fasern an diesem Baum in der Nachbarschaft zum Institut hinterlassen hat. Und daraus abgeleitet, dass die Fußspuren unterhalb der Mauer zum Institutsgelände von ihm stammen. Er war also im Gebäude. Aber was er da gemacht hat …?«

»Genau!«, rief Martin. Heribert Rehbein schreckte auf.

»Es ist allerdings noch nicht klar, ob nicht noch weitere Personen ins Institut eingedrungen sind. Die Spurenlage ist schwierig«, warf er ein.

Dann räusperte er sich und sagte: »Ich glaube, ich muss jetzt mal langsam.« Er erhob sich, blieb aber stehen, wirkte unschlüssig. Auch Martin hatte sich erhoben. Er schien beschäftigt mit seinen diversen Theorien zu den Morden, grübelte und zog mit der Fußspitze Muster in den Kiesweg. Heribert Rehbein warf einen langen Blick auf das Grab seiner Mutter.

Es ging auf halb acht zu. Der Friedhof wurde bald geschlossen. Auch Konrad betrachtete Käthe Rehbeins Grab und fühlte sich melancholisch, beinahe entmutigt. Das hatte ganz und gar nichts mit diesem Grab zu tun, dessen strenge Ordnung, von Heribert gepflegt, Arbeitseifer ausstrahlte, vielleicht sogar eine Art pflanzlich-granitenen Optimismus. Konrad dachte, obwohl sie die ganze Zeit über den Mordfall im Institut gesprochen hatten, an den Schädelfund, an die junge Frau und daran, dass er bisher weder im Stadtarchiv noch im Pressehaus noch bei sonst irgendwelchen Behörden aussagekräftige Unterlagen, Dokumente zu der Zeit, als die Frau gestorben war, gefunden hatte. Nur im Archiv, auf den Grabkarten, diese seltsame Übereinstimmung mit dem Schriftbild in den gefundenen Briefüberresten. Der Bestatter, der den Brief möglicherweise verfasst hatte:

Schlagowski ... Mörder! Zwanzig Jahre jung .... Vergangen .... zwei Leben ... Hölle schmoren ... Wahrheit ... Licht kommen ....

deine Tat finden … tiefer … nicht ausgewa… Musste mit ihm in die Kiste … tiefer, und ihr werdet …

Als er über all dies nachdachte, kam ihm plötzlich die Erleuchtung, weshalb dieser Ort für Heribert Rehbein eine so große Bedeutung hatte: auf welche Weise der Geist Käthe Rehbeins hier weiterhin lebendig war. Die hohe Grableuchte, das war eine Schreibtischlampe. Und dann der wuchtige, aufragende Grabstein: die Lehne eines Stuhls, der am geräumigen, breiten Rechteck des Grabs, des Schreibtisches, stand. Die Grabfläche, da hatte Heribert sein weiches Herz sprechen lassen, bestand zum großen Teil aus einer silbrigen, dicht gewebten Matte von Katzenpfötchen, einem immergrünen, krautig-robusten Bodendecker, der auch harte Winter überdauerte. Und vor dem Grabstein blühte ein schönes quadratisches Beet roter Elfenblumen aus der Familie der Berberitzen, ebenfalls ein Bodendecker, einer mit herzförmigen Blättern, die ins Rötliche spielten. Dieses Elfenblumen-Beet lag wie eine als Liebeserklärung gestaltete Schreibtischunterlage vor dem Grabstein. Links und rechts schlossen sich je ein Streifen kräftig vergissmeinnichtblauer Blümchen an: ein Stift und ein Lineal.

Käthe war im Dienst. Noch immer. Dies alles hier war ein großes Büro, in dem Käthe Rehbein weiterhin das Regiment führte. Am Rand des Grabs, zum Elfenblumen-Beet hin und die Kopfseite seitlich des Grabsteins abschließend, die Ablagen: saubere Trittsteine und mehrere schneeweiße Blütenkugeln. Am Grabstein selbst stand die Vase, in der immer ein Strauß Blumen aus dem Polizeipräsidium grüßte. Heribert Rehbein sorgte sommers wie winters dafür, dass Käthe an ihrer Ruhestätte wirken konnte. Und die Kölner Polizeileitung signalisierte, dass man seine Mutter nach wie vor brauchte.

Der Kommissar holte tief Luft, als hätte er ein inneres Gespräch beendet. Er blickte zu Konrad: »Alles klar bei dir?«

Rehbein hatte bemerkt, wie schweigsam Konrad neben ihm stand.

»Jaja«, sagte der, aufgeschreckt. »Ich musste nur gerade an …«, er wich aus, »… an den Schädel denken.«

»Schädel?«

Konrad brachte Kommissar Rehbein die Funde vom aufgelassenen Grab wieder in Erinnerung, erzählte ihm, was Josepha Roth dazu gesagt hatte, und dass er bei seinen Recherchen zur Zeit des Ersten Weltkriegs nicht weiterkam. Den angefressenen Brief verschwieg er. Es war so ein Gefühl. Er wollte sich die Sache nicht aus der Hand nehmen lassen. Nur Martin wusste Bescheid.

Rehbein nickte.

»Erster Weltkrieg. Meine Güte.«

Der Kommissar guckte wieder intensiv auf das Grab seiner Mutter. *1913–1995* war unter dem Namen auf dem Grabstein zu lesen. Martin stand etwas abseits. Nach einigen Minuten, in denen er sich für seine Verhältnisse sehr ruhig und abwesend verhalten hatte, hörte er auf, Kreise in den Schotter zu zeichnen, sah sich um. Und machte Anstalten, zu Konrad und Heribert zurückzukehren. Heribert beugte sich verschwörerisch und fast ein bisschen hektisch zu Konrad hinüber:

»Ich kann dir vielleicht helfen in dieser Schädelsache. Komm mal morgen oder übermorgen Abend zu mir.«

»Helfen?«, fragte Konrad erstaunt.

»Ja«, Heribert räusperte sich.

»Das wäre nett! Und wann soll ich kommen? Nach Feierabend? Morgen Abend könnte ich gut«, Konrads Herz beschleunigte. »Was meinen Sie mit *helfen*? Wissen Sie etwas?«

Martin näherte sich.

»Sag ich dir morgen«, murmelte Heribert Rehbein. »Morgen Abend. Gern ... später, wenn die Kinder im Bett sind.«

Sein Mundwinkel zuckte. Dann nickte er zum Abschied und eilte davon.

»Netter Kerl«, sagte Martin altklug, ihm nachblickend. »Und für einen Polizisten sehr auskunftsfreudig. Aber ich denke, er zieht die falschen Schlüsse.«

»Soso«, sagte Konrad. »Und du ziehst die richtigen?«

Martin schürzte die Lippen, wusste, dass das, was er sagen wollte, besser ungesagt blieb. Statt weiter zu diskutieren, gingen sie nun ebenfalls, verließen den Friedhof am Hauptausgang Piusstraße. Unterwegs erzählte Konrad Martin von der Beerdigung, zu der er eingeladen worden war.

»Klingt schräg«, meinte Martin. »Der Juwelier hat einen Bruder, den er kaum kennt. Der lebt in Kolumbien und kommt zu Besuch und stirbt auf dem Flug. Dann wird er hier beerdigt, aber Gäste gibt's kaum? Dich und die Fröbelinger? Ich dachte immer, Juweliere kennen die halbe Stadt. Ich komme auch.«

»Was?«

»Zu der Beerdigung, zu der du morgen gehst. Oder darf ich nicht?«

Konrad war überfragt, sah aber keinen Grund, weshalb Martin nicht ebenfalls teilnehmen sollte.

»Was zieht dich denn da hin?«

»Weiß nicht«, sagte Martin. »So ein Gefühl. Außerdem ist man gut beraten, wenn man sich frühzeitig mit den ernsten Dingen des Lebens beschäftigt.«

»O Gott«, Konrad lachte: »Ich schlage Pfarrer Uermer vor, dass du die Trauerrede hältst.«

Als sie sich vor dem Haus, in dem Martin wohnte, voneinander verabschiedeten, war die Stimmung zwischen ihnen dermaßen gelockert, dass Konrad nun auch eine einfache Antwort auf den so schwierigen Gedankengang fand, mit dem er den Tag begonnen hatte:

»Martin, sag mal«, begann er, »könntest du deine Mutter fragen, ob sie nicht am kommenden Wochenende zum Kaffee kommen möchte? Ich möchte mich für die Einladung vom vergangenen Sonntag revanchieren. Ich habe mir auf ihr Anraten hin ein paar neue Aufnahmen besorgt. Also … CDs. Den *Sommernachtstraum*.«

»Du willst eine Revanche?«

Martin grinste.

»Es gibt Zitronentarte. Und du darfst dabei sein und aufpassen.«

»Dann kann ja nichts schiefgehen.«

»Und Schokokuchen.«

»Ich frage ja schon!«

Martin rannte lachend ins Haus. Konrad war froh, dass er eine Entscheidung getroffen hatte. Und doch ärgerte ihn das dumpfneblige Gefühl in seinem Kopf, sobald er an Amalia Schmitz dachte. Warum war das so? War ihm jetzt tatsächlich nichts außer Zitronentarte und Schokokuchen eingefallen? Verunsicherte es ihn, dass er nicht wusste, was sie über ihn dachte? Vermutlich. Aber es war nun mal nicht möglich, einem anderen Menschen in den Kopf zu gucken.

Wenn sich nicht gerade ein Loch darin befand.

Er durfte auf keinen Fall vergessen, diese CDs zu besorgen. Und dann lächelte er. Es war vielleicht schlau gewesen, dass er Martin noch nichts vom Archivbesuch erzählt hatte. Das würde er erst beim – hoffentlich – zustande kommenden Kaffeetrinken am Wochenende tun.

Stein im Brett.

Und weil ihn plötzlich das Gefühl bewegte, dass er diesen Besuch bei Kaffee, Schokokuchen und Zitronentarte mit dem Sahnehäubchen weiterer Erkenntnisse krönen könnte, steuerte er voller Elan jenes Ziel an, das er sich ohnehin vorgenommen hatte: Er eilte Richtung Aachener Straße, Ecke Melatengürtel-Stadtwaldgürtel. Dort bog er in die Hültzstraße.

Sein Herz klopfte.

Bei der Hausnummer acht allerdings setzte Ernüchterung ein. Da war kein Bestattungsgeschäft. Wo es gewesen sein mochte, befand sich ein großes Bürogebäude, in dem ein Sportstudio untergebracht war, ein Wirtschaftsprüfer sowie auf mehreren Etagen die *Rheinische Maschinen & Kon-*

sumgüter-Holding Immobilienverwaltung. Ganz unten gab es noch eine Bar.

Hundert Jahre, dachte Konrad, *da ändert sich einiges*. Am Abend würde er im Internet recherchieren, ob das Bestattungsgeschäft *Gehe & Werde* vielleicht bloß umgezogen war. Und er musste gleich am nächsten Arbeitstag noch einmal in das Grab von Schlagowski. Da gab es vielleicht noch was zu finden.

Es war so ein Gefühl. Hoffentlich trog ihn das nicht.

DIE WAHRHEIT IST EIN EISERN DING

»Paul? Bernadette?«

Konrad fiel aus allen Wolken, als über ihm plötzlich zwei Schatten auftauchten und zu ihm hinabblickten. Am frühen Mittwochnachmittag steckte er in der noch immer unaufgefüllten Ausschachtung des Grabes von Theodor Schlagowski.

Er hievte sich mit Schwung nach oben, wischte sich die Hände an seinen Gärtnerhosen ab und begrüßte die beiden:

»Ihr seid zurück? Wie schön!«

Paul hatte rote Ohren. Bernadette nickte und sagte:

»Seit gestern. Wir sind ja hier zu Hause, irgendwie. Und Joschi, den haben wir auch nich gefunden.«

Konrad nickte ernst.

»Was ist denn mit eurer Sorge wegen der Typen, die euch neulich nachts … Ich meine … die … diese Nazis?«

Konrad stotterte. Er spürte plötzlich, dass er das Thema vielleicht zu unsensibel angegangen hatte. Er wollte die beiden und Oma Gitti keineswegs verunsichern oder vertreiben. Aber zu seinem Erstaunen winkte Paul nur ab.

»Auf dem Südfriedhof, da gibt's auch Spackos.«

»Die gibt's hier überall«, sekundierte Bernadette. »So richtig pestmäßig.«

»Aber hier in Fröbelingen«, fuhr Paul fort, »da kennen wir 'n paar Verstecke, die uns helfen. Die hat uns …«

»Paul!«, brummte Bernadette, »du quasselst.«

Paul räusperte sich. »Jedenfalls gibt's hier Leute, die uns helfen. Und das is gut.«

»Du zum Beispiel«, sagte Bernadette. Da wurde Konrad rot, konnte sich des Eindrucks allerdings nicht erwehren, dass Bernadette in diesem Moment von einem vielleicht heiklen Thema ablenkte.

»Danke«, sagte er.

»Hauptsächlich sind wir aber wegen Oma da weg«, meinte Bernadette mit einem Grinsen.

Konrad stutzte.

»Wegen Oma Gitti?«

»Oma fand sich auf dem Südfriedhof nich so zurecht.«

Paul grinste nun ebenfalls.

»Da ist sie beim Tanzen in eine Beerdigung geraten.«

»Das waren ganz und gar keine Frohnaturen.« Bernadettes Apfelgesicht leuchtete.

»Nee, Frohnaturen waren das nich«, bestätigte Paul. »Der Tote war so ein Amtsleiter. Ne ganz bedeutende Leiche.«

»Dabei hat Oma so schön gesungen.«

»Ja, aber die hatten gar keine Musik bestellt.«

»Nee, die waren alle vom Amt.«

»Seid ihr da etwa rausgeflogen?«

»Nee, der Pfarrer war ganz in Ordnung. Wenn Oma tanzt, denken ja immer alle, sie is …«, Paul drehte den Zeigefinger an seiner Schläfe.

»Was aber Quatsch is«, fügte er hinzu: »Oma hat eben mehr als bloß *eine* Welt. Wenn die mal irgendwo begraben liegt, dann kennt sie den Himmel schon.«

»Wenn Oma tanzt, fliegt sie sowieso immer«, meinte Bernadette.

»Ja«, sagte Paul, »aber sie wär' fast auch in die Grube geflogen, wenn der Pfarrer sie nicht aufgefangen hätte.«

»Der war ganz sportlich, der Pfarrer«, fügte Bernadette mit einem Blick hinzu, der Paul ein bisschen eifersüchtig machte.

»Ja, aber mal ehrlich«, sagte Konrad, »ihr hattet keinen Ärger wegen Oma, da auf dem Südfriedhof?«

»Nee«, sagte Bernadette. »Wir haben Oma denn ja sofort auch mitgenommen von der Beerdigung. Vom Pfarrer gab's hinterher sogar Kuchen. Nur für uns.«

Paul verzog das Gesicht.

»War aber so Amtskuchen. Bisschen trocken.«

»Nörgel mal nich. Kaffee gab's auch. Dann geht das auch mit trocknem Kuchen.«

»Knirschte zwischen den Zähnen. Wie Sand.«

»Es war Sandkuchen, Paul.«

»Außerdem find ich, Kaffee passt nich gut zu Beerdigung. Da soll man doch nich aufwachen.«

»Soo stark war der Kaffee gar nich«, meinte Bernadette.

»Nee, eher so Blümchenkaffee. Vielleicht wär' er dem Pfarrer sonst zu stark gewesen«, ätzte Paul. Und Bernadette ätzte zurück:

»Ich fand den stark, den Pfarrer. Und du denkst ja bloß an was mit Alkohol.«

»Nun streitet euch nicht«, sagte Konrad. »Hat euch Pfarrer Uermer gefunden?«

Konrad berichtete ihnen von der Einladung zur Beerdigung des Bruders von Juwelier Walterscheid. Am kommenden Nachmittag. Darüber staunten Bernadette und Paul dann doch:

»Nee, der Uermer hat uns nich gefunden. Und das mit dem Walterscheid versteh ich nich«, meinte Paul. »Den kennen wir doch gar nich. Also den Bruder. Und der is aus Kolumbien? Wir sind zurück wegen Oma. Die wollte unbedingt. Schon vorgestern hat sie uns fast verrückt gemacht.«

»Merkwürdig«, sagte Konrad.

»Ja«, sagte Bernadette. »War noch nich mal so, dass es Oma auf dem Südfriedhof nich gefallen hat. Da war sogar einer mit Gitarre, der immer an den Gräbern gesungen hat. Zu der Musik konnte Oma prima tanzen. Und der hat sie auch tanzen lassen. Ein Netter war das. Wie der Pfarrer.«

»Meine Güte, so nett war der Pfarrer gar nich«, brummte Paul.

»Doch war er. Und Oma fand ihn auch nett. Aber hier kennt sie so viele. Und obwohl es im Süden immer schön warm war.«

»Auf dem Südfriedfhof, nich im Süden!« Paul lachte.

»Der is schon auch schön, der Südfriedhof. Und warm ist es da auch. Aber hier auf Melaten …«

Bernadettes Blick verklärte sich. Auch Paul guckte melancholisch und nickte.

»… hier sind wir doch eher zu Hause als da unten. Oma

hat das sofort gespürt. Und vorgestern macht sie uns mitten in der Nacht wach und wollte unbedingt sofort zurück. Die war vollkommen aufgedreht.«

»Aber so was von«, sagte Bernadette. »Und dann musste sie auch noch auf diese Reichenbeerdigung.«

»Auf die *was?*«

Konrad glaubte, seinen Ohren nicht zu trauen.

»Moment mal, ihr wart gestern …?«

»Ja, gestern«, bestätigte Paul. »Die Beerdigung hätte von 'nem Präsidenten sein können.«

»War wirklich schön. So viel Schmuck auf dem Grab. Die Kränze. Mit den schönen Schleifen. Und die Blumen!« Bernadette schwelgte: »Ein ganzer Hügel von Schmuck und Blumen. Der muss richtig reich gewesen sein.«

»Der Gröben? Ihr wart auf der Beerdigung von Richard Gröben?«

»Keine Ahnung«, sagte Paul. »Wir haben immer auf Oma aufgepasst. Die war total selig, als die Musik spielte. Und der Tote wurde gelobt. Und der Pfarrer sah aus wie so 'n Papst mit Bauch. Und die Leute hatten alle Geld, das konnte man sehen. Die klimperten ja fast beim Gehen.«

»Der Pfarrer hat gemeint, dass der Tote das Herz von Köln war. Das fand ich schön«, sagte Bernadette.

»Das grüne Herz von Köln«, sagte Paul. »Hat er auf Kölsch gesagt: *Het jröne Hetz vun Kölle.*«

»Wieso das denn?«

Konrad hatte nichts gegen Richard Gröben. Aber *jröne Hetz*? Bei *Hetz* kamen ihm ganz andere Gedanken, wenn er etwa daran dachte, wie sich Gröbens Enkel Rochus tagtäglich Martin gegenüber aufführte. Ein Großindustrieller als grünes Herz? Musste man jeden Bonzen nach dem Tod in den Himmel loben? Kamen die da anders nicht hin?

»Weiß nich«, meinte Bernadette. »Vielleicht war der ja ein Guter? Und hat auch was für die Umwelt und so getan.«

De mortuis nil nisi bene – über Verstorbene sollte man nichts Schlechtes sagen. Konrad hielt sich also zurück. Zumal ihm die beiden erzählten, dass Oma Gitti ganz verzückt sei von Gröbens Grab und sich dort grad aufhielt.

»Ich glaub, sie mag die schönen Blumen und die Kränze, die da liegen«, sagte Bernadette. »Sie ist gleich gestern lange geblieben. Die andern Trauergäste war'n ja schnell weg.«

Paul nickte.

»Husch, husch, und alles war leer. Kaum war der Reiche inner Erde, war'n alle verschwunden. Uns ham die gar nich bemerkt.«

»Haben die euch wirklich in Ruhe gelassen?«, fragte Konrad. »Hat Oma Gitti nicht …«

»Nee, Oma war nur ergriffen. Und sie hat 'n bisschen geheult.«

»Ich dann auch«, sagte Bernadette. »Oma war so mitfühlend. Kennst sie ja.«

»Ja«, sagte Konrad. So kannte er Oma Gitti. Sie erinnerte ihn manchmal an seine eigene Oma, zu der er immer ein herzliches Verhältnis gehabt hatte. Da er bei den Großeltern aufgewachsen war, gehörte er zu den Menschen, die in einem ganzen Jahrhundert wurzeln. Er kannte die Denkweisen verschiedener Generationen und hatte Verständnis für die Schrullen der Menschen. Er schämte sich jetzt ein bisschen dafür, dass er so schlecht gedacht hatte über den ihm unbekannten Toten.

Bernadette und Paul zogen schließlich weiter. Sie erinnerten Konrad daran, dass mittwochs ja immer bei der Tafel in Lindenthal Ausgabe war. In Alice Stüssgens Supermarkt. Da gingen sie nun hin. Um auszuhelfen. Hatten sie Alice ja mal versprochen.

Konrad hoffte, dass die drei, zurück auf dem Melaten-Friedhof, in Ruhe gelassen würden. Und er dachte an den verschwundenen Joschi. Vielleicht hatte er sich, genau wie der Köbes, klammheimlich abgesetzt, weil es ihm auf dem Friedhof zu gefährlich wurde. Und vielleicht wollte Oma Gitti auch deshalb zurück, weil sie noch immer auf Joschis Rückkehr hoffte. Joschi hatte von ihnen allen den besten Draht zu Oma gehabt.

Mit diesen Gedanken stieg Konrad wieder hinab in das Grabloch. Es hätte längst aufgefüllt sein sollen. Das Absperrband war eine Notlösung. Gruben, vor allem tiefe wie diese, waren gefährliche Stolperfallen. Konrad hatte das Zuschütten nur deshalb hinauszögern können, weil er nachts eine feste Abdeckung drauflegte: eine Überfahrplatte aus Stahl, wie man sie bei Ausschachtungen im Straßenbau benutzte. Das Ding wog weit mehr als hundert Kilogramm und Konrad bewegte es mit einem der Bagger vom Betriebshof.

Hier lag noch was verborgen. Es war ein untrügliches, immer stärker werdendes Gefühl. Und am Morgen war ihm die Erleuchtung gekommen: die Tatwaffe. Dieses rätselhafte Werkzeug, von dem Josepha Roth gesprochen hatte. Die Worte im halb zerfressenen Brief, die einzige Passage des Dokuments, die halbwegs intakt geblieben war:

Die Wahrheit ist ein eisern Ding. Sie vergeht nicht.

Eiserne, stählerne Dinge vergingen tatsächlich nicht. Nicht so schnell jedenfalls. Seit dem frühen Morgen hatte er gesucht. Tief in der Erde. Unterbrochen nur durch die Begegnung mit Paul und Bernadette. Wenn es eine Tatwaffe gab, dann war es schlau gewesen vom Mörder, nicht nur die Leiche des Opfers, sondern auch das Mordwerkzeug mitverschwinden zu lassen. Für immer. An jenem Ort, wo der Täter später, nach seinem Tod, liegen würde. Nun war es zwar leichter, eine Mordwaffe zu beseitigen als eine Leiche – ein Eisending hätte man einschmelzen können zum Beispiel –, aber Mörder kehrten ja an den Ort ihrer Tat zurück, wie es hieß. Da gab es wohl eine dem Menschen innewohnende Verpflichtung, sich selbst zu verraten. Vielleicht zeigte auf diese Weise auch der perfideste Killer noch einen Rest von Reue.

Oder der Schreiber des Briefs, eventuell der Bestatter, hatte Brief und Tatwaffe im Grab verscharrt, um den Fall später, verbunden mit einer Exhumierung, ans Licht zu bringen. Weshalb er allerdings sein Wissen damals nicht gleich mit der Polizei geteilt hatte, blieb ein Rätsel.

Was war damals geschehen?

Konrad buddelte und buddelte und schwitzte.

Und fand nichts.

Dann kam Martin. Die Schule war aus. Martin warf seinen Schulrucksack hinter den Aushub und wollte helfen. Konrad berichtete ihm schnaufend von seinen Vermutungen. Martin zeigte sich beeindruckt.

»Gut kombiniert, Watson. Ich hätte mir diesen Schrieb vielleicht mal genauer ansehen sollen, dann wäre ich bestimmt…«

»Schon klar.«

Konrad tauchte wieder ab. Suchfieber.

»Mama hat übrigens gesagt, am Samstag wär' super. Sonntag hat sie Konzert. Aber Samstag, 16 Uhr, passt gut bei ihr.«

»Prima!«, rief Konrad aus dem Grab.

Martin war ein bisschen enttäuscht.

»Soll ich helfen? Alles klar da unten?«

»Wird zu eng zu zweit, glaub ich. Und nein: nicht klar. Licht wär' gut. Kannst du leuchten?«

»Ich leuchte von Natur aus.«

»Was?«

»Ich sagte, ich … ich versuch's mal!«

»Hast du dein Smartphone dabei? Kannst auch meins nehmen. Liegt da bei meinen Sachen. Da ist noch Strom drauf.«

»Da ist bestimmt noch Strom vom letzten Jahr drauf«, sagte Martin. »So häufig, wie du das benutzt.«

»Was?«

»Nichts, nichts.«

Martin leuchtete. Mit seinem eigenen iPhone. Und mit dem Leuchten hellte sein Blick auf.

»Wie lange suchst du eigentlich schon?«, fragte er.

»Lange«, sagte Konrad. »Der Boden ist verdammt hart hier. Ich komme kaum tiefer.«

»Ist ja alles Lehm und Ton da unten«, sagte Martin.

Keine Antwort. Dann, nach einigen Minuten, schnaufte Konrad resigniert.

»Vielleicht gibt's hier doch nichts zu finden.«

Zuerst die Enttäuschung mit dem Bestattungsunternehmen und nun das.

Martin schwieg. Es fiel ihm nicht leicht.

»Willst du mir eigentlich was sagen?«, meinte Konrad nach einer Weile.

»Wieso?«

»Dein Schweigen ist sehr laut.«

Martin sagte noch immer nichts.

Konrad guckte hoch.

»Ich bekomme Ohrenschmerzen davon. Los, sag schon!«

Martin grinste unschuldig:

»Es will sagen, du denkst nicht weit genug«, erklärte er.

»Du aber schon, was?«

»Das Ding, das du suchst, das ist doch aus Metall. Aus Stahl oder Eisen?«

»Äh … ja?«

»Und weshalb suchst du ohne Metalldetektor?«

»Das … äh, das … Wo soll ich denn so schnell so ein Ding auftreiben? Ich habe nur noch heute, um das Grab wieder zu füllen.«

»Und wozu hast du mich?«

Stille.

»*Du* hast so ein Ding?«

»Na klar.«

»Wozu brauchst du das denn?«

»War die Frage ernst gemeint?«

Konrad wurde krebsrot, und Martin sauste lachend nach Hause, den Detektor holen, natürlich einen selbst gebastelten. Martin liebte Technik, auf die er sich verlassen konnte.

Kaum eine Viertelstunde später kehrte er zurück, eine Art Gestänge mit Teller dran mit sich schleppend. Das Gestänge war fast so lang wie er selbst. Er reichte es Konrad. Dann postierte er sich feldherrenmäßig oben am Grabloch. Unten schob Konrad die Suchspule, das tellerähnliche, auch ein bisschen an Hundenase erinnernde Ende des Geräts über den Boden des ausgehobenen Grabes – und es dauerte keine halbe Minute, bis ein Signal ertönte.

Es piepste mit der Melodie von *Star Wars*.

»Martin, kann man das leiser stellen?«

Konrad markierte die Stelle, wo John Williams den Taktstock gehoben hatte, legte das Gerät beiseite, setzte Spaten und eine spitze Pflanzschaufel ein, schwitzte und hob aus.

»Ist ja leider zu eng da unten für uns beide«, sagte Martin.

»Warte, bis ich die Mordwaffe gefunden habe!«

Martin lachte.

Und dann förderte Konrad tatsächlich einen hammerschweren, mit dicker Rostkruste versehenen konischen Eisen- oder Stahlstab zutage. Etwa dreißig Zentimeter lang. Auf geradezu unheimliche Weise dem Ding ähnelnd, das Josepha Roth beschrieben hatte: fast spitz zulaufend, mit einer Längsnut, die bestimmt einmal scharfrandig gewesen, nun aber fast zugewachsen war mit knotigem, aufgequollenem Rost. Er reichte Martin den Fund nach oben und der war stolz wie Bolle.

Der seltsame Stab hatte tief in der Tonschicht gelegen. Konrad vermutete, dass dieser Stab damals am Grund des Grabs in ein vorgebohrtes Loch abgelassen worden war.

Aber weshalb so tief? Damit er niemandem je wieder in die Hände fiel? Würde das nicht einer Theorie widersprechen, die besagte, der Schreiber des mysteriösen Briefes wünschte sich, die Waffe würde später gefunden werden?

Nicht, wenn der Brief Hinweise auf Ort und Tiefe der Mordwaffe enthalten hatte. Konrad jedenfalls hätte das Ding ohne den Detektor, dieses an einen Bodenstaubsauger für Kinder erinnernde Ding, niemals aufgespürt.

Martin und der Nobelpreis – eine arrangierte Ehe.

Als sie kurz darauf am Grab saßen, Martins vergessene Pausenbrote verputzt hatten und die Füße in den Schacht baumeln ließen – diesen Raum sozusagen, der über hundert Jahre gefüllt gewesen war mit Erde und den zu Erde werdenden Resten zweier Leichen –, da wusste auch der künftige Nobelpreisträger nicht, um was es sich bei dem verrosteten Gerät handeln könnte. Konrad hielt den recht schweren Stab in den Händen, betrachtete ihn, drehte ihn, gab ihn Martin. Der drehte und betrachtete ihn ebenfalls. Konrad räusperte sich:

»Und?«

»Na ja, ähm. Töten kann man mit so was bestimmt ganz gut.«

»Aber fürs Töten ist das doch bestimmt nicht angefertigt worden?«

»Nee. Glaub ich auch nicht.«

»Keine Idee? Ich meine: *Du* hast keine Idee?«

Zur Abwechslung wurde nun Martin rot.

»Hmm«, sagte er dann. »So Eisen- und Stahlsachen, die wurden ja für alles Mögliche verwendet. Damals. Eisen ist doch … also, war doch …« Martin machte sich ob des Gedankens, der in ihm aufkeimte, im Sitzen gerade. »Eisen war sozusagen das Holz des 20. Jahrhunderts.«

Konrad zog die Brauen hoch.

»Das klingt ja geradezu industriephilosophisch.«

»Bitte nicht zu viel Applaus«, erwiderte Martin und wurde wieder ernst:

»Ob das ein Werkzeug ist?«

»Kann schon sein. Aber wofür? Wer benutzt so was? Auch heute noch? Wenn die Forensik recht hat, wurde dieser Geyer mit etwas Ähnlichem umgebracht.«

»Ja«, sagte Martin. »Wir sollten das Fundstück mal Leuten zeigen, die Experten sind für Werkzeuge aus Eisen und Stahl.«

Konrad warf Martin einen erstaunten Blick zu:

»Du meinst, dass es außer dir noch andere Experten gibt?«

Martin blickte etwas unsicher zu Konrad hoch.

»Bin ich so schlimm?«

Konrad lachte.

»Nein. Passt schon. Du bemühst dich um Aufklärung. Du meinst es gut.«

»Gut gemeint ist aber noch nicht gut gemacht.«

»Du bist eben nur manchmal etwas altklug.«

Martins Ohren glühten:

»Sag mal, dieser Kommissar, geh ich dem auf die Nerven?«

»Kein bisschen!«

Konrad konnte sich vor Lachen kaum halten, als Martin ihn in die Seite knuffte. Dann knuffte er zurück.

»Komm, alles gut«, sagte er. »Bleib, wie du bist! Lass uns weiter überlegen.«

Er zeigte auf den Stab.

»Können wir noch irgendwas aus dem Fund schließen, Herr Industriephilosoph?«

Martin legte die Stirn in Falten. Nach einer Weile hatte der Hochleistungsprozessor seines Gehirns ein Ergebnis parat.

»Also, ganz unabhängig davon, was das nun genau ist … wer jemanden mit so etwas umbringt, der handelt im Affekt.«

»Im Affekt?«

»Ja, für mich sieht das so aus, als wäre der Mörder plötzlich und überstürzt zur Tat geschritten.«

Konrad nickte.

»Wer kommt denn auf die Idee, jemandem so ein Ding in den Kopf zu rammen?«, setzte Martin sein Gedankenspiel fort. »Ich stelle mir eine Szene vor, in der jemand wütend wird und dann nach dem Nächstbesten greift, was da herumliegt – und rummms!«

»Hmmmm«, brummte Konrad. »Denk daran, wir haben zwei Morde.«

»Wir haben sogar drei«, korrigierte Martin. »Den dritten ohne Loch im Kopf.«

»Wie? Ach so. Ja. Der Pförtner. Drei«, sagte Konrad. »Nehmen wir an, du hast recht, da schnappt sich einer diesen Stab, holt aus und rammt das Ding wie ein Messer mit voller Wucht auf den Hinterkopf des Opfers. Hätte ja sein können, dass dieser Stab dann am Schädel abprallt. Dass er zwar eine hässliche Verletzung hinterlässt, aber nicht eindringt. Keine Ahnung, was so ein Schädelknochen aushält. Da muss man schon ziemlich kräftig zustechen.«

»Ja«, sagte Martin. »Eierschalen sind einfacher zu knacken. Da hat einer ausgeholt, voller Wut.«

Er stutzte, überlegte:

»Kann natürlich sein, dass dieser Stab mit einer Art Schussgerät abgefeuert wurde. Oder dass das Opfer vorher auf einer Bahre festgeschnallt wurde, für ein satanisches Ritual. Dann wurden schaurige Gesänge angestimmt, und der Mörder hat das Ding angesetzt, mit einem Hammer draufgeschlagen, und sie haben das spritzende Blut in Schüsseln…«

»Martin!«

»Ja?«

»Zu viel Fantasie.«

»Ja, ist gut. Hmmm. Aber was man vielleicht schlussfolgern kann: Wenn es hier um Brutalität und Wut geht und auch um Kraft, dann spricht alles bei dieser Tat für einen Mann. Oder für zwei Männer.«

»Ja.« Konrad nickte zustimmend. »Ist schon seltsam, mit diesem Stahlding. Um rauszufinden, was das ist, brauchen wir jedenfalls einen Experten. Und ich hab da so eine Idee. Ich wüsste vielleicht, wer …«

»WAS IST DAS DENN!?«

»Scheiße!« Konrad zuckte zusammen.

Gandulf Kantmann.

»Das Scheißloch ist ja immer noch nicht zu. Und der Herr macht Pause! Schmeckts denn? Mannmannmann! Ich bin jetzt raus. Das machst du selber, Leisetreter! Kannst ja den Zwerg ins Loch werfen. Dann brauchst du weniger Erde. Den Bagger nehm ich mit!«

Kantmann brüllte sich die Seele aus dem Leib. Dann stieg er in das Fahrzeug, das am Grab parkte, und bretterte, mit dem Bagger auf der Ladefläche, davon.

»Mist!«, fluchte Konrad. Ohne Bagger würde der Nachmittag anstrengend werden. Martin blieb, aus Solidarität, und half, das Grab mit Schaufeln aufzufüllen. Das dauerte mehrere Stunden und nahm sie so sehr in Anspruch, dass weitere Diskussionen über die Morde unterblieben.

Gegen 18 Uhr waren sie fertig.

Fix und fertig. Vor allem Martin.

»Mensch«, sagte Konrad, »danke für deine Hilfe. Ich hätte das heute sonst kaum geschafft. Ich mach das wieder gut.«

Martin, schwitzend, Erde im Gesicht, in den Haaren, an der Kleidung, lächelte ermattet.

»Schokokuchen«, sagte er.

»Sowieso«, sagte Konrad. »Und sag deiner Mutter vielen Dank.«

»Mach ich.«

»Und sag ihr auch, ich würde sie um Entschuldigung bitten für … Mann, wie du aussiehst! Ich sollte vielleicht mal Arbeitskleidung für dich besorgen.«

»Da spielt dein Chef nicht mit«, sagte Martin.

»Hast vermutlich recht.«

Martin schlurfte heim. So langsam, als würde der Aushub, den er zurück in das Loch geschaufelt hatte, mit all seiner Grabesschwere auf ihm lasten.

Konrad durfte sich Müdigkeit nicht erlauben. Er hatte ja noch was vor. Nachdem er bei Alice Stüssgens ein paar Sachen eingekauft und zu Abend gegessen hatte, brach er gegen 20 Uhr auf zu Heribert Rehbein.

OHNE KRIMI GING DIE MAMA NIE INS BETT

Der Kommissar wohnte in der Nähe des Stadtwalds, von Konrad aus ein Stück weit stadtauswärts. Die Viertel am Stadtwald gehörten zu den gediegensten Wohngegenden Lindenthals. Und zu den teuersten. Im Spätsommer hingen hier an den Bäumen die Blätter wie Geldscheine und raschelten leise.

Der Weg verlief fast ausnahmslos durch Grünzonen. Konrad flanierte entlang der mit Rasenstreifen, Rosskastanien und Ahornbäumen gesäumten Lindenthaler Kanäle. Er musste, nachdem er aus der Haustür war, nur Richtung Universität, über die Aachener Straße, hinüber in die Richard-Strauss-Straße, dann auf die von Parkgrün umgebenen Gebäude des nördlichen Campus zu: Italienisches Kulturinstitut, Kunst- und Kunsttheorie, Forschungsinstitut für Politische Wissenschaft und die wie zufällig ins Universitäre hineingeratene Erzbischöfliche Liebfrauenschule.

Dieses akademische Gewürfel wurde flankiert vom ersten Kanalabschnitt, dem Clarenbachkanal: ein wie mit dem Lineal gezogenes Wasserbecken, Heimat der vielleicht gebildetsten Stockenten, Blesshühner und Kanadagänse Kölns.

Einige von ihnen beobachteten Konrad, der dem Kanal folgte und an dessen Ende nach Süden in den Rosengarten unterhalb der Kirche Christi Auferstehung bog. Umduftet von Teehybriden, erreichte er nach kaum 200 Metern den zweiten Kanalabschnitt, den sehr schmalen Rautenstrauch-Kanal, wo die Enten und Gänse kaum weniger gebildet waren, aber aufgrund der Nähe zu diversen undiversen Studentenverbindungen vielleicht ein wilderes Leben führten.

Konrad folgte auch diesem Kanal und ließ sich das durch die Laubkronen flackernde letzte Sonnenlicht des Tages auf den Kopf scheinen. Am Ende des Kanals überquerte er die Fahrbahnen und die Straßenbahnschienen des Stadtwaldgürtels und fand sich schließlich vor dem Haus des Kommissars wieder.

»Donnerwetter!«

Konrad staunte. Eine prächtige Villa. Ein wuchtiges, hohes Gebäude vom Ende des 19. Jahrhunderts, cremeweiß, schindelgedecktes Walmdach, zur Stadtwaldseite hin mit einem hohen grauen Erker und balustradengekrönten Balkon. Entweder der Kommissar war von Geburt an vermögend oder er hatte bei seinen Aufklärungsarbeiten im Kölner Kriminellenmilieu gleich mehrere Hände aufgehalten.

Nein, so was passte nicht zu Heribert Rehbein. Der Grund für diesen stolzen Hausbesitz war familiärer Natur.

»Meine Mutter«, erklärte Rehbein, nachdem er Konrad die Tür geöffnet, ihm einiges gezeigt hatte und nun mit ihm im Salon einen späten Tee trank und die bewundernden, von Kunstverständnis zeugenden Fragen Konrads beantwortete:

»Sie stammte aus einer begüterten Familie. Mein Urgroßvater war die rechte Hand des Gartenbaudirektors. Sie war das einzige Kind meines Großvaters, hat das Haus geerbt. Später verließ mein Vater den Bannkreis ihrer Familie. Die Ehe hielt nur kurz. So war dieses Haus nach der Scheidung ihr Reich.«

Der Tee, den sie tranken, war ein feiner, aus *Oses Tee-Oase.* Konrad versank in den Assoziationen, die er auslöste: hier in all dem barocken Mobiliar. Gehobene Gesellschaft. Dienstpersonal.

Aber dann straffte er die Schultern, kam zum eigentlichen Punkt ihres Treffens.

»Und Sie können mir helfen? In dieser Schädelsache?«, fragte er bei der dritten Tasse, als ihm in diesem vom Geist vergangener Zeiten beherrschten Raum doch etwas seltsam wurde. Der hohe Salon mit Mahagoniregalen voller alter Bücher. Die dick gepolsterten, mopsbeinigen Chippendale-Sessel. Die schweren Teppiche, der Teewagen und der wuchtige Tisch mit dem chinesischen Porzellan darauf. Auf dem lag jetzt auch die stark verrostete mutmaßliche Tatwaffe aus dem Grab. Konrad hatte sie dem Kommissar übergeben. Sie passte ganz und gar nicht hierher.

»Helfen, ja«, sagte Rehbein, nachdem er fast eine Minute lang auf das verrostete Ding gestarrt hatte. Er setzte die Teetasse ab und erhob sich:

»Dafür müssen wir runter in den Keller.«

»In den Keller?«

Auch Konrad setzte seine Tasse ab. Sie klapperte über Gebühr.

»Ja«, sagte der Kommissar. »Da unten liegt Mamas zweites Leben.«

Konrad schluckte. Der Kommissar hatte tatsächlich *Mama* gesagt.

»Kommen Sie.«

Rehbein erhob sich, wandte sich zur Tür, öffnete sie, verließ den Salon. Alle Melancholie schien von ihm abgefallen. Er schritt zügig voran.

Konrad folgte. Sie stiegen eine enge Kellertreppe hinab.

»Das Licht ist kaputt«, sagte der Kommissar, als er hinter sich hörte, wie Konrad strauchelte.

»Ach so«, sagte Konrad.

Wenn man in der Dunkelheit redete, war das ein bisschen wie Licht. Das hatte Konrad schon als Vierjähriger im Keller der Großeltern begriffen.

»Leider gibt es hier kein Treppengeländer«, sagte der Kommissar. Die Treppenstufen waren hoch und uneben genug für einen Genickbruch.

»Ich hätte längst ein Geländer anbringen müssen. Aber hier prüft das Ordnungsamt nie, im Haus eines Kommissars.«

Der Kommissar lachte im Dunkeln.

Wie witzig, dachte Konrad, sagte aber nichts.

Klick!

Licht. Endlich.

»So«, sagte der Kommissar, »tritt herein.«

Konrad musste unwillkürlich an den Satz denken, der

dem italienischen Dichter Dante zufolge über dem Eingang zur Hölle stand:

Tritt herein, lass alle Hoffnung fahren.

Sie befanden sich in einem von zahlreichen kleinen, warmen Lichtquellen ausgeleuchteten, quadratischen Raum. An allen Wänden, sogar die Tür umfassend, war er vollgestellt mit Regalen. Und im Raum selbst verwandelten Standregale aus Buchenholz den Grundriss in ein Labyrinth. Die Lichter, weiße Leuchten, oben auf den Regalen angebracht, guckten wie glühende Vogelköpfe in die Schluchten zwischen den Regalen.

»Bücher?«

Mehrere Tausend.

»Krimis«, sagte der Kommissar. »Mama hat Krimis geliebt. Und alle, die sie je gelesen hat, hat sie aufbewahrt. Aber dieser Raum hier ist gar nicht der, den ich meine. Wir müssen noch tiefer ins Geheimnis.«

Tief, wie in ein Grab, dachte Konrad.

Sie schlängelten sich durch das unterirdische Buchlabyrinth. Der Keller war geräumig, wie es sich für eine stattliche Villa gehörte, und vollgestopft bis in den letzten Winkel. Die Unterwelt der Käthe Rehbein, Chefsekretärin im Kölner Polizeipräsidium von 1962 bis 1978. Alles hier unten war ausgebaut, war Lager. Sie befanden sich in den Tiefen einer ganz besonderen Gruft.

Im nächsten Raum ein ähnliches Bild: Lichter und Regale. Hier gab es keine Bücher, hier lagerten Kisten. Groß wie Umzugskartons. Mit Jahrgangsaufschriften, beginnend 1900. Die Mitte des Raums bildete ein kleines, von

Regalen umstelltes Quadrat, mit einem Schreibtisch und einem Stuhl in der Mitte. Von der Decke strahlte helles Licht, punktgenau auf den Schreibtisch. Heribert Rehbein zog die erste der Kisten hervor, die mit 1900 beschriftete. Sie war schwer.

»Fass mal mit an.«

Gemeinsam wuchteten sie die Kiste auf den Tisch. Rehbein öffnete sie. Feiner Staub wirbelte auf. Der Geruch von Vergangenheit.

»Bitteschön.«

Konrad guckte in die Kiste hinein. Er sah großformatiges, gräulich-bleiches Papier, Buchstabenwüsten in Fraktur. Die leichenbleiche Farbe erinnerte an die Gesichter Verstorbener.

»Zeitungen?«

»Ja«, sagte Heribert Rehbein. »Mama hat Zeitungen gesammelt.«

Konrad starrte auf das obenauf liegende Riesenblatt. Am Kopfende, in großen Lettern, die Worte: *Dienstag, 2. Januar – KÖLNISCHE ZEITUNG Morgenausgabe – 1900 – No. 1.* Darunter begann die Bleiwüste der Seite. Kleine Lettern, durch Fettdruck hervorgehobene Titel: *Deutschland an der Jahreswende.*

»Das war ihr Leben«, sagte der Kommissar.

Konrad nickte und las den Anfang des schier endlos langen ersten Artikels auf Seite eins. Die Frakturschrift bremste seine Lesegeschwindigkeit:

Das letzte Jahr des 19. Jahrhunderts war in Deutschland erfüllt von mehr lärmenden als leidenschaftlichen Streitigkeiten, welche die Parteigruppen bunt durcheinanderwürfelten und den Kampfgenossen von gestern nicht selten zum Gegner von heute machten ...

»Ampelkoalition«, murmelte Konrad.

»Was?«

»Die Nachrichten von damals. Klingen ziemlich modern.«

Heribert Rehbein lachte:

»Kannste ruhig rausnehmen.«

Konrad hob die oberste der Zeitungen aus dem Karton. Darunter lag schon die nächste: *No. 1018 – KÖLNISCHE ZEITUNG Abendausgabe.*

Konrad sah Kommissar Rehbein fragend an:

»Seit 1900? Alle ... also sämtliche Zeitungen Kölns?«

»Vor allem die *Kölnische Zeitung*«, sagte der Kommissar. »Die wichtigste. Aber auch den *Local-Anzeiger* und die *Kölnische Volkszeitung*. Später hat sie den *Stadt-Anzeiger* gesammelt. Mama hat die Sache letztlich von ihrem Großvater übernommen. Der hatte, so lautet die Familiensage, am Silvesterabend 1899, nach einigen Gläsern Punsch oben im Salon, eine verrückte Idee. Er hatte in den Jahren zuvor viel mit der Gestaltung neuer Friedhofsflächen zu tun gehabt. Da fing er beschwipst an zu philosophieren, dass die Tage, nachdem sie vergangen waren, begraben würden, ähnlich gestorbenen Menschen. Zeitungen seien in gewisser Weise Friedhöfe. Und man müsse auch diese Gräber pflegen, in ihnen würdige Ruhestätten der Alltagsgeschichte sehen. Letztlich war er einer der Ersten in der Stadt, die daran dachten, auch das Alltägliche zu archivieren.«

»Dann ist dieser Raum hier ein Friedhof?«,

»In gewisser Weise. Einer mit vielen Toten.«

Und vielen Untoten, dachte Konrad. Der Kommissar fuhr fort:

»Es soll Applaus gegeben haben bei dieser Silvesterrede. Du musst wissen, die *Kölnische Zeitung* war damals ein hervorragendes, ein geachtetes Blatt. Man verglich sie sogar mit der Londoner *TIMES*. Der Nationalismus blühte, aber in der *Kölnischen Zeitung* war es, damals wenigstens, ein sehr liberaler. Man war in den liberalen bürgerlichen Kreisen stolz auf Reformen, auf Fortschritt. Ab 1933 wurde die Zeitung dann leider ziemlich nationalsozialistisch. Und 1945 war es ganz mit ihr vorbei. Sie bekam unter der britischen Besatzung keine neue Lizenz.«

Konrad nickte.

»Ich glaube, ich ahne, was Sie sagen wollen: Ihre Mutter hat die Zeitungen wie Krimis gelesen. Und gesammelt. Und nach 1945?«

»Ja«, sagte der Kommissar. »Sie hat das Hobby meines Urgroßvaters, später meines Großvaters, vor allem aus kriminalistischer Perspektive weiterbetrieben. Nach 45 wurde es der *Kölner Stadt-Anzeiger*, den sie sammelte. 1949, mit der ersten Ausgabe, um genau zu sein. Tag für Tag.«

»Sie hat in den Zeitungen nach Hinweisen zu Kriminalfällen gesucht?«

»Genau«, bestätigte der Kommissar. »Sie hatte ein untrügliches Gespür für die Schatten hinter den Buchstaben – so hat es der damalige Polizeipräsident mal ausgedrückt. Bei den großen, mysteriösen, ungeklärten Fällen, gab es ja meist eine Vorgeschichte. Und manchmal versteckte sich etwas von dieser Vorgeschichte in Zeitungsberichten, sogar in Anzeigen. Weder die Redakteure noch diejenigen, die die Anzeige aufgegeben hatten, ahnten davon.«

Konrad wusste, wovon der Kommissar sprach. Er blätterte gedankenverloren durch die aufgeschlagene Zeitung vom 2. Januar 1900. Die erste der gesammelten Ausgaben. Das Papier vor Augen, den eigentümlichen Geruch der Vergangenheit in der Nase, kamen ihm die Seiten realer vor als auf den Webseiten von Internet-Archiven. Die Werbeanzeigen, Kleinanzeigen, Annoncen, Bekanntmachungen, Inserate waren ein Mikrokosmos von Skurrilitäten:

Biertrinker und Raucher werden des Morgens zumeist verschleimt sein und sollten einen Versuch machen mit den so gut schmeckenden Apotheker Albrecht's Aepfelsäurepastillen, welche aus der aus den Früchten gewonnenen Säure (1 Gr.) und Zucker (25 Gr.) hergestellt sind …

Zwei zurückgebliebene Knaben finden sofort bei mir Pension u. Unterricht. Pfarrer Goßlich, Haus Reck bei Camen i. W. …

Heirat. Herr, 40 Jahre alt, evangel., in gesicherter leitender Stellung, wünscht Heirat mit vermögend. Dame (Witwe ohne Kinder nicht ausgeschlossen) im Alter von 30–35 Jahren. Gefl. Anerbieten, wovon Nichtconvenirendes sofort zurückverfolgt, unter Nr. 4497 an G. L. Daube & Co., Köln.

Verrücktes Zeug. Dazwischen, überall verteilt, oft sehr groß, Anzeigen des Schwerindustrie-Zeitalters. Inserate, in denen es um Kranbau ging, Walzwerke, Kühlmaschinen, Stahlrohre, Brennöfen, Röhrenwerke, Dampfkessel, Werkzeugmaschinen, Fabrik-Schornsteine etc. Als Konrad das Abbild eines Schraubenschlüssels der ihm unbekannten Firma *Schollmeyer & Goeters* entdeckte, hoffte er, in einer der vielen tausend eingelagerten Zeitungen vielleicht auch das Abbild dieses unbekannten Mordwerkzeugs mit Längsnut zu entdecken.

»Ja«, sagte er. »Hier könnte vieles versteckt sein.«

Sein Blick schlängelte sich durch den Urwald der Lettern.

Heribert Rehbein räusperte sich:

»Als meine Mutter in den Sechzigerjahren zur Chefsekretärin des Polizeipräsidenten aufstieg, war Köln die kriminelle Hauptstadt Deutschlands. *Chicago am Rhein*, so hieß es. Ich erinnere mich noch gut an Geschichten, die Mama von der Arbeit mitbrachte: Ganoven wie der *Dummse Tünn, Schäfers Nas, Abels Män* und *Beckers Schmal* regierten in der Kölner Unterwelt. Die Aufklärungsquote war gering. Vor allem bei Glücksspiel, Prostitution, Zuhälterei. Mama hat die Ermittlungsbehörden auf Kurs gebracht. Diese Laxheit im Umgang mit Prostitution ging ihr quer. *Prostitution ist die modernste Form von Sklaverei*, hat sie gesagt. Sie hat sich um Fälle mit ermordeten Frauen gekümmert. Mit ihrer an Kriminalromanen geschulten Kombinationsgabe ist sie in die Nebel der Vergangenheit eingedrungen. Sie hat die Ermittlungsergebnisse der Beamten und das, was sie in alten Zeitungsberichten fand, miteinander kombiniert. So konnte sie eine ganze Reihe unaufgeklärter, mysteriöser Fälle aus den Wirren der wilden Jahre lösen.«

»Das ist unglaublich«, sagte Konrad, dem ein bisschen

flau geworden war angesichts des Gedankens, sich durch zahlreiche Kisten mit Kleinstgedrucktem wühlen zu müssen, um versteckten Hinweisen zum Fall Schlagowski nachzugehen.

»Sie hat das alles durchgearbeitet?«

»Darf ich mal?«, sagte Heribert Rehbein, und wies auf die Schublade des Schreibtischs. Konrad trat zur Seite.

Der Kommissar zog die Schublade auf und holte eine schwere Kladde heraus.

»Vielleicht kommst du hiermit schneller voran in deiner Schädelsache. Kannst abends immer gern vorbeikommen und forschen.«

Er ließ die Kladde auf die Schreibtischplatte fallen.

Konrad starrte darauf, aber in Gedanken war er bei den Kartons:

»Das dauert Monate, bis ich da durch bin.«

»Tee und Kaffee stehen dir jederzeit zur Verfügung.«

Heribert Rehbein tippte auf die Kladde. Die war so dick wie der gestählte Muckibuden-Oberarm des Kollegen Freese.

»Ich könnte mich vielleicht auf die Jahrgänge von der Jahrhundertwende, also von 1900, bis zu Schlagowskis Tod 1918 beschränken«, murmelte Konrad. »Oder vielleicht von 1910 bis 1918. Blöd, dass es kein genaueres Datum gibt.«

Heribert Rehbein tippte nochmals auf die Kladde:

»Ein Friedhof. Was findet man auf einem Friedhof?«

»Äh … Gräber?«

»Ein ordentlich geführter Friedhof, Konrad, ist mehr als die Summe seiner Gräber.«

»Äh, ja, bestimmt, also, ... man findet dort ... Keine Ahnung.«

»Wege. Gradlinig. Und gepflegt. Jedes Grab liegt an einem Weg. Und es gibt einen Liegeplan für die Gräber. Jetzt guck mal da rein!«

Wieder tippte Heribert Rehbein auf die Kladde und bei Konrad fiel der Groschen. Er schlug die Kladde auf und fand in sauberer Handschrift Notizen, die sich Käthe Rehbein in vielen Jahren Zeitungslektüre gemacht hatte. Zu allem, was ihr auffällig erschienen war. Notizen, Schlussfolgerungen, Vermutungen. Mit Verweisen zu Artikeln, Reportagen, Inseraten. Käthe Rehbein hatte ein ganzes Jahrhundert Pressemeldungen, Zeitungsseiten durchgearbeitet, mit der Akkuratesse einer Chefsekretärin und dem Kombinationsgenie einer Miss Marple.

»Scheiße nein, das ist ja verrückt!«, entfuhr es Konrad.

»Diesen Ausdruck hätte Mama missbilligt«, der Kommissar grinste. Dann fügte er hinzu: »Ich schlage vor, du studierst ihre Notizen. Wenn es in den Zeitungen etwas gab, das auf eine verschwundene Frau hinwies, ist Mama vielleicht darauf gestoßen.«

»Ja«, sagte Konrad. »Könnte ich vielleicht einen Kaffee haben?«

»Stark?«

»Unbedingt.«

Heribert Rehbein nickte, ging Richtung Kellertreppe. Beim Verlassen des Raums sagte er noch:

»Ich geh selten vor zwei Uhr schlafen. Du hast also Zeit. Kannst aber gern durcharbeiten. Wenn du gehst, einfach die Haustür ins Schloss ziehen. Wenn du mal musst, die Toilette ist oben, hinter der Kellertür links. Ich bring dir gleich den Kaffee. Und ein paar Käsebrote?«

»Danke, ist nicht nötig«, sagte Konrad, »ich muss morgen früh raus.«

»Kommst gar nicht weg vom Friedhof, was?«

Heribert Rehbeins Lachen bewegte sich die Kellertreppe hinauf.

EWIGE RUHE – VOR DEM STURM

Konrad kam in dieser Nacht besser voran als gedacht. Der Kommissar hatte ihm eine Thermoskanne voll Kaffee gebracht. Es gab Orientierungspunkte – die Jahre von 1910 bis 1918. Darauf konzentrierte Konrad sich. Käthe Rehbein hatte ihre Kladde wie ein Journal geführt, alles war nach Datum sortiert, jede Überlegung war sauber dokumentiert und mit Fundort verzeichnet.

Während Konrad Spuren suchte, fuhr jener dunkle Wagen durch Köln, der Konrad schon in der Dürener Straße, nahe dem Juweliergeschäft von Cornelius Walterscheid, hätte auffallen können. Am Sonntag, als Cornelius Walterscheid überfallen worden war. Ganz langsam fuhr der Wagen, denn die Insassen, die beiden bereits als ungemütlich bekannten Männer namens Pablo und Pedro, wollten erstens nicht auffallen und waren zweitens mit Überlegungen beschäftigt, mit Plänen für die Nacht. Pedro saß am Steuer, Pablo dachte nach. Nach einer recht einseitig geführten Diskussion bog der Wagen, nachdem er einmal sogar direkt am Haus des Kommissars vorbeigekommen war, Richtung Innenstadt ab. Pablo und Pedro wollten ein paar Erkundigungen einholen. Auf ihre Weise. Sie freuten sich darauf.

Während Konrad Spuren suchte, machten sich Paul, Bernadette und Oma Gitti bereit für die Nacht. Sie hatten lange bei der Tafel geholfen, waren von Alice Stüssgens entlohnt worden, hatten noch mit den anderen Helfern und Alice zusammen zu Abend gegessen. Oma Gitti hatte sich übernommen und verdrückte einen letzten Kartoffelpuffer, den Alice ihr eingepackt hatte.

»Nummer fünfzehn, wenn ich richtig mitgezählt habe«, raunte Paul.

»Mindestens«, sagte Bernadette. »Und gleich geht das Pupsen wieder los.«

Sie lachten. Aber bevor Gitti zu knattern begann, waren sie eingeschlafen.

Während Konrad Spuren suchte und Kaffee trank, brütete Pfarrer Uermer über der Grabrede, die er am Donnerstag halten wollte. Er hatte am Nachmittag noch einmal länger mit Cornelius Walterscheid gesprochen und einen schweigsamen, in sich gekehrten Mann vorgefunden. Es war ihm schwergefallen, etwas über das Verhältnis der beiden Brüder herauszufinden. Immerhin hatte er im Gespräch, zu seiner Überraschung, erfahren, dass der Bruder, Oliver Hoffmann, der ältere der beiden war und nur ein Halbbruder. Cornelius' Vater hatte nach dem Tod von Olivers Mutter erneut geheiratet. Cornelius hatte das Juweliergeschäft übernommen. Oliver war nach Kolumbien ausgewandert.

Während Konrad Spuren suchte, haderte Amalia Schmitz mit sich. Sie wollte am späten Abend Partiturstudien betreiben: Vorbereitungen für eine Reihe demnächst zu probender Stücke, Bachs Sonaten für Violine und Cembalo. Die hatten ihre Tücken. Sie kam mit den Sachen partout nicht voran.

Martin schlief. Während Konrad, wie bereits mehrfach betont, Spuren suchte und im *Kölner Stadt-Anzeiger* vom 12. März 1913, damals nur eine Lokalbeilage der *Kölnischen Zeitung*, die Überschrift »Stimmen aus dem Leserkreis« fand, träumte Martin von einer seltsamen Begegnung mit Rochus Gröben.

Martin nahm aus unerfindlichen Gründen an der Beerdigung von Rochus' Großvater Richard teil. Alle waren da. Nur Konrad fehlte. Alle standen am Grab, in einem schwarzen Pulk in der Mitte der Millionenallee: Pfarrer Uermer, sämtliche Gröbens, die Mitglieder der Lindenthaler Bürgerinitiative LiLeBü, und Alice Stüssgens verteilte am Grab Mettwurstbrote.

Auch die Fröbelinger waren gekommen: Bernadette, Paul, der Köbes, sogar Joschi. Sie alle, bis auf Oma Gitti, trugen Uniformen, Arztkittel, Anzüge oder schwarze Kleider. Oma Gitti aß, sehr zu Martins Verwunderung, keine Wurstbrote. Sie schälte über dem offenen Grab Kartoffeln, und die Kartoffelschalen verwandelten sich beim Herunterringeln in bunte Puppenkleider, getragen von wurmähnlichen Wesen. Martins Mutter spielte mit schwarz verschleiertem Gesicht auf der Violine ein trauriges Lied und tanzte zu den Bewegungen der sich ringelnden Kartoffelschalen. Die Friedhofsgärtner und eine Abteilung der Kölner Polizei bewachten die Szenerie. Sie alle waren in Feuerwehruniformen angetreten. Gandulf Kantmann hielt an einer Leine ein Maulkorb tragendes Eichhörnchen, von dem eine seltsame Wut ausging. Eine Abteilung Forensiker bewachte in ihrer Mitte die in einen blauen Arztkittel gekleidete Leiche Kilian Geyers. Er war nicht tot, nur schwer betrunken. Er lallte. Sein Kopf wackelte und auch der ermordete Pförtner lebte und nahm an dem Spektakel teil.

Als ein letztes Puppenkleid mit Wurm ins Grab fiel, wurde der Sarg mit Richard Gröben darin herbeigeschoben. Es war ein gläserner Sarg, der auf einem schwarzen Katafalk ruhte. Richard Gröben war ganz in blaues Fleece gekleidet. Sein linkes Auge war ein grässlicher Wundkrater, aus dem eine Blaumeise guckte wie ein winziger Soldat aus dem Turmluk eines Panzers. Richard Gröben hatte sozusagen einen Vogel.

Als der Sarg dann neben dem ausgehobenen Grab stand, näherte sich vom Eingang des Friedhofs her, über die Millionenallee kommend, ein Sämann. Ein Bauer, der an eine Vogelscheuche aus dem Zauberer von Oz erinnerte. Die Millionenallee, der breite Hauptweg des Friedhofs, leuchtete wegen übermäßigen Pollenaufkommens gelb. Aus den Mantelärmeln des Sämanns quoll Stroh. Auf dem Kopf trug der Sämann einen spitzen Filzhut. Vor dem Bauch hielt er eine Wanne, gefüllt mit Saatgut: Getreide, das er Armschwung für Armschwung verstreute. Immer wenn eine Handvoll Körner losflog, verwandelten sie sich in Rotkehlchen, Meisen, Grünfinken, Zilpzalpe. Die stoben in alle Richtungen davon und kackten Geldstücke, die im Gelb der Pollen verschwanden. Und auch aus dem Wundkrater in Richard Gröbens Kopf stiegen nun Blaumeisen, ploppten aus dem Loch hervor, füllten das Innere des gläsernen Sarges, bis von Richard vor lauter zuckendem Gefieder nichts mehr zu sehen war.

Konrad?

Als Martin erkannte, dass es sich bei dem Sämann um Konrad handelte, rastete das Eichhörnchen an Gandulf Kantmanns Leine aus, bellte, trotz Maulkorb, mit schäumendem Schnäuzchen. Die Violine von Martins Mutter heulte laut und wild. Die Trauergemeinde geriet in Wallung. Je näher Konrad dem Grab kam, desto wilder spielte Amalias Teufelsgeige. Nicht nur der Kommissar verfiel in Zuckungen. Alle stürzten sich in ekstatisches Gehampel, und die Aussaat aus Konrads Hand wechselte von Vögeln zu Fledermäusen: große schwarze, in der Luft herumzappelnd wie verbranntes Papier.

Als der gläserne Sarg ins Grab hinabgelassen wurde, löste sich Rochus aus dem Pulk der Gröbens, rannte los und stieß Martin mit einem Schrei dem Sarg hinterher. Da schrie auch Martin. Die Sargträger flohen. Der Sarg glitt aus den Seilen, zersplitterte in tausend Scherben wie ein zerplatzendes Aquarium. Blaue Federn flogen auf, verschwanden über dem Friedhof, als handelte es sich um eine im nun bedrohlich schwefelgelben Hintergrund verpuffende Explosionswolke. Die Splitter von Sarg und Sargdeckel, die Leiche Richard Gröbens und der lebendige Martin rasselten nach unten, in eine weit mehr als zwei Meter tiefe Gruft. Joschi löste sich aus den Reihen der Tanzenden und stürzte sich ebenfalls ins Grab. Der Boden dort öffnete sich wie eine Falltür, ein schwarzes Loch. Martin schrie immer lauter, rief nach Konrad, nach seiner Mutter. Alles wurde schwarz.

Und dann flutschte Martin aus der Schwärze des Gröben-Grabs in das helle, aufgelassene Grabloch von Theodor Schlagowski abseits der Millionenallee. Er schoss aus dem Loch empor, als wären die beiden Gräber wie kommunizierende Röhren miteinander verbunden gewesen. In der linken Hand hielt er den Schädel der Toten, in der rechten Hand den seltsamen, verrosteten Stahlstab mit Längsnut. Martin landete am Rand des Schlagowski-Grabes und blickte in Konrads Gesicht. Der war nun kein Sämann mehr, sondern trug wieder den grünen Overall des Friedhofsgärtners und kümmerte sich um die Auflassungsarbeiten. Konrad starrte Martin ungläubig an und fragte, um zwei Uhr früh:

»Wieso bist du nicht in der Schule?«

Das war zu viel für Martin. Er wachte auf, schweißgebadet.

Zwei Uhr morgens, tatsächlich. Der Wecker log nicht. Martins Herz raste. Bis auf die Leuchtziffern und schwaches, hereinfallendes Straßenlicht war alles dunkel.

»Au Mann«, stöhnte er, »ich hätte wenigstens träumen können, wie und wo und wann ich da wen genau ermordet habe.«

Er befühlte seine rechte Hand. Der Traum war dermaßen intensiv gewesen, dass er noch immer glaubte, den Griff des Mordwerkzeugs zu umfassen. Martin stand auf, wechselte den Schlafanzug. Er trank einen Schluck Wasser, sah aus dem Fenster, guckte Richtung Friedhof. Alles war ruhig, wie sich das gehörte. Was er nicht sehen konnte, weil zu weit entfernt: Der Wagen mit Pablo und Pedro war wieder unterwegs, bog von der Fürst-Pückler-Straße auf die Aachener Straße, fuhr stadteinwärts. Sie hatten ihren Besuch beendet, waren auf dem Weg zurück ins Hotel.

Pablo und Pedro wohnten in einem sehr guten Hotel, denn es ging um sehr viel Geld. Das Hotel lag direkt am Rhein. Das war in Köln die beste Lage. Den beiden kam diese Lage schon deshalb entgegen, weil man im Rhein, im Falle eines Falles, Leichen entsorgen konnte. Bis man eine Leiche dann fand und als Mordopfer zuordnen konnte, waren die Täter längst wieder außer Landes.

Genau darüber dachte Pablo nach, als sie den Wagen in der Tiefgarage des Hotels parkten. Das war insofern praktisch, weil der Ort, zu dem sie wollten, ganz in der Nähe lag: das *Lovejoy*, ein Nachtclub, den die Halbwelt Kölns gerne aufsuchte. Als geschlossene Gesellschaft. Die beiden kannten den Club von den Nächten zuvor. Als sie dort eintrafen, hielt die Halbwelt diskret Distanz zu ihnen. Die beiden waren Kriminelle von ganz besonderer Karatzahl, und da Köln seinen Ruf als *Chicago am Rhein* verloren hatte, gab es hier niemanden, der sich mit ihnen hätte messen mögen. Aber aus dem Weg gehen war nicht so einfach, denn die beiden wollten von der Halbwelt Kölns wissen, was die Halbwelt Kölns so wusste – von gewissen Ereignissen. Was man so munkelte … im Dunkeln.

Da musste man ihnen wohl oder übel Informationen geben. Sie zu belügen war nicht klug. Pedro sprach gut genug Deutsch, um sich verständlich zu machen. Ab 1945 war es in Südamerika, insbesondere in kriminellen Milieus, leicht gewesen, Deutsch zu lernen. Pablo hatte sich als gelehriger Schüler erwiesen und sogar einen gewissen Wortwitz entwickelt. Sein Lieblingsspruch lautete:

Lügen haben gebrochene Beine.

Als die beiden eingetroffen waren, versuchte man, die Stimmung zu lockern. Mit leichten Mädchen und schwerem Alkohol. Doch die Informationen, die man bieten konnte, blieben dürftig. Von dem, was die Männer suchten, schien niemand zu wissen. Bis der Dicke Pitter, im Hauptberuf Zuhälter und Großmaul, durch ein verdunkeltes Fenster auf die Nachtgasse geflogen und, um der Polizei Arbeit zu ersparen, schnell wieder hereingeholt worden war. Anschließend flossen die Informationen zwar nicht so reichlich wie der Alkohol, denn tatsächlich wusste man nichts Genaues, aber es gab zumindest Hinweise. Nicht sehr deutliche, weil der Dicke Pitter mit geschwollenem Mund sprach. Pablo und Pedro erfuhren von gewissen Gerüchten über Vertuschungen in der Rechtsmedizin. Gerüchten, die mit dem Mord am Pförtner des Instituts zu tun hatten. Und mit Kilian Geyer, der zweiten Leiche der vergangenen Tage.

Sowohl mit der Rechtsmedizin als auch mit Geyer hatten Pablo und Pedro in den vergangenen Tagen zu tun gehabt. Diese Gerüchte aber gaben ihren … Ermittlungen eine neue Richtung. Sie bedankten sich beim Dicken Pitter. Pedro brach ihm noch das Nasenbein. Sein Schweigen war ihnen sicher. Dann machten sie sich wieder auf.

Um kurz nach zwei, als Pablo und Pedro den Nachtclub

betreten hatten und der Dicke Pitter noch an das Gute im Menschen glaubte, war Martin wieder eingeschlafen. Auch im Folgenden verrieten ihm die Träume nichts von den Kriminalfällen, an denen er arbeitete.

Bei Konrad war es kurz nach drei geworden, bis er die Villa Heribert Rehbeins verließ. Bei ihm hatte sich die Nachtarbeit gelohnt: Er hatte einen Namen und eine Geschichte, die sich vielleicht einfügte in das Rätsel um das Grab von Theodor Schlagowski. Die *Kölnische Zeitung* hatte in einer Vorkriegsausgabe, am 12. März 1913, eine Art Leserbrief gebracht. Darin hatten sich verzweifelte Eltern an die Zeitung gewandt, mit der Frage, ob jemand aus dem Kreis der Leserschaft vielleicht etwas vom Verbleib ihrer Tochter wisse. Alles war recht indirekt formuliert, denn der Brief wurde als Bericht aus der Perspektive eines Redakteurs präsentiert. Am Schluss des Berichts hatten, in der Frakturschrift der Zeitung, die Initialen KG gestanden.

So etwas war durchaus unüblich, denn in damaligen Zeitungen blieben die Schreiber, wenn sie nicht gerade Verleger, Herausgeber oder Chefredakteure des Blattes waren, meist ungenannt. Sie waren nicht wichtig. Selten einmal tauchten Initialen auf.

Dieser KG hatte geschrieben, dass die Tochter des Elternpaares nach Amerika ausgewandert sei. Und dass sich die Eltern, die in Ehrenfeld lebten, in letzter Hoffnung an Menschen wandten, die jemanden kannten, der ebenfalls nach Amerika ausgewandert war und in gutem Kontakt mit der Kölner Heimat stand. Dorothea Mühlens, so hieß die Verschwundene. Sie habe sich, nachdem sie eine

Anstellung in einem herrschaftlichen Haushalt gefunden hatte, in einen jungen Mann verliebt, einen Werkzeugmacher in einer Maschinenfabrik. Dann sei sie zusammen mit diesem jungen Mann nach Amerika gegangen, Hals über Kopf, habe den Kontakt zu den Eltern abgebrochen. KG hatte in seinem Text einen Ton leicht schwülstiger Romanze bemüht und durchblicken lassen, dass er, etwa im gleichen Alter wie die verschwundene Frau, das Drama gut nachfühlen könne. Vielleicht träumte er von einer Zukunft als Romanschreiber. Vielleicht kannte er die junge Frau, gab es aber nicht zu. Vermutungen flogen wie Geschosse durch Konrads Kopf. Der Text wich in vielem vom üblicherweise steifen Zeitungsdeutsch des Kaiserreichs ab. Konrad meinte hinter den Worten noch etwas anderes, etwas über die Generationen hinweg Gültiges zu sehen: In vielen Familien erklärten die Kinder ihren Eltern irgendwann den Krieg. Er konnte sich die Hintergründe auch einer solchen Geschichte gut vorstellen.

Wenn es sich denn tatsächlich um eine Auswanderergeschichte handelte; der Grabfund widersprach dem Text vehement.

Der Redakteur hatte allerdings auch als Zensor gearbeitet, das war an gewissen Wendungen deutlich geworden. Jeglicher Hinweis auf den herrschaftlichen Haushalt fehlte. Anklagen der Eltern gegen die höheren Stände waren abgemildert oder ganz herausgenommen worden. Allein die Verweise auf den Werkzeugmacher und die Maschinenfabrik waren geblieben. Ohne Namen. Bis eben den einen: Dorothea Mühlens. Und dieser Name passte zu dem Brieffragment aus dem Grab Schlagowskis, denn dort hatte es geheißen: *Erschlagen hast … Do… in deinem Haus bei …. reine Seele. Missbraucht …*

Do wie Dorothea.

Möglicherweise.

Käthe Rehbein hatte in ihren Notizen zu diesem Bericht die Worte *seltsam* und *im Auge behalten* vermerkt und sie gleich mehrfach unterstrichen. Außerdem hatte sie auf den 27. Juli 1914 verwiesen. Offenbar hatten die Eltern der jungen Frau nicht lockergelassen, und KG war zu dem Schluss gekommen, dass da mehr als bloß übertriebene Sorge am Werk war. Er hatte recherchiert, hatte sich mit der Einwanderungsbehörde in New York in Verbindung gesetzt und veröffentlichte nun, am Tag vor Ausbruch des Ersten Weltkriegs, einen weiteren Artikel. Es sei ein wirklich rätselhaftes Verschwinden, schrieb er. Zwischen den Zeilen prahlte er wie ein preußischer Gockel mit seinen Fähigkeiten als Detektiv. Der Name der jungen Frau sei in keiner der Passagierlisten von Auswandererschiffen verzeichnet gewesen, die von Bremen, Bremerhaven oder Hamburg aus Richtung Vereinigte Staaten gedampft seien. Die Frau sei auch nie auf Ellis Island, der Einwanderungsinsel vor New York, registriert worden. Ebenso wenig der junge Mann, dessen Name ihm, dem Schreiber des Artikels, bekannt sei. Natürlich verschwieg er ihn und tat so, als geschähe dies aus Gründen der Vertraulichkeit. In Wirklichkeit hatte er sich wohl den Fall nicht wegnehmen lassen, seine Karten nicht offenlegen wollen. Womöglich hatte er auf den ersten Bericht hin interessante Hinweise erhalten und dann

Blut geleckt, denn er betonte, er wolle an der Sache dranbleiben, weil … und dann folgte eine Eloge auf die aufklärerische Arbeit der Presse und das Ethos eines guten Reporters. Was nicht folgte, waren Gedanken zu der Frage, ob sich die beiden jungen Menschen nicht vielleicht unter falschen Namen nach Amerika aufgemacht hatten. Was allerdings nicht so einfach gewesen wäre. Nein, KG gefiel sich in mysteriösen, spannungs- und womöglich die Auflage steigernden Andeutungen, die auf eine große Sache hinwiesen. Es war ziemlich deutlich: Der Mann wusste etwas.

Doch dann kam, wider Erwarten, nichts mehr zu dem Fall. In ihren Aufzeichnungen resümierte Käthe Rehbein Woche für Woche: *Nichts Neues von Dorothea Mühlens*, deren Namen sie manchmal mit *DM* abkürzte. Schließlich hatte sie *verdammter Krieg!* an den Rand notiert. Der Beginn des Weltkriegs hatte ab August 1914 alle anderen Themen beiseitegedrängt. KG verschwand aus Käthe Rehbeins Nachforschungen.

Aber sie hatte wohl noch eine Zeit lang weiter nach dem Mädchen gesucht. Es gab noch einen letzten Absatz zum Fall *DM*. Von diesen Worten verstand Konrad hauptsächlich, dass sie Käthe Rehbeins Resignation dokumentierten. Es waren stichpunktartige Notizen:

24.10.66. Fall DM mit PP besprochen. Ich komme nicht weiter. PP sagt, es habe gegen Ende WK II Nachforschungen zu einem kurz vor WK I verschwundenen Mädchen gegeben. Ermittlungen mussten nach Bombennacht v. 30. Oktober 44 eingestellt werden. Sämtliche Unterlagen im Feuersturm verbrannt. Die Wahrheit wird wohl nie ans Licht kommen. Angeblich habe es einen Exhumierungsantrag und ein Schreiben der Polizeibehörde gegeben, wurde 1944 zugestellt. An die Friedhofsverwaltung von Melaten. Aber auch deren Unterlagen zwischen 1942 und 1945 sind komplett vernichtet worden.

Ende.

Konrad fühlte sich müde. Ja, er wusste, dass ganze Jahrgänge auf dem Friedhof verschwunden waren. Sollte sich tatsächlich nichts mehr finden lassen? Was meinte dieser PP – vermutlich der Polizeipräsident – in den Sechzigerjahren? Hatte man also doch noch Hinweise zu einem Mordfall Dorothea Mühlens gefunden? Der verdammte Krieg. Diesmal der Zweite Weltkrieg. Die gesamte Last der Geschichte war über dem verschwundenen Mädchen zusammengebrochen. Wie das Archiv. Wie der Aktenraum der Polizei im Feuersturm der Bombennacht. *DM* – begraben unter den Trümmern der verdammten deutschen Geschichte.

Dorothea Mühlens. Konrad hatte nur diesen Namen. Mehr nicht.

Nein, das stimmte nicht. Er hatte noch etwas. Etwas noch ohne Namen. Wie war das Datum gewesen, an dem die Umbenennung der Schlagowski-Werke in diese GWAG erfolgt war? Konrad hatte seine Notizen dabei und sah nach:

6. Mai 1919.

Konrad wollte, anders als Käthe Rehbein, nicht aufgeben. Er sah auf die Uhr. Es war bereits weit nach Mitternacht. Und die Art, wie hundert Jahre zuvor Zeitungen gedruckt wurden, konnte man nicht gerade leserfreundlich nennen. Bleiwüsten: jede einzelne Ausgabe. Theodor Schlagowski war am 9. November 1918 gestorben. Konrad dachte, es sei vielleicht gut, sich die Ausgaben zwischen diesen beiden Daten vorzunehmen. Beginnend mit dem Mai 1919. Die Umbenennung eines die Kölner Wirtschaftsgeschichte prägenden Unternehmens, das war doch sicher eine größere Meldung wert.

Er machte sich auf die Suche. Und sollte er nicht fündig werden, dann würde er in den kommenden Tagen weiterforschen. Er studierte Ausgabe für Ausgabe. Manchmal hatte es drei am Tag gegeben. Konrad entwickelte schnell einen geübten Blick für die Spalten der großen, nach Vergangenheit riechenden Blätter. Aber in der *Kölnischen Zeitung* fand er, merkwürdigerweise, nichts. Stattdessen in einem anderen Blatt, dem *Kölner Local-Anzeiger*: sehr viel kleiner als die *Kölnische Zeitung*. Mit einem Schriftbild, das für Konrad wesentlich einfacher zu lesen war als die sperrige Fraktur. Um 2 Uhr 43 trat Konrads über Zeilen und Spalten sausendes Augenpaar auf die Bremse:

13. Mai 1919: Richard Gröben, der neue Mann in der Kölner Gesellschaft, hat die ihm mit dem Tod des Firmengründers überschriebene Maschinenfabrik Theodor Schlagowski umbenennen lassen in Gröben-Werke AG. In einer Stellungnahme gegenüber dem Chefredakteur des *Local-Anzeigers* betonte Gröben, dass die Gröben-Werke fortsetzen wollen, was ihr Gründer in den vergangenen Jahrzehnten im Dienst für das

Vaterland und die Wirtschaft des Rheinlandes geleistet hat. Gröben, der bisher kaum Erfahrung in der Führung eines großen Wirtschaftsunternehmens hat, hat sich viel vorgenommen. Wir sind gespannt.

Was war denn das? Richard Gröben? Es konnte sich nur um den Vater oder den Großvater des kürzlich unter die Erde gebrachten Richard Gröben handeln. Dieser Ur-Gröben hatte also die Schlagowski-Werke übernommen? Alles, was der frisch verstorbene Gröben als Großindustrieller, als Industriekapitän für Köln bedeutete, gründete in diesen seltsamen Verwerfungen zu Beginn der Weimarer Republik?

Der Ur-Ur- oder Ur-Ur-Urgroßvater jener Nervensäge – Rochus Gröben –, die Martin jeden Tag in der Schule das Leben zur Hölle machte.

Richard Heiligescheiße Gröben.

Was folgte daraus? Das herauszufinden konnte Konrad Martins Unterstützung gebrauchen.

Er nahm sich vor, die Neuigkeit zum Namen Gröben wie ein Feuerwerk beim Kaffee mit Amalia zu zünden. Er hatte nun einige Munition angesammelt.

Auf dem Nachhauseweg überlegte er, was er noch tun konnte, Dorothea Mühlens betreffend. Ob man auf einem Einwohnermeldeamt Informationen zu ehemaligen Bürgern Kölns erhielt? Zu Verstorbenen? Auch als Nichtverwandter? Etwas über die Eltern zum Beispiel oder die Nachfahren der Eltern. Bedeutete der lang zurückliegende Tod einer Person nicht auch eine Art Verjährung, die es Fremden ermöglichte, Einblicke in persönliche Unterlagen dieser Person nehmen zu können? Es kam Konrad pietätlos vor, so zu denken. Aber Pietät war in dieser Sache nur hinderlich. Konrad musste hartnäckiger sein. Er musste irgendwie weiterkommen.

Hartnäckig sein, das konnten andere besser. Als Konrad so durch das nächtliche Villengrün Kölns Richtung Piusstraße ging, tauchte erneut der Wagen mit Pablo und Pedro auf. Diesmal fuhren die beiden sogar an Konrad vorbei. Zum Glück hatten Pablo und Pedro von Konrad und seiner Existenz noch keine Notiz genommen. Er spielte in ihren Gewaltfantasien keine Rolle. Sie hatten, nach dem Besuch in der Rechtsmedizin, noch etwas vor. Die Nacht war jung. Anschließend würden auch sie Pause machen, bis mittags ausschlafen. Aber jetzt stand noch einmal Spaß auf der Agenda. Pedro freute sich ganz besonders darauf. Er fand es immer wieder schön, zu sehen, wie leicht sich Menschen einschüchtern ließen, wenn man ihnen Schmerzen zufügte, ihnen die Finger brach, die Hand, den Arm, die Beine oder ihnen ein paar Zähne zog und sie spüren ließ, wie nah der nächste Friedhof lag und wie fern ein guter Zahnarzt.

Pedro quälte. Pablo sah zu und genoss fast noch mehr.

Konrad, wie gesagt, wusste und bemerkte von alldem nichts. Jetzt, um halb vier Uhr in der Früh, dachte er nur noch an sein Bett. Wenige Stunden später dann, morgens um kurz nach sieben, rief er seinen Chef an und wollte sich mit belegter Stimme den Tag freinehmen. Geschlafen hatte er nicht. Sein Gehirn hatte in der Nacht einfach versucht, weiter zu recherchieren. Konrad schob ein Magenproblem vor. Arno Schorn, meist schon ab sechs Uhr auf dem Friedhof, lachte, sagte »Magenproblem?« und gab seinem maladen Mitarbeiter den humorigen Rat, nicht so viel auf alten Knochen herumzukauen. Dann riet er ihm, sich einen Tag lang auszuruhen und den Kopf nicht heiß laufen zu lassen. Schorn ahnte, was mit Konrad los war. Er trug ihn als krank ein, damit Konrad keinen Urlaubstag opfern musste.

Der blieb bis neun Uhr halbtot im Bett. Dann, mit dem Erwachen, fiel ihm ein, dass nachmittags die Beerdigung von Cornelius Walterscheids Bruder anstand, er sich also auf dem Friedhof blicken lassen musste. Seine Lüge würde womöglich auffliegen.

Konrad trat die Flucht nach vorn an. Um zehn saß er, in Sonntagskleidung, die auch als Trauergottesdienstbesuchskleidung durchging, in der Straßenbahn Richtung Innenstadt, suchte im Saturn-Markt nach den *Sommernachtstraum*-CDs von Otto Klemperer 1960 und Kurt Masur 1990. Natürlich mussten die Aufnahmen bestellt werden:

»Morgen können Sie die abholen.«

»Morgen? Gott sei Dank!«

Freitag war ausreichend. Dann konnte er sich noch einhören und am Samstag beim Kaffee vielleicht mit klugen Bemerkungen glänzen. Konrad schwitzte schon jetzt. Das hatte aber auch mit seiner Eile zu tun. Er sauste zurück zur Straßenbahn. Um die Mittagszeit tauchte er dann auf dem Friedhof auf. Arno Schorn sah verwundert und grinsend von seinem Schreibtisch auf.

»Kommste zum Vorstellungsgespräch? Hat sich dein Magen wieder beruhigt? Blitzheilung?«

»Ja, nee, war nicht so schlimm, wie ich heute Morgen dachte. Mir is nur noch ’n bisschen flau.«

»Mann, Konrad, gönn dir doch mal ein wenig Ruhe«, sagte Schorn.

»Ja, nee. Ich muss nachher sowieso noch auf die Beerdigung.«

»Beerdigung? Deshalb der Anzug?«

»Ja, Walterscheids Bruder. Heute um drei. Pfarrer Uermer hat gesagt, ich soll da auch kommen. Und die Fröbelinger.«

»Der Bruder aus Kolumbien?« Schorn hatte von der Sache gehört. »Der hat dich, Paul, Bernadette und … Oma Gitti eingeladen?«

»Ja, nee, nich der Bruder. Der Walterscheid.«

»Aha. Komisch, wenn du mich fragst.«

»Ja«, sagte Konrad. »Aber der Cornelius ist nett. Und dem geht’s grad nicht gut. Der Bruder tot. Und dann dieser Überfall.«

Vom Einbruch ins Juweliergeschäft wusste Schorn längst.

»Verrückte Sache«, sagte er. »Aber gut. Dann …«, er überlegte, »dann mach mal die letzten Arbeiten am Grab von Schlagowski klar. Dass da wieder alles jungfräulich ist.«

Konrad hüstelte.

»Und wenn du noch Zeit hast, mach schon mal ’ne Liste mit den Sommerleichen. Wird von Jahr zu Jahr schlimmer mit denen.«

»Sommerleichen?«

»Die vertrockneten Bäume. Die müssen wir fällen, bevor sie umfallen oder Äste verlieren. Ich vermute, du willst nicht, dass Kantmann die Liste erstellt.«

»Das wär in der Tat weder mir noch den Bäumen recht. Wo fang ich an, Chef?«

»Geh mal zunächst über den Ehrenfelder Friedhof. Nimm 'ne Bestandskarte mit und trag die Problemfälle ein. Wo wir vielleicht mit Bewässern weiterkommen und wo es gefährlich wird. Die Trockenheit wird langsam zur Pest. Die Flachwurzler machen mir Sorgen. Jedes Jahr gehen mehr von den Fichten ein. Auch Buchen und Birken schwächeln. Und dass die Thujen Lebensbaum heißen, ist ja nur noch 'n Witz. In zwanzig Jahren pressen wir hier Olivenöl. Wie am Mittelmeer.«

Schorn lachte. Er fand seinen Witz gelungen. Konrad ging rüber zu seinem Spind, die Sonntagskleidung ab- und die Arbeitsmontur anlegend, und als er in Gärtnergrün das Verwaltungsgebäude verließ, war Schorn wegen seines Witzes noch immer guter Laune. Er würde abends in seiner Stammkneipe, dem *Kölschgrab*, viel zu erzählen haben. Und tüchtig tanken. Aber selbst, wenn Schorn im *Kölschgrab* versank, saß er am nächsten Morgen ab sechs am Schreibtisch.

Eiserne Disziplin.

Bis zur Beerdigung war noch etwas Zeit. Die Restarbeiten am Schlagowski-Grab waren schnell erledigt. Danach machte sich Konrad an die Baumliste. Doch er spürte, dass ihm die Müdigkeit noch immer in den Knochen steckte, und setzte sich ins Gras.

Es war wieder ein sehr warmer Tag und jetzt war nicht

viel los auf dem Friedhof. Konrad fühlte eine gewisse Schwere im Kopf. Er erhob sich und setzte sich an eine der kalten Grabsteinplatten, um sich einen Moment auszuruhen.

Rückseitig, damit man ihn vom Weg aus nicht sah.

Die Sandstein-Stele, die er gewählt hatte, verwies auf das Jahr 1813. Etwas Älteres konnte man auf Melaten kaum finden. Den Friedhof gab es erst seit 1810. Der Mann, der hier lag, das verrieten die verwitternden Worte auf dem Stein, war ein Mensch voller Mitleid gewesen. Er hatte sich um pestkranke Soldaten in den Napoleonischen Kriegen gekümmert. Eine gute Seele in einer schlimmen Zeit.

Konrad machte es sich hinter dem Grabstein bequem, atmete tief durch und betrachtete die dicht stehenden Bäume in der Nähe, deren Kronen weitreichend Schatten spendeten. Wie die winzigen erhobenen dunkelgrünen Schilde angreifender Blätter-Legionen wanderte der Efeu die Stämme hinauf. Die Bäume schienen im Ansturm des Grüns zu versinken. Nur die Kronen ragten noch aus dem erobernden Efeuheer hervor.

Krieg und Frieden.

Aber der Eindruck trog. Konrad las viel über Botanik. Efeu war gar keine Schmarotzerpflanze, wie man gemeinhin dachte. Efeu suchte nur nach … Licht? Also irgendwie nach … Erleuchtung? War der Efeu im Grunde nicht auch …? Konrad gähnte … ein detektisches Wesen? Ein Wesen, das auf unerforschten Wegen …?

Und dann war Konrad eingeschlafen. Er schnarchte sogar ein bisschen. Kaum lauter als zirpende Grillen. Er schlief und versank tief und tiefer im Schlaf. Auf einem Friedhof konnte man sehr tief schlafen. Die Zeit, die sich alle möglichen Verkleidungen einfallen ließ, damit sie ihren Schabernack treiben konnte, umkreiste Konrad.

Zum Beispiel in Gestalt eines Schmetterlings: ein vielleicht noch junger, im Mai geschlüpfter und vor wenigen Tagen aus dem Hochsommerschlaf erwachter Zitronenfalter, der taumelnde Flugrunden um Konrads Kopf zog. Vielleicht weil ihm das Shampoo, das Konrad benutzte, lieblich duftende Holztöne vorgaukelte. Der Falter wählte eine dunkle Locke über Konrads zu Boden geneigter Stirn und landete, klappte die Flügel auf und zu, auf und zu.

Dann ließ er sie geschlossen, was typisch war für hockende Zitronenfalter. Der Falter wirkte auf den Locken wie ein zittriges Schiffchen mit hohem gelbem Segel in einem Meer dunkler Wogen.

Die Zeit verging. Um den Falter und Konrad herum herrschte reger Flugverkehr. Vielleicht wegen des nahen Insektenhotels, dessen Errichtung Konrad selbst angeregt hatte und das er zusammen mit Nabu-Mann Walter Klausen gebaut hatte. Sie hatten das fertige Ding *Hotel zur Wilden Biene* genannt: ein über zwei Meter hohes Haus mit rotem Satteldach, die Geschosse gefüllt mit Hölzern voller Bohrungen, Bambusröhrchen, Pflanzenstängeln, Holzwolle und Tannenzapfen. Alles First Class. Von Weitem sah die Fassade, der vielen Bohrungen in den Rundhölzern wegen, wie ein Mosaik aufgeschnittener, großporiger Brote aus.

Die Bienen mochten das Ding. Auch die wilden Wespen, die Ohrwürmer, Florfliegen, Käfer, die Schmetterlinge. Je friedlicher der Friedhof, insbesondere im Sommer, desto emsiger die Insekten.

Und nicht nur die in der Luft: Ein sehr seltener, erstaunlich großer Laufkäfer, quasi ein chitinkarossiger Lastwagen, manövrierte geschickt über den Hemdkragen von Konrads Arbeitsmontur. Wahrscheinlich lebte er gleich nebenan, in einem Spalt, einer Ritze des sehr alten Grabsteins, und nun hatte er eine Umleitung genommen …

Leider entpuppte sich Konrads Hemdkragen dann doch als tückischer Bergpass mit allzu engen Kehren. Oder es kam bei Konrad im Schlaf zu einer Bewegung, die für den Käfer ein Erdbeben, für den Zitronenfalter auf Konrads Kopf nur eine größere Welle bedeutete. Jedenfalls rutschte der Käfer ab und sauste in die Schlucht zwischen Hemd und Brusthaar, wo er seine gesamte Motorkraft aufbringen musste, um wieder festen Grund unter die sechs Füße zu bekommen.

Nach einer Weile gelang es ihm.

Konrad bemerkte das Gekrabbel nicht, er schlief, wie gesagt, sehr tief.

Und die Zeit verging und verging.

Dann hatte der Zitronenfalter genug von der Weite des Meeres und hob wieder ab, flog davon.

Und wieder verging die Zeit.

Wenige Minuten später näherte sich Atze. Der Kater durchlebte in diesen Stunden normalerweise eine seiner vielen täglichen Ruhephasen. Das heißt, er schlief in Martins Bett oder lieber noch im Bett Amalias, nachdem er dort das weiche Kissen oder die dem Bett aufliegende Kuscheldecke mit seinen Vorderpfoten durchgeknetet und sich anschließend in eine Kuhle gedreht hatte, die sein überschwerer Leib mit großer Leichtigkeit hineinformte.

Doch Atze war zu seinem eigenen Ärger nicht im Bett. Unglücklicherweise war er mit Martin nach draußen gelangt. Martin war nach Schule, Essen und So-tun-als-würde-er-Hausaufgaben-Machen und einer Auseinandersetzung mit seiner Mutter hektisch los, weil er vor der Beerdigung noch schnell was erledigen wollte. Atze, von Martins auffälliger, geheimnisvoller Eile neugierig gemacht, war, schwupp, erhobenen Schwanzes mit aus der Haustür. Wo Martin ihn nicht bemerkte. Der sauste einfach weiter, die Tür knallte zu und Atze stand mit sinkendem Schwanz da.

Er wartete ein Weilchen, dann machte er das Beste aus der Situation und trollte sich mit einem Sprung erst auf, dann über die Mauer auf den Friedhof, wo es genug Nager und Singvögel gab, an denen er seine schlechte Laune auslassen konnte. Doch nach einer kleinen, den Gesetzen der Massenträgheit wegen unerfolgreichen Mäusejagd und mit dem Gespür eines Wesens, das ein wohliges Brummen zu schätzen wusste, fand Atze den schnarchenden Konrad, setzte sich vor ihn, betrachtete ihn und wartete.

In Atzes Welt war ein gutmütiger Mensch wie Konrad ein leicht zu dirigierendes Wesen, dem man Futter entlocken konnte.

So oder so.

Atze saß da und sah Konrad an.

Martin hatte Konrad mal erzählt, dass Haustiere, die

zufällig mit ihrem verstorbenen Herrchen – oder Frauchen – eingesperrt waren, ganz unterschiedlich reagierten: Hunde sorgten sich, magerten ab, blieben treu in Frauchens – oder Herrchens – Nähe und hielten Wache. Erst in höchster eigener körperlicher Not, wenn niemand die Leiche des oder der Verstorbenen fand und die Wohnung abgeschlossen blieb, fingen sie an, die Leiche zu verspeisen.

Katzen jedoch reagierten anders: Katzen fackelten nicht lange. Kaum war Frauchen – oder Herrchen – tot, schritten sie zur Tat. Atze saß und betrachtete Konrad. Da war zwar noch ein Rest Bewegung und Atmung, aber man befand sich auf einem Friedhof. Also versuchte es Atze mit einem ersten zarten Biss in Konrads Nase.

»AAAH!«

Glocken ertönten. Atze fauchte. Und jemand rief. Eine bekannte Kinderstimme:

»Mensch, hier bist du! Was machst du denn?«

»Aua … ich …!«

»Atze, du bleibst jetzt hier, du verfluchter Ausreißer. Aua! Nicht kratzen!«

Konrad rappelte sich hoch, stolperte rücklings gegen den Grabstein, schlug mit dem Hinterkopf gegen die Oberkante. Aufjaulend erkannte er Martin in einer fremdartigen Kluft. Nach Luft wie nach Realität schnappend, taumelte er vor. Er hatte Glück, dass sich in seiner Nähe kein aufgelassenes Grabloch befand. Sein Hinterkopf schmerzte. Und auch seine Nase:

»Blute ich?«

»Nein, du hast da aber … Aua! Atze, lass das. Ich …«

Konrad befühlte mit der Fingerspitze seine Nasenkuppe.

»Ich glaube, er wollte dich bloß wecken«, sagte Martin, der den schweren schwarzen Katerleib an sich drückte, sodass Atze nicht entkommen konnte – obwohl er sich bemühte und wiederum die Krallen einsetzte.

»Ich bringe ihn schnell zurück ins Haus, bevor er mich zerlegt. Keine Ahnung, wie der wieder rausgekommen ist«, sprudelte es aus Martin heraus. »Willst du so auf die Beerdigung? Ich hab dich gesucht. Ich dachte, du warst da eingeladen und wolltest hin? Hast du mir doch gesagt! Die Trauerfeier war seltsam. Der Pfarrer hat viel rumgedruckst und was von schwieriger Zeit erzählt. Dann hat der Juwelier ein paar Worte gesagt. Dass ihm alles leid tue und so. Er sah ziemlich fertig aus. Hat fast geheult. Vor dem Sarg lag ein großer Kranz. Mehr nicht. Nicht mal ein Name drauf. Die ziehen jetzt übrigens auf den Friedhof.«

Martin flitzte los.

»Was? Ich … SCHEISSE!«

»Pssst! Mama kommt auch.«

»WAS? WIESO …? Himmel, ich … ich … hab das völlig … Ich muss mich noch umziehen.«

»Dann beil dich. Ich bin gleich wieder da.«

»Deine Mutter? Ich wusste gar nicht, dass die auch …? Was hast du ihr erzählt?«

Martin war davon, hörte ihn nicht mehr. Konrad stieß einen weiteren Fluch aus, taumelte in die andere Richtung, zum Betriebsgelände mit dem Verwaltungsgebäude, in dem sich seine Sonntagssachen befanden. Er konnte unmöglich in Arbeitskleidung, verschwitzt und … Gott, was war denn DAS bloß? Er ging seltsam wackelig und schüttelte die Beine aus. Was kitzelte und kniff da so? In der Hose. Unterhalb des Bauchnabels. Tiefer rutschend. Konrad wollte den Hosenlatz öffnen und …

»Oh?«

Schon wieder eine bekannte Stimme. Konrads Kopf glühte wie eine Rose aus hitziger Züchtung.

Fast wäre er mit Amalia kollidiert. Sie trug ein ähnlich elegantes schwarzes Kleid wie am Tag, als sie mit Geigenkasten über dem offenen Grab von Theodor Schlagowski erschienen war. Das Schicksal …

»Ich … ich bin …«, stammelte Konrad. »Ich hatte noch zu tun und wollte grad … Es ist schon sehr spät, nicht wahr?«

»Ja«, sagte sie. Zum Glück lächelnd. »Wo steckt Martin? Der ist mir wieder abhandengekommen.«

»Ähm, der war eben noch hier. Er bringt … den Kater …«

»Herrje, wie ist der nun wieder rausgeschlüpft?« Amalia verdrehte die Augen.

»Ich ziehe mir nur schnell meinen Anzug an. Den hab ich …«

Konrad wies mit kümmerlichem Zeigefinger in Richtung Betriebshof. Weil sich aber zwischen ihm und dem Betriebshof quasi unbemerkt eine Menschenmenge eingefunden hatte, wies er auf diese Menschen. Und weil es in der Hose wieder so kribbelte, griff er sich, während er mit der Rechten auf die Menschen zeigte, mit der linken unbewusst in den Schritt. Er bemerkte den Fehler zu spät:

Amalia Schmitz konnte sich ein Grinsen nicht verkneifen.

Alle anderen starrten ihn an.

Der Rest des Trauerzugs schien sich wie eine Festung hinter Amalia formiert zu haben. Viele waren es nicht, aber Konrad kannte fast jeden von ihnen: Pfarrer Uermer, Cornelius Walterscheid, Paul, Bernadette, Oma Gitti, Alice Stüssgens, Kurt Dröger, Ose Schumann, ein paar weitere Geschäftsleute aus der Dürener Straße. Außerdem sechs Sargträger und der Sarg mit den sterblichen Überresten von Walterscheids Bruder Oliver Hoffmann.

»Ach, du hast arbeiten müssen«, sagte Pfarrer Uermer, mit leisem Ton von Enttäuschung. Cornelius Walterscheid war bleich wie der Tod. Ose stützte ihn. Walterscheid hielt den Arm in einer Schlinge. Eine Menschenmenge, die Konrad als Ansammlung von Anklagenden empfand.

Zum Glück brach Oma Gitti die Situation auf. Sie war mindestens so unpassend gekleidet wie Konrad. Singend und tänzelnd schwang sie einen Schal aus lauter zusammengeknüpften bunten Chiffontüchern, die sie mal bei einer Zaubervorstellung geklaut hatte. Wer Oma Gitti nicht kannte – und das waren die meisten der Geschäftsleute aus der Dürener Straße –, der hüstelte, räusperte sich, blickte nach links und rechts zu den anderen Anwesenden, um in deren Blicken jenes Maß an Unverständnis zu finden, mit dem sich das eigene Unverständnis für Oma Gitti bestätigen ließ.

Es juckte Oma Gitti nicht im Mindesten. Und sie sang ebenso schön wie schief. Oma Gitti zog Konrad mit großer Freude an sich und tanzte mit ihm um den Tross der Sargbegleiter herum.

»Bravo«, sagte Amalia und verbeugte sich.

Oma Gitti verbeugte sich ebenfalls und dankte.

Amalia Schmitz wusste um das Kunstvolle der Disharmonien moderner Musik.

Und während die meisten der anderen Trauergäste Amalias Lob für deplatziert hielten, lächelte Pfarrer Uermer und schritt zur Tat. Mit einer gefühlvollen Rede verabschiedete er Oliver Hoffmann vom Platz unter der Sonne, und nach dem üblichen *Erde zu Erde, Asche zu Asche, Staub zu Staub* traten nacheinander Cornelius Walterscheid und Ose Schumann, die eine rote Nelke in der Hand hielt, an das Grab. Ihnen folgten Bekannte Walterscheids und warfen Erde und Blumen auf den Sarg.

Konrad fragte sich, wer außer Walterscheid den Toten überhaupt gekannt hatte. Er unterhielt sich mit Paul und Bernadette, griff ihr Gespräch vom Dienstag wieder auf:

»Und ihr kanntet den gar nicht, den Bruder?«

»Nee«, sagte Bernadette. »Aber nett, dass der Walterscheid uns eingeladen hat.«

»Ja«, sagte Paul. »Vielleicht wollte er ja eigentlich den Joschi einladen. Der hat immer mit Walterscheid gesprochen.«

Konrad horchte auf.

»Joschi? Mit dem Juwelier?«

»Ja«, sagte Paul. »Die waren ganz dicke, haben sich in den letzten Wochen öfter mal getroffen. Walterscheid is abends manchmal gekommen. Und dann haben sie geredet.«

»Aha?« Konrad staunte. »Wisst ihr …«, er zögerte. »Nein«, sagte er, »geht mich nichts an.«

»Würden wir dir aber sagen«, sagte Bernadette. »Wissen wir bloß selber nich.«

»Nee«, ergänzte Paul. »Joschi und Walterscheid sind dann über den Friedhof gegangen. Ging vielleicht um die Tafel. Irgendwie war der total aufgekratzt zuletzt.«

»Der Joschi?«

»Der hatte immer Ideen. Wollte uns helfen. Ich glaub, der wollte wieder in 'n richtiges Leben. Weg vom Friedhof.«

»Deswegen is er bestimmt auch verschwunden«, sagte Bernadette traurig. »Joschi hat nämlich ganz schön was im Kopf. Der hat sogar mal studiert, war 'n hohes Tier, glaub ich.«

»Das wusste ich gar nicht«, sagte Konrad. »Was hat er denn gemacht?«

»Keine Ahnung. Irgendwas Technisches. Er sprach da kaum drüber, über seine Vergangenheit. Da ging's ihm wie den meisten von uns. Oma Gitti hat manchmal was angedeutet. Kennst sie ja. Manchmal denkste, Oma weiß alles. Dann wieder meinste, die spinnt.«

Konrad nickte.

»Und den Bruder von Walterscheid? Kannte Joschi den auch?«

Paul und Bernadette zuckten die Schultern.

»Glaub nich«, sagte Bernadette. »Wir wussten nich mal, dass der Walterscheid einen Bruder hat.«

Und trotzdem hat er euch eingeladen, dachte Konrad. *Wegen seines Bruders?* Dieser Bruder begann Konrad zu interessieren. Und dann war das Gespräch beendet, denn es war nun an ihm, dem Trauernden zu kondolieren.

Er tat es diskret. Den Kopf halb gesenkt, reichte er Walterscheid die Hand und dieser ihm die seines unverletzten Arms. Dann blickte er Walterscheid kurz an. Dessen Gesicht war schweißnass. Konrad wollte aus einem Impuls heraus und als Zeichen von Mitgefühl fragen, ob er sich am Arm verletzt habe. Doch er hielt sich zurück. Es gehörte nicht hierher. Er brachte ohnehin kaum ein Wort heraus, trat rasch wieder in den Hintergrund.

Paul und Bernadette hatten sich ein Stück nach hinten verdrückt. Sie fühlten sich nun doch deplatziert an diesem Ort, zu diesem Anlass.

Nicht so Martin. Der hatte kaum fünf Minuten gebraucht, Atze zurück in die Wohnung zu sperren. Außer Atem war er wiederaufgetaucht. Und schon, weil er diesen fürchterlich unbequemen Anzug rechtfertigen musste, den er auf Geheiß seiner Mutter trug, schaufelte auch er Erde auf den Sarg – und stellte mal wieder fest, dass ihn die Rituale Normalsterblicher faszinierten:

Klatsch …

Klatsch …

Klatsch …

Amalia beugte sich zu ihm vor:

»Du sollst das Grab nicht zuschütten, Martin«, flüsterte sie.

»Ha, ha, ha.«

»Pssst!«

Dann trat sie neben Konrad. Nach mehreren Herzschlagaussetzern wandte er ihr den Kopf zu.

»Tut mir leid, dass ich hier so unpassend auftrete«, raunte er. »Ich habe ... meine Uhr ... Ich wollte sagen, mein Handy ... Es war leer. Deshalb bin ich ... so wie ich bin ... also ...«

Notlügen.

»Sie haben einen schönen Akzent gesetzt«, sagte Amalia. »Sie und die ältere Dame.«

»Oma Gitti.«

»Sie kennen sie?«

Konrad räusperte sich.

»O ja.«

Sie nickte.

»Ich freue mich auf Samstag. Sie haben bestimmt interessante Geschichten zu erzählen. Martin hat da so was angedeutet.«

Auweia, dachte Konrad.

Nicht allein wegen Martin, auch wegen eines plötzlich einsetzenden, frischen Kribbelgefühls in der Hose. Es machte ihn, jetzt, da er neben Amalia Schmitz stand, besonders nervös.

»Wenn mir nichts einfällt, lassen wir einfach die Zitronentarte sprechen«, rutschte es ihm raus. Das Feuer in seiner Gesichtsfarbe wurde erneut angefacht. Amalia Schmitz schmunzelte. Sie wusste ja nicht, dass diese frische Farbe nur zum Teil dem gar nicht mal doofen Spruch zuzuschreiben war, von dem Konrad selbst überrascht war. Etwa achtzig Prozent gingen auf das Konto des Kribbelns. Konrad schaffte es kaum noch stillzustehen.

Weil sie in diesen Minuten mehr mit sich selbst als mit der Beerdigung beschäftigt waren, bemerkten die beiden nicht, dass ganz am Schluss der Zeremonie noch zwei Herren erschienen. Als alle, die von Oliver Hoffmann hatten Abschied nehmen wollen, womöglich ohne ihn zu kennen, Abschied genommen hatten, waren sie plötzlich da. Wie aus dem Nichts, das auf einem Friedhof ja nie weit entfernt ist. Zwei Herren, so düster in Kleidung und Wirkung, dass jeder spürte: Der Tod macht keine Witze.

Auch diese beiden traten ans Grab, als würden sie pietätvoll Abschied nehmen. Zuerst Pablo Baresco – ein stummes, bedrohliches Vorzeichen. Dann Pedro Brasi – ein Felsblock, der zur Grabkante vorrollte, als wollte er sich in das Loch stürzen, um die Tiefen der Unterwelt aufzumischen. Pedro sagte nichts. Reden war ja ohnehin nicht sein Ding und die üblichen Grabsprüche kannte er nicht. Aber er hatte verstanden, dass man hier Erde fallen ließ. Also schaufelte er.

RUMMS!

Während Pedro am Grab stand, wandte sich Pablo Cornelius Walterscheid und der ihn stützenden Ose Schumann zu. Pablo sagte etwas zu Cornelius. Da machte Konrad gerade den Zitronentarte-Spruch und war mit dem Rest seines Gehirns auf der Suche nach dem Grund des Kribbelgefühls. Er bekam also nichts mit.

Wie gut, dass Martin zurückgekommen war.

Konrad sah auch nicht, dass Cornelius Walterscheid

noch bleicher war als zuvor und dass die Hand an seinem unverletzten Arm zitterte. Ose wirkte wie erstarrt.

Pablo wandte sich ab. Er und Pedro verschwanden. Hinter ihnen schloss sich die Szenerie des Friedhofs wie ein schwarzer Leichensack, dessen Reißverschluss ein geisterhafter Forensiker zuzog. Konrad, das Kribbeln aus seinen Gedanken verbannend, wandte sich wieder dem Geschehen zu, und Pfarrer Uermer sprach ein Schlusswort, das die Beerdigungsgesellschaft auflöste:

»Gehe in Frieden, Oliver Hoffmann. Komme zu Gott …«

KG – der Klang der Buchstaben hallte durch Konrads Kopf.

Ein Gedankenblitz. Amalia wunderte sich über Konrads angespannte Abwesenheit, seinen in die Ferne gerichteten Blick. Sie wusste ja nicht, dass er grad wieder mehr als hundert Jahre zurückgesprungen war.

KG. Die Initialen. Er sollte es auf jeden Fall noch einmal im Pressehaus von Dumont versuchen. Da wusste man doch sicher, wer damals für die *Kölnische Zeitung* gearbeitet hatte. Dort konnte man den Initialen eine Identität zuweisen. Und mit etwas Glück hatte KG Arbeitsunterlagen hinterlassen, die im Archiv des Hauses eingelagert worden waren. Konrad hatte nicht nur *einen* Namen: Dorothea Mühlens. Er hatte womöglich zwei. Und er musste etwas zu Oliver Hoffmann finden.

»Bis Samstag dann«, sagte Amalia. Sie knuffte Konrad mit dem Ellenbogen. Nicht ohne Schmunzeln.

»Was? Oh … ja, bis … bis …«

Sie ging.

»Wo warst *du* denn gerade?«, fragte Martin.

»Erzähle ich dir am Samstag«, presste Konrad hervor und sauste wie von der Tarantel gestochen davon, Richtung Spind, zur Umkleide. Der Mauerläufer-Käfer, der sich in Konrads Unterkleidung verirrt hatte, hatte in diesem Moment etwas gefunden, was möglicherweise eine Schnecke war.

ICH HABE DA KEIN GUTES GEFÜHL

Schon früh am Freitag hatte Konrad das Gefühl, die Zeit wollte ihn hetzen, vor sich hertreiben. Es begann noch vor Arbeitsantritt und bevor Marlies von Törne und ihre verrückten Qigong-Senioren auftauchten. Konrad wollte um sieben Uhr mit dem Kartieren der Baumschäden auf dem Ehrenfelder Friedhof beginnen. Guido Kantmann, verkatert, hatte mitbekommen, zu welchen Arbeiten Konrad eingeteilt worden war, und hatte sich bei Arno Schorn beschwert:

»Der is selber faules Holz! Der erkennt 'n toten Baum gar nich!«, geiferte er.

Schorn ließ die Denunziationen ins Leere laufen und setzte Kantmann zum Wiesemähen um den Betriebshof herum ein. Da blieb die Distanz zu Konrad möglichst groß.

Kantmanns Anschuldigungen wühlten Konrad jedoch auf, zumal er mit halbem Gehirn über die Kriminalfälle nachdachte. Frühmorgens vor allem über die Schlagowski-Sache. Er kam einfach nicht in die Gänge.

Und dann näherte sich Sankt Ursula: Marlies von Törne voran, im Stechschritt. Die erste Runde nach dem Frühstück. Als sie Konrads ansichtig wurden, kamen sie vollends aus dem Tritt. Norbert Podolski und Werner Köhler, gleich hinter Marlies, bremsten und grüßten:

»Konrad, haste schon gehört ...?«

Gisbert Schwaderlapp wollte mit seinen Walking-Sticks einerseits beschleunigen, andererseits ebenfalls grüßen, musste wegen Podolski und Köhler vor ihm aber zugleich bremsen, verhedderte sich in der Schlaufe, in der seine Grußhand steckte, schüttelte diese vor Wut und hätte den Stick fast der hinter ihm schnaufenden Rita Kuckelkorn ins Auge gestoßen.

Rita schimpfte, setzte ihre 144 Kilogramm als Resonanzmasse ein und verstieß gegen das Ruhegebot des Friedhofs.

Den anschließend ausbrechenden Streit konnte Marlies nur mühsam schlichten. Immerhin gab der Stop Norbert und Werner Gelegenheit, Konrad auf die neuesten Gerüchte zum Geschehen im Rechtsmedizinischen Institut hinzuweisen. Es hatte in der Forensik einen zweiten Einbruch gegeben. Die Leiche des ermordeten Pförtnermörders sei beseitigt worden, hieß es: Die Identität Kilian Geyers als Killer des Pförtners hatte die Kölner Presse mit ihren Kontakten zur Polizei ja längst unters Volk gebracht. Mitsamt einer Biografie krimineller Verfehlungen. Man habe, so Podolski, mit der Leichenbeseitigung Spuren verwischen wollen, die zu den Hintermännern der Morde hätten führen können.

»Organisierter Organhandel. Ersatzteile für die Reichen. Ich sag's dir!«

Das jedenfalls hatte für Norbert Podolski ab sieben Uhr,

nach den Frühnachrichten des Senioren-Buschfunks, festgestanden. Norbert gehörte zu jenen Verschwörungstheoretikern, für die es in einer Gesellschaft mit zunehmender Idiotie immer mehr Platz gab. Werner war nicht ganz so hart drauf. Aber auch er vermutete, dass im Institut was schiefgelaufen war und jetzt was vertuscht werden sollte. Es wurde, sagte er, gemunkelt, dass es auch einen Einbruch beim Leiter des Instituts, Professor Kosanos, gegeben habe. Oder dass man ihn erpressen wolle, ihn als Geisel genommen habe. Irgendwas in der Art.

»Erpressung? Geiselnahme?«

»Weiter, Marschmarsch!«

Marlies hatte hörbar schlechte Laune. Werner Köhler verzichtete auf weitere Erklärungen.

»Wir sehen uns«, raunte er. »Halt die Ohren steif.«

»Und wir halten unsere auf!«, schnaufte Norbert. Sie verschwanden.

Kurz darauf verschwand auch Konrad für eine Stunde – in der Innenstadt die bestellten CDs abholen, in die er sich bis zum Kaffee mit Amalia Schmitz noch würde einhören müssen. Und er ging noch einmal zu Ose Schumann in den Teeladen. Da Amalia davon gesprochen hatte, auch Tee zu mögen, wollte er ihr eine große Packung seiner Lieblingssorte schenken.

Ose, die mittags nie geschlossen hatte, werkelte in dem kleinen Raum hinter dem Verkaufstresen herum:

»Moment!«, rief sie, als die Ladenglocke bimmelte. Konrad trat ein. Ose war irgendwo hinten, im Lager.

Heute schlug ihm ein eigenartiger Duft entgegen. Immer

hing in diesem kleinen Laden Teeduft, Kräuterduft, Würziges, aber heute war es ganz besonders intensiv. Es brannte sich Konrad fast in die Nase, und er überlegte, um welche Teesorte es sich handeln könnte. Womöglich hatte Ose Frischware erhalten und war grad am Einfüllen. Irgendwas Aromatisiertes? Gerüche waren ihm, der die Blütenwelt Melatens liebte, eine eigene Welt.

»Hallo, Konrad. Schau dich schon mal um«, sagte Ose, als Konrad einen Blick ins Lager warf und sie entdeckte. Sie räumte ein Fläschchen weg. Einen Flachmann mit rotgrünem Etikett, wie Konrad sah.

Konrad musste sich gar nicht umsehen. Er wusste, was er wollte:

Superior Fine Tippy Golden Flowery Orange Pekoe First Flush.

250 Gramm. Eine schöne Geschenktüte. Ose wog ab und packte alles ein. Und die ganze Zeit über dachte Konrad halb abwesend: Dieser Duft …?

Anistee vielleicht? Oses Heil- und Kräutertees waren ein Geheimtipp. *Beim nächsten Mal,* dachte er und nahm sein sorgfältig eingepacktes Teegut mit.

Zurück auf dem Friedhof ging er gleich wieder an die Arbeit. Er wollte sich auf den Samstag freuen, musste aber ständig an das denken, was Norbert Podolski und Werner Köhler angedeutet hatten.

Bald tauchte Martin auf. Der wusste zwar nichts von Einbrüchen im Institut und bei Professor Kosanos, dafür konfrontierte er Konrad mit seinen Beobachtungen von der Beerdigung. Konrad hörte und staunte:

»Cornelius Walterscheid ist bedroht worden? Die sind mir gar nicht aufgefallen, die zwei.«

»Dir ist ja nur Mama aufgefallen. Du bist vielleicht ein toller Detektiv.«

Martin grinste.

»Stimmt nicht. Ich hab zum Beispiel mit Bernadette und Paul gesprochen. Am Grab. Keiner kannte den Bruder, also den Toten. Und der Juwelier, also Walterscheid, der hat wohl öfter mit Joschi gesprochen. Das kam ihnen immer wichtig und geheimnisvoll vor. Aber die beiden wissen nicht, worum es ging.«

»Der Juwelier mit dem aus Fröbelingen? Dem Freund von Oma Gitti, Paul und Bernadette?«

»Genau, Joschi, der seit ein paar Tagen verschwunden ist.«

»Verdächtig«, sagte Martin. »Müssen wir dranbleiben.«

Konrad sah auf die Uhr, seufzte und sagte:

»Ein Vollzeitjob als Friedhofsgärtner und in jedem Grab ein ungeklärtes Verbrechen. Langsam wächst mir das über den Kopf. Hilf mir mal bei den Bäumen.«

Wenn Konrad am Nachmittag nicht weiterkam, würde Kantmann übernehmen. Also machten sie sich ans Werk.

Martin notierte in den folgenden Stunden die Krankheitsbefunde der nördlichen Friedhofsbäume. Er folgte Konrad mit einem Klemmbrett. Nebenbei berichtete er davon, dass Rochus Gröben seit dem Tod seines Großvaters noch unausstehlicher geworden war.

»Sein Vater hat wahrscheinlich alles geerbt und Rochus hält sich jetzt für den zukünftigen König von Köln.«

»Noch mehr Stress für dich?«, fragte Konrad.

»Ja«, sagte Martin. »Jetzt hat er seine Drohung wahrgemacht.«

»Welche von den vielen?«

»Die mit dem Grab. Er hat mir heute tatsächlich die Urkunde für eine Grabstelle überreicht. Einen Sarg hab ich von ihm ja schon.«

»So ein Arschloch«, sagte Konrad. Es war genau das Wort, das Martin jetzt hören wollte.

»Ich gucke mir die Grabstelle nachher mal an«, meinte er.

»Ehrlich?«

»Na klar. Ich wette, der Blödmann hat sich noch nicht mal die Mühe gemacht, mir was besonders Abgelegenes auszusuchen. Der hat sich da bestimmt nicht umgesehen. Vielleicht lieg ich da ja ganz gemütlich.«

»Du Verrückter!« Konrad lachte.

»Sag's aber nicht meiner Mutter«, meinte Martin. »*Das* wäre Stress. Mit Rochus komm ich schon klar. Besser jedenfalls als die Bäume hier mit der Trockenheit.«

Mit diesem altklugen Kommentar dirigierte Martin Konrad zurück zur eigentlichen Arbeit. Und Martin lernte schnell. Mit großem botanischem Einfühlungsvermögen diagnostizierte er bald selber. Trockenstress-Anzeichen, Blattgröße, vorzeitige Blattbräunung, morsche Äste, Fruchtgröße und so weiter. Manchmal sah er sich genötigt, Konrads Diagnosen zu korrigieren, denn Konrad wirkte immer wieder abwesend. Sein Kopf war voller Gedanken: zwei Männer. Vielleicht die Einbrecher, die nichts gestohlen hatten? Und der Armbruch Walterscheids. Er musste mit Josepha Roth oder Benedikt Weiss sprechen. Hoffentlich hatte einer von ihnen heute Dienst. Und der Kommissar? Der wusste doch sicher von den Geschehnissen im Institut.

Dann trafen sie am späten Nachmittag Paul und Bernadette. Von einem Einbruch in die Rechtsmedizin wussten sie nichts – obwohl sie doch die Nacht wie immer in Fröbelingen, also ganz in der Nähe, verbracht hatten. Paul machte sich allerdings Sorgen um Oma Gitti. Nicht, dass sie krank war. Nein, das nicht. Körperlich schien Oma Gitti unverwüstlich wie immer, aber ihre Träumereien und ihr seltsames Verhalten hatten seit dem Begräbnis zugenommen:

»Seit gestern?«

»Nein«, sagte Bernadette. »Die andere Beerdigung. Vom Montag. Die große.«

»Die von dem Supermillionär«, ergänzte Paul.

Die Gröben-Beerdigung. Martin hörte aufmerksam zu.

Paul und Bernadette berichteten, dass Oma Gitti seit dem pompösen Begräbnis immer wieder zu Gröbens Grab pilgere, dort Blumen ablege und mit dem Blumenhügel über dem Grab spreche. Oder mit dem Grab. Das wisse man bei Oma Gitti ja nie so genau. Man hatte sich über sie beschwert, sie beleidigt und einmal sogar vertrieben, denn Richard Gröben senior war, zumindest in den ersten Tagen nach seiner Beerdigung, von zahlreichen Mitgliedern der Kölner Society besucht worden. Die Kölner Geldsäcke hielten Oma Gitti wahlweise für eine Pennerin, Abschaum,

Ruhestörung, für psychisch krank oder für jemanden, der weggesperrt werden sollte, um dem arbeitenden Teil der Bevölkerung (auch wenn er nur seinen Schmuck durch die Gegend trug) einen unwürdigen Anblick zu ersparen.

Oma Gitti hatte Ablehnung, Verachtung, Beleidigungen gleichmütig ertragen. Sie pflegte das Grab, tanzte und sortierte verwelkte Blumen aus.

»Wir können überhaupt nichts dagegen tun«, sagte Paul besorgt. »Wahrscheinlich ist sie grad wieder dort.«

»Wenn die Leute Oma da weghaben wollen, dann …« Bernadette malte die Konsequenzen nicht weiter aus. Ihre Befürchtungen waren ja nicht unberechtigt. Was weder die Fröbelinger noch Konrad oder Martin wussten: Auch Guido Kantmann hatte bei Schorn vorgesprochen, dass *die Verrückte* Stress mache. Schorn hatte nachgefragt, wen und was genau er meinte. Kantmann hatte eine seiner typischen Antworten geben wollen, war nach einer Formulierung, die mit *früher hätte man diese Olle …* begann, vor die Wand gefahren. Schorn hatte tief Luft geholt, was seinem Blutdruck nicht guttat. Dann hatte er Kantmann laut und mit reichlich Speichelflug geraten, mal Arsch in der Hose zu zeigen, statt dauernd das Arschloch raushängen zu lassen. Kantmann war die Luft weggeblieben, was nicht häufig vorkam. *Macht sie was kaputt?*, hatte Schorn im Feldwebelton gefragt. *Droht sie, den Toten aufzuwecken?* Diesen Ton verstand Kantmann. *Äh, nein, aber …* hatte er zu antworten begonnen. Und Schorn hatte zackzack den Schlusspunkt gesetzt mit: *Wenn die Leute sich beschweren, schick sie zu mir. Ich klär das dann!*

Damit war Oma Gittis Sicherheit fürs Erste gewahrt und Kantmanns Kondomgröße einige Nummern geschrumpft.

Am späten Nachmittag gab Konrad die Kartierungen bei Schorn in der Verwaltung ab und Martin verabschiedete sich. Er ging schon mal sein Grab angucken. Das hatte er Konrad zwar angekündigt, erzählte ihm jetzt aber nichts davon. Martin wollte erst mal allein einen Blick darauf werfen.

Und Konrad wollte sich aufmachen zum Rechtsmedizinischen Institut. Als er dann aber den Hauptweg kreuzte, den letzten Abschnitt der Millionenallee, sah er, wie sich Pfarrer Uermer in diesem Moment von einer Beerdigungsgesellschaft an einem Seitenweg verabschiedete. Der Mann war im Dauerstress.

Konrad, von schlechtem Gewissen gepackt, nahm sich ein Herz, ging auf ihn zu.

»Konrad«, sagte Uermer erstaunt. Der Blick des Pfarrers war etwas kühler als der Spätsommertag.

»Tut mir leid wegen gestern. Ich hatte viel zu tun und dann hab ich die Beerdigung fast verpasst. Wenn Martin mich nicht …« – das Wort *geweckt* verschluckte er. »Also, wenn Martin nicht gekommen wäre, um mich abzuholen. Ich war ein bisschen unpässlich. Tut mir wirklich sehr leid.«

Uermer, dem das Vergeben genetisch mitgegeben war, lächelte milde.

»Alles gut«, sagte er. »Du hast es ja noch geschafft. Vielleicht hat der Herr dir Martin als kleinen Engel geschickt.«

»Ausgerechnet Martin?« Da musste Konrad nun doch lachen. Und Uermer grinste.

»Jedenfalls hast du Martin und seine reizende Mutter mitgebracht. Und die Fröbelinger hattest du ja ebenfalls informiert. Danke dafür. So war es doch ein schöner Abschied für den schwer getroffenen Cornelius.«

»Ja«, sagte Konrad. »Ich frage mich immer noch, weshalb er mich zur Beerdigung eingeladen hat. Weder ich noch irgendein anderer dort schien diesen ominösen Bruder gekannt zu haben. Und wer würde beim Namen Oliver Hoffmann auch an einen Bruder von Cornelius Walterscheid denken?«

Konrad brach der Schweiß aus. Die Worte waren wie von selbst gekommen. Normalerweise war er behutsam und diskret. Der immer leicht verträumte Blick in seinem Poetengesicht hatte gar keinen Ausdruck fürs Durchsetzen, fürs Durch-die-Wand-Gehen. Aber jetzt und hier fiel er mit der Tür ins Haus. Etwas drängte ihn, ließ ihn wagemutig werden. Und seine Wangen röteten sich:

Uermer nahm die Gefühlswallungen gar nicht wahr. Er rätselte selbst über den Fall Hoffmann. Und zum Glück für Konrad wusste er einiges:

»Ach«, sagte er. »Das ist keine schöne Geschichte. Oliver Hoffmann war Cornelius' Halbbruder. Olivers Mutter hatte das Geschäft geerbt. Sie war die Besitzerin. Als sie starb, war ihr Sohn, Oliver, kaum ein Jahr alt. Sie hatte ihm das Geschäft vermacht. Cornelius, drei Jahre jünger, ist der Sohn der zweiten Frau ihres Mannes, der den Laden bis zu Olivers Volljährigkeit führte. Cornelius war eigentlich immer das fünfte Rad am Wagen. Aber weil Oliver Hoffmann ganz und gar kein wirtschaftliches Geschick, auch kein Interesse an der Goldschmiederei oder der Ladenführung hatte, stattdessen von einer Schauspielerkarriere träumte und von Weltreisen, übernahm Cornelius die Verantwortung fürs Geschäft. Ob er seinen Bruder ausbezahlt hat oder ob Oliver Hoffmann bis zu seinem Tod der eigentliche Besitzer des Juweliergeschäfts blieb, ist mir auch nicht bekannt. Jedenfalls hat er Cornelius in den vergangenen Jahren mit seinen Eskapaden in Kolumbien ziemlich auf Trab gehalten. Und trotzdem hat der ihm geholfen. Immer wieder. Hat viel gezahlt. Mit Geld und mit Nerven.«

Uermer seufzte. Dann kamen zwei ältere Damen auf ihn zu. Sie hatten auf der gerade beendeten Beerdigung Tränen verdrückt und verehrten Pfarrer Uermer seiner sonoren Stimme und nachdenklichen Botschaften wegen wie einen Heiligen. Sie wollten sich für die schöne Grabrede bedanken. Konrad nutzte die Gelegenheit, sich zu verabschieden. Er hatte genug erfahren.

Ein Halbbruder. Eskapaden in Kolumbien.

Konrad setzte seinen Weg zum Rechtsmedizinischen Institut fort. Dort erwischte er Josepha Roth. Sie hatte zufällig Feierabend, als Konrad an der Rezeption nach ihr fragte. Er begleitete sie dann ein Stück auf ihrem Nachhauseweg. Sie dachte, es ginge wieder um den Schädel.

Josepha Roth war überrascht, als Konrad sie auf das Einbruchsgerücht ansprach. Nach kurzem Zögern bestätigte sie den Vorfall:

»Mir ist da ein bisschen mulmig«, sagte sie. »Auf Polizei hat Kosanos nämlich verzichtet. Da hab ich kein gutes Gefühl.«

Vielleicht war es Konrads friedliches, verträumtes, rehaugenfreundliches Wesen, das sie aus der Reserve lockte. Vermutlich würde sogar ein hinterhältiger Kater wie Atze Konrad als Beichtvater akzeptieren. Jedenfalls berichtete Josepha Roth bald ausführlicher vom Einbruch und davon, dass alle, inklusive Professor Kosanos, momentan wieder in heller Aufregung seien. Von einem Überfall auf Kosanos selbst wusste sie allerdings nichts.

»Aber sein Büro wurde durchwühlt«, sagte sie.

Es dauerte dann nur noch ein paar Minuten und zwei Nebenstraßen, bis sie den Panzer der Verschwiegenheit noch ein Stück weiter öffnete:

»Im Institut geht es rund«, begann sie und sprach davon, dass Direktor Kosanos kurz nach dem Mord am Pförtner eine Untersuchung anberaumt hatte.

»Nur Benedikt und er waren beteiligt. Benedikt ist der Systematiker unter uns. Wenn Kosanos den Überblick verliert, wendet er sich an ihn. Benedikt ist natürlich zu absoluter Verschwiegenheit verpflichtet. Schon deshalb kann ich dir nichts sagen. Aber die Gerüchteküche brodelt. Man munkelt unter den Kollegen, die Obduktionsberichte der vergangenen Wochen seien gestohlen worden.«

»Und da hat er nicht die Polizei informiert, euer Chef?«

»Na ja«, sagte Josepha, »das mit den Sektionsberichten ist ein Gerücht. Vielleicht ist das alles eine Nummer kleiner. Oder …«

Sie zögerte.

»Oder?«

»Oder der Chef versucht, was zu vertuschen. Ich halte

jetzt besser den Mund. Aber wenn Benedikt selbst *mir* nichts sagt ...«

»Verstehe«, sagte Konrad. Und verstand nichts.

In Gedanken versunken, wunderte er sich darüber, dass die Qigongs aus Sankt Ursula über den Vorfall in der Rechtsmedizin Bescheid gewusst hatten. Wahrscheinlich gab es im Stift so viele Bewohner mit multiplen Arztkontakten, dass ihnen nichts, aber auch gar nichts aus der Welt der Medizin verborgen blieb.

Gestohlene Obduktionsberichte.

»Moment mal«, sagte Konrad und blieb stehen. »Der Mörder. Der von dem Mann mit dem Loch im Auge. Der in der Nacht vielleicht den Pförtner umgebracht hat.«

»Worauf willst du hinaus?«

»Wenn die Berichte verschwunden sind, dann fehlt doch auch der von dem Toten, den sie an der Hundewiese gefunden haben. Kilian Geyer. Eben der mit dem Loch im Auge.«

»Konrad, ich habe gesagt, es handelt sich um ein Gerücht. Komm, ich muss nach Hause.«

Sie gingen weiter.

»Ja«, sagte Konrad, »aber wenn was dran ist an dem Gerücht. Nur mal angenommen, der den Bericht geklaut hat, will vielleicht Mordbeweise verschwinden lassen. Diese sehr spezielle Wunde. Mit diesem Werkzeug?«

»Dann wäre es aber besser gewesen, gleich die Leiche verschwinden zu lassen«, sagte Josepha.

»Ginge das denn so einfach bei euch?«

»Nein, natürlich nicht. Aber vielleicht hat der Einbrecher keine Ahnung von der Arbeit in der Gerichtsmedizin.«

»Oder er hat gedacht, die Leiche ist längst unter der Erde oder zu zerschnippelt für eine zweite gerichtsmedizinische Untersuchung?«

»Gut möglich. Vielleicht gehört er auch zu den Spinnern, die denken, wir würden mit den Leichen Organhandel betreiben und hätten den Toten längst stückchenweise verkauft.«

»Kann mir nicht vorstellen, dass man so einen Quatsch glaubt.«

Konrad dachte an Norbert Podolski und musste grinsen. Sie hatten Josephas Wohnung erreicht. Konrad verabschiedete sich. Es war nun fast 19 Uhr. Kaum hatte Josepha die Haustür geschlossen, klingelte Konrads Smartphone.

Der Kommissar.

Aus dem Besuch bei ihm wurde nichts. Der Kommissar hatte einen Anruf aus dem Präsidium erhalten, er musste für einen Kollegen bei einem Nachteinsatz einspringen und war schon unterwegs. Sie verabredeten sich für Montagabend.

Dann eben Planänderung. Alice Stüssgens Supermarkt hatte noch geöffnet. Konrad machte einen Abstecher, kaufte ein paar Konserven, machte sich zu Hause eine Dose Ravioli heiß, ging mit dem Teller ins Wohnzimmer und legte zum Abendessen die *Sommernachtstraum*-Aufnahme von Otto Klemperer in den Player. Dann goss er sich ein Glas Rotwein ein, warf den Computer an und wollte nach dem Tatwerkzeug fahnden. Bei Klemperer begann auf der CD gerade Teil III der Musik: zunächst lustig hüpfende Geigen, dann sangen Chor und Solistin von gefährlichen Schlangen.

Begleitet von verzaubernden Klängen, fand Konrad mit den Suchbefehlen *Stahlstab, konisch, spitz, Nut* schnell ein paar Dinge, die ihn grübeln ließen. Das Netz bot jede Menge Werkzeugstahl – zum Beispiel eine Rundkegel-Fräse. Die würde sich von einem Schädelknochen nicht aufhalten lassen. Sie wies aber erstens zu viele Rillen auf und war zweitens im Ersten Weltkrieg noch unbekannt gewesen. Das galt auch für den Diamant-Präzisions-Schleifstift. Ohnehin war der nutlos. Konrad stieß auf ein Gerät namens *konische Handreibahle,* mit der man zum Beispiel Löcher in das Kopfbrett einer Gitarre bohren konnte. Es gab auch Reibahlen in größeren Formaten und für Bohrungen in Metall. Diese Art Stahlstab hatte ausreichend Zerstörungskraft, aber ebenfalls zu viele Rillen. Konrad stieß auf Werkzeuge, die *Körner* hießen, *Spitzmeißel, Schnureisen, Kerzendorn, Ringriegel, Zentrierbohrer* oder *HSS-Bohrer.* Er fand *Schlagspitzen* der Firma *Dehn & Söhne* und *Frontladerzinken* für den Einsatz in der Landwirtschaft. Zum Umschichten von Misthaufen. Vor seinem geistigen Auge sah er einen stiernackigen Traktorfahrer mit Ähnlichkeiten zu Guido Kantmann. Der schwang sich auf einen 400-PS-John-Deere, senkte den Frontlader und hielt, die Stahlzinken voran, auf ein Mordopfer zu, und … Nein, dachte Konrad, diese Wunde wäre von ganz anderem Kaliber gewesen als das Loch im gefundenen Schädel oder im Auge Geyers. Außerdem waren Frontlader-Traktoren erst nach dem Zweiten Weltkrieg auf den Markt gekommen.

Wiederholt entdeckte Konrad im Internet Pflanzstöcke aus Plastik, Holz oder Stahl. Als Gärtner war ihm der

Pflanzstock kein Unbekannter, und auch wenn er an diesem Tag im Netz kein Modell mit Längsrille fand, war Konrad sich sicher, dass es so etwas gab.

Also erweiterte sich der Kreis der Verdächtigen auf seine eigene Berufsgruppe.

Konrad machte sich auch Notizen zu seinem Gespräch mit Paul und Bernadette: Cornelius Walterscheid hatte häufiger mit Joschi gesprochen. Der war verschwunden. Sie hatten gedacht, dass er sich einfach abgesetzt hatte, wie es so viele Obdachlose tun. Von heute auf morgen. Aber jetzt zweifelte Konrad daran. Was war mit Joschi? Und Oliver Hoffmann? Vielleicht gab es irgendwo im Netz Informationen zu ihm? Er sollte mit dem Kommissar sprechen. Mit Martin sowieso, aber auch mit Heribert Rehbein. Käthe Rehbein hatte ihm ja schon sehr geholfen.

Und dann notierte Konrad noch Kilian Geyer, und in diesem Moment begann Otto Klemperer wie zufällig Teil IX der *Sommernachtstraum*-Musik zu dirigieren: den bekannten Hochzeitsmarsch. Damit war Konrad raus aus den Ermittlungen und hing romantischen Gedanken nach.

Und wenige Stunden später war auch schon Samstag.

LEISE & VERSCHMITZT

Am 8. September durchstreifte Socke noch vor Sonnenaufgang sein Revier. Es war kurz nach vier Uhr früh, ein weiterer warmer Tag stand an, das spürte der Fuchs. Wie alle dämmerungsaktiven Tiere liebte er die ersten Morgenstunden. Menschen waren dann entweder noch zu müde oder zu betrunken, um ihn zu stören. Und hier auf dem Friedhof waren sie ohnehin friedlicher als anderswo. Mal ganz davon abgesehen, dass der Friedhof nachts abgeschlossen und das Betreten des gesamten Geländes verboten war.

Socke huschte über eine Wiese. Morgendliche Kühle und Frühdunst erhoben sich wie ein feines Gewebe, das absoluter Menschenleere bedurfte, um sich ausspannen und seine Wirkung entfalten zu können. Socke genoss die ihn umgebende Kühle. Und seine Jagd war erfolgreich. Sockes feiner Nase entging nichts. Nach kurzem Beschnüffeln verfolgte er eine frische Schleimspur bis zu einer saftigen Schnecke, die ihrerseits mit Nahrungssuche beschäftigt war.

Schwupp – schon hatte die Schnecke frei.

Socke war nicht besonders wählerisch, ihm schmeckte fast alles. Am Metalltor zum Melatengürtel hatte jemand eine Schale Pommes Rot-Weiß wegen 1,9 Promille fallen gelassen. Socke mochte die labbrigen Kartoffelstäbchen auch kalt.

Anschließend huschte er wegen der salzreichen Kost Richtung Wasserbecken. Eines befand sich nah dem Hauptweg an einer von dichtem Gesträuch überwucherten Gräberflur. Ein verstecktes Steinbecken. Socke liebte Büsche, Hecken und die Waldstücke des Friedhofs. Hier konnte er abtauchen, im Unterholz verharren, abwarten, neue Fährten ausmachen. Er trank, horchte, trank und zog weiter, die Ohren voller Hinweise, die Nase voller Gerüche, die der Freitag hinterlassen hatte. Socke fand eine geöffnete Dose Katzenfutter, die jemand für die auf dem Friedhof lebenden wilden Hauskatzen und für Streuner wie Atze abgestellt hatte: Kabeljau mit Wildkräutern. Sehr gute Qualität. Noch fast ohne Fliegeneier. Dann erlegte er sportlich zwei Mäuse und eine Ratte. Mittlerweile war er bis zum Südostrand des Friedhofs vorgedrungen. Er war satt und dachte über die Rückkehr zum Bau nach.

Plötzlich bemerkte er eine Störung. Im Mauerwinkel, an einem frischen Grab. Dort entdeckte er zwei Exemplare jener Wesen, die den Frieden jeder Morgendämmerung zunichtemachten.

Diese beiden ganz bestimmt.

Zwei Menschen. Sehr dunkel gekleidet. So sah man sie hier ja häufiger. Doch nicht um diese Zeit.

Socke duckte sich, verharrte, wartete ab. Die zwei Menschen umschritten das frische Grab, auf dem nur ein Kranz und ein Blumengebinde lagen.

Suchten sie dort nach Schnecken?

Socke lächelte ein Fuchslächeln und fragte sich, wie eine Spezies, die er noch nie eine Schnecke hatte erbeuten sehen, sich so erfolgreich hatte vermehren können. Es war ihm ein Rätsel.

Die beiden Schneckensucher zeichneten sich durch eine klare Rangordnung aus. In Rangordnung wussten Füchse hervorragend Bescheid. Bei den beiden stand der eine in der Rangordnung deutlich höher als der andere. Was Socke jedoch verwirrte: Der Rangniedere war der körperlich stärkere. Außerdem schnüffelte der Rangniedere nicht am Hintern des Ranghöheren. Was er aber, nach Sockes Meinung, unbedingt tun sollte.

Menschen verstörten ihn.

Nach wenigen Minuten Beobachtung zog er sich zurück in seinen Bau. Er kam an einer Parkbank vorbei, um die sich ein früher Nebelfetzen schlang wie der Arm eines sanften Gespenstes.

Gespenster kamen in Sockes Welt nicht vor. Er interessierte sich nur noch für seine Ruhe. Socke war satt und wich dem Konflikt mit den beiden verhaltensauffälligen Frühaufstehern aus.

Was die beiden dort am Grab wollten, blieb unklar. Pedro und Pablo hatten den Fuchs so wenig bemerkt wie alles andere, was diesen Ort mitten in Köln so geheimnisvoll machte. Sie diskutierten. Leise und zischelnd. Besser gesagt: Pablo erklärte Pedro, wie sie weiter vorgehen würden. In der kommenden Nacht. Sie inspizierten das frische Grab, prüften den noch sehr lockeren Boden, die versteckte Lage im Mauerwinkel. Dann schlichen sie – immer darauf bedacht, nicht aufzufallen – Richtung Betriebshof, achteten auf eventuelle Kameras und Bewegungsmelder. Solche Dinge zu erkennen waren sie Profis. Sie prüften die verschlossenen Garagentore des Maschinenparks. Wieder sagte Pablo etwas zu Pedro. Anschließend zogen sie sich zurück in ihr Hotel. Um abzuwarten. Die Uhr tickte.

Um fünf Uhr morgens quälte sich Kommissar Rehbein durch seine Schlaflosigkeit. Nachts kamen die Mörder in seinem Kopf regelmäßig aus ihren Verstecken. Diejenigen, die ihm in langen Dienstjahren entkommen waren und für die seine Mutter ihn rügte. Käthe Rehbein trug in Heriberts Albträumen den immergleichen stahlgrauen Morgenrock der Inquisition. Sie saß hinter ihrem Schreibtisch. Die Lampe warf ein grelles Licht. Käthe rauchte Filterzigaretten der ersten Generation, trank Tee, stellte Fragen und fixierte ihren Sohn mit einem Blick, der ihm regelmäßig Nachtschweiß in den Pyjama trieb.

Heribert Rehbein hatte sich in dieser Nacht einer besonderen Prüfung unterziehen müssen. Konrad hatte ihm am Tag zuvor eine Mail geschrieben – mit den Ergebnissen seiner Kellerrecherchen und der Ankündigung, dass er in den kommenden Tagen gern weiter in Sachen junger Frau und dieses ominösen KG forschen würde. Von Konrads Forschungen wusste die Käthe des Traums. Nun trieb sie ihren Sohn an, ebenso wie Konrad ihre Vorarbeiten auszuwerten.

Natürlich wusste Käthe auch von den bisher wenig ergiebigen Untersuchungen im Fall Geyer. Und vom Mord im Rechtsmedizinischen Institut. Auf dem Höhepunkt des Albtraums war Heribert mit einem Auswandererschiff in einen Sturm geraten. Mitten auf dem Atlantik. Er war Passagier auf einem Segelschiff namens *Dorothea* gewesen, obwohl Segelschiffe zu Beginn des 20. Jahrhunderts im transatlantischen Verkehr kaum noch eingesetzt wurden. Doch Segelschiffe konnten in Stürmen weitaus dramatischer auftreten als Dampfschiffe, und in Heriberts Traum ging es verdammt dramatisch zu. Rahsegel wurden zerfetzt. Der Schiffsrumpf schwang auf und ab, ächzte, Masten und Rahen brachen. Wellen krachten an Deck. Der Atlantik kotzte sich aus. Eine einsame, verzweifelte junge Frau suchte Halt. Den fand sie, notdürftig, an einem Querbalken nah den Masten. Sie hielt sich dort an einem Stahlstab fest. Die waren reihenweise ins Holz gesteckt, um die Taue der Takelung zu halten. Belegnägel. So wurden diese Stäbe genannt. Und dann stürzte eine männliche Dunkelheit wie eine weitere Welle auf die Frau zu. Der Mann brüllte was, riss einen dieser Stahlstäbe aus der Nagelbank, hob die Hand, brüllte erneut, laut wie der Sturm. Die Frau wollte fliehen, taumelte davon, stürzte und der Mann hieb mit dem Stahl rücklings auf sie ein. Zerschmetterte ihren Kopf. Plötzlich ließ der Sturm nach, und Nebel hüllte das Deck ein.

Szenenwechsel: Der Nebel blieb, wurde zu Zigarettenrauch. In seiner Mitte Käthe Rehbein – Teetasse, Morgenrock, Inquisition. Heribert war zurück im Verhör. Seine Mutter starrte ihn an, orakelte.

»Je länger ein Mord zurückliegt, desto mehr Tote zieht er nach sich. Fällt dir nichts auf, Heribert? Denk an KG.«

Dann war Heribert mit pochendem Herzen und Kopfschmerzen erwacht.

Blut.

Löcher in Köpfen.

Tatwaffen.

Ein Belegnagel? Bestand ein solcher Nagel nicht aus Holz?

Nein, es gab auch welche aus Metall. Aus Stahl vermutlich.

Die junge Frau war aber doch nie und nimmer auf See umgebracht worden, um dann in Köln auf dem zentralen Friedhof zu landen?

KG.

Jedes dieser Gedankenbruchstücke ein Schmerz. Käthe Rehbein hatte zeitlebens ein Faible gehabt für Mordfälle, die sich, weil unaufgeklärt, über Jahrzehnte erstreckten. Hatte der Traum also bloß auf das zurückgegriffen, was Heribert von seiner Mutter ohnehin kannte?

KG.

Kilian Geyer.

Nein, das konnte nur ein Zufall sein. Dennoch beunruhigte Heribert dieser Traum so sehr, dass er gleich nach dem Frühstück Jan-Philip Freese anrief, um nach dem Stand der Ermittlungen im Fall Geyer zu fragen. Freese leitete wegen Rehbeins bevorstehendem Ruhestand schon seit geraumer Zeit die meisten der Fälle, an denen sie beide beteiligt waren. Bei genauer Betrachtung war es so, dass

Heribert Rehbein, wann immer er mit Jan-Philipp Freese kooperieren musste, massiv aufs Ende seiner Dienstzeit schielte. Seiner Mutter gefiel diese Haltung ganz und gar nicht.

Freese klang unausgeschlafen.

»Es ist Samstag, Heribert. Ich hab frei.«

»Du weißt doch: Such die Gauner heim, wenn sie glauben, Ruhe zu haben.«

»Du hast dir den Ruhestand wirklich verdient, Heribert«, hatte Freese gespottet. Dann hatte er aber doch, wenn auch schlecht gelaunt und kurz angebunden, die Laborermittlungen der vergangenen Tage referiert. Man hatte das Mordwerkzeug im Fall Geyer zwar noch nicht gefunden, aber die forensische Nachuntersuchung hatte ein ziemlich genaues Profil der Waffe ergeben, inklusive Material, Form etc.

»Die ham den ganzen Analyseapparat angeworfen«, raunte Freese.

Team Roth-Weiss, dachte Heribert Rehbein.

»Könnte das ein Belegnagel gewesen sein?«

»Was is *das* denn?«

Rehbein erklärte.

»Nee. Der Forensiker, der die Wunde ausgemessen hat, vermutet was anderes. N' Ringriegel, sagt er, so 'n ganz spezieller.«

»Ringriegel?«, fragte nun Heribert Rehbein.

Freese erklärte sehr kryptisch, druckste herum. Vielleicht, weil er sich die Analyse der Forensik selbst noch nicht angesehen hatte. Vielleicht, weil er abgelenkt war.

»Jan? Mit wem sprichst du denn so lange?«

Eine Stimme im Hintergrund.

»Benutzt man wohl irgendwie in der Metallverarbeitung.«

»Metallverarbeitung?«

»Janni!«

»Ja doch! So 'n Stahlding. Muss Schluss machen, Heribert. Is Wochenende!«

»Ja, aber...«

Klick.

Blödmann, dachte Heribert. Aber das Wort Metallverarbeitung hatte ihn angefixt. Ganz davon abgesehen, dass, wie ihm Konrad wenige Tage zuvor erklärt hatte, dieser Theodor Schlagowski seine Fabrikantenkarriere als Hufschmied und Werkzeugmacher begonnen hatte und dann mit Maschinenfabriken groß geworden war. Das könnte also passen. Und in Kilian Geyers Biografie gab es ja auch einen Punkt, über den Heribert Rehbein schon zu Beginn seiner Recherchen gestolpert war. Geyer hatte Medizin studiert und sich in der Forensik neben aller Kriminalität als feinmotorisch äußerst begabt erwiesen. Er stammte aus einer Arbeiterfamilie und hatte zunächst eine Lehre als Maschinenschlosser begonnen. Es war Heribert Rehbein deshalb aufgefallen, weil er mit dem Vorurteil großgeworden war, dass es einen gewaltigen Unterschied gab zwischen den eher grobmotorischen Fähigkeiten von Maschinenschlossern und der feinen Kunst chirurgischer Medizin.

Doch es war nicht Kilian Geyer gewesen, der den Ringriegel – wenn es sich denn bei dem Tatwerkzeug um einen solchen handelte – grobmotorisch eingesetzt hatte, sondern jemand anders. An Geyers Auge. Mit tödlichen Folgen.

Ringriegel.

Heribert Rehbein holte sich einen letzten Nachfrühstückskaffee und googelte anschließend nach dem Begriff.

Auch Gisbert Schwaderlapp hatte nicht gut geschlafen. Seine Prostata zwang ihn nachts ohnehin häufiger aus dem Bett. In dieser Nacht war es weniger die Prostata denn Liebeskummer gewesen. Der so schöne, so lange Sommer hatte Gisberts Hormone aufgewühlt wie ein Holzkochlöffel einen Topf mit köchelnder Grütze. Blöd nur, dass Gisberts Avancen bei Marlies von Törne kaum fruchteten. Je häufiger er ihr im vergangenen Jahr mit Komplimenten und anderen Hemdsärmeligkeiten nahegekommen war, desto distanzierter und resoluter hatte sie sich gegeben. Bei Gisbert hatte sich Frust aufgestaut.

Und dann hatte er auch noch seinen 85. Geburtstag, heute, am 8. September.

Seit siebzehn Jahren war er nun ohne Frau.

So kam er noch vor dem Frühstück auf die Idee mit dem Sekt.

Es bedeutete nicht, dass Gisbert schon vor dem Frühstück trank. Nein, er wollte etwas vorbereiten. Dazu zog er gleich morgens los, um fünf, als alle, die schlafen konnten, noch schliefen. Er fuhr mit dem Gemeinschaftslastenrad des Stifts zum 24-Stunden-Supermarkt am Hauptbahnhof. Und dann?

Das Frühstück kam, das Mittagessen kam, und während die anderen sich nach dem Essen ausruhten, um fit für Qigong am Nachmittag zu sein, zog Gisbert heimlich ein zweites Mal los. Diesmal mit Lastenrad und einer großen Kühltasche.

Keiner bemerkte es. Nach gut einer Stunde war er zurück. Er schwitzte.

Als sich die Qigong-Gruppe dann am Samstagnachmittag auf dem Friedhof einfand, musste Gisbert nach zahlreichen Glückwünschen mindestens so zahlreich hämische Bemerkungen einstecken. Wegen seines frühen Aufstehens und der fehlenden Ruhepausen hing er ein wenig in den Seilen. Die achtzehn Qigong-Figuren der Harmonie, die Marlies regelmäßig mit ihrem Trupp durchexerzierte, gerieten ihm schon bei Figur drei, *Wecken des Regenbogens*, aus dem Takt.

»Du sollst den Regenbogen *wecken*, Gisbert. Du musst den nicht *schleppen*!«

»Deiner ist ganz schön schwer, was?«, wieherte Gerd von Hoppenstedt.

»Blödmann«, grunzte Gisbert.

Bei Figur vier – *eine Wolke schieben* – wurde es nicht besser. Im Gegenteil. Gisberts Wolke ließ sich so wenig schieben wie ein liegen gebliebener Lkw. Kurz entschlossen ging Gisbert also zu seinem Plan über:

»Hört mal alle her!«, keuchte er außer Puste, »ich hab gedacht, heute, an meinem runden Geburtstag …«

»Rund?«

»Noch ein Wort, Gerd, und du bleibst beim Sekt außen vor!«

»Sekt? Oho!«

»Lasst uns heute mal ein bisschen feiern. Ist doch schön hier. Und warm. Heute mal kein Sport. Ich lade euch ein. Moment!«

Er bewegte sich nun erstaunlich flott auf ein altes Grab mit Gruft zu: mit Flatterband als einsturzgefährdet markiert und zum Abräumen vorgesehen. Irgendwann in den nächsten Monaten. Das verrostete Gittertor des Eingangs war leicht zu öffnen.

»Was wird das, Gisbert?«

Marlies stemmte die Arme in die Hüften. Diese Figur gab es bei Qigong nicht. Wenn, dann hätte sie *Das Laden der Kanone* geheißen. Marlies atmete tief ein, ihr Blick düster wie hinter jener Wolke, die Gisbert nicht hatte wegschieben können. Die anderen aber bekamen leuchtende Augen, als Gisbert aus der alten Gruft die Kühltasche hervorholte, sie klirrend zwischen die staunenden Ü-80er auf den Rasen wuchtete und öffnete.

»Krimsekt?«

»Meine Fresse!«

»Nobel, nobel!«

»Heute mal Picknick mit guter Laune«, tönte Gisbert großspurig. »Lasst uns ein bisschen feiern!«

»Auf dem Friedhof?«, echauffierte sich Rita.

Gisberts Lächeln flog zu Marlies wie ein nasser Schwamm.

Marlies hatte keine Chance, den Lauf der Dinge noch zu steuern. Gisbert hatte in den folgenden Stunden leider auch keine, sie in seine Richtung zu lenken. Natürlich ging sein Plan in die Hose. Marlies stieß nicht mit ihm an.

Sie ließ sich nicht alkoholisch an- und auflockern. Sie reagierte pikiert und befürchtete, man würde ihnen für den Rest ihrer Tage den Zugang zum Friedhof verwehren, weil sie sich nicht der Würde des Ortes entsprechend verhielten. Rita dachte ähnlich. Sie und Marlies verschwanden.

»Stellt Sekt in einem Grab kalt. Der spinnt doch!«

»Was will er dir damit sagen, Marlies?«

Es kam, wie es kommen musste: Gisbert trank, gefrustet, den meisten Sekt, und da er Gläser vergessen hatte, trank er aus der Flasche. Norbert, Werner und Gerd gesellten sich zu ihm. In den folgenden Stunden sprachen sie viel über Frauen. Als die letzten Überlebenden einer Kriegsgeneration wussten sie, dass man den Feind im Auge behalten musste. Damit waren jetzt aber nicht die Frauen gemeint. Sie passten – insbesondere Gerd, Norbert und Werner – darauf auf, dass niemand von der Friedhofsverwaltung oder eine Ordnungskraft sie mit ihren Sektflaschen erwischte. Der Friedhof war groß genug, um kleine Sünden zu verdecken. Voll mit Sündern war er ohnehin. Das Gebüsch, die wilden Rosen im Hintergrund, die wuchtige, verfallende Grabanlage im Rücken, die große Grünfläche, die hohen Bäume, die Tatsache, dass die meisten Friedhofsbesucher brav auf den Wegen blieben – all dies gab ihnen Schutz.

Sie sprachen stundenlang über das schwierige Verhältnis von Männern zu Frauen. Und sie tranken. Gisbert hatte reichlich Stoff besorgt. Niemand kam, um sie zu maßregeln oder des heiligen Ortes zu verweisen, denn sie wurden nicht laut, nur weinerlich.

So verging der Tag. Und dann, dann …

Konrad schlief fast zu gut für einen Samstag, der ihn voll und ganz herausfordern würde. Er wollte beim Kaffee mit Amalia Schmitz auftrumpfen. Zunächst aber musste die Bühne dafür bereitet werden. Der Vormittag war gefüllt mit Besorgungen aus der Konditorei und mit Putzen. Konrads Junggesellenwohnung kannte zwar einen Staubsauger und sie war mit Geschirrspüler, Waschmaschine und Trockner ausgestattet. Auch widmete er sich mindestens zweimal pro Woche dem Aufräumen – schichtete Bücher und CDs zu Stapeln auf, die sich in den dann folgenden Tagen langsam wieder in die Breite ausdehnten wie abschmelzende Gletscher. Doch niemals in den vergangenen elf Jahren, die er hier schon lebte, hatte ihn jemand besucht, dessen Urteil über den Wohnungszustand Konrad wichtig war.

Konrad hatte viel zu spät daran gedacht. Es fiel ihm erst morgens beim zweiten Kaffee ein, als sein von romantischer Musik umnebeltes Gehirn sich ausmalte, wie Amalia den dramatisch vorgebrachten Ergebnissen seiner Recherchen lauschte. Während er so tagträumte, rutschte ihm nämlich sein Toast mit Butter und überlaufendem Wildblütenhonig aus der Hand, landete auf dem linken Knie, dann auf dem mit dickem Teppich belegten Fußboden, jeweils auf der klebrigen Seite. Konrad stieß ein Schimpfwort aus, das er sich Amalia gegenüber würde verkneifen müssen. Er sprang hoch und rammte mit dem klebrigen Knie unter die Tischkante. Das hob den schweren Tisch kurz an. Konrad brüllte vor Schmerz, und ein halbes Dutzend un- oder angelesene Bücher am linken Tischrand polterten nach unten, wo wie zufällig weitere Bücher lagen und sich kurz mit dem Absturzgut balgten. Das Ergebnis war eine Staubwolke wie ein mittlerer Wohnzimmer-Atompilz.

Da war Konrad klar, dass das mit dem Staub so eine Sache war.

Nach dem Konditoreibesuch war er einige Zeit mit Grundreinigung beschäftigt: Staubsauger, Feudel, Hustenanfälle, Buch für Buch. Das komplette Programm. Und als Amalia klingelte, hatte Konrad so massives Herzklopfen und fühlte sich vor Überanstrengung dermaßen verschwitzt, dass er am liebsten noch mal unter der Dusche verschwunden wäre.

Keine Chance.

Er öffnete die Tür – mit Glanz im Gesicht … und zuckte zurück. Amalia trug ein atemberaubendes, an klassischen Dior erinnerndes Longuettekleid in afrikanischem Sonnenuntergangsorange. Naturseide, oder war es Jersey? Konrad hatte von Modedingen keine Ahnung, aber der Anblick warf ihn beinahe um. Und dazu diese dezenten Sandaletten, geschnürt, römisch, die Fesseln einer Göttin. So ging man nicht ins Büro. Auch nicht zur Probe. Dies hier war Abendvorstellung vor ausverkauftem Haus. Konrads Herz raste.

Und dann stürzte Martin tänzelnd hinter seiner Mutter hervor, streckte Konrad einen Strauß Rosen und Inkalilien entgegen und fegte an Konrad vorbei durch die Tür, während Amalia lachend »Das war nicht meine Idee!« rief. Martin trug, in deutlichem Kontrast zur Eleganz Amalias, einen Kurzhosenanzug, der Konrad an AC/DC und diese seltsame Schuluniform von Angus Young erinnerte. Martin flitzte direkt in die Wohnung, die er im Gegensatz zu Amalia von früheren Besuchen schon kannte. Er drehte sich, machte eine tiefe Verbeugung, bei der die Blumen eine wilde Kurve beschrieben, und rief:

»Wie schön, dass Sie kommen konnten, Frau Schmitz. Treten Sie doch ein!«

Und nur einen Sekundenbruchteil später, ohne die Reaktion des überraschten Gastgebers abzuwarten:

»Sag mal, hast du etwa aufgeräumt? Wegen mir?«

Martins Grinsen war infantil, aber die Blödeleien führten immerhin dazu, dass Konrad gar keine Gelegenheit bekam, verlegen zu reagieren. Nein, jetzt musste er lachen – ebenso wie Amalia, und das Eis war gebrochen.

In den folgenden zwei Stunden verlebten sie einen ungezwungenen Nachmittag. Martin hielt sich zurück und Konrad und Amalia diskutierten über Musik. Martin unterdrückte mehrfach ein Gähnen, während Konrad und Amalia ganz offensichtlich die Langeweile klassischer Musik für so etwas Elektrisierendes wie Rockmusik hielten.

Und als dann das Thema auf Konrads Ermittlungen in der Schädelsache kam, wurde es doch noch spannend. Martin hatte sich offensichtlich vorgenommen, seiner Mutter endgültig zu beweisen, dass seine Zukunft in der Verbrechensbekämpfung lag – gemeinsam mit Konrad.

Konrad löffelte sich voller Energie durch ein drittes Stück Zitronentarte, trank Kaffee und erläuterte, wie er im Archiv der Stadt und dann im Privatarchiv von Kommissar

Rehbein in der Schädelsache weitergekommen war. Kurzzeitig fühlte Martin ein Aufwallen von Groll, denn es war allzu deutlich, dass sich Konrad ohne seine Mithilfe profilieren wollte und allein recherchiert hatte.

Von Spannungen zwischen ihm und seinem künftigen Ermittlungspartner sollte seine Mutter allerdings auch nichts mitbekommen. Also machte Martin gute Miene zum bösen Spiel und wartete einen günstigen Moment ab.

Mithilfe des Schokokuchens.

Konrad referierte über die forensischen Ergebnisse der Schädeluntersuchung. Er sprach über den gefundenen Stahlstab – von dem Amalia bereits wusste. Konrad legte das Papierfragment vor, das er und Martin im Grab in der Blechdose entdeckt hatten. Und dann holte Konrad mit breiter Brust aus zu den Recherchen im Keller des Kommissars: die alten Zeitungen. Er sprach über den Namensfund, Dorothea Mühlens und über die Auswanderergeschichte. Und wie zur Krönung seiner Erkenntnisse zog er eine Kopie einer der alten Zeitungsseiten hervor, auf der klein, doch gut erkennbar, das Kürzel KG zu lesen war.

»Der Mann ist ganz plötzlich verschwunden«, sagte er.

»Ein Mann?«, fragte Amalia mit Unterton.

»Äh, aller Wahrscheinlichkeit nach«, sagte Konrad. »Damals …«

»Verstehe schon«, sagte Amalia, und Konrad räusperte sich:

»Jedenfalls … diesen … Mann, vermutlich war er ein

Redakteur. Diesen Mitarbeiter einer so wichtigen Zeitung wiederzufinden, dürfte um einiges leichter sein als eine vor über hundert Jahren ermordete unbekannte Frau.«

»Jaja«, sagte Amalia. Aber sie war jetzt fasziniert von Konrads Berichten.

Und auch Martin starrte auf die Buchstaben. KG. Im Mund einen großen Bissen Schokokuchen.

Er schluckte hastig. Und dachte: *Jetzt.*

»Wobei Konrad und ich uns noch unschlüssig sind, ob es nicht vielleicht RG statt KG heißt«, warf er sich mit noch halb vollem Mund dazwischen. »Bei den Recherchen haben wir nämlich rausgefunden, dass die Buchstaben dieser alten Schrift bei G und R ziemlich ähnlich sind.«

»Was?«, sagte Konrad, »das … äh, ja, das … genau … K oder …?«

»R. Wie *Richtig*«, sagte der kleine Besserwisser.

»Ist das so?«, erwiderte Konrad unsicher.

»Das ist ja wirklich interessant«, sagte Amalia, vertieft in die Funde. Sie beugte sich über die Buchstaben. »Und wisst ihr schon, ob es sich nun um ein K oder ein R handelt?«

»Ähm, also …« Konrads Kuchengabel zitterte. »Ich habe mal … also, da gibt es eine Forschungsstelle zu alten Zeitungen. In Dortmund. Die kennen alles. Und die können uns ein wissenschaftlich fundiertes Urteil zu der damals verwendeten Typo geben. Da … hab ich mal …«

»Da warten wir noch drauf«, sagte Martin mit sehr viel Elan und noch mehr Lüge. Seine Pausbacken leuchteten. »Aber eigentlich hat Mama recht!«

»Habe ich?« Amalia sah auf.

»Klar! Wir können doch nachschauen, was wir bei Google zu Frakturschriften finden!« Schon holte Martin sein iPhone hervor.

»Ja, klar … Es … ging mir nur um wissenschaftliche Genauigkeit«, stotterte Konrad.

»Dass wir da nicht selbst draufgekommen sind!« Martin, mit dem Daumen schneller tippend, als ein Buntspecht mit dem Schnabel auf einen morschen Baum einhackte, strahlte vor Ironie und hatte in Nullkommanichts die Typo der *Kölner Zeitung* von 1914 gefunden.

»Ich hab's gewusst!«

Martin verglich das gefundene ℜ mit einem 𝔎. Der gefundene Buchstabe war tatsächlich ein R, kein K. Obwohl er durchaus an ein K erinnerte.

»Toll!«, sagte Amalia.

»Ich fasse es nicht«, sagte Konrad. »Richard Gröben.«

»Gröben? Du bist verrückt!«, sagte Martin.

»Martin!«, sagte Amalia.

»Passt schon«, sagt Konrad. »Es klingt ja auch verrückt.«

Sogar Käthe Rehbein musste die Buchstaben verwechselt haben.

Und dann erklärte Konrad, wie er daraufkam, dass mit RG Richard Gröben gemeint sein könnte.

»Ein Richard Gröben hat damals die Fabriken von Theodor Schlagowski übernommen.«

Martin war baff.

»Ob es ein Gröben-Gröben war, weiß ich aber nicht«, sagte Konrad. »Kann Zufall sein.«

»Glaub ich nicht«, sagte Martin. »Die Gröbens haben ein

Firmenimperium, das ganz wunderbar aus den Maschinenfabriken von diesem Schlagetotski hervorgegangen sein könnte. Nicht nur Maschinen, sondern auch Chemie, Baustoffe, Zucker und noch mehr. Und sie sind genau solche Arschlöcher wie…«

»Martin!«

»Ist doch so, Mama. Genau solche Arbeitnehmerschreckgespenster, wie dieser Schlagowski eines gewesen ist. Das kann kein Zufall sein. Passt super, Konrad!«

Martin hob die Hand zum *Give me Five* und Konrad schlug ein.

»Weißt du, Mama, Konrad und ich haben uns überlegt, dass wir zusammen eine Detektei gründen. Die nennen wir *Leise & Verschmitzt*.«

Konrad brach vor Überraschung in solch heftiges Lachen aus, dass er Amalia gleich mit ansteckte.

»Hast gewonnen«, sagte er dann zu Martin. »Keine Alleingänge mehr. Ohne dich wäre ich aufgeschmissen. Wir gründen diese Detektei. Sobald du das geschäftsfähige Alter erreicht hast.«

»Für Leute in meiner Gewichtsklasse liegt dieses Alter bei zehn«, sagte Martin.

»Du spinnst!«

»Sowieso«, sagte Martin.

»Ich hätte nichts dagegen«, sagte Amalia mit einem Augenzwinkern.

Voller Stolz legte Martin nach. Im Ärmel seiner Spaßuniform steckte noch ein weiterer Trumpf. Den musste er jetzt ausspielen.

Die Tatwaffe. Das verrostete Stahlding, von dem er zig Fotos gemacht hatte.

Martin hatte so lange geforscht, bis er sich sicher war: Es handelte sich bei dem Fund aus dem Grab um einen Ringriegel mit Nut, ein konisch bis fast spitz zulaufendes Werkzeug, das zum Beispiel von Goldschmieden benutzt wurde. Der Ringriegel diente dazu, einen verbogenen oder zu kleinen Ring aus weicherem Schmuckmetall wieder rund zu bekommen oder aufzuweiten. Die tiefe Längsnut schützte einen in den Ring gefassten Edelstein vor Beschädigungen beim Arbeitsprozess.

Sehr hart und fast spitz. Und wenn mit Wucht in einen Schädel gestoßen, dann hinterließ ein Ringriegel ganz gewiss eine tödliche Verletzung mit deutlichen Spuren.

Konrad, dessen Recherchen den Ringriegel als Tatwaffe zumindest in die engere Wahl gezogen hatten, sah sich nun allerdings gezwungen, Martin in seiner Euphorie ein wenig auszubremsen. Er schilderte, dass er im Archiv Käthe Rehbeins in eine Sackgasse geraten war; die Bombennächte Ende 1944 hätten sowohl das Polizeipräsidium als auch die Friedhofsverwaltung so schwer getroffen, dass sämtliche Akten und Unterlagen, die sich auf eine Untersuchung im Mordfall der verschwundenen jungen Frau bezogen, verschwunden beziehungsweise vernichtet seien.

»Solche Untersuchungen gab es nämlich«, sagte er, »oder es hätte sie geben sollen. Die Mutter des Kommissars hat es notiert. Man war Schlagowski wohl tatsächlich auf den Fersen. Nach fast dreißig Jahren. Aber dann: Feuersturm. Ende. Aller Wahrscheinlichkeit nach.«

»Wir werden sehen«, erwiderte Martin kämpferisch und Konrad und Amalia ließen sich von Martins Optimismus weiter durch den herrlichen Nachmittag treiben. Dabei ging es ausschließlich um den historischen Kriminalfall und ganz und gar nicht um die Morde der vergangenen Tage. Konrad vermied es Amalia gegenüber tunlichst, diese Morde anzusprechen. Amalia würde es Martin ganz bestimmt nicht erlauben, bei Ermittlungen gegen Armbrecher, Halsumdreher und Augenausstecher zu helfen. Folglich dachte Konrad auch nicht daran, was Josepha Roth vor Tagen angedeutet hatte – dass nämlich die Werkzeugspuren im Loch des alten Schädels und im Kopf von Kilian Geyer gewisse Ähnlichkeiten aufwiesen.

Eine Tote von vor hundert Jahren, ein Toter von vor ein paar Tagen. Eine seltene Mordwaffe, die charakteristische Spuren hinterließ. So war es zunächst Kommissar Heribert Rehbein, der sich mit seinen eigenen im Internet gewonnenen Erkenntnissen zu den Verwendungszwecken eines Ringriegels fragte, ob er, die Mordsache Kilian Geyer betreffend, vielleicht mal mit dem Juwelier Cornelius Walterscheid sprechen sollte. Dieser Überfall auf den Juwelier, um den sich Kollege Freese gekümmert hatte, war ihm ohnehin seltsam vorgekommen.

Das Wort *Verhör* wollte er noch nicht denken, aber es lag nahe. Hätte sich Heribert Rehbein noch immer im Traum befunden, hätte seine Mutter Käthe nun vielleicht so etwas wie ein wohlwollendes Lächeln gezeigt, sich auf ihrem Bürostuhl zurückgelehnt und eine ihrer Nebel werfenden Zigaretten angezündet.

Was Konrad, Amalia und Martin betraf: Der Rest des Nachmittags verlief in angeregten Gesprächen. Martin war angefixt von der Idee, dass Rochus Gröben und dessen verkackte Familie als Erben Schlagowskis bis zum Hals in Korruption steckten. Er hoffte und freute sich auf dramatische Enthüllungen.

Als es Abend wurde, bemerkte er mit seltenem Gespür für die Gefühlswelten seiner Mitmenschen, dass seine Mutter gerne länger bei Konrad bleiben wollte als erwartet.

Es kam ihm entgegen. Er brannte darauf, zu recherchieren und den Gröbens Wirtschaftsverbrechen in großem Stil nachzuweisen.

»Muss noch Hausaufgaben machen«, sagte er daher gegen 19 Uhr. Amalia reagierte mit Stirnrunzeln.

»Um Atze muss ich mich auch noch kümmern. Bis später!«

Schon war er davon.

Für die beiden in der Wohnung Verbliebenen begann nun so etwas wie eine ungestörte Romanze. Aber die Erkenntnisse, die Vermutungen, die Spekulationen aus Konrads und Martins teils solo unternommenen Ermittlungen schwelten im Hintergrund wie ein Kaminfeuer, das jederzeit auflodern und möglicherweise die ganze Wohnung in Brand setzen konnte.

ES RAPPELT IN DER KISTE

Als Amalia eher zufällig auf die Uhr sah, war es bereits kurz nach eins. Der Sonntag hatte begonnen. Die Nacht war sternenklar und mondlos. Insgesamt also sehr dunkel.

»Gott, ist das spät geworden!«

»Na ja, es ist ja Sonntag«, sagte Konrad. Als wollte er andeuten: *Wir haben alle Zeit der Welt.*

Sie hatten sich am späten Abend mit einer Flasche Rotwein auf den Balkon gesetzt. Jetzt war die zweite Flasche halb leer und Konrad halb voll. Aber im Gegensatz zu vielen seiner Geschlechtsgenossen machte ihn der Alkohol nicht übermütig oder toxisch. Konrad wurde feinfühliger, luzider. Sein Gehirn fühlte diesen wonnigen Seegang, bei dem eine empfindsame Seele gut vorankam.

Auch Amalia war leicht beschwipst und guter Laune. Sie blickte Konrad in die Augen, mit einem Ausdruck, der seinem angeregten Geist verriet, dass in ihrem Kopf gerade Würfel fielen.

Die Vernunft gewann. Noch.

»Es war ein schöner Abend«, sagte sie (die Vernunft, mit der Stimme Amalias), »aber ich glaube, ich muss jetzt gehen, Konrad.«

Sie duzten sich seit etwa einer Stunde.

»Ich verstehe, aber ich bedaure es«, sagte Konrad auf eine Weise klangvoll, dass Amalia lächelte.

Das tat dann auch Konrad.

»Ich habe ja ein zehnjähriges Kind. Das allein zu Hause ist«, sagte Amalia.

Worüber sie beide lachten. Sie standen auf, und fast wäre ihnen dabei die halb volle Rotweinflasche von dem wackligen Tischchen gefallen, das auf dem Balkon zwischen ihnen kaum Platz hatte.

»Du meine Güte«, sagte Konrad. »Noch ein Glas wäre wirklich zu viel gewesen.«

»Bei mir auch«, kicherte Amalia.

Und dann, aus einem kurzen Innehalten heraus, umarmte sie Konrad und gab ihm einen Kuss.

»Es war wirklich sehr schön«, sagte sie. »Ich würde mich freuen, wenn wir diesen Abend bald wiederholen. Die Gespräche. Die Musik. Und so …«

Wieder lächelte sie. Konrad fühlte eine Leichtigkeit, die ihn bis zu den Sternen trug. Eine Leichtigkeit, die sogar Amalia erreichte und seine Antwort vorwegnahm.

»Ja, so bald wie möglich.« Die Worte flatterten wie Nachtfalter.

Und dann, noch immer in Umarmung, warfen sie beide, als würden sie dem Frieden, der Wärme, dem guten Duft, der von dort kam, danken, einen Blick hinüber zum Friedhof.

Wie ruhig er dalag.

Einzelne Grablichter, schüchtern leuchtend. Die Fledermäuse waren nicht zu sehen, aber man konnte ahnen, wie sie ihr Gespinst von Flugbahnen in das Dunkel der Bäume zeichneten. Auch die Bäume waren in der Nacht fast unsichtbar – bis auf die wenigen, die vorn an der Friedhofsmauer, der Piusstraße gegenüber, standen. Vielleicht war irgendwo im Dunkel der Fuchs mit Familie unterwegs. Hasen. Igel. Streunende Katzen.

Doch plötzlich …

Ein Schatten zuckte zwischen dem Rhododendron, links, hinter der Mauer.

Konrad stutzte. Amalia schien der Schatten nicht aufgefallen zu sein. Sie sagte gerade etwas. Das hatte nichts mit dem Schatten zu tun. Konrad sah sie an. Im Augenwinkel dann ein Aufblitzen.

Eine Taschenlampe?

Nein, eine Täuschung. Konrad fühlte sich überfordert. Das Aufblitzen in den Augen Amalias war für ihn sehr viel intensiver als das, was der Friedhof zu bieten hatte.

Dachte er.

Er brachte Amalia noch zur Tür. Sie lachte über sein Angebot, sie bis nach Haus zu begleiten, das, kaum hatte er es ausgesprochen, auch ihm lächerlich vorkam.

»Es sind etwa 25 Meter von Tür zu Tür, Konrad.«

»Nun ja …«

Ein weiterer Kuss.

Und um zwei Uhr neun schlief Konrad leicht und luftig. Genau wie Amalia.

Etwa eine Dreiviertelstunde zuvor gab das Schloss an einem Garagentor des Maschinenparks auf dem Friedhof ein Kapitulationsgeräusch von sich. Es klang wie das Genick eines Mannes, der sich beim Verhör widerspenstig gezeigt hatte.

Pedro grinste. Brach er ein Genick, grinste er immer.

Pablo hatte die Überwachungskameras außer Gefecht gesetzt. Kaum fünfzehn Minuten später – etwa um die Zeit, als sich Konrad und Amalia verträumt, aber getrennt die Zähne putzten – begannen Pablo und Pedro mit ihrer Arbeit.

Es gab viel zu tun und ihnen blieben nur wenige Stunden.

Pablo überwachte alles mit Argusaugen. Aber auch ihm entging, dass der Friedhof in dieser Nacht lebendiger war als in den Nächten zuvor.

Um drei Uhr eins an diesem 9. September schreckte Konrad aus der ersten Tiefschlafphase. Verwirrt halluzinierte er, Amalia würde ihn anrufen, und vermutlich hatte das Geräusch, das ihn weckte, schon mehrfach an sein Gehirn geklopft.

Die Haustür. Der schrille Ton der Klingel.

Schlaftrunken stolperte Konrad aus dem Bett, fummelte auf dem Nachttisch herum, guckte mit verquollenen Augen auf sein Smartphone, um nachzusehen, wie spät es war. Dabei bemerkte er, dass Amalia tatsächlich schon ein paar Mal versucht hatte, ihn anzurufen.

Sie hatten noch vor Mitternacht Telefonnummern ausgetauscht.

Schlagartig war Konrad wach, eilte zur Tür, öffnete im Pyjama mit halb offener Jacke.

Amalia trug weitaus mehr. Sie hätte, wie Lara Croft, in den Dschungelkampf ziehen können.

»Martin ist verschwunden!«, rief sie.

Aus der Wohnung eine Etage tiefer brüllte jemand, wenn jetzt nicht langsam Ruhe sei in diesem verfickten Haus, drohe ein Amoklauf. Vermutlich hatte Amalia nicht nur geklingelt.

Konrad kannte den Mieter unter sich gut genug, um Amalia in die Wohnung zu ziehen.

Dort schilderte sie atemlos, dass sie bereits kurz nachdem sie eingeschlafen war, mit einem seltsamen Gefühl wieder aufgewacht war. Normalerweise sei es nicht ihre Art, in Martins Zimmer nachzuschauen, ob er schlafe. Er hasse es, überwacht zu werden. Und selbstständig genug sei er ja ohnehin. Dieses Mal habe sie aber die Tür geöffnet.

»Und er war weg?«

»Ja.«

»Kommt das häufiger vor?«

»Nein, sogar Martin bleibt nachts zu Hause. Meistens.«

Konrad dachte an den Schatten, den er vom Balkon aus gesehen hatte.

»Atze ist auch weg«, fügte sie hinzu.

»Aber Martin wird doch nicht nachts den Kater suchen?«

»Martin und der Kater haben einiges gemeinsam.«

Es klang resigniert.

»Hast du ihn angerufen?«

»Ja, aber er hat sein verdammtes Handy ausgeschaltet oder auf stumm.«

Konrad überlegte.

»Komm mit«, sagte er.

»Wohin? Zur Polizei?«

»Auf den Friedhof!«

»Ihr seid verrückt. Beide.«

»Und der Kater«, sagte Konrad. »Wir sind mindestens zu dritt.«

Für den Kater gab es nur zwei Orte auf diesem Planeten: die Wohnung und den Friedhof. Sie eilten los.

Amalia war es unheimlich zumute, als Konrad und sie das Tor am Haupteingang erreichten. Sie befürchtete, beobachtet zu werden. Wenn man sie beide hier sah, würde man vielleicht die Polizei rufen, und …?

Vielleicht war die Polizei die beste Lösung?

Ihre Gedanken kreisten und ihr Herz schlug schnell. Konrad zog den Schlüssel aus der Tasche. Klackernde Geräusche, weil er das Schlüsselloch nicht gleich fand.

»Mach schon!«

Niemand bemerkte sie. Die Straße war menschenleer. Selbst von der Aachener her kamen jetzt kaum noch Motorengeräusche. Die Fenster der anliegenden Häuser waren dunkel. Bis auf zwei Ausnahmen. Der warme Rotton des Lichts dort ließ allerdings vermuten, dass in den Wohnungen keine Friedhofsbeobachtung betrieben wurde.

Rrrrt – der Schlüssel glitt ins Schloss. Konrad wollte ihn drehen.

»Ist ja offen«, wunderte er sich.

»Ist hier denn nachts immer zu? Kann doch sowieso jeder halbwegs Sportliche über die Mauer.«

»Ja, aber das ist Deutschland«, sagte Konrad. »Merkwürdig.«

»Deutschland?«

»Das auch, aber … komm. Wir müssen raus aus dem Licht der Straßenlaternen.«

Sie schlüpften durch das offene Tor, zogen es hinter sich zu und eilten zum Rand des Platzes gegenüber der Trauerhalle. Dort konnte sie niemand sehen. Sie verschwanden im Dunkel unter den Bäumen.

»Schorn achtet darauf, dass nachts immer abgeschlossen ist«, sagte Konrad.

»Ja, und?«

»Vielleicht hat schon vor uns jemand den Friedhof betreten?«

»Ja«, sagte Amalia, »Martin. Und Atze.«

»Aber die haben beide keinen Schlüssel. Martin ist über die Mauer. Wie alle, die hier nachts nichts zu suchen haben.«

»Und der, der vor uns hier rein ist, der hat hier was zu suchen?«

»Nein, aber …« Konrad grübelte. »Es gibt nicht so viele Schlüssel für die Tore. Das …«

»Ein Kollege von dir? Ein Pfarrer? Wieso hast eigentlich du einen Schlüssel?«

»Weil … ach, das ist jetzt nicht so wichtig.«

»Arbeitest du hier auch nachts?«

»Manchmal.«

Amalia fragte sich, wie gut sie Konrad in den vergangenen Stunden kennengelernt hatte. Sie fröstelte. Nicht wegen der Kälte, die Nacht war brütend warm. Sie fröstelte wegen der unfassbaren Tiefe der Dunkelheit, die der Friedhof über sie aufwallen ließ und die nun bereits einen großen Raum in ihrer Fantasie einnahm. Außerdem war da dieser Geruch von … Trauer? Von altem Grün? Jeder Atemzug enthielt die Essenz der Pflanzen, die den Gräbern ein beständiges Geleit gaben. In der Ferne grummelte es. Ein Gewitter. Die Nacht war voller Entladungen. Hier auf dem Friedhof aber herrschte Schleichgang.

»Komm«, sagte Konrad.

»Wohin?«

»Als wir auf dem Balkon standen, hab ich gedacht, ich hätte Licht gesehen. Eine Taschenlampe oder so. Und eine Bewegung. Da hinten, vielleicht beim Schlagowski-Grab.«

Er wies in dieses verdammte Dunkel.

»Aber das war vor fast drei Stunden?«

Sie hatte recht. Konrads Gehirn pulsierte.

»Ist Martin überhaupt hier?«

»Wenn er dem Kater nach ist, dann ja«, sagte er.

»Und wenn nicht?«

»Dann erst recht. Martin …« Konrad suchte nach Worten. Er fühlte sich nicht ganz unschuldig an Martins Verschwinden.

»Martin ist vollkommen fixiert darauf, dass es auf dem Friedhof ein Rätsel zu lösen gibt. Unser Gespräch beim Kaffee. Vielleicht ist ihm ein neuer Gedanke gekommen. Er hat hier neulich schon stundenlang nach Spuren gesucht.«

»Nachts?«

»Nein, nein. Aber ich glaube, er ist sauer, dass ich in den

vergangenen Tagen ein bisschen auf eigene Faust ermittelt habe. Vielleicht will er uns jetzt beweisen, dass er der bessere Detektiv ist.«

Er verkniff sich das Geständnis, dass er, Konrad, ihr, Amalia, mit seinem eigenen detektivischen Können hatte imponieren wollen. Aber Amalia hatte das längst erkannt.

»Ihr seid doch alle gleich, wenn ihr den Kopf ausschaltet«, fluchte sie. Dann verschwanden sie im Dunkel des Weges, der unterhalb des Ruhegartens Richtung Schlagowski-Grab führte. Konrad ließ seine Taschenlampe, den *Shadowhawk*, aufleuchten: eine Lichtbombe, die augenblicklich und zum zweiten Mal – bei Amalia mehr noch als bei Konrad – diese widersprüchliche Mischung aus Furcht und Hoffnung befeuerte, von der Polizei entdeckt zu werden.

Auf dem Weg und den nahen Grabflächen leuchteten die Augen staunender Kleintiere wie verstreute Juwelen.

»Hier ist ja was los!«, entfuhr es Amalia.

Konrad stellte den Lichtkegel so ein, dass ein gebündelter Strahl daraus wurde. Sie hatten das Schlagowski-Grab fast erreicht. Konrad verscheuchte einen Gedanken, der ihm durch den Kopf ging: Er durfte Amalia auf keinen Fall verraten, dass Rochus Gröben, dieses größte der kleinen Arschlöcher Kölns, Martin ein Grab geschenkt hatte. Was, wenn Gröben und seine Speichellecker sich eine finstere Aktion ausgedacht und Martin aus dem Haus gelockt hatten?

Wo lag dieses verdammte Grab? Hatte Martin das erwähnt?

Bevor Konrad weiterdenken konnte, vernahmen sie ein

Stöhnen. Wie von jemandem, der ein Grab bewohnte, dort aber keine Ruhe fand. Die Gänsehaut auf Amalias Armen bildete eine erstaunlich spontane Gebirgslandschaft und Konrad fuchtelte mit dem Lichtschwert in Richtung des Stöhnens. Die Helligkeit glitschte auf ein grotesk verzerrtes Gesicht, schweißbedeckt, was zu bizarren Reflexionen führte. Dennoch erkannte Konrad es:

»Norbert?«

Martin hatte nur zufällig bemerkt, dass Atze mal wieder ausgebüxt war. Diese blöde Hitze und diese blöde Balkontür. Natürlich war das Mistvieh, nachdem es ein paar Stifte von Martins Schreibtisch zu Boden gepfotet hatte, durch den Türspalt geschlüpft und über Wege, die nur für Katzen nicht halsbrecherisch waren, auf den Friedhof losgeflitzt.

Das Nachtleben eines Katers.

Martin hatte geistesabwesend zum Fenster gesehen, war aber mehr mit seinen Gedanken beschäftigt als mit dem, was er sah.

Dann bemerkte er etwas, was den Gedanken ein Stoppschild vor die Nase hielt.

Er guckte genauer hin.

Und weil er nicht glauben konnte, was er sah, holte er das Teleskop, mit dem er weitere Jupitermonde entdecken wollte. Das Ding hatte eine Vergrößerung, mit der sich der Friedhof samt Ruhenden bis ans eigene Bett holen ließ.

»Donnerwetter!«, sagte Martin. »Die haben sogar einen Bagger!«

Etwa fünfzehn Minuten später – es war 1 Uhr 52 – schlich er aus dem Haus. Er sah sehr, sehr merkwürdig aus. Anders als Konrad kurz darauf verschwendete Martin keinen einzigen Gedanken an Rochus Gröben.

Socke war verwirrt. Schon in der Nacht zuvor hatte ihn das überhöhte Aufkommen von Zweibeinern verstört. Heute kam er kaum zum Futtersuchen. Er hatte mächtig Hunger. Und nicht nur er: Auch seine Frau – unter Zoologen *Fähe* genannt – und die drei Jungen. Der Familienverband war jetzt, im September, eigentlich auseinandergefallen. Die Kinder waren erwachsen. Aber im Hunger blieb man vereint. Frau und Kinder zählten auf ihn.

Und nun?

Er wirkte unschlüssig. Zunächst hatte er, kurz nachdem er den Bau verlassen hatte, die Nase erhoben. Da war, mitten auf dem Friedhof, ein Geruch, den er sonst nur von wie tot daliegenden Zweibeinern kannte: solchen, die sich manchmal sogar selbst markiert hatten.

Was einem Fuchs von Selbstachtung nie passierte.

Diese scheintoten Zweibeiner lagen nie auf, sondern immer irgendwo neben dem Friedhof. Und manche gaben klägliche, stöhnende Laute von sich.

Abstoßend.

Socke kannte den Friedhof als Ort des Lebens. Ein grandioses Jagdrevier und ganz bestimmt kein Abfallhaufen für eine dysfunktionale Spezies ohne Haltung und Moral.

Socke hatte, aus Neugier, nachgesehen, woher der Geruch kam, und war am Rand der schmackhaften Wildkaninchenwiese fündig geworden. Schmackhafte Wildkaninchenwiese nannte Socke das Grüngebiet seit dem Frühjahr. Vorher war es für ihn die fette Regenwurmwiese mit hässlichem Steinblockloch gewesen. Aber im Frühjahr hatte Socke bemerkt, dass sich die dummen Wildkaninchen dort von Zweibeinernahrung träge päppeln ließen.

Dumm für sie und gut für ihn.

Socke lobte sich für sein Motto: Komm diesen Verrückten niemals zu nahe. Doch der Geruch war allzu penetrant gewesen. Er ging ausgerechnet von dem hässlichen Steinblockloch aus. Der Friedhof war voller hässlicher Steinblocklöcher, aber da in ihnen Ratten und Mäuse in großer Zahl lebten, waren die Dinger im Grunde okay.

Viele der hässlichen Steinblocklöcher hatten am Loch so eine Art Absperrung aus einem Material, das den Zähnen schadete. Socke wusste beim besten Willen nicht, was diese Absperrungen abhalten sollten. Mäuse und Ratten jedenfalls nicht. Nicht mal die fetten Wildkaninchen. Und auch er selbst konnte leicht hindurchschlüpfen. Nur Zweibeiner konnten das nicht. Und da viel dafürsprach, dass diese Absperrungen von Zweibeinern angebracht worden waren, waren sie ein weiterer Beweis für die unsägliche Dummheit der Spezies.

Als Socke die Quelle des Geruchs erreicht hatte, wich er zurück. Hier stimmte nun gar nichts mehr: Zwei scheintote Zweibeiner in einem Alter, in dem man keine Jungen mehr haben sollte, hatten wohl doch welche. Socke trat vorsichtig an die Scheintoten heran und schnüffelte.

Neben dem deutlichen Geruch von Eigenmarkierung bewiesen weitere Duftstoffe Sockes Vermutung, dass die beiden Alten zusammen ganz bestimmt keine Jungen würden haben können. Zwei alte Rüden.

Aber vielleicht war des Rätsels Lösung ganz einfach: Die Jungen – Socke zählte sechs, ein erstaunlicher Wurf – lagen einige Meter von den Alten entfernt. Vielleicht hatten diese zwei Alten die Aufgabe, auf die Jungen achtzugeben, ihnen aus dem Fundus ihrer Lebenserfahrungen Wege in eine artgemäße Zukunft aufzuzeigen? Vielleicht waren es die wie Mikadostäbe herumliegenden Walking-Sticks, die Socke auf den Gedanken mit den Wegen brachte.

Doch im Wegeaufzeigen versagten die Alten ebenfalls, denn auch die Jungen befanden sich im Zustand des Scheintotseins. Sie hätten nach Futter betteln sollen. Stattdessen Koma. Stöhnen. Speichelfluss aus übel riechenden Schnauzen. Socke sah die Jungen ineinander verknäult am Boden liegen. Ein Bau war das nicht. Viel zerdrücktes Grün, zertretene Blumen. Und um die Jungen herum überall verteilt diese in Zweibeinerkreisen beliebten Behältnisse aus hartem, halbwegs durchsichtigem Material. Längliche Kürbisse mit Öffnungen, in die man ein Stück weit die Zunge schieben konnte – was Zweibeiner gern taten.

Das, was drin gewesen war, roch süßlich und gefährlich. Vor allem aber roch es hier überall nach dem Zeug, wie es roch, wenn es durch einen Zweibeinerkörper hindurchgegangen war.

Wie gesagt, Socke kannte so etwas nur von Zonen außerhalb des Friedhofs. Die Jungen, das fiel Socke jetzt auf, hatten sich ungeordnet um eines dieser hier überall wie Pilze aufgestellten Zeichen aus Holz gruppiert. Holz kannte Socke gut. Holz war in Ordnung. Aber wann immer Zweibeiner Holz auf diese Pilzweise benutzten, beschmutzten sie es. So auch hier. Socke betrachtete die schwarze Beschmutzung auf dem Holzpilzding. Hätte er lesen können, hätte er denken müssen, dass es sich, in diesem Fall, tatsächlich um Schmutz handelte:

MARTIN SCHMITZ
*16.3.2014 † 09.09.2024
SEIN TOD WAR EINE ERLÖSUNG

Socke setzte sich für einen Moment und putzte sich. Als er genug Verwirrendes und Abstoßendes gesehen hatte und endlich losziehen wollte, um seinen eigenen Nahrungshaushalt in Ordnung zu bringen, warf er einen abschließenden Blick in eines der zwei hässlichen, viel zu alten Zweibeiner-Gesichter. Völlig unerwartet öffnete das hässliche Gesicht die Augen. Das Gesicht verzerrte sich blitzartig zu etwas nochmals Hässlicherem, und der Zweibeiner stieß Laute aus und solch widerwärtige Dünste, dass Socke kläffend zurückwich, was den Zweibeiner in nun allerhöchste Alarmstimmung versetzte. Er gab Nahrung von sich, markierte sich ein weiteres Mal selbst, raffte sich auf, keuchend und knarzend, in allen Gelenken quietschend, und wollte verschwinden.

So etwas kannte Socke von Zweibeinern nicht. Zweibeiner waren von Natur aus übergriffig. Und das Einzige, was

Socke in diesem Moment beruhigte, war die Tatsache, dass sich der hässliche Zweibeiner anschickte, auf allen vieren davonzukommen. Sein ungelenkes Verhalten weckte auch die Jungen in einigen Metern Entfernung, die nun ebenfalls auf allen vieren …

Das einzig Normale in dieser Nacht, dachte Socke.

Nur der zweite Zweibeiner mit hässlichem Gesicht, der blieb liegen.

Vielleicht war er tot?

Aber Socke blieb lieber vorsichtig und zog davon.

Um wenig später festzustellen, dass sich noch weitere Zweibeiner auf dem Friedhof tummelten, mit den unsinnigsten Dingen beschäftigt. Nur drei von ihnen kannte Socke und akzeptierte sie als Teil seines Reviers. Mit einer sehr alten Zweibeinerin aus dieser Gruppe konnte Socke sogar kommunizieren. Sie verstanden sich.

Alle anderen trugen dazu bei, dass sich die Nacht als Nacht eskalierender Absurditäten in Sockes Gedächtnis einbrannte.

Und es begann mit etwas, das Socke die Ohren spitzen ließ …

WUFF! … WUFF!

»Was war das? Ein Hund?«

Bernadette war aufgeschreckt. Ein Hund? Die Nazispackos hatten ihnen schon einmal, nachts, mit einem aggressiven Rottweiler aufgelauert. Paul schlief noch. Oma Gitti war längst wach. Sie gab aber auf die Frage nach dem Hund keine befriedigende Antwort:

»Es ist heller geworden«, säuselte sie und kam Bernadette verschwörerisch nahe:

»Manchmal wird es heller, wenn ein Stern verlischt.«

»Oma, was redste denn da? Welcher Stern? Das war doch ein Hund?«

»Hihi!«

Bernadette erhob sich von ihrem Nachtlager und Oma Gitti tänzelte summend umher.

»Oma, mach mal pssst. Ich hör da was.«

»Psssst!«

»Oma, bitte!«

»Was 'n los?«

»Ach, Paul, Ruhe! Schlaf noch 'n paar Sekunden.«

»Is da was?«

»Hihihi!«

»Ihr macht mich verrückt. Da war doch was!?«

»Nich so laut, Bernadette. Ich glaub, da war was!«

Paul wühlte sich umständlich aus seinem Schlafsack. Als es Bernadette endlich für einige Sekunden gelang, sämtliche Bewohner Fröbelingens zum Horchen zu bewegen, grummelte der Himmel in der Ferne.

»Das is 'n Gewitter«, sagte Paul. »Das blitzt ja auch.«

»Paul!« Bernadette senkte ihre Stimme zu einem heiseren Flüstern, »das ist kein Gewitter.«

Wieder ein Grummeln.

»Ich erkenn 'n Gewitter, wenn's gewittert«, brummte Paul.

»Hihi!«

»Da!«

»Das is ganz klar…«, wollte Paul ansetzen. Aber er verstummte. Nein, das war kein Blitz. Das waren Lichtspiele auf dem Friedhof. In östlicher Richtung.

»Hihihihihi!«

Martin beobachtete. Er hatte sich in seinem Versteck dermaßen perfekt eingerichtet, dass man ihn vermutlich nicht einmal mit den Überwachungssystemen einer Krieg führenden Hightech-Nation hätte ausfindig machen können. Eine Drohne mit Wärmekamera hätte ihn vielleicht erfasst. Weil aber der Friedhof, insbesondere in dieser Nacht, ein Ort voller Aktivitäten war, hätte das Bild zahlreiche Leuchtflecke mit orangenem Rand und rotem Kern enthalten: Zentren von Körperwärme. Blüten des Lebens – inklusive des vor Verwunderung erhitzten Fuchses Socke, seiner Familie und des übergewichtigen Katers Atze.

Martin saß in einem Baum, recht hoch in der Krone einer prächtig belaubten Rosskastanie, wo ihm die verwinkelten, auseinanderstrebenden Astgabelungen sowohl eine donnerbalkenähnliche Sitzfläche boten als auch, durch eine weniger belaubte Stelle hindurch, einen guten, geschützten Ausblick auf jenen Ort, der ihm vom Fenster seines Zimmers aus aufgefallen war.

»Jawoll!«

Martin hatte sich das Nachtsichtgerät vor die Augen geklappt. Er trug einen Helm, auf den das klobige Binokular aufgeklemmt war. US-Militärs nutzten diese Kombination auch erst seit wenigen Tagen.

Martin beobachtete das frische Grab von Oliver Hoffmann: Cornelius Walterscheids Bruder. Die zwei Männer, die Martin bereits zuvor, beim Begräbnis Hoffmanns, gesehen hatte, arbeiteten tatsächlich mit einem Bagger. Vermutlich einem aus dem Maschinenpark des Grünflächenamtes. Das Ding war kompakt und erstaunlich leise – akkubetrieben – und die Arbeiten gingen schnell voran. Die Männer waren unter Garantie keine Friedhofsgärtner. Das bewiesen schon die Militärhelme, die auch sie trugen, und die Restlicht-Verstärkerlinsen vor ihren Augen. *XACT nv33*-Bildverstärkerbrille, dachte Martin. Er kannte sich aus. Seine eigene Ausstattung war besser. Computergestützte Konturenverstärkung plus Wärmebildfunktion und Augmented Reality. Bilder wie in einem modernen Videospiel.

Martin grinste.

Aber auch diese beiden machten sich die Nacht zum Tag. Zusätzliches Licht brauchten sie nicht. Sie konnten im Dunkeln arbeiten und alles erkennen. Die Köpfe der zwei machten aus ihnen gigantische Insekten. Sie gingen äußerst routiniert vor, setzten zunächst den Bagger ein und nach einer Weile Spitzhacken und Schaufeln.

Sie versanken zusehends im Boden.

Die buddeln den aus, dachte Martin.

Das konnte spannend werden.

In weniger als einer halben Stunde hatten sie mindestens einen Meter Tiefe erreicht. In der nächsten halben Stunde würden sie den Sargdeckel knacken.

Das Nachtsichtgerät, ein *ENVG-B* der US-Army, hatte Martin samt Helm im Internet bestellt. Aus Militärbeständen. Martin hätte sowohl seiner Mutter als auch Konrad gegenüber nur unter Folter gestanden, dass er für den Kauf des Dings über eine manipulierte Geldkarte ins Darknet gegangen war.

Martin Schmitz, zehn Jahre alt, keine Vorstrafen, IQ 148, Tendenz steigend.

Er hatte an alles gedacht. Seine Kleidung war dunkel. Schwarze Cargohose, schwarzer Pulli, schwarze Sneakers, die ihm das Klettern erleichterten, an den Händen schwarze, griffsichere Handschuhe. Und das Gesicht hatte er sich dunkeloliv geschminkt. Alles innerhalb weniger Minuten. Mit den Resten jener Militär-Tarnschminke, die er schon für den *Sommernachtstraum* und seine Rolle als Waldgeist mit Blümchenbadekappe benutzt hatte. Doch auf dem Kopf trug er nun keine Blümchenbadekappe, sondern eben diesen Helm mit Hightech-Aufsatz. Martin sah aus wie ein koboldgroßer Alien im Eroberungsmodus. Was ihm jedoch fehlte, war eine Waffe.

Seine Tarnung war nahezu perfekt. Hätte man ihn von unten angeleuchtet, er wäre nichts als eine Astverdickung, ein Teil der Baumkrone gewesen. Martin beherrschte die Reglosigkeit wie ein gelehriger Schüler des Todes. Das einzige Verräterische an ihm war am besten von allem geschützt – verborgen in der Hülle seines Körpers:

Sein Herz schlug etwa 150-mal pro Minute.

Mit Wummern in den Ohren beobachtete Martin und versuchte zu lauschen.

Die Männer sprachen nicht. Sie verständigten sich auf eine Art, die Martin nicht deuten konnte. Vermutlich benutzten sie Helmfunk. Weshalb sie dem Toten auf die Pelle rückten, blieb Martin ein Rätsel.

Und dann geschah etwas, auf das Martin, der auf alles gefasst war, ganz und gar nicht gefasst war. In weniger als fünf Minuten sah er Dinge, die ihn erstarren ließen. Das Rattern in seinen Gehirnzellen gefror. Sein ganzer Körper war plötzlich gelähmt.

Doch der Reihe nach: Die beiden Männer hatten in der Tiefe des Grabes den Sarg erreicht. Martin befand sich etwa fünfzig Meter von ihnen entfernt. Sein Nachtsichtgerät holte die Geschehnisse am Grab von Oliver Hoffmann bis auf scheinbare Armeslänge heran. Es war kurz nach drei Uhr morgens: der Totpunkt des Tages. Der Stämmigere der beiden hob den Leichnam aus dem Grab. Nein, er wuchtete den Toten hoch und warf ihn wie ein leichtes Gewicht, obwohl der Mann im Leben durchaus Übergewicht gehabt hatte, über den Haufen des Auswurfs, wo die Leiche sich rollend überschlug und dann, etwas verdreht, auf dem Rücken liegen blieb. Auf dem Rasen neben dem Grabloch.

Ein ehemals weißes, nun verschmutztes Leichenhemd mit Füllung. Zwar hatten die Mikroorganismen des sehr lebendigen Friedhofsbodens noch kaum Gelegenheit gehabt, ihr Werk zu beginnen, aber die Leiche hatte begonnen, sich zu verformen. Der Mann war als solcher noch erkennbar – und Dank seiner Sehhilfe konnte Martin die erstarrten, von einsetzender Verwesung, Leichen- und Lehmflecken gezeichneten Züge studieren: ein alter, vermutlich weißgrauhaariger Toter. Die Technik des Binokulars fasste alles in lichtverstärkte, mit künstlichen Umrissen und Farben versehene Bilder. Das war zwar Videospieltechnik, aber Martin hatte Fantasie, übersetzte die Bilder ins Taghelle.

Der Mund des Toten hatte sich leicht geöffnet. Leichenstarre war etwas, das sich nach wenigen Stunden wieder löste. Der halb offene Mund erinnerte Martin an Bilder von Menschen, deren Seele angeblich aus dieser meist zahnlosen Öffnung den Körper verlassen hatte. Aber Martins Gedankengänge wurden jäh unterbrochen. Auch der stämmige Mann wuchtete sich nun aus dem Grab. Dieser Hulk von einem Körper war erstaunlich gelenkig und flink.

Und dann ging alles sehr schnell. Die beiden Grabschänder …

Martin schluckte. Seine Hände zitterten. Er konnte es nicht fassen. Seine Fantasie war ein Schiff, das auch auf den Meeren des Wahnsinns schon unterwegs gewesen war. Doch die Realität hier und jetzt war das tiefste und wildeste aller Gewässer. Selbst Martin wünschte sich nun, er hätte die Nacht brav im Bett verbracht, hätte sich wie ein normaler Zehnjähriger benommen, statt sich von seiner Lust auf Abenteuer und kriminalistische Rätsel morgens um drei auf den Friedhof locken zu lassen.

Dies hier war zu viel. Deutlich zu viel.

Der schlankere der beiden Männer holte ein Messer heraus, ein ziemlich langes, scharfes, eines mit geschärftem Sägeblatt, und schnitt dem Toten den Bauch auf. Mit brutaler Gewalt. Martin vergaß zu atmen. Sein Herz trommelte in höchstmöglichem Tempo, als der Raum unter dem Brustbein des Toten aufgebrochen wurde. Martin wurde es übel, als nach einem kräftigen Schnitt die Bauchdecke des Toten aufklaffte und die Eingeweide hervorquollen wie etwas ganz und gar Unverdauliches, vulkanisch Ausgeworfenes. Und dann wühlten die Männer – sie trugen Operationshandschuhe – darin herum.

Das sah selbst im Videospielmodus grässlich aus.

Nach einer Weile, in der Martins Kopf ihm blubbernde, glucksende Geräusche vorgaukelte, hörten die Männer mit ihrer brutalen Tätigkeit auf. Sie erhoben sich. Schienen miteinander zu reden.

Und dann, dann …

Norbert Podolski kollabierte – wobei er sich zum x-ten Mal in dieser Nacht übergab. Viel kam da nicht mehr. Konrad trat geschickt zur Seite, verzog das Gesicht, bewahrte seine Schuhe vor einem Treffer, versuchte, Norbert in seiner Notlage zu helfen und zugleich Amalia die hässlichen Seiten der Alterstrunkenheit zu ersparen. Er wollte die Szene vor ihr abschirmen – was nicht gelang.

»Wer ist das denn?«

»Das ist … alles klar bei dir, Norbert?«

Konrad sah dem Mann ins Gesicht.

»Norbert?«

»Er gehört zu einer Gruppe von Senioren, die hier manchmal … Qigong und so.«

»Nachts? Auf dem Friedhof?«

»Nein, also …. Norbert?« Konrad schüttelte den schwer betrunkenen Körper vorsichtig, wie um nur ihn und nicht auch noch dessen Übelkeit zu wecken – die aber ohnehin nicht schlief.

»Alles gut? Hast du dich verlaufen?«

»Vielleicht hat er Martin gesehen?« Amalia machte Druck.

Norberts glasige Augen betrachteten Konrad wie etwas, das zwar keine Gefahr darstellte, aber rätselhaft blieb. Amalia hatte er noch kaum wahrgenommen.

»Hast du hier einen Jungen gesehen?«, fragte Konrad.

»Norberts Antwort bestand aus Blasen, die zwischen den Lippen blubberten.«

Amalia guckte angewidert zur Seite.

Selbstverständlich dachte Konrad, dass Norbert Podolksi in einer friedhofsnahen Kneipe zu tief ins Glas geschaut und dann, wie auch immer, auf dem Nachhauseweg auf den Friedhof geraten war.

»Wir müssen Martin suchen«, zischte Amalia. Der besoffene Alte weckte in ihr kaum Mitgefühl. Das schien Norbert nicht hinnehmen zu wollen.

»Überfall!«, gurgelte er. »Wir sinn … die ham uns … Überfall!«

Er stieß die Worte dramatisch aus. Sie waren kaum verständlich.

»Es ist Wochenende«, raunte Amalia. »Der ist einfach nur besoffen.« Und dann wiederholte sie sehr laut: »Wir müssen Martin suchen!«

Mit anderen Worten: *Lass den Trottel hier liegen. Der ist selbst schuld.* Konrad allerdings hatte das Wort *Überfall* im Ohr.

»Gissssbrt«, murmelte Norbert. Er war zu Boden gesunken. »Die ham uns … dsss warn minstens fümpf … un dann … Gissss…!«

»Gisbert?«

»Martin!« Amalia verlor die Geduld.

»Aber ein Überfall?«

Plötzlich erstarrte sie.

»Schüsse?«

Konrad wollte losrennen, in Richtung dieser Geräusche. Amalia Schmitz griff in den Saum seiner Jacke, um sein Weitereilen zu stoppen. Sie griff zu, als wollte sie ihn davor bewahren, blindlings in einen Kugelhagel hineinzurennen. Sie befanden sich irgendwo in dieser Düsternis von rechtwinklig angelegen Grabfluren. Und nun diese Geräusche:

Uff! Uff!

Dumpf.

Zweimal schnelles, erzwungenes Ausatmen. Hörbar, aber entfernt.

Als hätte ein schlaffer Körper zwei Boxhiebe erhalten. Genau auf die Lungenspitzen.

»Das waren Schüsse!«

»Die kamen von dort!«

Konrad wies in diese beschissene Nacht. Amalias Herz schlug, ohne dass sie es wusste, genauso schnell wie das ihres Sohnes.

Martin befand sich, und auch das wusste sie nicht, nur wenige Dutzend Meter von ihr entfernt, hielt sich in den Ästen der Rosskastanie fest, bewegte sich nicht und starrte auf einen Schatten, der zu der aus dem Grab gezerrten Leiche wieselte. Zu dem Toten, von dem Konrad und Amalia nichts sahen und auch nichts ahnten. Martin hatte die

Schüsse aus nächster Nähe mitbekommen. Der Schatten verharrte kurz neben dem geschändeten Körper und ging wieder davon. Wie ein Gespenst.

Martin verdrängte alle Gedanken, die seine Panik steigern könnten. Er schloss die Augen und zählte bis Hundert, öffnete sie wieder. Das Grauen war nicht verschwunden. Er war nicht Opfer seiner blühenden Fantasie geworden.

Die Leiche lag noch immer da. Und sie sah sehr offen, sehr unschön aus. Martin sah kaum hin.

Unmittelbar neben dem Toten lagen zwei weitere Leichen. Die beiden Männer. Die wahnsinnigen Aufschlitzer. Die Leichenschänder. Zwei riesige Insekten. Eines der Insekten trug einen sehr beschädigten Helm. Das Bild von Martins hochteurem Nachtsichtgerät zeigte Blut am Kopf des einen und auf der Brust des anderen.

Das Blut von Schusswunden.

Die beiden waren ganz ohne Zweifel tot.

Drei Tote insgesamt.

Für die Fragen, die sich nun stellten, brauchte man keinen IQ von 148:

Wer hatte die Männer soeben erschossen?

Wo steckte der Mörder?

Was hatte dieser Schatten zu bedeuten?

In den folgenden Minuten blieb alles still. Norbert war zu Boden gesunken, neben einer Gartenbank, auf die Konrad ihn gern gesetzt hätte, wäre Norbert nicht so voll gewesen. Aber Konrad ließ ihn liegen, denn jetzt gab es Wichtigeres. Er schaltete in Sekunden.

»Polizei!«

Er holte sein wenig genutztes Smartphone hervor und wählte. Weil er bei Polizei aber nie an eine Kölner Wache dachte, sondern immer an Heribert Rehbein, klingelte er den alten Kommissar aus dem Bett.

4 Uhr 27.

Heribert Rehbein hatte ohnehin einen sehr leichten Schlaf und war innerhalb von Sekunden aufnahmebereit:

»Mach keine Dummheiten, Konrad!«, sagte er am Ende des kurzen Gesprächs, gab zwei, drei Instruktionen und machte sich, nachdem er selbst die Wache informiert, Einsatzkräfte angefordert und sich angezogen hatte, auf den Weg.

Martin überlegte seine nächsten Schritte. Als er zu der Überzeugung gelangt war, dass er es wagen konnte, kletterte er so leise wie möglich von seinem Baum herunter. Der Abstieg dauerte einige Minuten.

Sollte er fliehen?

Oder ermitteln?

Als Martin den Boden erreicht hatte, war das Grab nicht mehr zu sehen. Ein erhöhter Posten war Voraussetzung fürs Beobachten gewesen. Martins Mut kehrte zurück. Und seine Risikobereitschaft. Er war ja ausgestattet wie ein Elitesoldat. Neugierig schlich er in Richtung des Grabes, vertraute auf seine Tarnung und seine zu vernachlässigende Körpergröße. Mit seinem Nachtsichtgerät hatte er die Umgebung sowieso genau im Blick.

Atze fand ihn trotzdem. Er kam ihm plötzlich entgegen.

Martin schreckte auf. Der Kater maunzte ihn fröhlich an, denn in sympathischem Partnerlook, quasi durchgehend fellschwarz, war ihm Martin noch nie erschienen. Das gefiel ihm. Er folgte seinem Kumpel. Martins Bewegungen ließen Atze vermuten, dass er auf Beutezug war und ihm sicherlich von seinem Fressen abgeben würde. Das tat er ja immer. Atze hatte zwar gerade gefressen, doch hungrig sein war sein natürlicher Betriebszustand.

Vor einer zweiten Mahlzeit allerdings begegnete ihnen jemand, den Atze in dieser Nacht schon zweimal gesehen hatte – einmal schlafend, und einmal, genau wie jetzt, erstarrt wie eine Maus vor dem finalen Biss.

Vermutlich war es die Kombination aus Martins fast totaler Schwärzung mit diesem kränklich-dunkelgrünen Teint und dem vor die Augen geklappten, monströsen Binokular, die in Rochus Gröbens Gehirn zu nachhaltigen Veränderungen führte.

Sie standen plötzlich vor ihm. Ein Alien mit Begleitung. Ein mutiertes Insekt aus den Tiefen des Alls. Nach allem, was Rochus zuvor geschluckt und gesehen hatte, brannten ihm nun sämtliche Sicherungen durch. Rochus und seine Kumpels, allesamt wohlstandsverwahrloste kleine Arschlöcher, hatten sich am späten Samstagabend überlegt, Martins Grab zu schmücken und ihm am Montag in der Schule mit Fotos und Filmaufnahmen ihres Werks den Tag zu versauen.

Aus einer blöden Idee war ein Plan und schließlich Realität geworden. Sie waren gegen Mitternacht losgezogen, waren über die Mauer des Friedhofs geklettert, hatten ein

Holzkreuz mit nettem Spruch in das Grab gerammt und von anderen Gräbern Blumen gerupft, um das Kreuz zu schmücken. Dabei hatten sie ganz in der Nähe zwei schlafende Penner entdeckt. Die hatten eine Kühltasche gefüllt mit Krimsekt in einer der alten Grüfte versteckt.

Die Penner waren sternhagelvoll, aber die Kühltasche war längst nicht leer. Und diese Gelegenheit hatten sich die Jungs nicht entgehen lassen.

Irgendwann war Rochus wieder erwacht und hatte sich übergeben müssen. Er hatte die Orientierung und jegliches Zeitgefühl verloren. Stockfinster war es. Er wollte nach Haus, den Friedhof – war das überhaupt ein Friedhof? – so schnell wie möglich verlassen. Die anderen verschwanden ebenfalls. Ebenfalls vollkommen verwirrt, in Panik. In alle Richtungen waren sie davon. Niemand war bei ihm geblieben. Über die Grabfluren irrend, war Rochus plötzlich in diese bizarre Szenerie hineingeraten. Er hatte gedacht, den Verstand zu verlieren. Grabräuber, die ... Um ein Haar wäre er in die beiden hineingerannt. Und dann ... dann ... sah er den Toten.

Selbst mit mehreren Promille im Körper und völlig verirrt in Wahnvorstellungen hatte Rochus Gröben erkannt, dass ihn diese beiden Mafiatypen, sollten sie ihn entdecken, niemals lebend davonkommen lassen würden. Mit wummerndem Herzen hatte er zugesehen, wie sie der Leiche den Bauch aufsäbelten und im Gedärm, den qualligen Organen, herumwühlten. Bei den glucksenden Geräuschen, die das verursachte, wäre Rochus fast ohnmächtig geworden. Doch bevor das geschehen konnte, riss die Szenerie ihn an sich – wie jemand, der sein Opfer beim Schlafittchen packt, um ihm aus kurzer Distanz Schläge auf die Nase zu geben.

Poff! Poff!

Schüsse! Aus einer Waffe mit Schalldämpfer. Die Grabschänder fielen um wie Dominosteine. Blut. Tod. Ende. Rochus bekam keine Luft mehr. Er japste und verschluckte das Japsen. Rechnete damit, in den folgenden Sekunden ebenfalls erschossen zu werden.

Aus Sekunden wurden Minuten, in denen er sich, um dem Tod zu entkommen, totstellte. Er dachte an seine Mutter. Die hing um diese Zeit vermutlich voll mit Koks und Alkohol auf einer Societyparty. Er dachte an sämtliche Untaten seines Lebens. Die Liste war lang. Rochus presste die Augen zu. Blinzelte nur dann und wann. Jemand eilte herbei. Ein Wiesel in Menschengestalt. Vermummt. Rochus unterdrückte jegliche Atemgeräusche.

Er wartete, zählte die Sekunden, die Minuten.

Und als er sich endlich, nach einer Weile der Stille, traute, weiterzutorkeln, stand plötzlich dieser Alien vor ihm. Ein dermaßen außerweltliches Wesen, dass die schwarze Katze, die dem Alien um die Beine strich, wohl kaum eine Katze war, sondern mindestens ein Dämon oder der Teufel selbst.

Rochus Gröben hatte zu viel getrunken und zu viel erlebt, um Panik noch unterdrücken zu können. Er strauchelte, schlug rücklings hin. Der an sich recht kleine Fremde wirkte plötzlich übermächtig groß. Beugte sich über ihn, sah auf ihn herab. Rochus konnte seine Augen nicht verschließen. Er starrte auf dieses mutierte Insekt mit Augen, aus denen Laserblitze hervorschießen konnten. Augen, die töten konnten. Augen aus einem übergroßen Kugelkopf, so grün wie ein ungesundes Lebensmittel. Und dann sprach der Fremde, stieß Worte aus.

Mit der Stimme von Martin Schmitz.

»Rochus? Was machst du denn hier? Bist du unter die Grabschänder gegangen?«

Rochus rappelte sich auf, wich vor dem Ungeheuer zurück. Dabei trat er auf eine der am Boden liegenden Schaufeln. Der Stiel schnellte hoch, traf ihn am Kopf. Ein Aufschrei. Sterne. Schmerz. Rochus stolperte, ruderte mit den Armen, fuhr torkelnd herum, und erstmals in den entscheidenden Minuten dieser Nacht fiel sein Blick auf das Gesicht des Toten dort neben dem Grab. Das Gesicht der Leiche mit aufgeschlitztem Bauch.

Das war der Moment, in dem Rochus Gröben endgültig durchdrehte und jaulend davonstürmte.

»Woher kam das?«

Amalia wurde von Minute zu Minute nervöser.

»Ich habe so eine Ahnung«, flüsterte Konrad. »Das Grab. Walterscheids Bruder.«

»Wieso von dort?«

Wieder Geräusche. Ein Mensch, der mit etwas kollidierte? Schmerzlaute? Amalias Herz flatterte. Seit Minuten schien ihr dieser tote Ort ein Ort voller ungesunden Lebens zu sein. Konrad hielt zielstrebig, aber vorsichtig auf etwas zu, das versteckt im Wegenetz der Nacht lag. Er hatte eine Ahnung, wo sich Martin aufhalten konnte. Doch die Dunkelheit verwirrte auch ihn, obwohl er den Friedhof gut kannte.

Jeder Schritt war mit Gefahren verbunden. Sollten das tatsächlich Schüsse gewesen sein? Konrad wagte es nicht, den *Shadowhawk* einzusetzen. Viele Minuten vergingen, fast eine halbe Stunde. Sie kamen nur langsam voran. Aber sie mussten. Es ging um Martin. Amalia – und auch Konrad – hätten sich niemals verziehen, hätten sie ihn hier, nachts, im Stich gelassen.

Auch Paul, Bernadette und Oma Gitti näherten sich. Alles, was in dieser Nacht auf dem Friedhof unterwegs war, inklusive vieler Tiere, strebte entweder auf das Grab zu oder davon fort. Zu den Fortstrebenden gehörten Rochus Gröben plus Gefolgschaft und Norbert Podolski. Rochus – seine Freunde waren längst verschwunden – stürzte über die Friedhofsmauer just in dem Moment, als vor dem Haupteingang und vor dem Eingang Aachener Straße Polizeitransporter mit Blaulicht vorfuhren und schwerbewaffnete SEK-Beamte die Totenruhe aufmischten. Rochus hatte Glück. Er wuppte sich über die Mauer und entkam.

Norbert Podolski konnte ebenfalls entkommen. Gisbert Schwaderlapp war der Erste, den die Beamten aufgriffen. Sie hatten nach dem Anruf Kommissar Rehbeins verdammt lange gebraucht: Die Polizei war eine Behörde. Aber auch Gisbert war verdammt langsam. Und als man ihn festnahm, wehrte er sich, was er mit Blessuren bezahlte. Die Beamten verfrachteten ihn in einen der Mannschaftswagen. Er sah das Seniorenstift erst 48 Stunden später wieder und war dann noch für Wochen Gesprächsthema Nummer eins, weshalb er sich aus der Sportgruppe zurückzog. Vor allem der mit seinem Foto garnierte Artikel: *Sturzbetrunken zwischen Toten in der Melatener-Massaker-Nacht,* mit dem der *Express* zwei Tage später die Titelseite füllte, beschädigte sein Verhältnis zu den Mitbewohnern. Marlies von Törne ging ihm fortan aus dem Weg. Und mit Gerd von Hoppenstedt verkehrte er nur noch juristisch.

Gerd hatte dem *Express* das Foto geliefert.

Die Hauptaktivitäten der von Heribert Rehbein in Marsch gesetzten SEK-Leute galten dem unmittelbaren Radius um das Grab von Oliver Hoffmann. Dort wurden zahlreiche Festnahmen vorgenommen. Bis zum Eintreffen von Heribert Rehbein griff Jan-Philipp Freese hart durch. Freese, der die Verhältnisse auf dem Friedhof nicht kannte, entdeckte die drei Toten, stellte bei zweien frische Schusswunden fest. Der dritte, in Leichenhemd, mit geöffnetem Bauch, hervorgequollenem Inneren, von Tieren angeknabbertem, wegen beginnender Verwesung schon recht unansehnlich wirkendem Gesicht, war offensichtlich gefoltert worden. Freese – nicht dumm, aber auch nicht grad ein Maigret-Double – dachte sich die Szenerie verkehrt herum. Für ihn war der Mann nicht aus dem Grab herausgeholt worden, sondern sollte nach Folter und Mord darin versenkt werden.

Es gruselte den hartgesottenen Freese beim Anblick des Tatortes. Die brutalen Verstümmelungen des offenbar sehr alten Mannes, und dann die seltsam gekleideten weiteren Toten. Ihren Militärhelmen entnahm Freese, dass hier mindestens ein Bandenkrieg lief, eventuell gar paramilitärische Kräfte beteiligt waren. Sofort beorderte er Forensiker herbei, das große Besteck. Bald hatten Spurensicherung und aufgestellte Arbeitsscheinwerfer den Friedhof in ein Flutlichtszenario verwandelt, in dem Vermummte in weißen Schutzanzügen herumstapften. Und weil Freeses Beamte wie Sturmtruppen über die Fluren streiften, nahmen sie in den folgenden Minuten eine stattliche Anzahl von Menschen fest. Die näherten sich dem Grab wie ein Schwarm Fische dem Fangnetz: Amalia, Konrad, Oma Gitti, Bernadette, Paul.

Martin war sozusagen der Beifang.

Doch der Reihe nach und zurück zu dem Moment, als Rochus Gröben in Panik davonrannte. Martin wusste nun nicht recht, wohin. Die Möglichkeit, sich in tödliche Gefahr zu begeben, kam ihm wieder ins Gedächtnis. Also folgte er Atze. Tiere, so dachte Martin, wichen Gefahren instinktiv aus. Für einen Hochbegabten ein außergewöhnlich naiver Gedanke, da Kater, zum Beispiel in der Nähe rolliger Katzen, zu den erstaunlichsten Dummheiten fähig sind. Für Atze war Melaten mehr ein Kontakt-, denn ein Friedhof.

Zum Glück fällte Atze in diesem Moment eine rationale Entscheidung: Mit seinem für nächtliche Eskapaden perfekt ausgestatteten Sensorium witterte er Amalia. Von Frauchen bekam er mindestens so viel Futter wie von Martin. Und Konrad, diesen freundlichen Trottel, witterte er gleich mit. Atze hielt schnurstracks auf die beiden zu. Und mit ihm Martin.

Amalia war außer sich vor Freude, als sie Atze und

Martin erkannte. Der setzte beim Anblick seiner Mutter sofort den Helm ab. Amalias Wiedersehensfreude überstieg alle Verärgerung. In diesem Moment war sie ein Vulkanausbruch von Glück.

»Martin!«, rief sie, »Gott sei Dank!« und umarmte ihn, wie nur Mütter das können. Dann griff sie sich Atze, hob ihn unter Freudentränen hoch, drückte ihn an sich und küsste ihn, denn Atze hatte geholfen, Martin zu retten. Und auch Konrad fiel sie stürmisch um den Hals.

Plötzlich aber rauschten SEK-Beamte herbei, riefen »Keine Bewegung!« und »Hände hoch!« und begannen, Maschinenpistolen im Anschlag, mit dem Verhör. Die Situation wurde noch einmal kritisch.

»Was tun Sie hier?«, bellte der den Trupp anführende Beamte.

»Wir haben meinen Sohn gesucht!«, erklärte Amalia.

»Liegt der hier irgendwo?«

Das war ein Fehler. Amalia, erhitzt, schleuderte dem vorlauten SEK-Mann wütende Worte entgegen. Was zur Folge hatte, dass in den kommenden Minuten weitere Bewaffnete hinzukamen, die Konrad, Amalia und Martin als im Kriminalgeschehen dieser Nacht höchstverdächtig einstuften und entsprechend behandelten.

Erst als Heribert Rehbein eintraf, entspannte sich die Lage. Amalia, Martin und Konrad wurden die Handschellen wieder abgenommen.

»Du legst einem Zehnjährigen Handschellen an, Jan-Philipp?«

Freese blieb eine Antwort schuldig. Auch Oma Gitti,

Bernadette und Paul waren festgenommen worden und Heribert Rehbein spielte seine in vielen Jahren Berufserfahrung angesammelte Ruhe aus. Konrad hatte ihn angerufen. Er war mit seiner … Partnerin … nachts auf den Friedhof gegangen, weil er den Sohn der … Partnerin … hier vermutete. Der Junge war ausgebüxt. Jungs halt. Und dann waren sie zufällig in dieses noch aufzuklärende Mordgeschehen geraten. Von der Tat gesehen hatten sie nichts.

Dass Freese nicht davon ablassen wollte, Konrad & Co. als Schwerverbrecher zu betrachten, nervte mehr und mehr. Heribert Rehbein verlor langsam die Geduld und schließlich wurde es Amalia zu bunt.

»Konrad, können wir jetzt nach Hause? Martin muss ins Bett!«

Sie klang gereizt, hielt ihren Sohn umarmt, der, ganz untypisch, einzuschlafen drohte. Er stand vor seiner Mutter, hing in ihren vor seiner Brust verschränkten Armen, den Kopf zur Seite gefallen.

»Der hat Tarnfarbe im Gesicht, Heribert.«

»Die beiden können gehen, Jan-Philipp.«

»Heribert, was …?«

»Jan-Philipp, glaub mir, sie können gehen.«

»Aber wenn sich der Verdacht …«

»Nein!«

Nur widerwillig ließ Freese die beiden ziehen. Amalia verabschiedete sich von Konrad mit einem eher halbherzigen Kuss. Konrad war mulmig zumute, nicht nur, weil er bleiben musste. Denn davon war Freese nicht abzubringen. Und Heribert Rehbein war es nur recht. Er wusste ja, dass er für die Aufklärung des Falles mehr auf Konrad denn auf seinen eigenen Kollegen zählen konnte.

Als Amalia und Martin verschwunden waren, versuchte Freese die Oberhand zurückzugewinnen.

»Also«, begann er, »diese Leiche wurde ausgebuddelt? Der Mann wurde nicht hier ermordet? Der ist ordnungsgemäß ... gestorben? So soll das gewesen sein? Wer ist das überhaupt?«

»Der Bruder von Cornelius Walterscheid. Juwelier. Drüben in Lindenthal.«

»Ach, der? Der Überfallene?«

Freese warf einen finsteren Blick zu Konrad.

»Wo ich diesen ... Verdächtigen schon mal aufgegriffen habe, Heribert. Zum zweiten Mal übrigens. Und heute ist es das dritte Mal. Und zum zweiten Mal treibt der sich nachts auf dem Friedhof rum. Das soll Zufall sein?«

»Ja«, sagte Rehbein. »Zufall.«

Freese wirkte unzufrieden, wies auf den Toten im Leichenhemd.

»Und wieso wird der ausgebuddelt? Und zerfleischt? Von diesen beiden etwa? Keine Papiere, nichts. Was läuft hier, Heribert?«

Konrad kam dem Kommissar zuvor.

»Ich glaub, die beiden Erschossenen hier haben Cornelius Walterscheid, den Bruder von diesem Toten, überfallen. Und unter Druck gesetzt«, sagte er. »Ich puzzle da grad was zusammen.«

»Ach, das is ja lustig. Der Verdächtige spielt den Kommissar und puzzelt?«, ätzte Freese. »Und natürlich ist das der Grund, weshalb du dich ständig an den Tatorten rumtreibst, was? Gibt's nich vielleicht ne andere Erklärung?«

»Lass das, Jan-Philipp«, sagte Heribert Rehbein. »Konrad ist sauber. Er ist in diesen Fall oder diese Fälle reingeraten und kann uns vielleicht wichtige Hinweise für unsere Ermittlungen geben.«

»Konrad? Ihr scheint euch ja gut zu kennen.«

»Ja. Hör ihm einfach zu. Du gehst mir auf die Nerven!«

Freese schluckte. Es gab Momente in seiner Zusammenarbeit mit Heribert Rehbein, da wusste er, dass er sich besser drosselte.

Konrad nutzte die Pause, die nun entstand.

»Ich vermute, in dieser Grabgeschichte stimmt was nicht«, fuhr er fort. »Der Bruder von Cornelius Walterscheid scheint in kriminelle Machenschaften verwickelt gewesen zu sein. Und die könnten dazu geführt haben, dass man seine Leiche jetzt ausgegraben hat. Da wurde nach was gesucht.«

»Das haben dann wohl andere bemerkt«, sagte Jan-Philipp Freese spöttisch. »Und die haben die beiden dann umgenietet.«

Freese sah Konrad an, als hätte dieser die Tatwaffe eben in seinem Hosenbund verschwinden lassen.

»Ja«, sagte Kommissar Rehbein. »Andere.«

»Ist was Besonderes an der Leiche?«, fragte Konrad.

»Was Besonderes? Reicht das hier nicht? Der aufgeschlitzte Bauch?«

Freese schüttelte den Kopf.

»Das meine ich nicht«, sagte Konrad. »Die müssen

doch einen Grund gehabt haben, weshalb sie den Mann aus dem Grab geholt und ihm den Bauch aufgeschnitten haben?«

Heribert Rehbein nickte.

»Die Nacht in der Rechtsmedizin«, sagte er.

Konrad sah ihn an.

»Sie meinen während der Obduktionen?« Er überlegte. »Der Mann, der vermutlich den Pförtner umgebracht hat, dieser Kilian Geyer?«

»Ein Mann mit medizinischer Ausbildung«, warf Rehbein ein. »Der schon mal in der Rechtsmedizin beschäftigt gewesen war.«

»Dass der im Bauch der Leiche was platziert hat?«

»Was für ein Aufwand«, stöhnte Freese. »Und aus welchem Grund?«

»Keine Ahnung. Vielleicht hat er was verstecken wollen. Für ziemlich lange und an einem sicheren Ort.«

Konrad dachte an die junge Frau, Dorothea Mühlens, die unter der Leiche von Theodor Schlagowski verborgen gewesen war.

»Auf dem Friedhof? Um es dann hier rauszuholen? Vielleicht war der einfach nur pervers!«, rief Freese. Kommissar Rehbein hatte noch eine andere Idee:

»Oder aber Geyer wollte schon im Institut was aus dem Mann rausholen.«

Konrad nickte, entwarf eine Szene:

»Oliver Hoffmann ist aus Südamerika gekommen. Aus Kolumbien. Wenn der zum Beispiel als Drogenkurier unterwegs war? Mit Beutelchen oder Kondomen voller Kokain im Bauch? Dann ist er gestorben, Herzinfarkt, ist ja rausgefunden worden bei der Sektion und …«

»Drogen?«

»Ja. Vielleicht hat Geyer die Drogen schon entnommen oder es zumindest versucht. Wenn es ihm gelungen ist, wurde er möglicherweise deswegen umgebracht. Wenn nicht, hat man sie hier vielleicht rausgeholt?«

Jetzt machte sogar Freese ein nachdenkliches Gesicht. Dann ging er zu den Forensikern, die an den Toten arbeiteten:

»Gert? Gibt's an der Leiche mit dem offenen Bauch Drogenspuren? Koks oder so?«

Der Leiter der forensischen Untersuchungen, Gerd Klingmann, sah auf.

»Nein«, sagte er. »Wenn das gut verpackt war, brauchen wir 'ne Feinanalyse. Aber der war schon mal bei uns. Sauber seziert.«

»Ja, wissen wir. Na, nimm mal Gewebeproben.«

»Musste mir nicht sagen. Wir nehmen den sowieso mit.«

Freese kehrte zurück zu Heribert Rehbein und Konrad, während Klingmann sich wieder seiner Arbeit widmete. Sie waren zu viert, die Forensiker, in Einwegoveralls, die Menschen in weiß vermummte Gestalten verwandelten.

»Irgendwas übersehen wir jedoch bei unseren Überlegungen«, sinnierte Konrad.

»Ach ja?« Freese verzog das Gesicht.

»Wenn die Drogen schon entnommen waren, in der Rechtsmedizin, dann war die Aktion heute Nacht nicht notwendig«, setzte Heribert Rehbein Konrads Gedanken fort. »Als der Mann seziert wurde, wären die Drogenbeutel im Bauch aufgefallen. Geyer kann den Toten nur nach der Sektion bearbeitet haben. Drogen wären den Forensikern nicht entgangen. Die hätten da nichts drin gelassen.«

»Ja«, sagte Konrad. »Also hat Geyer vielleicht doch was reingetan. Nach der Sektion.«

»Oder er wurde im Institut bei seinem Plan gestört.«

»Ich versteh nur Bahnhof«, sagte Freese.

»Immerhin«, sagte Heribert Rehbein.

»Was willste damit sagen?«

Konrad unterbrach den Streit:

»Dann ist da aber auch die Frage, ob die Menge an Drogen, die in den Mann reingepasst hätte, so viel wert war, dass es diese ganze Mordserie erklärt«, sagte er. »Es muss sich um etwas sehr Wertvolles handeln. Ich meine, der eine versucht es dem anderen abzujagen, und jedes Mal stirbt jemand.«

»Wie in einem schlechten Krimi«, orakelte der Kommissar.

»Was dein Spezi so alles draufhat«, bemerkte Freese mit Unterton.

»Der kennt sich eben aus«, sagte Rehbein, ebenfalls mit Unterton.

Und dann seufzte er.

»Wir werden den Fall heute Nacht nicht lösen, Jan-Philipp. Ich geh jetzt nach Hause. Wochenende. Weißt du ja. Das hier ist dein Job.«

Freese biss die Zähne zusammen. Und weil Heribert

Rehbein schlauer war als er, deutete er auf Konrad und die Fröbelinger und sagte:

»Er hier ist *mein* Job. Er hat mich ja angerufen. Und die drei da vorn. Die tragen ja immer noch Handschellen.«

»Ja«, brummte Freese, »weil sie …«

»Unsinn«, sagte Rehbein. »Unsere Möglichkeiten, Leute wahllos festzunehmen, sind zum Glück beschränkt. Lass sie frei. Ich verbürge mich für sie.«

»Du musst es ja wissen.«

Jan-Philipp Freese sehnte den Tag herbei, an dem ihm Heribert Rehbeins Schreibtisch ganz gehörte. Aber er fügte sich. Die Handschellenschlösser klickten unter Flutlicht. Im Hintergrund waberte Blaulicht. Und am Himmel zeigte sich schon das Licht des frühen Morgens.

»Komm mal am Montag ins Kommissariat«, raunte Heribert Rehbein Konrad zu, »so später Nachmittag. Da seh ich vielleicht schon klarer.«

Konrad nickte. Und überlegte, ob er dem Kommissar nicht besser noch mitteilen sollte, was er von Pfarrer Uermer und den Fröbelingern erfahren hatte. Doch der Kommissar machte deutlich, jetzt aufbrechen zu wollen:

»Ich muss erst mal nachdenken. Mein Gefühl sagt mir, dass diese Sache hier mit was anderem als mit Drogen zu tun hat.«

»Mein Gefühl sagt das auch«, sagte Konrad.

Weiter kamen sie nicht. Als Oma Gitti wieder frei war, stürmte sie auf Rehbein zu und gab ihm einen Kuss. Der Kommissar errötete. Und wich zurück.

»Joschi ist glücklich!«, sagte Gitti.

»Äh, wie meinen?«

Heribert Rehbein wirkte verstört. Einen Kuss auf seine stoppeligen Wangen erlebte er recht selten.

»Joschi hat es gut. Er tanzt!«

»Joschi?«

Oma Gitti lächelte verträumt.

»Er kann fliegen. Alles leuchtet. Grün. So schön.«

»Ja, grün ist schön«, sagte Konrad, verstand aber nichts.

»So schön«, sagte Oma Gitti. Bernadette und Paul kümmerten sich um sie. Es gelang ihnen, Oma Gitti zurück nach Fröbelingen zu lotsen.

Und dann, als auch Konrad und der Kommissar gehen wollten, rief einer der SEK-Beamten:

»Hier ist noch einer! Hatte sich weiter hinten im Gebüsch versteckt. Wollte verschwinden. Und faselt wirres Zeug.«

Konrad und Kommissar Rehbein sahen auf. Freese machte sich grade. Die SEK-Beamten schafften eine Person herbei, die seltsam zusammengesunken wirkte. Ein ältlicher blasser Mann, etwas übergewichtig. Tränensäcke unter den Augen. Dunkler, verdreckter Anzug. Eine traurige Gestalt, die im Dickicht nah der Westmauer gefunden worden war.

Cornelius Walterscheid.

Er hatte dort an der Westseite versucht, den Friedhof zu verlassen, war aber aus körperlichen Gründen gescheitert. Schnell stellte die Spurensicherung an seinen Schuhen fest, dass er sich auch am Grab aufgehalten hatte. Das hatte er zwar auch am Tag des Begräbnisses, aber die Spuren der Nacht waren frisch. Und Sonntagsschuhe trug er jetzt nicht.

Auweia, dachte Konrad.

Ein Häufchen Elend. Walterscheid hielt den linken Arm noch immer in einer Schlinge. Er wirkte kraftlos, als hätte er sich aufgegeben.

»Er will nichts bemerkt haben«, sagte der Beamte, der ihn aufgegriffen hatte.

»Das macht ihn verdächtig«, raunte Freese.

Und damit hatte er nicht ganz unrecht.

»Mitnehmen und fix auf Schmauchspuren untersuchen!«

Die Sonne ging auf.

»Der Juwelier also«, sagte der Kommissar, wie zu sich selbst. »Den hätte ich um diese Zeit aber nicht auf dem Friedhof erwartet.«

Er sah zu Konrad.

»Ich auch nicht«, sagte der.

»Vielleicht sollten wir uns doch noch ein bisschen unterhalten. Kommst du mit? Ich geh Mama besuchen. Die ist immer früh auf.«

»Ja.« Konrad fühlte sich ein bisschen benebelt.

Sie machten sich auf zur Flur mit dem wildkräutersatten Bestattungsgarten, wo der Geist Käthe Rehbeins an ihrem aus Katzenpfötchen, Elfenblumen und Vergissmeinnicht geformten Schreibtisch saß.

Der Weg zu Käthe Rehbein führte nach Norden, über die Millionenallee. Links und rechts, im duftenden Grün, im Gebüsch, unter den Bäumen, wuselten Tiere: Die Nachtaktiven zog es nach Haus, die Tagaktiven zogen zur Arbeit, also zur Futtersuche. Es war fast so wie im menschlichen Getriebe einer Großstadt. Mit dem Unterschied, dass die

Nachtaktiven nicht besoffen und die Tagaktiven nicht lustlos und übermüdet waren.

Da Konrad und der Kommissar langsam dahinschlenderten, hüpften ihnen immer mal wieder neugierige Eichhörnchen vor die Füße, unerschrockene, buschigschwänzige Rothaarige, die mal gucken wollten, ob es was zum Futtern gab. Aber Konrad und der Kommissar waren in ihre Gedanken und Gespräche vertieft. Und der Kommissar hatte die Nüsschen ohnehin vergessen, nachdem er nachts so plötzlich aus dem Bett geholt worden war.

Als sie den Bestattungsgarten erreichten, nahmen sie auf der Parkbank am Rundweg unweit des Grabes Platz.

»Guten Morgen, Mama«, sagte Heribert Rehbein. Es war ein solch automatischer Gruß, dass der Kommissar sich gar nicht fragte, wie die Worte auf Konrad wirken mochten. Der fand sie höchst passend und nach all der Aufregung so wunderbar beruhigend, dass ihm selbst ein »Guten Morgen, Frau Rehbein« herausrutschte.

Dann dachten und diskutierten sie zu dritt.

Die Festnahme des Juweliers unterfütterte Vermutungen, die Heribert Rehbein in den vergangenen Tagen durch den Kopf gegangen waren, und festigte seinen Verdacht, dass die Mordserie Forensik-Grüngürtel-Friedhof zusammenhing. Aber war jemand wie Cornelius Walterscheid ein brutaler Mörder?

»Wir werden seine Werkstatt im Juweliergeschäft nach der Tatwaffe im Mordfall Kilian Geyer durchsuchen«, sagte der Kommissar. »Bin allerdings skeptisch, ob wir sie dort finden.«

»Dieser Bruder von Walterscheid, das ist auch so eine seltsame Geschichte«, meinte Konrad. Er verriet dem Kommissar, was er von Pfarrer Uermer erfahren hatte und dass der Juwelier und Joschi in den Tagen vor Joschis Verschwinden häufig miteinander gesehen worden waren.

»Was folgerst du daraus?«, fragte der Kommissar.

»Ich weiß nicht«, sagte Konrad. »Ich hoffe nicht, dass auch Joschis Verschwinden Folge eines Verbrechens ist.«

Heribert Rehbein starrte abwesend auf den Grabstein, den das erste Tageslicht mit einem gewissen Glanz kleidete.

»Mama hat immer gesagt, Morde haben Vorgeschichten. Und manche Vorgeschichte ist so alt wie der Mörder.«

»Oder das Mordopfer«, sagte Konrad. Und dachte an die junge Frau, die jetzt weit über hundert wäre.

Rehbein nickte. »Ich versuche mal rauszufinden, was es mit diesem Bruder auf sich hat. Wenn der Walterscheid wegen ihm ein Leben lang Schwierigkeiten hatte, dann stehen Rückkehr, Tod und Leichenschändung vielleicht ebenfalls in einem … Verbrechensverhältnis.«

»Das gibt vielleicht 'ne Gleichung zu der komplizierten Lösung«, sagte Konrad, und der Kommissar lachte auf.

»Haste schön gesagt. Ich bin mittlerweile hundemüde. Wird am Montag eine ziemliche Tortur werden, wenn die Presse ins Haus kommt und gleich Ergebnisse will.«

Er atmete tief durch. Doch auch die klare, kräuterwürzige Morgenluft konnte ihn nicht beleben.

»Oliver Hoffmann. Ein Ringriegel als mögliche Tatwaffe. Das Werkzeug eines Goldschmieds. Dann die beiden toten Unbekannten.«

»Und die Unstimmigkeiten in der Rechtsmedizin«, sagte Konrad. »Ein Mord. Und ein Einbruch, ohne dass die Polizei gerufen wurde.«

»Was?« Heribert Rehbein horchte auf.

»Habe ich das noch nicht erzählt?« Konrad erschrak, erinnerte sich daran, dass er die Informationen von Josepha Roth vertraulich erhalten hatte. Aber weil die Sache nun raus war, wies er den Kommissar darauf hin.

»Interessant«, sagte Rehbein, »zweimal wird die Rechtsmedizin von Verbrechern heimgesucht. Im einen Fall geschieht ein Mord, im anderen Fall …«

»Vertuschung. Keine Meldung, keine Anzeige. Ich bitte um Verschwiegenheit, weil ich meiner … Quelle eigentlich versprochen hatte, die Information vertraulich zu behandeln.«

»Es geht um Mord, Konrad. Mord und Leichenschändung auf brutalste Weise.«

»Ja, weiß ich ja. Also gut, wenn ich schon mal mit dem Ausplaudern angefangen habe …«

»Alles, was der Wahrheitsfindung dient, Konrad«, mahnte der Kommissar.

Konrad nickte pflichtschuldig.

»Benedikt Weiss war an den Untersuchungen nach dem Einbruch beteiligt. Nur er und der Institutsleiter.«

»Professor Kosanos? Halleluja. Das weiß ich jetzt nicht von dir. Sehr gut. Ich werde diesem Kollegen Weiss mal behutsam auf den Zahn fühlen. Ohne dich zu nennen selbstverständlich.«

»Das wäre sehr nett.«

»Kein Problem. Und wenn ich jetzt nicht ins Bett komme, komme ich nachher nicht raus.«

»Nachher ist auf jeden Fall zu früh«, erwiderte Konrad, als er feststellte, dass es fast sechs Uhr war.

Sie gingen. Und weil sie nun beide sehr, sehr müde waren, bemerkten sie den Fuchs nicht, der versteckt zwischen Rosen, Lavendel, Salbei und sonstigem Wildkräutertarnzeug im hohen Gras des Bestattungsgartens den beiden Diskutanten zugesehen hatte. Neugierig. Socke war gesättigt. Die Nacht hatte, bei aller Unruhe, reichlich Nahrung geboten. Auch seiner Frau und seinen Kindern. Deshalb konnte er nun sinnieren und sich kluge Gedanken zur Welt machen. Diese Zweibeiner waren zum Aussterben verurteilt. Das war mal klar. Ständig zur falschen Zeit am falschen Ort. Keine Ruhe, wenn Ruhe nötig war. Und Mäuse und Ratten schmeckten entschieden besser. Socke zog ab nach Haus, in seinen Bau. Was für ein Tag. Gute Nacht.

NACHTIGALL, ICK SAH DIR TRAPSEN

Am Sonntag rief Amalia Konrad gegen Mittag an und fragte ihn, ob er zum Essen kommen wollte. Diese Einladung überraschte und freute ihn, der vor lauter Verwirrung wegen der nächtlichen Geschehnisse kaum geschlafen, und wenn, dann wild geträumt hatte: von zähnefletschenden Eichhörnchen, geöffneten Gräbern und Oma Gitti mit Kettensäge. Oma Gitti hatte auf seiner Seite gekämpft, aber alle Traumsequenzen waren voller Blut gewesen. Und Konrad hatte – old school und total aus der Zeit gefallen – mit Omas Hilfe genau jene Frau vor den blutrünstigen Nüssesammlern retten müssen, die ihn nun einlud.

Zum Sonntagsessen.

Es verdrängte sein Grübeln über den Anruf von Heribert Rehbein kurz zuvor. Cornelius Walterscheid war noch in der Nacht verhört worden. Von Freeses Leuten. *Den Täter nicht zur Ruhe kommen lassen,* war Freeses Devise. Und dann hatte er nicht umhinkönnen, seinen Kollegen Rehbein zu informieren. Walterscheid hatte den Doppelmord auf dem Friedhof gestanden, nachdem man Schmauchspuren an seinen Händen gefunden hatte. Daraufhin war er zusammengebrochen, berief sich auf Notwehr. *Na klar, Notwehr,* hatte

Freese getönt. *Das klären wir auch noch*. Und meinte, dass Walterscheid womöglich für sämtliche Morde der vergangenen Tage verantwortlich sei. Freese witterte den großen Coup. Rehbein hingegen hielt es für klug, Konrad zu informieren, denn er sah in Konrad längst einen loyaleren Mitarbeiter als in seinem überhitzten Kollegen. Vor allem nach dem Gespräch an Käthes Grab. Konrad hatte ganz sicher ein besseres Gespür für das, was im Kopf des Juweliers vorgehen mochte. Da stimmte was nicht an Freeses Ergebnissen.

Amalias Einladung traf Konrad völlig unvorbereitet. Sie hatte müde geklungen, wie man wohl klang, wenn man eine Nacht mit zwei Toten und einem aufgeschlitzten Bauch auf einem Friedhof erlebt hatte und deswegen gar nicht bis schlecht hatte schlafen können. Konrad hatte sich floskelhaft bedankt und Amalia hatte floskelhaft geantwortet. Und dann hatte Konrad gedacht, dass Floskelhaftes einfach total unehrlich war, und er hatte »Es tut mir leid, Amalia. Ausgerechnet *ich* habe Martin auf Abwege gebracht« gesagt, und sie hatte »Ich vermute, Martin bringt auch *dich* auf Abwege« geantwortet, »*Mich* jedenfalls schon lange. Aber ich will raus aus diesem Gedankenkarussell. Also lass uns reden«, und: »Ich bestell uns was beim Lieferdienst, magst du Indisch?«

»Indisch ist prima!«

Nach dieser kurzen Aussprache bescherte Konrad die Aussicht auf ein Mittagessen mit Amalia die schönstmöglichen Gefühle. Er machte sich auf. Kaum eine halbe Stunde später studierten sie die Speisekarte des Lieferdienstes.

Konrad bestellte *Chicken Tikka Masala*. Amalia *Mixed Vege-*

table. Und Martin *Lamb Tikka* plus mehrere Nan-Brote mit Knoblauch und einem dazu unpassenden Dip, obwohl ihm Amalia sagte, dass er eigentlich gar nichts verdient habe.

Selbstverständlich war Martins Teil der Bestellung der teuerste.

Martin blieb während des Essens schweigsam. Was weniger mit schlechtem Gewissen als mit der Ökonomie seiner Nahrungsaufnahme zu tun hatte. Es schmeckte ihm einfach zu gut. Anschließend gab es Nachspeise: Amarettocreme, zubereitet aus Mascarpone, Sahne, Zucker und natürlich einem tüchtigen Schuss Amaretto mit in Butter gerösteten, zerbröselten Amarettini.

Dieses süße Gift hatte Amalia zubereitet. Allen Altersbeschränkungen zum Trotz. Konrad, Martin – und auch Amalia selbst – löffelten mit großem Genuss, wobei sich Amalia fragte, wie es Martin gelungen war, ihre mütterlichen Instinkte so weit zu manipulieren, dass sie ihm auch noch sein Lieblingsdessert zubereitet hatte.

»Ich hätte dir die Ohren langziehen sollen«, sagte sie und schob ihre sauber ausgelöffelte Schüssel von sich.

»Das war das beste Essen ever«, sagte Martin, dem Blick seiner Mutter ausweichend. Konrad schob seine Schüssel ebenfalls zur Tischmitte, betont leise. Irgendwie hatte er das Gefühl, als einziger männlicher Erwachsener an diesem Mittagstisch eine Rolle spielen zu müssen, die ihm nicht behagte.

Andererseits flüsterten ihm seine ans Tiefgraben gewöhnten Gedanken zu, dass er im Rahmen der gerade ablaufenden Szenerie ja fast schon zur Familie gehörte.

»Was war das in der Nacht, Martin?«

Amalia meinte es ernst. *Oha*, dachte Konrad. Sie hatte mit dem Gespräch tatsächlich gewartet, bis er zugegen war. Da durfte er sich nicht wegducken.

»Ich weiß«, sagte Martin lahm, »war doof. Aber ich hatte was gesehen.«

»Und deswegen musstest du, ausgerüstet wie jemand, der in den Krieg zieht, in den Krieg ziehen? Du verschwindest, ohne mir Bescheid zu sagen oder erreichbar zu sein? Mitten in der Nacht? Da wurde geschossen, Martin! Da gab es Tote. Du bist zehn!«

Den Bruchteil einer Sekunde lang verspürte Martin das Bedürfnis, logische Argumente für sein Verhalten vorzubringen. Zum Beispiel zu sagen, dass Zehnjährige selten auf der Abschussliste von Killern standen und dass die Körpergröße eines Zehnjährigen besser vor Schusswunden schützte als der weit größere, breitere, flächigere Leib eines Erwachsenen. Doch Martin behielt all dies für sich. Seiner Mutter war jetzt nicht nach Argumente-Ping-Pong und von Konrad erwartete er in ihrer Gegenwart kaum Unterstützung.

Amalias Stimme wurde laut und gefährlich scharf. Sie hatte etwas von der schneidenden Schärfe hoher Violinenklänge. Konrad erinnerte sich daran, dass er Amalias Geigenkasten bei der ersten Begegnung mit ihr für den Koffer eines Maschinengewehrs gehalten hatte. Und Martin wusste, dass seine Mutter tatsächlich schießen konnte. Also im übertragenen Sinn.

»Entschuldigung«, sagte er lammfromm.

Einige Sekunden Schweigen. War die Entschärfung der Bombe gelungen oder nicht?

»Wenn schon dann: *Ich bitte um Entschuldigung*«, grollte Amalia. Konrad überlegte, ob er etwas zur Deeskalation beisteuern konnte, ohne selbst ins Feuer zu geraten. Aber dann dachte er, es wäre einfach nur feige, diesem Feuer auszuweichen zu wollen. Denn Amalia war ja zu recht angesäuert, um nicht zu sagen wütend.

»Was ich euch beiden übel nehme«, sagte sie, »ist, dass ich erst jetzt erfahre, wie sehr ihr in diese Mordserie am und auf dem Friedhof verstrickt seid. Ich habe gedacht, es geht um einen uralten Fall, bei dem alle Täter längst tot sind und außer ein bisschen Knochengrusel nichts zu befürchten ist. Aber das von letzter Nacht, das hat mich geschockt.«

Konrad bekannte sich schuldig und gab zu, dass er die eskalierende Brutalität der Ereignisse unterschätzt hatte.

»Vielleicht ist uns mit dem Schädelfund die Detektividee zu Kopf gestiegen«, sagte er. »Wir hätten vorsichtiger sein müssen. Aber ein Schusswechsel auf Melaten, so was hätte ich nicht erwartet. Es tut mir leid.«

»Ich hoffe mal, dass du ihn nicht auch noch ermuntert hast«, sagte Amalia, die am Morgen von Martin erfahren hatte, dass er sich bei der Spurensuche im Mordfall Kilian Geyer verdient gemacht hatte.

Konrad schwieg betreten. Er wollte Martin nicht in den Rücken fallen.

»Aber du bist schließlich alt genug«, fuhr Amalia, an Martin gewandt, fort, »und vor allem bist du klug genug, um die Lage einschätzen zu können. Es ist kaum eine Woche her, dass es hier Morde gab und einen Mörder, der aus dem Rechtsmedizinischen Institut über den Friedhof geflüchtet ist. Das wusstest du.«

Konrad nickte, als würde sie das Hühnchen mit ihm rupfen.

»Ja, Mama«, sagte Martin.

»Und wenn du um ein Uhr nachts mit deinem verdammten Fernglas…«

»Mit meinem Teleskop, Mama.«

»Das macht es nur schlimmer! Wenn du also auf dem nächtlichen Friedhof Leute siehst, die sich an einem Grab zu schaffen machen, dann sollten bei dir sämtliche Alarmglocken schrillen. Dann solltest du erst recht nicht losziehen, auf eigene Faust, ausgerüstet wie ein GI. Was hättest du denn erreichen können? Eine Festnahme? Du bist zehn!«

»Nein, Mama.«

»Doch, du bist zehn!«

Die Lautstärke schwoll wieder an.

»Das meine ich nicht, Mama. Die Festnahme. Du hast recht. Ich hätte die Polizei rufen sollen.«

»Na also. Oder mich. Du hättest …«

»Ich weiß, Mama. Tut mir leid. Ich habe doch im Leben nicht damit gerechnet, dass da Bewaffnete unterwegs sind. Ich hab gedacht, da sind Leute an dem Grab, in dem wir die Knochen gefunden haben. Dass die da was verschwinden lassen wollten, weil die irgendwie Nachfahren von diesem Schlagowski sind und was wissen und … keine

Ahnung. Ich habe jedenfalls gedacht, es geht um die Schädelsache. Um die junge Frau, die damals brutal ermordet wurde.«

Amalia seufzte. Martins Rehaugen waren eine gefährliche Waffe. Er setzte sie geschickt ein. Und er log, dass sich die Balken bogen.

»Na ja«, sagte Konrad, um die Wogen weiter zu glätten und Martin vorsichtig den Rücken zu stärken: »Martin vermutet vielleicht, dass die Polizei lacht, wenn ein Zehnjähriger nachts anruft. Die glauben dann an einen Scherz. Ich kenne diese Beamten.«

Martins Selbstbewusstsein war groß genug, die Möglichkeit, nicht ernst genommen zu werden, vollkommen auszuschließen. Und Amalia schüttelte den Kopf.

»Dann hätte er eben *mich* anrufen sollen. Also *uns*, wir waren ja bei dir!«, schimpfte sie. »Ich hätte die Polizei verständigt. Und wenn die mir nicht glauben, dann kann ich auch anders!«

Konrad zuckte zusammen, sah in Amalia wieder die Frau mit Geigenkasten. Martin aber lachte innerlich und setzte erneut seine Rehaugen ein.

»Mama. Ihr hattet so einen schönen Abend«, säuselte er. »Da hätte ich euch anrufen und stören sollen?«

Konrad schloss die Augen. Jetzt hatte Martin übertrieben. Doch nach einer endlos langen Sekunde hörte er Amalia lachen. Es klang ein bisschen verzweifelt, aber sie lachte.

»Du machst mich fertig«, sagte sie. »Komm nie, nie wieder auf eine so blöde Idee, versprochen?«

»Versprochen!«

Martin hob seine wenig vertrauenerweckende Schwurhand.

Als die Fronten geklärt waren und sich Amalia der Illusion hingeben konnte, ihren Sohn zur Vernunft gebracht zu haben, ließ sie durchblicken, dass auch sie, die jüngsten Mordfälle betreffend, vor Spannung platzte. Die Frage, was los war in der Stadt, auf dem Friedhof, löste eine längere Haupt- und Nachspeisen-Verdauungs-Diskussion aus. Martin beteiligte sich an der Diskussion und bemühte sich, seiner Mutter keine neue Angriffsfläche zu bieten. Es gab Kaffee: Espresso und Lungo. Auch Martin trank einen. Als Forscher wollte er das Zeug testen. Und sein Gehirn war immer bereit für Anregendes.

»Der Juwelier«, sagte Amalia. »Nie im Leben hat der die zwei erschossen. Ich kann das nicht glauben.«

»Nein, ich auch nicht«, sagte Konrad. »Aber Schmauchspuren sind ein ziemlich deutliches Indiz. Und Kommissar Rehbein sagt, er spräche von Notwehr. Ich bin mir fast sicher, dass die beiden Ermordeten Walterscheid unter Druck gesetzt haben. Das waren Vollprofis. Diese Ausrüstung, die ich da in der Nacht gesehen habe. Und der Überfall vor ein paar Tagen. Walterscheid trug den Arm in einer Schlinge und bei der Beerdigung seines Bruders wirkte er völlig eingeschüchtert. Vielleicht hat er sich nicht anders zu wehren gewusst?«

Amalia schüttelte den Kopf.

»Aber doch nicht nachts auf dem Friedhof, Konrad!«

»Na ja, Notwehr plant den Ort nicht.«

Martin dachte nach, rührte einen dritten Löffel Zucker in seinen Kaffee.

»Wenn es der Juwelier war, dann werden sie die Tatwaffe auf dem Friedhof finden«, sagte er. »Er konnte sie ja nicht mitnehmen. War es ein anderer, dann ist auch die Waffe verschwunden. Aber sie haben die Kugeln.«

»Sie?«

»Die Forensiker.«

»Ja, da ist was dran. Die stecken in den Toten. Die Kugeln«, sagte Konrad, und dachte, dass er vielleicht am Montag beim Kommissar mehr darüber erfahren würde.

»Weiß man denn schon, um wen es sich bei den Erschossenen handelt?«, fragte Amalia, beantwortete sich die Frage aber gleich selbst: Die Toten waren ja erst wenige Stunden zuvor gefunden worden. Konrad hatte seitdem wahrscheinlich keinen Kontakt zum Kommissar gehabt. Sie widmete sich etwas anderem.

»Gott, ich kann nicht begreifen, weshalb sie dieser Leiche, dem Bruder von Herrn Walterscheid …«, sie blickte Martin an, »… hast du das wirklich alles mitangesehen? Wie sie den Bauch …«

Während sie auf eine beruhigende Antwort Martins hoffte, obwohl ihr deren Unwahrscheinlichkeit bewusst war, leuchtete in Konrads Kopf das Wort *Notwehr* auf. Da stimmte was nicht.

»Ja, ich habe alles gesehen«, sagte Martin. »Aber du musst dir keine Sorgen machen, Mama. Bei Netflix gibt's Schlimmeres. Neulich habe ich …«

»Wir haben gar kein Netflix, Martin!«

»Ach, Mama.«

Sie seufzte. »Was haben die beiden, die dann erschossen wurden, gesucht? Vielleicht waren sie Mitglieder einer Sekte und standen unter Drogen.«

»Mir ist was aufgefallen«, sagte Konrad. »Wir wissen, dass Cornelius Walterscheid Schmauchspuren an den Händen hatte. Und dass er sich auf Notwehr beruft. Aber Notwehr … ich meine, hast du ihn gesehen, Martin?«

»Stimmt«, rief Amalia. »Notwehr geschieht aus der Situation heraus. Wenn er nicht zu sehen war, weil er aus der Entfernung geschossen hat, kann das kaum Notwehr gewesen sein.«

»Jetzt ermittelst du schon selber, Mama.«

»Keine Tricks, Martin. Ich bin 26 Jahre älter als du und würde nachts um zwei nicht mit Armeeausrüstung auf den Friedhof ziehen.«

»Und auch das ist seltsam«, sagte Konrad.

»Was?«

Amalia sah ihn irritiert an.

»Dass Cornelius Walterscheid nachts auf dem Friedhof war. Das passt auch nicht zum Thema Notwehr.«

»Na ja. Vielleicht war er nicht allein«, murmelte Martin.

»Bitte?«

Martin holte tief Luft:

»Es hat sich so ergeben. Ich meine, da ich nun schon mal an dem Grab stand, als geschossen wurde. Also, den Juwelier habe ich nicht gesehen. Ich habe auch gar nicht genau hingeguckt, wegen … Es war schon ziemlich brutal. Ich habe die Augen zugemacht.«

»Ach, mein Süßer!«

Amalia schmolz dahin. Martin blickte unwirsch.

»War aber blöd von mir. Als ich die Augen wieder aufgemacht hab, habe ich nur noch einen Schatten gesehen. Da war jemand am Grab. Wieselflink war der.«

»Nicht Walterscheid?«, meinte Konrad.

»Nein, der bestimmt nicht. Das war eher … keine Ahnung, so der sportlich schlanke Typ.«

»Interessant.«

»Der ist dann schnell wieder weg. Dunkle Klamotten. Wie vermummt.«

»Klingt wirklich nicht nach Walterscheid. Bewaffnet?«

Martin zuckte die Achseln:

»Ging alles ziemlich schnell.«

»Oh, Martin.«

Amalia versuchte, die Fassung zu bewahren.

»Verstehe.« Konrad überlegte. *Dann gibt es da doch bestimmt Fußspuren,* wollte er sagen, befürchtete aber, Martin einen Anreiz zu geben, gleich loszustürmen, um die Arbeit der Spurensicherung zu erledigen. Das hätte Amalia *not amused. Not at all.*

Martin kam ganz von selbst darauf – und schwieg vorsichtshalber.

Sie sprachen noch eine Weile und kamen überein, dass Konrad Kommissar Rehbein von Martins Beobachtungen berichten, sie aber irgendwie als seine eigenen ausgeben sollte, um Martin zu schützen. Konrad meinte, dass er dem Kommissar diese wichtige Information schnellstens zukommen lasse müsse, weil es für die Fahndung eventuell entscheidend sei. Er griff also zum Telefon und rief Rehbein an. Er weckte ihn aus dem Mittagsschlaf, aber Rehbein war nicht sauer. Im Gegenteil. Er nahm die Nachrichten begierig auf, und da er alles andere als dumm war, begriff er sofort, dass Konrads seltsame Geschichte, die mit *Mir ist da noch was eingefallen begann*, so nicht stimmen konnte.

»Dein Freund Martin, oder? Der junge Mann mit Tarnfarbe im Gesicht.«

Konrad holte hörbar Luft. Rehbein hatte sich Martins Aufzug in der Nacht gut gemerkt.

»Keine Sorge«, sagte Rehbein, »der Junge bleibt draußen.«

»Danke«, sagte Konrad.

»Danke für den Hinweis. Montagnachmittag.«

Sie beendeten das Gespräch.

Martin war ein bisschen stinkig, dass Konrad und Amalia ihn wegen seines Alters schützen wollten. Sein Ego war groß genug, um gegen die Mächte der Unterwelt in den Kampf zu ziehen. Andererseits fiel es ihm nun leichter, seiner Mutter und Konrad zu verschweigen, dass er Rochus Gröben in der Nacht gesehen hatte. Rochus zu verpfeifen, würde ihm das Leben in der Klasse nicht leichter machen. Das Wissen bei sich zu behalten, war vielleicht eine Art Trumpfkarte. Martin wollte abwarten, wie sich Rochus in den nächsten Tagen verhielt.

Der Sonntag verging. Amalia und Konrad machten noch einen Ausflug nach Bonn. Martin, der sich drücken wollte, musste mit. Seine Mutter hatte ganz und gar keine Lust auf eine weitere Überraschung innerhalb von 24 Stunden. Man traf eine stumme Übereinkunft, die Geschehnisse der Nacht erst einmal nicht weiter anzusprechen.

Am Abend war Martin zu der Erkenntnis gelangt, dass er nach langer Betrachtung eines alten Schlittens mit Filzdecke und Fettstück, einer Glühbirne, gekoppelt an eine Zitrone, und einem Bakelit-Telefonapparat, der mit einem Erdklumpen verkabelt worden war, länger über moderne Kunst würde nachdenken müssen. Zuvor jedoch stand detektivische Denkarbeit an. Während Amalia und Konrad beim Italiener Spaghetti aßen, Rotwein genossen, sich in die Augen sahen, teils lächerliche Konversation führten, versuchte Martin, eine Gleichung aufzustellen, in der die beiden Erschossenen, der geöffnete Leichnam, Cornelius Walterscheid, Rochus Gröben und eine Person namens X vorkamen. Sollte es ihm gelingen, diese Gleichung nach X aufzulösen, hätte er den Täter. Doch anders als die lächerlichen Gleichungen im Matheunterricht von Doktor Drisse war diese im Moment nicht zu knacken.

Am Montag startete Konrad voller Elan in die Arbeitswoche und wurde gleich nach der Ankunft auf dem Betriebshof ausgebremst: Mitarbeiterversammlung. Auf dem Friedhof war die Nacht des langen Messers, wie Schorn die dramatischen Ereignisse nannte, *das* Gesprächsthema. Und noch immer befand sich die Polizei auf Melaten. Sogar mehr noch als in der Tatnacht. Der gesamte Friedhof war für die Öffentlichkeit gesperrt und die Spurensicherung durchkämmte das Gelände. Konrad geriet ins Schwitzen. Noch wusste niemand seiner Kollegen, dass er nachts bei der Polizeiaktion dabei gewesen war. Gandulf Kantmann tat sich mit wilden Spekulationen hervor und Konrad hielt sich bedeckt. Als Schorn dann die Aufgaben für den Tag verteilt hatte – die Friedhofsgärtner sollten der Spusi helfen, die Tatwaffe zu finden –, vertraute sich Konrad ihm an.

Anschließend gab Schorn ihm frei.

»Bin ich gefeuert?«, fragte Konrad besorgt.

»Quatsch«, sagte Schorn, und sein Kugelkopf mit Zwirbelbart grinste breit. »Aber dass du hier festgenommen wurdest, das kommt raus. Einige der Beamten werden auch in der Nacht hier gewesen sein. Wenn die dich sehen, gibt das Unruhe. Lass mich mal machen. Du kriegst Sonderurlaub, weil du hier Schlimmeres verhindert hast. Den Mörder haben sie ja schon. Dein Verdienst. Wir suchen dann mal die Waffe. Dann hat auch Kantmann was Sinnvolles zu tun.«

»Na ja«, sagte Konrad, »ich glaub ja ehrlich gesagt nicht, dass der Juwelier …«

»Der war hier. In der Nacht. Der hat Dreck am Stecken«, unterbrach ihn Schorn. »Jetzt komm mal ne Woche lang auf andere Gedanken. Dann herrscht hier längst wieder Friedhofsruhe. Wirst sehen.«

Konrad nickte und guckte skeptisch.

»Ist noch was?«

»Hab ich etwa Friedhofsverbot?«

Nun guckte Schorn skeptisch.

»Du bringst mich auf Ideen«, sagte er und grinste. »Nee«, fügte er hinzu, »aber übertreib es nicht. Und jetzt ab mit dir.«

Dass er die freien Tage dringend für seine Nachforschungen gebrauchen konnte, bemerkte Konrad bereits knapp zwei Stunden später. Martin würde bis zum späten Nachmittag in der Schule sein, und Konrad hatte sich vor lauter Unruhe überlegt, vielleicht schon am Vormittag zu Heribert Rehbein ins Polizeipräsidium zu gehen, in der Hoffnung, vom Stand der Ermittlungen zu erfahren.

Diese Hoffnung wurde nicht enttäuscht. Als Konrad gegen elf das Präsidium erreichte, war dort eine Pressekonferenz in vollem Gang. Es ging zu wie in einem Bienenstock. Doppelmord und Leichenschändung im Herzen Kölns, die Hälfte der Presseleute bestand aus Boulevardjournalisten von Blättern, in deren Redaktionen bereits Anweisungen gegeben worden waren, mal selber zu ermitteln und der Polizei zuvorzukommen. Störfeuer also. Ohne Rücksicht auf Verluste. Fast jeder der Anwesenden hielt ein Smartphone ans Ohr und führte während der Informationsaufnahme hektische Anrufe.

Da man Konrad in Heribert Rehbeins Abteilung kannte, durfte er den Rest der Pressekonferenz verfolgen. Freese und Rehbein saßen an einem langen Tisch vor den versammelten Journalisten. Sie hatten von der Nacht berichtet und standen nun Rede und Antwort. Freese führte das Regiment, Rehbein hielt sich zurück. Er sah völlig übermüdet und griesgrämig aus. Als er Konrad im hinteren

Teil des Konferenzraums erblickte, hellte sich seine Miene auf. Freese schwadronierte über Verdächtige, die man auf dem Friedhof angetroffen hatte. Er warf ein, dass man noch nicht wisse, ob die Leichenschändung und der Doppelmord in Zusammenhang stünden. Konrad war, als er das hörte, ebenso irritiert wie Kommissar Rehbein. Dann begriffen sie, dass Freeses Mutmaßung ein geschickter Schachzug gewesen war, um den Kreis der Verdächtigen möglichst groß zu halten. Die Fröbelinger. Freese konnte sie nach dem Stand der Dinge schlecht mit dem Mord in Verbindung bringen. Da hieß der Beschuldigte Cornelius Walterscheid. Mit einer perversen Tat wie einer Leichenschändung aber schon. Freese faselte was von *Sauberkeit, Ordnung, polizeilichem Durchgreifen* etc., um seine nächtlichen Verdienste ins beste Licht zu rücken. Heribert Rehbein schwieg und guckte wie ein Regentag in Köln-Kalk.

Natürlich wurden von den Journalisten Fragen gestellt, die das Massaker auf Melaten mit den Morden der vergangenen Tage in Verbindung brachten. Freese druckste rum, obwohl er gern auftrumpfen wollte. Heribert Rehbein blieb klar, sachlich und wortkarg. Es gebe Hinweise auf Verbindungen zwischen den Verbrechen. Um die polizeilichen Ermittlungen nicht zu gefährden, könne man zum jetzigen Zeitpunkt aber nichts sagen. Mehr gab es nicht.

Die Presse murrte. Gegen zwölf wurde die Pressekonferenz beendet und Heribert Rehbein nahm Konrad mit in sein Büro. Der Kommissar ließ sich auf seinen Schreibtischstuhl fallen. Konrad blieb stehen.

»Wie ich das hasse«, sagte Rehbein. »Du musst dich entblößen wie ein Exhibitionist, darfst das Wichtigste aber nicht zeigen. Meine Güte.«

»Das Wichtigste?«

»Die Erfolge, die man schon hat. Walterscheid steckt ziemlich tief drin. Und er hat heute Morgen einiges gestanden. Wir haben herausgefunden, dass Kilian Geyer ein Jahr lang für Walterscheid gearbeitet hat. Genauer gesagt hat er bei ihm eine Lehre zum Goldschmied gemacht. Ihm ist dann aber gekündigt worden, weil er, nun ja, die Nähe zu Edelmetallen nicht vertrug. Anschließend hat er sich der Medizin gewidmet. Ein Mann mit Talenten.«

»Der war beim Juwelier in der Ausbildung?«

»Genau. Geyer hat abgebrochene Ausbildungen geradezu gesammelt.«

»Sie kennen sich also. Und jetzt wird Geyer mit einem Juwelierwerkzeug erstochen.«

»Ja, aktuell steht es 3:0 gegen Walterscheid. Drei Morde. Zwei gibt er zu, beruft sich auf Notwehr. Vom dritten will er nichts wissen. Wir lassen momentan mit einem großen Aufgebot seinen Laden und seine Werkstatt auf Mordspuren untersuchen.«

Konrad nickte. Drei Morde. Und ein Unbekannter. Er kam auf das zurück, was Martin in der Nacht meinte gesehen zu haben: dass jemand kurz nach den tödlichen Schüssen auf die beiden Grabschänder am Tatort gewesen war. Eine eher schmächtige Person. Eventuell vermummt. Konrad referierte Martins karge Beobachtungen.

Heribert Rehbein hatte seit dem Anruf über den Hinweis nachgedacht. Freese hatte er noch nicht eingeweiht.

»Und du bist dir sicher, der Junge fantasiert nicht?«

»Martin hat Fantasie für drei, aber er fantasiert nicht«, sagte Konrad.

»Walterscheid ist nicht gerade schmächtig.«

»Nee«, sagte Konrad. »Vom Gewicht her ist der eher zehn Karat.«

Rehbein grinste, wurde aber gleich wieder ernst:

»Wir haben Walterscheid ganz schön in die Mangel genommen, vor allem Freese. Ich habe ihn dann mit den Beobachtungen Martins konfrontiert, selbstverständlich ohne Martin zu nennen. Walterscheid bleibt bei seiner Aussage. Er sei von den beiden Männern auf den Friedhof mitgeschleppt worden. Die beiden hätten das Grab geöffnet und ihn gezwungen mitzugraben.«

»Das hätte Martin gesehen«, unterbrach Konrad. »Halte ich für gelogen.«

»Möglich«, sagte der Kommissar. »Nach einer Weile dann hätten die beiden allein weitergegraben, die Leiche freigelegt. Dann habe einer der beiden plötzlich eine Waffe gezogen. Die Männer hätten nicht geahnt, dass er ebenfalls bewaffnet war.«

»Das waren Killer, oder?«, sagte Konrad.

»Ja. Ich bin heute Morgen noch im *Lovejoy* gewesen«, sagte Rehbein. »Vor zwei läuft in dem Laden nichts.«

»Im *Lovejoy*?«

Das *Lovejoy* war der berüchtigste Nachtclub der Stadt: ein Etablissement, über das Rehbeins Mutter Käthe einen Bannfluch verhängt hätte. Nächtlicher Sammelpunkt der rheinischen Halbwelt. Ein Ort von Prostitution, Drogen, Gewalt.

»Im *Lovejoy*«, wiederholte der Kommissar. »Wenn Typen aus anderen kriminellen Milieus in die Stadt eindringen, herrscht Alarm in der Unterwelt. Ich kenne meine Pappenheimer. Verrat mögen die nicht. Eindringlinge allerdings noch weniger. Der Dicke Pitter hat sich nicht lange bitten lassen. Die zwei haben ihm tüchtig zugesetzt und seine Eitelkeit verletzt. Die besteht vor allem aus seiner Nase. Sah blau und gebrochen aus.«

»Der Dicke Pitter? Die Domglocke?«

Konrad blickte den Kommissar erstaunt an. Jeder Kölner wusste, dass die größte der Domglocken Dicker Pitter genannt wurde. Nur wenige kannten Peter Schmitz, Zuhälter, Türsteher, Schläger, 170 Kilogramm. IQ 82. Die gnadenlose Brutalität der Dummheit. Heribert Rehbein klärte Konrad auf.

»Kolumbien ist definitiv im Spiel«, fuhr der Kommissar fort. »Die beiden sind als Pedro und Pablo bekannt. Zwei gefährliche Killer.«

»Und diese beiden sollen ihn nicht auf Waffen untersucht haben?«

»Richtig. Es klingt alles ziemlich widersprüchlich. Walterscheid behauptet, er habe die ganze Zeit über mit dem Gedanken gespielt, die Waffe einzusetzen, habe aber Skrupel gehabt. Sie waren zu zweit und ganz bestimmt bessere und schnellere Schützen als er. Als er dann abseits des Grabes stand, habe er die Pistole heimlich hervorgeholt. Und als er sah, dass man ihn erschießen wollte, habe er selbst geschossen. Ohne nachzudenken. Zweimal. Schnell. Ein Reflex. Er habe Glück gehabt.«

»Notwehr«, sagte Konrad und nickte. »Hört sich ziemlich konstruiert an.«

Rehbein widersprach nicht.

»Walterscheid behauptet, er sei am Abend vor der Tat von den beiden Killern aufgesucht worden. Nicht zum ersten Mal. Er habe Todesängste ausgestanden.«

Der Kommissar beugte sich vor.

»Wir wissen jetzt übrigens auch, worum es ging.«

Er sah Konrad eindringlich an.

»Was?«

»Was die beiden Killer von ihm wollten.«

Konrad setzte sich auf einen Stuhl.

»Drogen?«

»Nein.«

»Dann Juwelen?«

»Genau. Juwelen. Ich frage mich aber, weshalb Cornelius Walterscheid an diesem Punkt seines Geständnisses plötzlich glaubwürdig wird. Er behauptet, die beiden Killer hätten seinen Bruder verfolgt. Seit dem Abflug aus Kolumbien. Oliver Hoffmann habe Rohsmaragde bester Qualität gestohlen und zu Walterscheid bringen wollen. Das jedenfalls hätten die beiden behauptet. Und ihn unter Todesandrohung aufgefordert, die Juwelen rauszurücken.«

»Gestohlen?«

»Nun, die Besitzverhältnisse in kolumbianischen Clans sind wohl anders geartet als die in Lindenthal.«

»Das ist zu vermuten.« Konrad schluckte. Er versuchte, die Erkenntnisse einzuordnen:

»Aber wie hat … oder wie soll … der Bruder diese Rohsmaragde … Wie teuer sind die denn?«

»Kolumbianische Smaragde sind die besten und teuersten der Welt. Geschliffen können sie Preise erzielen jenseits denen von Diamanten. Gigantische Summen.«

»Donnerwetter.« Konrad begriff: »Das Schleifen, das hätte Walterscheid erledigen können.«

»Das haben die beiden Killer vermutet. Oliver Hoffmann bringt Rohsmaragde zu seinem Bruder. Der veredelt sie zu teuersten Schmucksteinen. Deshalb haben sie ihn unter Druck gesetzt, ihn ultimativ aufgefordert, die Rohsmaragde herauszurücken.«

»Die er nicht hatte.«

»Behauptet er.«

»Und *wie* hat der Bruder die Smaragde …« Konrad dachte nach. »Er hat sie geschluckt? Hat er sie wie Drogen geschluckt? In Kondomen? Und dann ist er gestorben. Herzinfarkt mit rätselhaften Symptomen. Und ist in der Kölner Rechtsmedizin gelandet, wo …«

»Wo man ihm die Smaragde, einzeln eingepackt in eine weiche Kunststoffhülle, so hat Walterscheid behauptet, womöglich rausgeschnitten hat. Beziehungsweise, wo man sie während der Sektion gefunden hätte.«

»Hätte?«

»Nun ja. Die Sektion erfolgte genau an dem Abend, als der Pförtner umgebracht wurde. In der Nacht vom 30. auf den 31. August.«

»Als Kilian Geyer in die Rechtsmedizin eingedrungen ist«, fügte Konrad hinzu.

»Und vielleicht auch die beiden Killer.«

Konrad erhob sich wieder, ging vor dem Schreibtisch des Kommissars auf und ab, war unruhig.

»Da stimmt doch was nicht. Die Killer oder auch Kilian Geyer, die sind nicht fündig geworden. Die Leiche von Oliver Hoffmann wurde zur Beerdigung freigegeben. Wenn sie seziert worden ist, dann wurden die Rohsmaragde unter Garantie gefunden. Ich kenne Josepha Roth und Benedikt Weiss. Die beiden finden alles.«

»Dann sind die Smaragde entweder in der Forensik geblieben, wo sie aber nie als Fund gemeldet wurden …«

Der Kommissar stoppte, ließ Konrad in seinen Gedankennetzen zappeln.

»Oder?«

»Oder die Leiche wurde freigegeben, ohne seziert worden zu sein.«

»Und so was kommt vor?«

»Ja«, sagte Rehbein, »so was kommt tatsächlich vor. Der einfachste Grund wäre, wenn sich eine natürliche Todesursache ergibt. Oder wenn Angehörige den Wunsch nach einer Sektion zurückziehen und es kein staatsanwaltliches Interesse gibt.«

»Und einer dieser Gründe lag hier vor?«

Kommissar Rehbein lehnte sich in seinem Stuhl zurück:

»Das ist die Frage. In die Rechtsmedizin ist eingebrochen worden. Die Unterlagen der vergangenen Wochen sind verschwunden.«

»So ein Zufall«, sagte Konrad.

Smaragde. In Kunststoffhüllen verpackt. Geschluckt. Wie Drogen. Millionenwerte.

»Die Waffe«, sagte der Kommissar, um Konrad aus seiner Gedanken-Sackgasse herauszuhelfen, »Cornelius Walterscheid behauptet, er habe sie als Juwelier, als gefährdete Person also, besitzen dürfen.«

»Und die Waffe war nicht gemeldet?«

»Wenn unsere Informationen stimmen, dann war es eine vor langer Zeit gestohlene, vermutlich in Südamerika verschwundene Walther P1.«

»Was sagt Walterscheid dazu?«

»Er behauptet, er habe sich um Details nie gekümmert. Er sei froh gewesen, eine Waffe besessen zu haben.«

»Und wo ist sie abgeblieben?«

»Das weiß er nicht. Zunächst hat er behauptet, er könne sich kaum an die Minuten nach den Schüssen erinnern. Blackout. Wie benommen sei er auf dem Friedhof umhergeirrt. Er habe die Waffe irgendwo ins Gebüsch geworfen. Freese hat ja die Befragungen durchgeführt. Heute Morgen, kurz vor der Pressekonferenz, als ich mit ihm sprach, hat er dann in etwas gefassterer Stimmung ausgesagt, sich wieder an einige Details zu erinnern. Er sei zunächst vom Friedhof geflohen, durch die Stadt geirrt. Dann habe er die Waffe in einen Müllcontainer geworfen. Am Stadtwaldgürtel. Irgendwo nah der Kreuzung Aachener. Glaubt er … Die Nacht, die Aufregung. Na ja.«

Heribert Rehbein seufzte.

»Wir lassen die Müllcontainer untersuchen. Und die

Sperrung von Melaten halten wir sicherheitshalber bis zum Nachmittag aufrecht.«

»Verstehe«, sagte Konrad. »Warum saß er denn auf dem Friedhof, wenn er doch von dort weg war?«

»Guter Einwand.« Der Kommissar nickte anerkennend. »Was das betrifft, verstrickt sich Walterscheid in Widersprüche. Beruft sich auf eine emotionale Ausnahmesituation. Er hätte sich seinem Schicksal ergeben.«

»Auf dem Friedhof?«

»Ein passender Ort!« Heribert Rehbein lachte grimmig auf. Konrad blieb nachdenklich. »Da ist was faul«, sagte er. »Ich halte Cornelius Walterscheid nicht für jemanden, der zwei Menschen erschießt. Wer sich seinem Schicksal ergibt, erschießt seine Peiniger nicht.«

»Noch ein Punkt«, sagte Rehbein und seufzte. »Mit dir hätte ich gern dieses Büro geteilt. Stattdessen kriege ich Freese mit seinen Schweißfüßen.«

Konrad ließ sich seinen Stolz nicht anmerken. Und blieb im Ermittlungsmodus.

»Mir ist noch was eingefallen«, sagte er.

Der Kommissar blickte auf:

»Immer raus damit.«

»Die Tatwaffe«, sagte Konrad. »Die Pistole.«

»Ja?«

»Zuerst will Walterscheid sie auf dem Friedhof losgeworden sein. Einen halben Tag später außerhalb des Friedhofs. Klingt erst mal so, als bemühte er sich, der Polizei sachdienliche Hinweise zu liefern. Könnte aber auch bedeuten, er hätte was dagegen, wenn man den Friedhof akribisch absuchen würde. Vielleicht will er die Aufmerksamkeit vom Friedhof ablenken.«

»Teufel. Da könnte was dran sein«, sagte der Kommissar. »Ich lasse dir gleich morgen einen eigenen Schreibtisch hier einrichten.«

»Das macht schon Spaß, das Ermitteln«, sagte Konrad. »Aber besser wären zwei Schreibtische.«

»Wieso?«

»Wegen Martin. Der braucht verdammt viel Platz!«

Heribert Rehbein brach in so heftiges Gelächter aus, dass der Kollege, der mittags immer fragen kam, ob er was vom Kiosk mitbringen sollte, besorgt die Tür öffnete und nach dem Rechten sah, was den Kommissar daran erinnerte, dass er Hunger hatte. Es war mittlerweile 13 Uhr. Wenn Martin aus der Schule käme, so Rehbein, würde er gern mit ihm sprechen. »Der hat bestimmt auch noch was bemerkt, der Kollege.«

»Das ist nicht ausgeschlossen«, sagte Konrad. Der Kommissar bestellte Gyros Pita mit doppelt Tzaziki, obwohl am Nachmittag sicher noch die eine oder andere Teambesprechung stattfinden würde und Knofidunst im Amt keinen guten Ruf genoss. Aber er brauchte was gegen Schweißfüße.

Gegen 13 Uhr 15 jedoch, als Konrad im Begriff war, das Polizeipräsidium zu verlassen, wurde Heribert Rehbein klar, dass er sein Gyros später kalt würde essen müssen.

Josepha Roth betrat, totenblass und gehetzt, das Foyer. Als sie Konrad erblickte, erhellte ein Hoffnungsschimmer ihr Gesicht. Sie eilte auf ihn zu wie auf einen hilfsbereiten Engel:

»Benedikt ist verschwunden«, sagte sie. »Er ist nirgends zu finden.«

»Dein Kollege?«

»Ich erreiche ihn nicht. Da stimmt was nicht. Nicht nach alldem, was schon passiert ist.«

Als Konrad den Kommissar herbeigerufen hatte, erklärte ihm Josepha Roth, dass Benedikt Weiss, mit dem sie am Sonntag zum Brunch verabredet war, nicht aufgetaucht und nun wie vom Erdboden verschluckt sei. Sie habe einen Schlüssel zu seiner Wohnung, dort nachgesehen, ihn nicht vorgefunden. Keine Nachricht, keine Krankmeldung, keine Reaktion auf Anrufe. Keine Hinweise auf eine Gewalttat in der Wohnung. Ohne ihn könne das Team nicht arbeiten.

»Das weiß er«, sagte sie. »Er hätte sich abgemeldet. Spätestens vor Arbeitsbeginn. Ich habe verdammte Angst.«

Die letzten Worte benutzte sie, die seit Jahren mit dem Tod im selben Raum zusammenarbeitete, selten.

Schon deshalb verstand Konrad sie. Mehr aber verstand er nicht. Er musste los. Und als er das Präsidium verlassen hatte, fiel ihm auf, dass er vergessen hatte, dem Kommissar eine entscheidende Frage zu stellen.

DAS IST JA EINE GANZ NEUE PERSPEKTIVE

Josepha Roth war von Jan-Philipp Freese in Beschlag genommen und zum Institut für Rechtsmedizin begleitet worden. Dort wurde nun alles akribisch auf Spuren und Hinweise hin untersucht. Freese schloss jemanden wie Konrad kategorisch von den Ermittlungen aus und selbst Heribert Rehbein musste angesichts der akuten Gefahrenlage Vorsicht walten lassen. Die Polizeibehörde zog sich bereits eine halbe Stunde nach der Pressekonferenz hinter die Schutzmauer einer Nachrichtensperre zurück.

Konrad irrte durch die Stadt. Er schlich in seiner Gärtnermontur um den Friedhof herum. Er schlug den Weg zu Martins Schule ein, war dort viel zu früh für den Schulschluss, bewegte sich Richtung Lindenthal-Zentrum. Das Verschwinden von Benedikt Weiss setzte ihm zu. Er wusste nicht, was er tun sollte. Das Grauen, das ihm als Friedhofsgärtner nicht unbekannt war und dem er in seinen Ermittlungen zu alten, ungeklärten Todesfällen durchaus interessiert begegnete, klopfte plötzlich mit blutiger Faust bei ihm an.

Das hinterließ, salopp gesagt, Spuren.

Der Gedanke, dass auch Benedikt Weiss ermordet worden war, ließ sich kaum verdrängen. Die Mordserie griff auf unberechenbare Weise um sich. Benedikt Weiss war womöglich der zweite tote Mitarbeiter des Rechtsmedizinischen Instituts. Die Sache wuchs sich zu einer Anschlagserie gegen die Polizei aus. So etwas hat keine Behörde gern. Jeder verfügbare Beamte war in den Dienst beordert worden. Die Suche nach Weiss lief auf Hochtouren. Man tappte im Dunkeln und agierte hektisch.

Die ganze Stadt schien hektisch, oder bildete Konrad sich das ein? Vielleicht fielen ihm die wenigen hektischen Momente in der ansonsten trägen Mittagszeit heute nur ganz besonders auf, weil er selbst so aufgewühlt war. In der Dürener Straße eilte ein Kunde mit prall gefüllter Einkaufstüte aus Alices Supermarkt und wäre fast vor den Bus gelaufen. Einige Tomaten überlebten den Bus nicht. Das Ergebnis erinnerte an eine Blutlache. Vor dem Blumenladen von Florian Cremers stritten sich zwei Damen um die letzten tiefroten Ranunkeln im Angebot. Im Schaufenster der Buchhandlung von Lothar Herzog setzte die Auszubildende das jüngste Werk aus der Bestsellerschmiede eines großen Publikumsverlags in Szene: ein historischer Krimi mit dem nobelpreisverdächtigen Titel »Blut muss fließen, Ihro Majestät«. Die von der Verlagswerbung inspirierte Auszubildende hatte eine witzige Idee gehabt, hüpfte in Socken hinter der Glasfront herum und drapierte eine Art Königsmantel rückseitig aufgehängt so, dass der samtig rote Stoff von oben über die Stufen eines Bücher-Präsentationspodestes fiel. Der Saum des Mantels lappte also in Wellen, wie fließendes Blut, über die Stellflächen des

Podests, auf denen einige Exemplare des Buchs ausgestellt waren. Oben endete der Königsmantel in der rückwärtigen Ansicht des Kragens, über dem eine aus vergoldeter Pappe geschnittene Krone hing. Das war dermaßen herzig und sinnig inszeniert, dass sich ein halbes Dutzend Fußgänger vor dem Schaufenster versammelt hatte und die junge Dame bei der Vollendung ihres Werks begaffte.

Konrad tat das nicht, ihm war das peinlich. Aber Ranunkeln, Tomaten und Blutmantel holten die grausamen Assoziationen zurück, die Befürchtungen und die Bilder, zumal ihn Amalia gegen 15 Uhr in der Probenpause aus der Philharmonie anrief und ihn fragte, ob er vielleicht Zeit hätte, Martin von der Schule abzuholen.

Hatte er, selbstverständlich. Er hatte das ja ohnehin vor. Amalia war in Sorge. Sie, die vom Verschwinden des Forensikers nichts wusste, war im Verlauf des Tages immer unruhiger geworden, bedingt durch ihre irrationale Befürchtung, Martin könne in Gefahr schweben. Sie wusste nichts von Kommissar Rehbeins Kombinationsgabe und dachte weiterhin, dass der Polizei die Zeugenschaft Martins unbekannt sei. Bekannt aber war, dass sie alle zusammen in der Nacht auf dem Friedhof gewesen waren. Auch wenn die Beamten Martins Identität schützten, war nicht auszuschließen, dass der oder die Mörder von den wahren Umständen der Nacht erfuhren. Über kurz oder lang entpuppte sich doch jedes Gefäß, in das man die Wahrheit einsperren wollte, als undicht.

Konrad ließ sich von Amalias Befürchtungen schnell anstecken, denn er hatte ein schlechtes Gewissen, weil er – im Gegensatz zu Amalia – wusste, dass der Kommissar wusste, was er nicht wissen sollte. Konrad stand also pünktlich zu Martins Schulschluss vor den Toren des Gymnasiums. Fiebernd vor Ungeduld.

Und Martin kam ihm strahlend und ein bisschen überrascht entgegen.

Rochus Gröben hatte ihn an diesem Montagmorgen verschont, also hatte er einen ungewöhnlich friedlichen Schultag erlebt, als Konrad ihm gegen 15 Uhr 30 nervös erklärte, dass seine Mutter ihn gern zu Hause wüsste.

»Wie blöd ist das denn?«, stöhnte Martin und verlor alles Strahlen.

»Geht nicht anders«, sagte Konrad. »Aber ich habe dir zu Hause viel zu berichten.«

»Haben die den Mörder schon?«, fragte Martin entsetzt.

»Nein«, sagte Konrad. »Aber vielleicht gibt es noch ein weiteres Opfer.«

»Das wird ja immer besser!«

»Hey!«

»Erzähl mal«, drängte Martin. Sie machten sich auf den Weg.

Konrad war kaum in der Lage, die Entwicklungen der vergangenen Stunden zu erläutern, ohne sich zu verzetteln.

»Also, die Polizei befürchtet, dass der Forensiker, dein Bekannter, ein weiteres Opfer in der Mordserie ist?«, resümierte Martin, nachdem Konrad umständlich geschildert hatte, wie man im Polizeipräsidium die neue Faktenlage deutete. Er hatte Martin natürlich auch in alles eingeweiht, was der Kommissar ihm verraten hatte: Smaragde im Bauch, der Ringriegel als Juwelierwerkzeug, Kilian Geyer als Azubi bei Walterscheid, die Sache mit der Pistole, die zwei Killer.

»Da schreckt jemand vor nichts zurück, so viel ist klar«, sagte Konrad. »Und deshalb, da hat deine Mutter völlig recht, musst auch du vorsichtig sein. Du …«

»Jaja«, blockte Martin ab. »Aber wenn wir den Fall lösen, erledigt sich das Problem gleich mit.«

»Martin, ehrlich. Dein Selbstbewusstsein ist bewundernswert, hat aber auch was von Größenwahn.«

»Ach, komm«, Martin machte eine wegwerfende Handbewegung. »Ich denke an uns als Team. Wir schaffen das. *Leise & Verschmitzt. Die Detektei für knifflige Fälle.* Schon vergessen?«

»Nein, aber …«

Martin hielt an, zückte sein Smartphone und schrieb eine WhatsApp:

»An Mama«, erklärte er.

Konrad linste.

Wird später. Sorry! Hab total vergessen, dass wir heute im Stadtwald Müll einsammeln. Bio. Umweltschutz und so. Welt retten. Kann Tobi und Max nicht im Stich lassen. Sind meine einzigen Freunde in der Klasse.

»Sag mal!« Konrad blies die Backen auf. »Und du grinst auch noch!«

»Ich kann mich jetzt nicht aus dem Verkehr ziehen lassen. Wir müssen die Sache sofort analysieren.«

»Das geht doch auch von zu Hause aus. Zusammen mit deiner Mutter.«

»Ganz bestimmt nicht.«

Martin ließ sich bockig auf eine Parkbank fallen, starrte auf sein Handy. Konrad war verzweifelt. Er konnte Martin jetzt schlecht in den Rücken fallen und seiner Mutter eine erklärende WhatsApp hinterherschicken. Was nun?

»Martin, das fliegt auf!«

»Klar fliegt das auf, aber jetzt steckt sie in der Probe. Und ich habe das Gefühl, dass wir ganz nah an was dran sind.«

Resigniert setzte sich Konrad neben ihn. Martin fuhr fort:

»Ein Toter im Kühlfach der Rechtsmedizin, ein weiterer Toter, der den Juwelier kennt, der wiederum den anderen Toten kurz zuvor ins Kühlfach reingestopft hat. Der dann über den Friedhof gerannt ist und neben der Hundewiese im Grüngürtel gefunden wurde. Umgebracht mit einem Stahlstab. Zack, mitten ins Auge. Bis ins Gehirn.«

Konrad nickte.

»Hast du Hunger?«, fragte Martin unpassend fröhlich und hielt Konrad ein belegtes Brötchen hin. »Salami-Käse-Gurke-Ketchup. Mit Liebe zubereitet. Von Mama. Ketchup ist von mir.«

»Du hast ein außergewöhnliches Gespür für Timing«, sagte Konrad mit flauem Magen. Martin packte das weiche Pausenbrötchen zurück in die Tupperdose.

In Konrads Kopf stritten sich die Gedanken. Die eine

Hälfte befasste sich mit der Frage, wie er den Sturkopf Martin dazu bringen könnte, seiner Mutter zu folgen. Die andere Hälfte knabberte zusammen mit den durch Martins Kopf sausenden Gedanken an den Kriminalfällen. Was hatte dieses Wunderkind nicht alles rausgefunden? Sie befanden sich im Rosengarten, nicht weit von der Schule entfernt. Hinter ihrer Parkbank wallte ein Meer bunter Teehybriden: creme-rosafarbene Blütenköpfe von *Ave Maria,* ein Beet gelb leuchtender *Goldmarie.* Und ganz besonders duftintensiv, farblich eher dezent, weiß-rötlich, die Edelrose *Madame Anisette.* Konrad in seiner grünen Gärtnermontur passte ganz gut hierher. Martin mit kurzen Hosen und Schulsachen eher nicht.

»Also«, sagte Martin, »zurück zu Benedikt Weiss. Wir gehen jetzt systematisch vor. Der Forensiker ist verschwunden. Was könnte er mit dem Fall oder mit den Fällen zu tun haben? Vielleicht lässt sich auch der verschwundene Forensiker irgendwie mit diesem Ringriegel in Verbindung bringen?«

Konrad rief seine Gedanken zur Ordnung, konzentrierte sich.

»Benedikt Weiss ist in der Nacht des ersten Mordes in der Forensik gewesen«, sagte er. »Wenn schon der erste Mord oder die ersten Morde mit den Morden auf dem Friedhof zu tun haben, dann denken der oder die Mörder vielleicht, dass Benedikt etwas weiß.«

»Oder dass er *zu viel* weiß.«

»Was bedeutet, sie haben ihn entweder umgebracht oder ihn entführt und wollen das Wissen aus ihm herauspressen. Vielleicht hat er das Geld oder die Smaragde ja gefunden, um die es den Typen, die Cornelius Walterscheid bedroht hatten, geht. Smaragde. Das wär's …«

»Wir sind richtig gut«, sagte Martin. »*Leise und Verschmitzt.*«

»Und deine Mutter wird richtig sauer sein«, antwortete Konrad.

Martin winkte ab.

»Ich bin erwachsen.«

Konrad musste derart heftig husten, dass eine junge Passantin mit einer Tüte Pommes in der Hand vor der rosenumrahmten Parkbank zur Seite sprang und mehrere der salzig-fettigen Kartoffelstäbchen verlor. Die würden den Enten vom nahen Clarenbachkanal schmecken. Konrad und Martin bemerkten die Dame gar nicht. Sie waren zu sehr mit Detektivarbeit beschäftigt.

»Es gibt noch eine dritte Möglichkeit«, sagte Martin, als Konrad seinen Husten wieder im Griff hatte.

»Nämlich?« Konrads Stimme klang heiser.

»Entweder weiß er was und wird aus dem Weg geräumt.«

»Hatten wir schon, Martin. Gott, dieser Hustenreiz.«

»Oder er steckt mit drin.« Martin lächelte böse. »Vielleicht ist er ja sogar der Mörder.«

»Benedikt?« Konrad bellte den Namen geradezu. Jetzt war der Hals wieder frei. Die junge Dame war froh, dass sie bereits einen gewissen Abstand zur Bank gewonnen hatte. Konrad richtete sich auf und strich sich durch das wuschelige schwarze Haar.

»Quatsch«, sagte er. »Du hast doch gerade Cornelius

Walterscheid unter die Verdächtigen gebracht. Als Juwelier. Was willst du eigentlich? Ich kenne Benedikt Weiss gut genug. Der mordet nicht. Wie denn auch? Den Pförtner zum Beispiel … Josepha hat mir alles erzählt. Benedikt war nicht allein in der Nacht, als er das Fach geöffnet hat, in dem der Mann lag.«

»Ja und? Vielleicht hat er den Pförtner vorher umgebracht und dann da reingelegt. Vor der Schicht.«

»Du fantasierst.«

Konrad zeichnete mit dem Fuß Figuren in den Schotter vor der Bank.

»In dem Fall hätte er das Fach doch besser zugelassen und sich nicht auch noch freiwillig eine Horde Polizisten ins Institut geholt. Nein, Benedikt Weiss gehört zu den profiliertesten Forensikern des Instituts. Er arbeitet dort seit über fünfzehn Jahren. Da wird er nicht plötzlich zum Mörder!«

»Es gibt keine Spuren?«, unterbrach ihn Martin.

»Was?«

»In seiner Wohnung. Nichts weist auf sein Verschwinden hin?«

»Nein«, sagte Konrad verwirrt. »Worauf willst du hinaus?«

»Was du mir vorhin erzählt hast. Als du mich abgeholt hast. Du hast gesagt, die Kollegin von Benedikt Weiss war bei ihm in der Wohnung?«

»Josepha hat den Fall gemeldet, ja«, sagte Konrad. »Sie hat ihn überall gesucht, nachdem er nicht zur gemeinsamen Schicht erschienen war. Josepha kennt seine Telefonnummern. Sie hat einen Wohnungsschlüssel. Nichts. Und keine Nachricht.«

»Die Wohnung war nicht durchwühlt?«

»Nochmals nein«, sagte Konrad. »Sagt Josepha zumindest. Alles unauffällig. Ordentlich aufgeräumt wie immer. Warum fragst du?«

Martin zog sich in nachdenkliches Schweigen zurück. Konrad wurde zunehmend unsicher.

»Martin, der Gedanke ist absurd«, sagte er. »Der Juwelier wurde in der Nacht festgenommen und hat den Mord an den beiden Grabschändern gestanden, nachdem man an seinen Händen Schmauchspuren gefunden hatte. Vielleicht also ist der Juwelier tatsächlich der Mörder, der Mann hinter all den Verbrechen. Einen Ringriegel oder wie das Ding heißt, wird er ganz bestimmt gehabt haben. Um ihn Kilian Geyer ins Auge zu rammen. Wir haben so viele Spuren, die wir verfolgen müssen. Und du kommst ausgerechnet mit Benedikt Weiss?«

Martin antwortete noch immer nicht. Konrad sammelte sich.

»Kommissar Rehbein sagt, der Pförtner wurde vermutlich umgebracht, als er seinen Mörder im Institut überrascht hat. Ziemlich wahrscheinlich diesen Kilian Geyer. Vielleicht auch einen der Typen, die auf dem Friedhof erschossen wurden. Da waren Josepha und Benedikt mitten in der Sektion. Sie haben Geräusche gehört. Sie und auch die Präparatorin, Renata Grabowski. Die Geräusche konnten gar nicht von Benedikt kommen.«

Martin schwieg unbeeindruckt weiter.

»Martin, wenn du jetzt nicht sofort was sagst, dann …«

Martins Smartphone machte PING. Eine WhatsApp.

Seine Mutter. Er zog das Handy hervor. Konrad guckte mit auf den Screen.

Du lügst. Na warte. Die Sache hat ein Nachspiel. Schokokuchenentzug. Mindestens!

»Irgendwie mag ich ihren Humor«, sagte Martin.

Konrad rollte mit den Augen. »Deine Mutter wird mich …«

Sein eigenes Phone machte PING. Martins Blick verdüsterte sich.

»Verrat mich bloß nicht«, zischte er.

Konrad tippte auf das WhatsApp-Icon. Auch er hatte eine Nachricht von Amalia:

Ich kenne Martins Tricks. Du musst ihn nicht verraten. Wenn er bei dir ist, dann antworte NICHT.

Die beiden blauen Häkchen hatten ihr längst verraten, dass er ihre Nachricht gelesen hatte. Konrad schmunzelte und steckte das Handy ein. Martin wirkte erleichtert.

»Und jetzt noch einmal«, sagte Konrad streng: »Weshalb denkst du, dass Benedikt Weiss etwas mit den Morden zu tun hat?«

»Mann, Konrad!«, stöhnte Martin, »das denke ich doch gar nicht. Es geht darum, alles auszuschließen, was unser Denken behindern könnte. Wenn wir automatisch annehmen, dass er unschuldig ist, nur weil er dein Freund ist, dann werden wir kein gutes Ermittlerteam.«

Konrad seufzte.

»Okay«, sagte er. »Was hast eigentlich *du* gemacht, als der Tote ins Gefrierfach gestopft wurde? Oder als man Kilian Geyer diesen Ringriegel ins Auge trieb?«

Martin öffnete den Mund, schwieg, schloss ihn, öffnete ihn erneut.

»Ich bin ein schmächtiger Zehnjähriger.«

»Ha!« Konrad lachte auf. »Aber nur, wenn es dir nützt!«

»Punkt für dich«, sagte Martin.

Da klingelte Konrads Telefon. Konrad zog das flache Ding aus der Tasche seiner Gärtnermontur, sah aufs Display.

»Mama oder der Kommissar?«, fragte Martin.

»Der Kommissar. Du hast Glück.«

»Du würdest mich also verraten?«

»Kein Kommentar.«

Martin seufzte und Konrad nahm das Gespräch an.

Da plingte Martins Handy. Er hatte wohl doch kein Glück: Seine Mutter:

WO BIST DU??? Und LÜG MICH NICHT SCHON WIEDER AN!!!

Martin grummelte Unverständliches, in dem das Wort *Verräter* vorkam. Dann blies er Luft aus und schrieb:

Du nervst. Parkbank. Rosengarten. Mit Konrad. Alles friedlich hier. Blumen und so. Ab jetzt SCHLECHTER EMPFANG!!!

Währenddessen sprach der Kommissar mit Konrad. Er hatte wichtige Informationen. Konrads Gesichtsfarbe veränderte sich. Blass und blässer wurde sie. Nach einer endlosen Minute war das Gespräch beendet. Konrad drückte den Aus-Button, atmete tief durch. Dann blickte er Martin an. Der zeigte die ausgeprägte Ungeduld eines Zehnjährigen.

»Und? Haben sie ihn gefunden?«

»Gefunden?«

»Den Weiss? Was wollte der Kommissar?«

Konrad wirkte abwesend.

»Hey?«

Martin wedelte mit der Hand vor Konrads Augen.

»Was?«

»Der Anruf? Was wollte der Kommissar?«

»Benedikt. Er war auf dem Friedhof …«

»Hallo? Was heißt das? Haben sie ihn gefunden?«

»Ja. Nein. Ich meine: Kommissar Rehbein hat gerade behauptet, dass Benedikt Weiss bei der forensischen Spurensicherung am Sonntagmorgen, also in der Nacht nach den Schüssen, dabei war. Er war auf dem Friedhof. Als auch wir dort waren. Er hat die Toten untersucht. Er hatte eigentlich gar keinen Dienst. Ein Kollege hätte die Arbeiten durchführen sollen. Der war in Bereitschaft, aber er war in der Samstagnacht dermaßen betrunken, dass er Benedikt angerufen und gebeten hat, für ihn einzuspringen. Obwohl der Kollege schon einige Male wegen zu viel Alkohol ausgefallen war, hat Benedikt ihm helfen wollen. Jedenfalls ist er eingesprungen, ohne dass der Einsatzleiter davon wusste. In den weißen Einweganzügen sind die Spurensicherer ja kaum zu erkennen. Der kleine Schwindel hat offensichtlich geklappt. Benedikt hat die Ergebnisse seiner Untersuchungen den Kollegen hinterlassen und ist dann wohl direkt nach Hause gegangen. Inkognito.«

»Das ist ja eine ganz neue Perspektive«, raunte Martin. »Vielleicht ist dein Freund dann doch der Täter?«

»Nein, verdammt!« Konrad schloss die Augen. Die Sonne erhitzte seinen Kopf. Sein flauschiges Kraushaar war ein Nest, in dem sich die Küken der Sonnenglut wohlfühlten. Es war einige Sekunden lang still. Sogar die Rosen hatten aufgehört zu rascheln. Man hätte denken können, sie lauschten.

»Der Kollege, der eigentlich vor Ort hätte sein müssen, hat Josepha gegenüber sein Gewissen erleichtert«, fuhr Konrad fort. »Er hat ihr gestanden, dass ihm Benedikt schon mehrmals aus der Patsche geholfen hat. Mit den Morden hatte Benedikts Verhalten also sicher nichts zu tun. Ich habe eine ganz andere Vermutung. Beim Absuchen des Geländes hat die Spurensicherung zwar keine Pistole gefunden, aber eine Ampulle aus einem Test-Kit für Einschusslöcher. Diese Ampullen werden von der Forensik benutzt, um das Kaliber von benutzten Waffen zu ermitteln. Die Fundstelle der Ampulle lag so weit vom Tatort entfernt, dass man sich fragte, wie sie dort hatte hinkommen können. Sie lag unweit des Grabes von Willy Millowitsch. Richtung Nachtausgang Melatengürtel. Benedikt Weiss wohnt in Braunsfeld. Es wäre sein Weg gewesen.«

»Na ja«, sagte Martin. »Ist das schon ein Beweis?«

»Das allein nicht. Aber Benedikt Weiss hat die Ampulle in der Hand gehabt. Ohne Einweg-Handschuhe.«

»Fingerabdrücke?«, rief Martin, »der Klassiker.«

»Irgendwie schon«, sagte Konrad. »Josepha hat die Ampulle untersucht und es bestätigt. Die kennt seine … Fingerabdrücke.«

Die Anspielung mogelte sich an Martin vorbei. Der sinnierte eifrig weiter.

»Der Weiss hat das Ding heimlich fallen lassen, als er bedroht wurde. So *Hände hoch!*, und dann … flupp, weg damit. Um eine Spur zu legen?«

»Ja, gut möglich. Das vermutet auch Rehbein. Benedikt Weiss ist auf dem Friedhof überfallen worden.«

»Hey«, sagte Martin, »dann müssten da auch Fußspuren des Täters sein. Wo die Ampulle lag. Und vielleicht auch am Grab. Wenn es dieselbe Person war. Der Schmächtige vielleicht?«

»Das wird der Kommissar geprüft haben. Warten wir's ab.«

»Vielleicht ist Benedikt Weiss noch immer auf dem Friedhof? Tot oder lebendig«, sagte Martin. »Vielleicht sogar schon eingebuddelt? Wenn am einen Ende des Friedhofs Suchscheinwerfer im Einsatz sind, bemerkt man sie am anderen nicht mal.«

»Tot oder lebendig.« Konrads Herz raste. Er hatte etwas Entscheidendes vergessen.

»Ich hatte Kommissar Rehbein fragen wollen, ob Cornelius Walterscheid nach seiner Festnahme Besuch gehabt hat«, sagte er.

»Weil?«

»Zunächst erzählt Walterscheid, er habe die Tatwaffe auf dem Friedhof weggeworfen. Ein paar Stunden später hat er sie jedoch angeblich in einem Müllcontainer am Stadtwaldgürtel entsorgt. Findest du das nicht seltsam?«

»Allerdings«, sagte Martin. »So lenkt er die Polizei vom Friedhofsgelände ab. Weil er inzwischen mit seinem Komplizen Kontakt aufgenommen hat. Du Fuchs!«

Martin sprang begeistert auf, und Konrad schnappte sich sein Smartphone, um Kommissar Rehbein anzurufen. Nach einer halben Minute gab er auf.

»Mist, geht nicht dran. Ist vermutlich im Einsatz. Alarmstimmung.«

»Und jetzt?«

»Jetzt bete ich, dass Benedikt Weiss nur entführt oder gefangen genommen wurde, irgendwo in einer Gruft steckt und erpresst werden soll, nicht aber bereits tot an einem unbekannten Ort auf dem Friedhof vergraben liegt. Ich kenne das Gelände zwar ganz gut, aber da gibt es viel zu viele Winkel und Verstecke ...«

Martin nickte eifrig.

»Du brauchst einen Experten. Einen Baukundler? Oder einen Stadthistoriker, einen Friedhofswissenschaftler!«

»Als Experten kenne ich nur dich.«

Eigentlich war Konrad nicht nach Scherzen. Er überlegte fieberhaft. Martin ebenfalls:

»Dein Chef vielleicht? Der Schorn?«

Für einige Sekunden wirkte Konrad wie in einer anderen Welt. Aus den Teehybriden des Rosengartens hinter ihnen stiegen immerfort Düfte auf. *Madame Anisette* strengte sich ganz besonders an. Ihre Essenzen umschlichen Konrads Nase.

Martin, Gelegenheits-Pollenallergiker, musste niesen.

»Wusstest du«, schniefte er, »dass mit diesen Teehybriden und sonstigen Edelrosen jede Menge neue Duftnoten in die Rosenzucht kamen? Na, ich könnte drauf verzichten.«

Ein Experte. In Konrads Kopf blitzte etwas auf:

»Ja!«, rief er, sprang von der Parkbank und eilte davon.

»Ha!« Martin schlug triumphierend die rechte Faust in die linke Handfläche. Doch mit Arno Schorn lag er falsch. Konrad entschwand Richtung Dürener Straße, nicht Richtung Aachener, zum Friedhof. Martins Gesicht wurde lang.

»Hey, wo willst du hin?!«

»Komm mit!«, rief Konrad.

»O Mann!«

Frustriert hopste Martin von der Bank und hetzte dem joggenden Overallträger nach. Der war trotz seines wenig sportiven Outfits verdammt schnell. Und natürlich hörte er das WhatsApp-Ping aus der Brusttasche seiner Montur nicht. Eine Nachricht:

Martin hat zugegeben, dass er bei dir ist. Ich setze auf dich. Pass gut auf ihn auf! A.

Dahinter ein Herz. Rot wie eine Rose.

DIE TOTEN UNTER DEN TOTEN

Heribert Rehbein und Jan-Philipp Freese hatten Cornelius Walterscheid stundenlang verhört. Walterscheid saß an der Kopfseite von Freeses unaufgeräumtem Schreibtisch. Freese ihm gegenüber, Rehbein links von ihm. Manchmal erhoben sie sich. Meistens Freese. Stehen demonstrierte Dominanz.

An Freeses Aktenschrank hing zwar kein Pin-up-Bild – da hätte er mit den Kolleginnen Stress bekommen –, jedoch das Poster eines durchtrainierten weiblichen Körpers: eine muskulöse Bodybuilderin, Polizistin aus Sachsen, die sich als, wie sie behauptete, *fitteste Polizistin Deutschlands* eine Onlinekarriere aufgebaut hatte. Freese verkaufte das Poster als Beitrag zur Emanzipation, was ihm niemand abnahm, insbesondere nicht die Kolleginnen.

Vor Walterscheid stand eine leere Kaffeetasse, vor Freese ein überquellender Aschenbecher. Der hatte Kette geraucht, obwohl Heribert Rehbein das übergriffig fand. Freeses Motto lautete: *Mein Büro ist mein Büro*. Was sich auch auf das Poster bezog.

Außerdem schätzte er Zigarettenrauch als dezente Form von Folter.

Blass, müde und krank sah Cornelius Walterscheid aus.

Freese war wiederholt laut geworden, Rehbein hatte den Kollegen immer wieder runtergebremst. Das hatte den Kommissar geschlaucht. Heribert Rehbein wirkte fast so übernächtigt wie Walterscheid. Und Freese steckte sich die nächste Zigarette an.

»Du wirst alt, Heribert«, sagte Freese heiser und stieß Rauch aus.

»Du ganz bestimmt nicht«, brummte Rehbein.

Wäre Walterscheid nicht so müde und verzweifelt gewesen, hätte er gelacht.

Immer und immer wieder hatten sie es durchgekaut. Walterscheid war bei seinen Aussagen geblieben. Ja, die Schüsse gab er zu. Aus Notwehr. Nein, er war allein gewesen. Niemand hatte ihn begleitet in der Nacht. Vielleicht sei die Person, um die es nach dem anonymen Hinweis ging, ein dritter Gangster gewesen? Der sich im Hintergrund gehalten hatte. Ebenfalls ein Mitglied der kolumbianischen Mafia. Mitglied eines Kartells. Das wisse er nicht. Aber er traue seinem Bruder alles zu. Man hatte die Kugeln aus den Leichen der beiden Männer namens Pedro und Pablo geholt. Die Waffe war vermutlich tatsächlich eine Walther P1 gewesen – aus einer Produktionsreihe Mitte der Siebziger- bis Mitte der Achtzigerjahre. Und diese hier … 1979 waren bei einem spektakulären Einbruch in die Luftwaffenkaserne Köln eine Reihe solcher Pistolen erbeutet worden. Später tauchten einige der gestohlenen Modelle im Rahmen von Waffenhilfe für die Befreiungsbewegungen Mittel- und Südamerikas wieder auf. Die in den Leichen von Pablo und Pedro gefundenen Patronen wiesen Spuren auf, die genau zu den damals verschwundenen Waffen passten. Eine erste Generation polierter Schlagbolzen, die schon in der nächsten Produktionsreihe durch ein leicht geändertes Modell ersetzt worden waren. Der Fingerabdruck einzelner Bauteile.

Eine fast fünfzig Jahre alte Pistole. Südamerika. Woher hatte Walterscheid die Waffe? Sie hatten diese Fragen schon am Vortag gestellt. Die Reaktion war nun dieselbe: Schulterzucken. Er besitze sie schon lange, sagte er. Das habe er schon gesagt. Sie sei nicht gemeldet, sagte Freese, stehend und drohend. Diebesgut. Das sei eine Straftat. Wieder ein kraftloses, klägliches Schulterzucken des Verdächtigen. Er, Walterscheid, habe sich um so was nie gekümmert. Er habe die Waffe ja auch nie benutzt. Bis jetzt jedenfalls. Also bis vorgestern. Er sei kein Waffenmensch. Aber er habe sich eben nicht töten lassen wollen. Vielleicht habe sein Bruder die Waffe besorgt. Vor Jahrzehnten. Er wisse es nicht mehr. Es sei alles sehr lange her. Südamerika. Sein Bruder. Ja, wahrscheinlich. Oliver Hoffmann mit seinen Beziehungen zum kriminellen Milieu in Kolumbien.

Heribert Rehbein hatte genickt. Dann hatte er das Thema gewechselt.

Der Forensiker.

Als Josepha Roth die Beamten vom Verschwinden des Kollegen Weiss und seiner Mitarbeit an der nächtlichen Untersuchung unterrichtet hatte, hatte Rehbein zunächst Konrad informiert. Aus einem Bauchgefühl heraus. Dann hatte er im Kopf Szenarien durchgespielt, die simultan auch Konrad auf seiner Parkbank beschäftigten: War

Weiss ein weiterer Toter oder ein Entführungsfall? Täter oder Opfer?

Kommissar Rehbein wandte sich nun Walterscheid zu. Durch geschickte Fragen könnte es ihm einerseits gelingen, den Kollegen Freese von eigenen, ungeschickten Fragen abzuhalten, andererseits, Walterscheid zu aufschlussreichen Antworten, vielleicht sogar zu verräterischen Lügen zu bewegen.

Volle Breitseite, dachte er. Und legte los:

Zunächst konfrontierte er Walterscheid mit einem Mord, den sie ihm gegenüber schon länger nicht mehr angesprochen hatten. Rehbein sagte, er wisse von einem Ringriegel in Walterscheids Besitz. Kilian Geyer sei mit einem solchen Werkzeug umgebracht worden.

»Brutal mitten ins Auge gestochen!«, blökte Freese. »Wir haben so ein Ding in deiner Werkstatt nicht gefunden. Aber wir haben Blutspuren gefunden. Du hast sie zu beseitigen versucht. Wir haben die Mittel, Leuten wie dir auf die Schliche zu kommen. Wo ist die Mordwaffe also?«

Walterscheid zuckte zusammen. Begann zu stammeln.

Dann, ohne dem Juwelier Gelegenheit zur Rechtfertigung zu geben, behauptete Rehbein, von Informanten aus dem Gangstermilieu erfahren zu haben, dass er, Walterscheid, um die Geschäfte seines Bruders weit besser Bescheid wusste, als er zugeben würde. Das erhöhte Walterscheids Unsicherheit nochmals. Sie hatten ihn in die Enge getrieben.

»Sie haben mit Ihrem Bruder gemeinsame Sache gemacht!«

»Nein, nein! Ich …«

»Geben Sie es zu! Man hat Ihrem Bruder den Bauch aufgeschlitzt und nach den Juwelen gesucht. Aber man hat sie nicht gefunden. Nun vermutet die kolumbianische Mafia die Smaragde bei Ihnen. Ist es nicht so? Sie aber haben die Steine ebenfalls nicht. Sie selbst vermuten sie bei dem Rechtsmediziner. Der Ihren Bruder damals seziert hat. Der nun verschwunden ist. Sie haben ihn umgebracht. Ein weiterer Mord also. Ein vierter!«

Rehbein fuhr volles Risiko. Er behauptete, der Rechtsmediziner, Benedikt Weiss, sei tot. Und plötzlich wirkte Cornelius Walterscheid überrumpelt. Seine Augen flackerten. Er rang nach Worten. Nach einigen Sekunden und einer brachialen Aufforderung Freeses, jetzt endlich den Mund aufzumachen und alles zuzugeben, gab sich Walterscheid geschlagen. Ja, sagte er, sein Bruder habe die Smaragde geschmuggelt. Aber er, Walterscheid, habe sie nicht. Er habe nichts mit den Machenschaften seines Bruders zu tun. Die beiden später von ihm Erschossenen hätten, als sie ihn überfallen hatten, tatsächlich von einem Rechtsmediziner gesprochen. Aber er hätte sich darauf keinen Reim machen können.

»Dieser Forensiker ist vielleicht wie ich in die Fänge dieser Mafia geraten, ohne es verhindern zu können!«, rief er, flehend.

Und Heribert Rehbein dachte, dass es durchaus stimmen könnte.

Smaragde. Vollendete Schönheit in Grün. Millionenbeträge.

Doch da war noch immer etwas, das Cornelius Walterscheid ihnen verschwieg. Trotz aller ihn belastenden Details entschlüpfte er ihnen. Der Juwelier hatte etwas zu verbergen, und die Polizei war nicht in der Lage, Walterscheid die Möglichkeit zu Ausreden zu versperren. Heribert Rehbein dachte an seine Mutter. Ein Foto von ihr stand auf dem Schreibtisch in seinem Büro. Strenger Blick. Schwarzweiß. Hochgeschlossenes Kleid. Käthe Rehbein half ihrem Sohn sonst immer bei seinen Überlegungen, ermahnte ihn, spornte ihn an. Hier, in Freeses Büro, hatte der Kommissar nur die aufgepumpte Bodybuilderin. Und jetzt kam der Kollege, der mittags die Sushi-, Gyros- oder Frittenbestellungen entgegennahm, und brachte dem Kommissar ein Foto. Heribert Rehbein hatte Erkundungen über Oliver Hoffmann in Auftrag gegeben. Sie wussten nun schon einiges. Aber ein Foto hatten sie bisher noch nicht. Heribert Rehbein betrachtete es. Und dann, ohne lange darüber nachzudenken, schickte er es an Konrad.

»Och, NEIN! VERFLIXT!«

Mit lautem Fluch verstörte Konrad die Flaneure auf der Dürener Straße. In seiner grünen Montur und leicht verschwitzt war er der arbeitenden Bevölkerung zuzurechnen, und wenn arbeitende Menschen laut wurden, reagierte das wohlhabende Bürgertum pikiert bis geschockt. Martin und Konrad standen vor *Oses Tee-Oase*. Im Schaufenster Tüten mit erlesenen Teesorten, gusseiserne Kannen, handbemalte, zierliche Porzellankannen und Tassen. Mate-Kalebassen mit Bombilla – dem traditionellen Trinkröhrchen. Holzschalen mit dunklen oder dunkelgrünen Krümelhäufchen. Im Hintergrund Bilder von Teepflückern, von Kaffeebauern in El Salvador. Viva Arabica! Träume von einer gerechten Welt. Ein Eckchen mit exotischen Tees aus Nicaragua. Und in der Eingangstür des Ladens das Schild:

¡NO PASARÁN!

Was im spanischen Original *Sie werden nicht durchkommen* hieß. In Oses geschäftlichem Leben stand es für GESCHLOSSEN.

»Wieso das denn?«, schimpfte Konrad. Er klopfte heftig an die Scheibe, sah durchs Glas ins abgedunkelte Ladeninnere. Nichts.

»Sie hat tagsüber nie zu. Nicht mal mittags!«

»Was willst du hier?«, fragte Martin.

Konrad erklärte ihm, dass Ose Schumann eine ausgesprochene Expertin für den Friedhof Melaten sei, insbesondere seiner Baugeschichte. Sie habe ein dickes Buch geschrieben beziehungsweise herausgegeben über Melaten. Das habe er zu Hause.

»Ich hab gedacht, ich kann Ose fragen, wo man auf dem Friedhof jemanden verstecken könnte. Und zwar so, dass nicht mal die Polizei während einer Suchaktion den Versteckten findet. Ich meine, wenn sie das Buch … dann …«

»Verstehe«, sagte Martin. »Wirklich blöd, dass die Teetante nicht da ist.«

»Nenn sie nicht Teetante«, sagte Konrad. »Ose ist eine Seele.«

Er dachte an seinen Darjeeling First Flush. Und an Oses Engagement für die Fröbelinger.

»Okay«, sagte Martin. »Sie ist nicht da. Was steht in dem Buch?«

»Wieso?«

»Na, du hast gesagt, sie hat ein Buch über Melaten geschrieben. Und du hast das Buch zu Hause. Was steht drin? Vielleicht sind da mögliche Verstecke genannt? Hast du es gelesen?«

»Nein.«

»Wie dumm.«

»Ja.«

»Vielleicht könnten wir in dem Buch einen Hinweis finden.«

»Stichel nicht. Ich habe das Buch nicht hier.« Konrad seufzte. Starrte auf die geschlossene Tür der *Tee-Oase*. *¡NO PASARÁN!*

»Und?«

Wieder seufzte Konrad.

»Wir müssen wohl zu mir. Das Buch liegt auf dem Wohnzimmertisch.«

»Meine Güte, dein Gehirn möchte ich nicht mal zur Reparatur haben, Konrad!«

Martin sah auf die Uhr.

»Kurz nach drei. Super.«

»Wieso?«

»Ende der allgemeinen Mittagspause in Lindenthal. Komm!«

Nun war es Martin, der davoneilte.

Zwei Minuten später und nur wenige Häuserblocks von *Oses Tee-Oase* entfernt betraten Martin und Konrad den

Buchladen von Lothar Herzog, wo an der Kasse ein kleiner Stapel jener auf Hochglanzpapier gedruckten, dreihundert Seiten dicken Bücher lag, von denen sich eines auf Konrads Wohnzimmertisch befand. Eines mit Signatur und keinesfalls ein Mängelexemplar:

Melaten – die Geheimnisse des grünen Herzens von Köln

Herausgegeben von Ose Schumann. Mit Beiträgen diverser Bauhistoriker und einem Vorwort des Kölner Stadtkonservators.

»45 Euro 95«, sagte Lothar.

»Teufel, Teufel«, sagte Konrad und zahlte mit Karte.

»Die müssen bald nachdrucken, wenn sich das so gut verkauft«, unkte Martin. Sie verließen den Buchladen.

»Ich hoffe, wir haben Glück«, meinte Konrad. »Ob man auf dreihundert Seiten alles unterbringen kann, was den Friedhof geheimnisvoll macht? Ich weiß nicht.«

»Schlag schon auf«, drängelte Martin. »Wir reden zu viel.«

»Das sagt der Richtige«, sagte Konrad. Und sie setzten sich. Und zwar vor das Schaufenster des Buchladens auf die Kante der gemauerten Fenstereinfassung.

Dann blätterten sie.

»Was ist das?«

»Die Grüfte von Deichmann und Co. Millionenallee. Die kennt man. Die fetten Gräber. Nix Besonderes. Da sucht man zuerst. Langweilig.«

Sie blätterten weiter.

»Ich hoffe, Benedikt lebt noch.«

»Ja«, sagte Martin. »Das würde die Suche einfacher machen.«

»Wieso?«

»Dann muss es ein besonders gutes Versteck sein. Und davon gibt es weniger als von weniger guten Verstecken. Ist ein Naturgesetz. Der Forensiker könnte in einem nicht so guten Versteck zu leicht auf sich aufmerksam machen.«

»Ein besonders gutes Versteck zu finden, ist dann aber auch wieder schwer.«

»Stimmt«, sagte Martin. »Die Welt ist kompliziert.«

»Sagt der Richtige.« Konrad lachte nervös, wurde unruhig. »Blätter du mal weiter. Ich muss …«

Er zückte sein Smartphone und versuchte erneut, den Kommissar anzurufen. Leider war Rehbein noch immer nicht zu erreichen.

»Ich verstehe das nicht!«

Aber Moment. Da war eine Mail.

Vom Kommissar.

Mit Anhang.

Ein Foto.

Oliver Hoffmann, stand in der Betreffzeile.

Konrad öffnete das Foto. Und erstarrte. Wenn das, was er da sah, Oliver Hoffmann sein sollte, dann …

»Was ist?«, fragte Martin, vom Studium des Buches abgelenkt.

Konrad zeigte ihm das Foto.

»Wer ist das?«

»Oliver Hoffmann. Ein Foto aus Kolumbien. Von der dortigen Polizei.«

»Aha«, sagte Martin. »Kommt mir irgendwie bekannt vor.«

»Ja«, sagte Konrad. »Der sieht einem, den ich kenne, verdammt ähnlich. Ich kann gar nicht sagen, ob es nicht vielleicht sogar derjenige ist, den ich kenne. Sehr gut kenne. O Mann.«

»Wer denn?«, fragte Martin.

Konrad sah ihn an.

»Joschi«, sagte er nach einigen Sekunden.

Martin betrachtete das Foto genauer. Es war nicht sehr groß. Smartphone-Displays sind verdammt klein. Aber hochauflösend. Also hatte das Foto eine ziemlich gute Qualität.

»Das gibt's ja nicht«, sagte Martin und begriff, was Konrad so berührte. »Den kenne ich doch auch. Der sieht ja wirklich aus wie …«

»Wie Joschi«, sagte Konrad. »Ich verstehe gar nichts mehr.«

Joschi.

Die Ähnlichkeit war frappierend.

Was bedeutete das?

Oliver Hoffmann – Joschi.

Konrad fühlte sich schwindelig. War Joschi der Tote im Grab? War Joschi ermordet worden? Sie hatten miteinander gesprochen, Joschi und der Juwelier. Das hatten Paul und Bernadette gesagt. Da lief also irgendwas. Aber den Bruder von Cornelius Walterscheid gab es. Das war Fakt. Pfarrer Uermer hatte von ihm gesprochen. Es konnte sich nicht um Joschi handeln.

Diese Ähnlichkeit.

Noch ein Toter? Noch ein Mordopfer?

»Wir müssen dieses verdammte Rätsel endlich lösen!«

Konrad wurde hektisch, musste sich zügeln. Die Verstecke auf Melaten. Martin hatte sich wieder dem Buch gewidmet, studierte eine Doppelseite, auf deren linker Hälfte Bauschutt und verbogenes, verrostetes Metall abgebildet waren. Und ein Treppenschacht neben dem Parkplatz des Betriebsgebäudes.

»Nicht sehr denkmalswürdig«, meinte Konrad. Und bekam das Foto von Oliver Hoffmann nicht aus dem Kopf.

Joschi.

»Da gibt es einen zerbombten Bunker unter Melaten«, sagte Martin, der bereits beim Artikel zu dem Bild angelangt war. »Hab ich gar nicht gewusst. Spannend!«

»Ich auch nicht«, sagte Konrad.

Joschi. Wie passte Joschi in diese irrwitzige Mordserie?

Das Kapitel im Buch hieß *Die Toten unter den Toten.* Ose Schumann schilderte darin, dass unter dem Melaten-Friedhof, und zwar auf Höhe des Betriebshofes, im Zweiten Weltkrieg ein lang gezogener Schutzbunker angelegt worden war. Ein abknickender Röhrengang, unweit der alten Kapelle, beginnend nahe der Aachener Straße. Ein Bunker mit zahlreichen Verzweigungen und Nebenräumen. Die Tunnel lagen unter einer halbmeterdicken Betonplatte und führten im Hauptgang von der Straße bis fast zur Mitte des Friedhofs. Ose schrieb, dieser Bunker sei am 30. Oktober 1944, also ein halbes Jahr vor Kriegsende, zur Todesfalle für eine Hochzeitsgesellschaft geworden. Die Feier in einem friedhofsnahen Lokal war bei Fliegeralarm abgebrochen worden. Die Gäste hatten den nächstmöglichen Schutzraum aufgesucht – eben jenen Bunker. Kurz darauf traf eine der über viertausend über Köln abgeworfenen Fliegerbomben den Eingang. Die Druckwelle der Detonation fegte durch die Gänge und ließ die Lungen der unterirdisch Schutzsuchenden platzen. Niemand überlebte. Über hundert Tote.

Später war der Bunker in Vergessenheit geraten. Der Eingang war zerstört, von der Bombe zersprengt. Viele der Räume und Gänge waren verschüttet. Als neuer Eingang war ein schmaler Treppenschacht auf Höhe des Parkplatzes des Betriebshofs angelegt worden. Der wurde schließlich mit einer Stahltür und einem Sicherheitsschloss versperrt.

Von der Ausdehnung der unterirdischen Gänge, von Nebeneingängen, die es mal gegeben hatte, wusste kaum noch jemand, schrieb Ose. Sie drückte sich sehr kryptisch aus. Der Bunker wurde nicht mehr genutzt. Die Stadt wusste nicht, was sie mit dem Röhrensystem machen sollte. Und je mehr Zeit verging, desto weniger erinnerten sich die Kölner an die Todesnacht, an die Tunnel, an die geheimnisvolle Welt unter der Welt von Melaten.

Vielleicht, weil der Bunker als Grab einer Hochzeitsgesellschaft gegen das ungeschriebene Gesetz aller Friedhöfe verstoßen hatte: Man kam auf einem Friedhof nicht brutal zu Tode. Man erreichte den Friedhof als Toter, im Totenhemd, in einem Sarg, in vollendeter Ruhe, um auf Melaten eine würdige Grabstätte zu finden. *Ruhe in Frieden. Rest in Peace. Requiescat in pace.* So war das.

Folglich war der halb verfallene Bunker mit seinem Spinnennetz von Gängen auch unter den Friedhofsgärtnern kein Thema. Der nach dem Krieg angelegte Zugang lag einfach da, unbeachtet. Die verrostete Eisentür und das Stahlschloss hielten Trupps wochenendalkoholisierter Jugendlicher davon ab, satanische Feten unter den Toten des Friedhofs zu feiern.

Ose Schumann aber, die all dies in dezenten Formulierungen beschrieb, machte zwischen den Zeilen deutlich, dass ihr nächstes Buch weit ausführlicher über die Totenwelt unter der Totenwelt berichten würde.

Konrad und Martin blickten sich an.

Es plingte. WhatsApp. Amalia.

Was ist jetzt? Kommst du mit Martin oder nicht?

»Nicht schon wieder«, sagte Martin.

»Wir müssen antworten«, sagte Konrad. »Sie hat ein Recht darauf.«

»A: Hat sie nicht und B: Ich gehe nicht nach Hause.«

Konrad tippte:

Wir sitzen an der Buchhandlung Herzog. Haben ein interessantes Buch gefunden. Habe alles im Griff!

»Das ist gut«, sagte Martin.

»Das ist total gelogen«, sagte Konrad.

Ihr macht mich verrückt, schrieb Amalia.

Ich komme. Probe beendet. Buchhandlung?
30 Minuten.

Ja, tippte Konrad. *Wir warten*.

»Du Philosoph«, sagte Martin, und dann verfiel er in eine grüblerische Haltung. Die Bunkeranlagen. Der verschwundene Forensiker. Die Gestalt am Grab nach dem Doppelmord.

»Sag mal«, sagte Martin, »ich bin mir da nicht ganz sicher. Ich hab nie so auf die geachtet. Also, diese Frau Schumann. Ich hab sie bei der Tafel gesehen. Und bei der Beerdigung vom Bruder des Juweliers. Die kennen sich ganz gut, oder? Die Teetante und der Juwelier?«

»Nenn sie nicht Tee…« Konrads Gehirn schickte plötzlich einen Impuls. Einen Blitz. Einen Duft. Die Erinnerung an einen Duft. Er kam wie aus dem Nichts. Der Duft von *Madame Anisette*.

Dann sah Konrad Bilder in schneller Abfolge:

Teepflücker.

Ein Türschild ¡NO PASARÁN!

Ausgebleichte Tütchen unverkäuflichen Avocadoblatt-Tees aus Nicaragua.

Ein Fläschchen, gefüllt mit gelblichem Öl. Rote Verschlusskappe. Weiß-rot-grünes Etikett.

Eine Walther P1.

Ein schmaler Schemen. Vermummt.

Und dann sagte Konrad: »Scheiße!«

DIE UHR LÄUFT

OSE SCHUMANN! WALTERSCHEIDS FREUNDIN! IM BUNKER UNTER MELATEN! VIELLEICHT MIT BENEDIKT WEISS! SCHICKT SEK! SIE IST BEWAFFNET!

Eine SMS. Rehbein ging noch immer nicht an den Apparat. Sicherheitshalber rief Konrad auch die zentrale Notrufnummer der Polizei an, schilderte dem verwirrten Beamten in wenigen Worten die Lage, bat um Benachrichtigung Rehbeins und ahnte, dass man den Anruf nicht ernst nehmen oder in der Benachrichtigungskette irgendeinen Bockmist bauen würde. Das Übliche. Aber egal. Sie durften keine Zeit verlieren, eilten los. Konrad klemmte sich Oses Buch unter den Arm.

Auf zum Friedhof.

»Es ist nur eine Vermutung!«, japste Martin.

»Ich habe da so ein Gefühl!«, keuchte Konrad. »Walterscheid und Ose Schumann sind mehr als nur befreundet. Ich hätte das sehen müssen!«

»Ein Gefühl? Och, nee!«

»Außerdem …«

»Ja?«

»Such mal im Internet nach Waffenöl. Eine Marke, die Bastol oder so heißt.«

»Während ich laufe und mit deinen langen Schritten mitzuhalten versuche?«

Sie erreichten eine rote Fußgängerampel an der Aachener Straße.

»Jetzt«, sagte Konrad. »Mach schon!«

»Ein Kapitel über das Thema *Wozu sind Fußgängerampeln da?*«, schimpfte Martin. »Wegen eines Gefühls benachrichtigst du die Polizei?«

»Mach schon!«, drängelte Konrad. Martin tippte den Suchbefehl nach Waffenöl ein. Die Ampel wurde grün.

»Wir müssen rüber, komm!«, sagte Konrad. Sie überquerten die Straße. Stoppten.

»So, jetzt. Also?«

»Waffenöl. Ballistol, nicht Bastol«, sagte Martin. »Ist wohl die gängigste Marke. Hmm.«

»Riecht nach?«

»Was?«

»Wonach es riecht!«

»Moment!«

»Mach schon!«

»Ja doch!«

»Und?«

»Also, die schreiben hier, es riecht nach Anis.«

Konrads eins neunzig Körpergröße wuchs auf gefühlt drei Meter.

»Anis. Sehr gut. Ich hab's noch in der Nase. Hast du ein Bild?«

»Von Anis? Deiner Nase?«

»Quatsch! Von einer Flasche Ballistol!«

»Warte.«

Wieder tippte Martin.

»Hier!«

Konrad betrachtete das Bild. Es zeigte einen Flachmann. Ein Glasfläschchen mit grün-rotem Etikett.

»Blattschuss«, sagte Konrad. »Los, weiter. Wenn ich zu spät komme und Benedikt Weiss was zustößt, würde ich mir das nie verzeihen!«

Bevor er jedoch losstürmte, klemmte er sich Oses Buch zwischen die Beine und schickte noch schnell eine WhatsApp an Amalia:

Sorry. Mussten zum Friedhof!

Sie antwortete innerhalb weniger Sekunden:

Schuft! Was ist mit Martin?

Konrad fühlte Übelkeit in sich aufsteigen, antwortete knapp: Erkläre alles später!

Dann endlich hasteten sie auf den Friedhof.

Ose Schumann. Konnte das sein? Tee war ein Aufguss von Frieden. Andererseits hatte Ose diese kämpferische Seite – zumindest gehabt. Hatte Schorn ihm, Konrad, nicht vor Jahren mal erzählt, sie sei Anfang der Achtzigerjahre nach Nicaragua gereist, um den frisch an der Macht befindlichen Sandinisten beim Aufbau einer gerechten Gesellschaft zu helfen? Dann habe sie sich von dort aus am Kampf gegen die Diktatur im benachbarten El Salvador beteiligt.

Hatte es damals in den politisch linken Kreisen der Bundesrepublik nicht Geldsammlungen für Waffen gegeben? Pistolen und Gewehre für El Salvador? Spendenaufrufe in der *TAZ*? Die Tatwaffe. Und dann das Ballistol: Der Geruch hatte tief verborgen in Konrads Erinnerungen geschlummert. Auch sein Vater hatte das Zeug benutzt, bei seiner Arbeit im Institut für Ur- und Frühgeschichte. Als Konrad noch klein gewesen war. Er hatte Metallfunde damit gepflegt oder auch alte Ledersachen. Ein Universalöl mit charakteristischem, anisähnlichem Geruch. Aber eben vor allem als Waffenöl bekannt.

Wenn Ose damals bei den Kämpfen in El Salvador dabei gewesen war, dann wusste sie nicht nur, wie man eine Pistole hielt, dann konnte sie auch abdrücken, ohne zu zittern. In Konrads Kopf blitzten Erinnerungen, Bilder auf. ¡No pasarán! Ose und Cornelius Walterscheid beim Begräbnis von Walterscheids Bruder. Ose, kurz nachdem Walterscheid überfallen worden war. Sie war entsetzt gewesen. Sie hatte ihn verteidigt. Ose in ihrem Teeladen. Im Hinterzimmer. Das Fläschchen auf dem Tisch. Hatte sie da die Pistole gereinigt und für den Einsatz in der Nacht vorbereitet?

Krieg und Frieden, eine sehr komplexe Geschichte.

Konrad und Martin erreichten den Friedhof und eilten gradewegs zum Betriebshof. Zum Glück saß Arno Schorn – bei einer Tasse Tee – über den Akten. Konrad berichtete ihm abgehetzt von seinen Vermutungen. Übergab ihm das Buch über die Geheimnisse von Melaten. Schorn glaubte, nicht richtig zu hören.

»Ose? Die Schumann? Die war doch seit ... Meine Güte, die hat sämtliche Mitglieder der Friedensbewegung mit Grüntee versorgt! Du bist verrückt, Konrad. Die soll im Bunker sitzen und den Forensiker da unten gefangen halten?«

»Ich glaube ... wir glauben« – er sah zu Martin –, »dass Ose Schumann zusammen mit Cornelius Walterscheid in der Nacht der Morde auf dem Friedhof war. Cornelius ist ein eher zögerlicher Mensch. Im Grunde ist er eine zarte Seele. Aber er hatte einen entscheidungsfreudigen, unberechenbaren, hochkriminellen Bruder. Der hat, bevor er starb, irgendwas angestellt. Eine Sache, bei der es um sehr viel Geld ging. Smaragde, die ein kolumbianischer Clan für sich beansprucht. Die er dem Clan geklaut hat. Dem er sowieso schon viel Geld schuldet. Der Clan jedenfalls hat Cornelius Walterscheid unter Druck gesetzt und ... keine Ahnung. Vielleicht hatte auch Ose etwas mit dem Geld zu tun? Vielleicht hat sie sich einfach nur dagegen gewehrt, dass Walterscheid mit dem Tod bedroht wird. Und irgendwie, wenn das alles zusammenpasst, ist auch Benedikt Weiss in die Verdachtsspiralen in Zusammenhang mit diesem Geld geraten, und ...«

»Gut, gut!«, unterbrach Schorn. »Es eilt ja wohl. Ist die Polizei...?«

»Ist benachrichtigt«, rief Martin. »Der Kommissar. Wenn er denn SMS liest.«

»Dieser verdammte Bunker«, raunte Schorn. »Das sind

völlig verfallene Gänge. Das ist ein Labyrinth. Da war ich kaum je drin. Wieso kennt die das?«

Konrad tippte auf den Bildband, der nun auf Schorns Schreibtisch lag.

Es pingte. Amalia: Wo?

Betriebsgebäude, appte Konrad.

Noch!

Ihr bleibt, wo ihr seid, sonst ...!!!

Bösartige Ausrufezeichen.

Konrad sah auf.

»Ose kennt sich phänomenal gut aus auf dem Friedhof. Ich vermute, sie kennt diese Bunkeranlagen in- und auswendig. Wenn die Gänge da unten so komplex sind, wie sie es in ihrem Buch andeutet, dann ist es vielleicht das beste Versteck in ganz Köln. Vielleicht kennt sie sogar vergessene oder verschüttete Nebeneingänge. Sie könnte den Friedhof verlassen oder herkommen, ohne gesehen zu werden. Absperrungen nutzen da gar nichts. Ose ist die treibende Kraft hinter Cornelius Walterscheid. Ich bin mir ziemlich sicher!«

»Die liebt den«, sagte Martin, der es wissen musste.

Schorn runzelte die Stirn.

»Und jetzt?«

»Gibt es hier irgendwo Pläne?«, fragte Konrad. »Also so von den unterirdischen Anlagen. Vielleicht hat sie die gefunden bei ihren Recherchen.«

»Nee«, sagte Schorn schnaubend. »Diesen Bunker haben wir nie auf dem Schirm gehabt. Der verfällt langsam. Wir haben dafür gesorgt, dass der Eingang versperrt ist. Mit Stahltür und Schloss. Das wird jeden Tag geprüft. Nix da.«

»Wo ist diese Tür?«

»Oben, neben dem Parkplatz.«

Er sah Konrad ernst an.

»Na gut, gucken wir uns die mal an«, sagte er dann, zog seine Schreibtischschublade auf, öffnete ein verschließbares Fach, entnahm ihm einen Schlüssel.

»Ich vermute, Benedikt Weiss hat den Leichnam von Oliver Hoffmann untersucht, bevor er bestattet wurde«, sagte Konrad. »Oder Ose hat die Gelegenheit genutzt, als sie da nachts den einsamen Forensiker auf dem Friedhof sah …«

»Und jetzt hält man ihm im Dunkeln eine Pistole an den Kopf und will von ihm wissen, wer im Institut die Smaragde an sich genommen hat.« Martin sprach mit einer seinem Alter ganz und gar nicht gemäßen Stimme.

»Ja, da hol mich doch der Sensenmann!«, raunte Schorn und erhob sich.

In diesem Moment stürmte Amalia Schmitz in das Verwaltungsgebäude.

»Ihr Verrückten!«, rief sie.

Es bedurfte einiger Erklärungen, um Amalia klarzumachen, dass sich die möglicherweise einzige Verrückte im Umkreis nicht im Raum, sondern sehr wahrscheinlich einige Meter tiefer, irgendwo darunter befand.

»Dann warten wir auf die Polizei«, entschied Amalia, ganz Mutter. »Schluss jetzt mit Eigenmächtigkeiten, Martin!«

Martin, ganz frühreifer Sohn, verdrehte die Augen, motzte: »Wir sind so nah dran, Mama!« Und schob nach: »Wenn wir jetzt feige sind, stirbt da vielleicht jemand!«

»Was mir beweist, dass es höchst gefährlich ist.«

Arno Schorn entschied, dass er dann mal allein nachsehen gehen werde. Dies hier war *sein* Friedhof. Martin schimpfte wie ein Rohrspatz, während Konrad zwischen allen Stühlen saß.

Es dauerte keine fünf Minuten, da war Schorn zurück.

»Da ist nichts Verdächtiges an Treppenschacht und Tür. Die Stufen sind modrig und glitschig wie immer. Die Stahltür unten ist zu. Verrostet, aber noch immer zu stabil für einen Rammbock. Das Schloss, dick wie eine Pampelmuse, hängt ordnungsgemäß davor. Wenn da einer durch ist, dann hat er oder sie das Zauberkunststück vollbracht, dieses Schloss von *innen* wieder zu verschließen. Das ist unmöglich.«

Konrad nickte.

»Und was, wenn Walterscheid seine Freundin und die Geisel durch die Tür reingelassen und dann wieder zugeschlossen hat?«, meinte Martin. Und fügte mit bösem Blick zu Amalia hinzu: »Mitdenken darf ich ja wohl noch.«

»Ach, Martin.«

Arno Schorn winkte ab.

»Keine Chance«, sagte er. »Es gibt nur diesen einen Schlüssel« – er hob ihn demonstrativ hoch. »Der liegt immer im gesicherten Fach meines Schreibtischs. Man muss schon wissen, wofür er da ist. Außerdem war mein Büro abgeschlossen und nicht aufgebrochen. Genau wie mein Schreibtisch. Da ist nichts und niemand unten durch die Tür in den Bunker.«

»Nebeneingänge«, sagte Konrad. Seine Stimme klang nicht grade zuversichtlich. »Ose Schumann kennt die Welt unter Melaten. Es muss so was wie einen oder mehrere Nebeneingänge geben. Alte Luftschächte vielleicht. Halb verfallen, zugewuchert, kaputtgebombt. Es muss.«

»Und die müssen wir finden, Mama.«

»Du nicht, Martin.«

»Wer denn sonst?!«

»Haben Sie mal von Schächten auf dem Gelände gehört?«, fragte Konrad Schorn über Martins Generve hinweg. »Ist bei Grabauflassungen vielleicht mal was entdeckt worden? Ein Kanalschacht oder so?«

»Nichts«, sagte Schorn. »Jedenfalls nicht, dass ich wüsste.«

Blaulicht unterbrach die Überlegungen. Mehrere Einsatzwagen bretterten auf den Parkplatz. Türen flogen auf. Bewaffnete Beamte sprangen heraus. SEK. Man konnte alles durch die Bürofenster sehen. Heribert Rehbein hatte Konrads Nachricht erhalten. Auch Jan-Philipp Freese war dabei. Über die Aachener Straße heulten weitere Einsatzfahrzeuge. Der Friedhof wurde abgeriegelt. Höchste Alarmstufe.

»Zur Polizei werde ich ja wohl noch dürfen!«, rief Martin und riss sich los.

Fluchend stürzte Amalia ihm nach. Was zur Folge hatte, dass sich alle anderen ebenfalls so schnell wie möglich nach draußen begaben. Dort hatte Martin sofort damit begonnen, Kommissar Rehbein zwischen MP tragenden Vermummten auf den aktuellen Stand zu bringen.

Aber der Kommissar war bereits bestens im Bilde und hob den Daumen, als er Konrad aus dem Verwaltungsgebäude auf ihn zueilen sah. Jan-Philipp Freese konnte nicht umhin, Konrad ein »Wenn das ein Fehlalarm ist, Gnade Ihnen Gott!« entgegenzuschleudern.

»Lass stecken, Jan, die Informationen waren goldrichtig.« Rehbein wandte sich an Konrad, sprach hektisch: »Ose Schumann war nur wenige Stunden nach der Festnahme Walterscheids als Besucherin bei ihm. Einen Rechtsbeistand wollte er nicht. Sie trat aber fast wie einer auf, bestand darauf, unter vier Augen mit ihm zu sprechen. Jetzt ist sie spurlos verschwunden. Ich habe sie zur Fahndung ausgeschrieben. Wir haben einen Durchsuchungsbeschluss. Kollegen sind gerade in ihrer Wohnung. Sie wohnt über ihrem Teeladen, und …«, er unterbrach sich. Kollege Freese stand wie verloren zwischen den SEK-Beamten auf dem Parkplatz. »Jan, was ist?«, rief Rehbein. »Grab und Fundstelle der Ampulle sichern. Die anderen ausschwärmen, den Friedhof evakuieren. Alles wie besprochen. Aber zivil! Und zwei runter in den Bunker. Höchste Vorsicht!«

»Hier ist der Schlüssel!«, rief ein aufmerksamer Schorn, der das Ding ein zweites Mal an diesem Tag hob und vorzeigte und nun verhindern wollte, dass die Staatsgewalt sein pampelmusengroßes Vorhängeschloss aufbrach. Rehbein verstand und gab den beiden auserwählten Bunkerstürmern ein Zeichen. Die machten sich auf, und Freese folgte ihnen, machte sich instruierend wichtig.

Rehbein sprach weiter:

»Erzeugt hier keine Panik. Die meisten auf dem Friedhof sind alt und schreckhaft. Hörst du, Jan? Und jemand soll am Ampullenfundort nach Fußspuren suchen. Vielleicht stimmen die mit den Abdrücken am Grab überein. Wo bleibt die Spusi?«

»Stecken im Stau«, rief Freese.

»Den wir wahrscheinlich selber verursacht haben, meine Güte«, brummte Rehbein.

»Spuren könnte ich suchen«, rief Martin. »Das mit den Fußspuren war sowieso meine Idee!«

»Nein!«, konterte Amalia.

»Aus dir wird was«, sagte Rehbein, »aber hör auf deine Mutter. Ist immer gut.«

In diesem Moment traf ein VW Golf mit drei von der Spusi ein und Martin ärgerte sich noch mehr. Heribert Rehbein wies die Kollegen an, wo sie nach Fußabdrücken suchen sollten. Richtung Forensik, Millowitsch-Grab. Luftlinie 350 Meter.

»Beeilung!«

Die Männer hechteten los.

»Lass uns auch darüber nachdenken, wo sich versteckte Nebeneingänge befinden könnten«, sagte Konrad, um Martin abzukühlen und um Amalia zu beruhigen. Die fühlte sich in allem bestätigt, was sie seit dem frühen Morgen befürchtete: bewaffnete Einsatzkräfte, abgetauchte Gangster, mögliche Schusswechsel, ihr verrückter Sohn mittendrin – und eine viel zu sanfte Seele namens Konrad.

»Nebeneingänge? Vom Bunker?«

Konrad erklärte dem Kommissar, dass die Bunkeranlagen wahrscheinlich komplizierter angelegt waren, als sie dachten, und dass Ose Schumann aller Wahrscheinlichkeit nach gar nicht in den offiziellen, vom Betriebshof aus überwachten Eingang eingedrungen war.

»Scheiße«, sagte Rehbein, aber so leise, dass es seine Mutter nicht hörte.

»Wo könnte sich so ein Nebeneingang befinden?«

Konrad zuckte mit den Schultern:

»Ose Schumann hat in ihrem Buch keinerlei Hinweise darauf gegeben«, sagte er.

Rehbeins Gesicht verdüsterte sich. Nach einigen Sekunden ging er zu einem der Einsatzwagen, telefonierte von dort mit dem Polizeipräsidium, kehrte zurück.

»Neue Lage, neue Maßnahme«, sagte er, mehr nicht. Und bevor Konrad nachfragen konnte, klingelte das Smartphone des Kommissars. Ein kurzes Gespräch. Anschließend blickte der Kommissar so müde wie nachdenklich.

»Sie haben in der Wohnung von Ose Schumann Stiefel gefunden. Im Keller unter dem Laden. Versteckt in einer Kiste. Ein Abgleich mit Fotos der Gipsabdrücke von Hoffmanns Grab ergab Übereinstimmung. Die Frau ist mehr als dringend tatverdächtig. Wenn es jetzt noch Spuren am Ampullenfundort gibt …«

Er rief Freese an und informierte ihn über die neuen Erkenntnisse. Dann schickte er ein Foto der Stiefelabdrücke, die im Teeladen genommen worden waren, an die Spusi-Kollegen. Anschließend starrte er auf sein Handy.

»Warten wir noch einen Moment.«

»Worauf denn?«, rief – ausgerechnet – Martin.

Es begann zu regnen.

»Darauf, dass du dich beruhigst«, sagte Amalia. Bei ihr selbst hatte das schon eingesetzt. Dutzende SEK-Beamte waren auf der Suche nach einer Frau mit Pistole. Einer Teeladen-Besitzerin. Da rückte ein Blutbad hoffentlich in weite Ferne. Da Amalia nur eine dünne schwarze Jacke trug, war ihr auch körperlich kühler geworden. Sie rieb sich die Oberarme. Das Wetter hatte sich in den vergangenen Stunden merklich verschlechtert. Das Sommerende rückte wohl doch näher. Der Himmel über Köln war jetzt, am frühen Abend, grau, stellenweise gewitterdunkel geworden. Die Temperatur war auf achtzehn Grad gesunken und der Regen machte mit jedem Tropfen darauf aufmerksam.

Vom Bunkereingang kam die Nachricht, dass die Gänge unten ziemlich verfallen seien. An vielen Stellen war die Betondecke eingebrochen. Ein Durchkommen schwierig. Von der Tatverdächtigen keine Spur.

»Seid vorsichtig!«, funkte Rehbein.

Es regnete und regnete.

Konrad schien gar nicht zu bemerken, wie er nach und nach nass wurde. Er grübelte, fühlte eine maßlose Hilflosigkeit. In all seinen Jahren auf dem Friedhof waren ihm zahlreiche Grüfte unter die Augen gekommen, aber nichts, was auf ein unterirdisches Bunkersystem hindeutete. Es war wie mit dem Tod selbst: Man lebte in engster Nachbarschaft mit ihm, manchmal im selben Zimmer, aber sehr lange blieb er dort unbemerkt.

Der Kommissar sah auf die Uhr.

»Ich lasse Walterscheid herbringen«, sagte er, um die Stille zu durchbrechen. »Hoffentlich stecken die nicht auch im Stau. Scheiß Feierabend.«

»Weiß der Juwelier schon, dass Ose Schumann verdächtigt wird?«

»Nein. Ich will ihn hier damit konfrontieren. Vielleicht bricht er dann sein Schweigen. Konfrontationstherapie. Die Situation ist aussichtslos für ihn. Und für sie.«

»Klingt nach einem Plan«, warf Martin ein, der ganz andere Pläne hatte, darüber aber wohlweislich schwieg. Arno Schorn war kurz ins Büro gegangen, hatte einen Schirm geholt. Der Dame wegen.

Aussichtslos. Konrad nickte.

»Ich hoffe nur, dass nicht auch die Situation für Benedikt Weiss aussichtslos ist.«

»Wenn er denn da unten ist«, sagte der Kommissar.

Darauf antwortete niemand etwas. Nicht mal Martin.

SHOWDOWN

Kurz darauf überstürzten sich die Ereignisse. Es begann allerdings recht unscheinbar. Zunächst hatte sich Arno Schorn wieder an die Arbeit begeben. Die Friedhofsgärtner mussten Melaten ebenfalls räumen. Da trug er als Chef die Verantwortung, zumal er Leuten wie Gandulf Kantmann durchaus zutraute, den Ernst der Lage nicht zu begreifen.

Kaum war Schorn losgezogen, tauchten Paul und Bernadette auf. Die den Friedhof räumenden, ausschwärmenden SEK-Beamten waren natürlich irgendwann auf die Obdachlosen, die Fröbelinger, gestoßen, die sich heute bereits um kurz vor 18 Uhr aus der Stadt an ihrem Nachtlager neben dem Alten Jüdischen Friedhof eingefunden hatten. Und wie jedes Mal, wenn bewaffnete Polizeibeamte mit ihnen zusammentrafen, gab es Stress. Oma Gitti waren die Männer mit Maschinenpistolen, Helmen, Vermummung und lauter unfreundlichen Gesten und Befehlen zu übergriffig. Sie hatte sich nicht wegführen lassen wollen.

»Kein Todesengel fasst mich an!«, hatte sie gerufen. Bernadette hatte schlichten wollen. Paul war ebenfalls laut geworden, was die Beamten, die das Wort *Todesengel* ohnehin als Beleidigung auffassten, zu weiteren Übergriffen verleitete. Sie hatten kurzen Prozess gemacht und Bernadette, Oma Gitti und Paul rabiat vom Friedhof entfernt, abgeschoben sozusagen, über den Ausgang Ehrenfeld. Oma Gitti hatte *Beelzebub*, *Azrael* und *Satanas* gezetert, was die angespannte Atmosphäre nicht grad entschärfte, zumal die Beamten Oma Gitti nun wegen fortgesetzter Beleidigungen festzunehmen gedachten und Paul und Bernadette die Festnahme verhindern wollten.

Dann, innerhalb weniger turbulenter Minuten mit lautstarken Diskussionen, war Oma Gitti verschwunden. Von einem Moment auf den anderen. Plötzlich war da nur noch die rote Ziegelmauer des Friedhofsrands gewesen, der schmale Durchgang des Ausgangs, den ein Eisengitter nachts verschloss, und das schnuckelige, schiefergedeckte, leider auch etwas vernachlässigte Pförtnerhäuschen aus dem 19. Jahrhundert. Die Beamten blickten sich verwirrt um, wunderten sich über Omas Abgang. Dann ließen sie von den Obdachlosen ab, verzichteten auf die Suche nach Oma Gitti. Sie marschierten in ihrer Kampfmontur zurück auf den Friedhof.

»Die ist doch bloß bekloppt«, brummte einer.

Da hatten sie Gerd von Hoppenstedt und Norbert Podolski aus der Rumpftruppe der Qigong-Senioren noch nicht getroffen, die in diesem Moment jene Wiese mit Grüften ansteuerten, wo die beiden noch eine Flasche Krimsekt zu finden hofften.

Paul und Bernadette waren geschockt, standen vor dem Friedhofseingang, den nun ein dort abgestellter Beamter bewachte. Der Mann ließ nicht mit sich reden, redete gar nicht, blieb stur wie ein Bärenfellmütze tragender Gardist vor Buckingham Palace. Er ließ raus, aber niemanden rein.

Wo steckte Oma? Da sie nicht ganz von dieser, dafür aber teils von mancher anderen Welt war, kannte Oma zahlreiche Räume, um darin zu verschwinden.

»Paul, was jetzt?«

Bernadette wurde unruhig. Da hatte Paul die Idee, sich an Schorn zu wenden. Man wollte ja auch wissen, was hier eigentlich los war. Sie hasteten einmal halb um den Friedhof herum, Weinsbergstraße, Fröbelstraße, Melatengürtel, an der Forensik vorbei zur Aachener und von dort nach links zur Parkplatzeinfahrt des Betriebshofes. Wo so viele Einsatzfahrzeuge und SEK-Beamte standen, dass Paul fast den Mut verlor. Aber die Engel des Friedhofs waren bei ihm: Konrad sah genau in dem Moment auf und erblickte die beiden verlorenen Gestalten im Regen vor dem glänzenden Grau der Aachener Straße. Konrad winkte. Paul und Bernadette winkten zurück.

Heribert Rehbein sah es zunächst nicht. Er wurde gerade angefunkt und mit zweierlei Neuigkeiten versorgt: Zum einen stimmten mehrere Fußabdrücke an der Fundstelle der Bullet-Hole-Testkit-Ampulle mit den Stiefeln aus Ose Schumanns Keller überein – Strike Nummer zwei. Rehbein triumphierte.

Zum anderen signalisierten die beiden SEK-Beamten aus dem Bunker, dass sie nichts fanden. Sie waren an einen Bereich gekommen, wo der Schutt kaum noch durchquerbar schien.

»Die is hier nich! Und wenn wir hier schießen, stürzt womöglich der ganze Friedhof ein und wir ersaufen in Totenschädeln.«

»Bleibt zunächst mal, wo ihr seid«, ordnete Rehbein an. »Und schießen sowieso nur im Notfall.«

Als er sah, was Konrad gesehen hatte – Paul und Bernadette –, gab er den auf dem Parkplatz verbliebenen Beamten ein Zeichen, dass die beiden zu ihnen durften. Bernadette und Paul eilten herüber und schilderten in heller Aufregung, was in Fröbelingen geschehen war. Und natürlich kam schnell wie ein Eichhörnchen, das eine Nuss gesehen hatte, die Frage:

»Was ist denn hier los?«

Konrad unterdrückte den Impuls, sich nach Joschi zu erkundigen. Er musste zunächst klarer sehen. Nachfragen, die auf einen möglichen Tod Joschis hinwiesen, durfte er den beiden jetzt nicht zumuten.

Konrad erklärte also. Das heißt, eigentlich erklärte Martin, und Konrad und Amalia bügelten dessen Übertreibungen aus, denn Martin hatte durch erzwungenes Abwarten mittlerweile dermaßen viel Feuer unterm Hintern, dass er gar nicht anders konnte, als aus sich herauszuplatzen.

Bunker, Teetante …

»Nenn sie bitte nicht Teetante. Auch jetzt nicht.«

Geiselnahme, ein Bataillon Bewaffneter unter Tage …

»Zwei Beamte sind da unten, Martin!«

Doch Konrads und Amalias Beschwichtigungen – Heribert Rehbein war immer wieder mit Anrufen beschäftigt, der Wagen mit Cornelius Walterscheid kam und kam nicht – hatten auf Paul und Bernadette keinerlei beruhigende Auswirkung. Im Gegenteil. Obwohl weder Martin noch Konrad auch nur ein Wort über Joschi verlauten ließen, wurde Bernadette totenbleich. Ihre Lippen zitterten. Paul sah sie an, wollte etwas sagen, zögerte.

»Was ist denn?«, fragte Konrad. Erst jetzt fiel es ihm auf. Jemand fehlte.

»Wo ist denn Oma Gitti?«

Was Paul und Bernadette dann erzählten, brachte endgültig Fahrt in die Ereignisse. Paul begann zu stottern:

»Die Ose, die Frau vom Teeladen … das kann nich sein! Die hat uns … Da gibt es … aber das darf keiner wissen, Konrad, weil sonst …« Paul warf einen verstohlenen Blick zum Kommissar. Rehbein war aber ohnehin abgelenkt. Ein weiteres Telefonat.

»Paul, wir müssen das jetzt sagen, wegen Oma«, drängte Bernadette. »Die ist da unten, ich sag's dir!«

»Ja, hast ja recht. Gitti ist bestimmt da runter. Versteckt sich. Die Ose hat uns mal was gezeigt. Wenn die Nazis kommen und so, dann …«

»Da runter?« Konrad und Martin reagierten alarmiert, nahezu simultan.

»Ja«, sagte Paul, »dann können wir uns da verstecken. Da unten. Hat sie gesagt. Da findet uns keiner. Da gibt's nen Schacht, den kennt keiner. Und im Dunkeln sowieso nich. Die sind da schon lange. Seit dem Krieg. Diese Schächte.«

»Hat die Ose mal gefunden«, fuhr Bernadette fort. »Die studiert so was, hat sie gesagt. Als Hobby. Da ist im Mauerwinkel ein altes Kreuz. So ein schwarzes. Und 'ne Platte, im Gras dahinter. Ist kaum Platz da. Ganz versteckt. Und die Platte, die kann man hochnehmen. Und dann da runter …«

»Oma Gitti befindet sich in diesem Schacht? Jetzt?«

Konrads Fantasie reichte nicht aus, um sich vorzustellen, wie Oma Gitti dort unten in der Dunkelheit tanzte.

»Ja, vermutlich«, sagte Bernadette. »Obwohl das allein gar nicht einfach is.«

»Da brauchste normalerweise zwei für, für die Grabplatte«, sagte Paul. »Die is sauschwer.«

»Aber du kennst ja Oma, wenn die erst mal 'n Engel auf achtzig is. Die is dann viel stärker als 'n normaler Engel. Wenn Oma so richtig abdreht, hält die nichts. Darum hab ich ja so Angst. Wenn die da jetzt mit Waffen rein sind in die Tunnel, und … und Oma is da unten …«

Ja, scheiße. Noch befanden sich die SEK-Beamten nahe dem Parkplatz, irgendwo hinter der Stahltür. Aber in diesem Moment änderte sich das. Heribert Rehbein, dessen Telefoniererei ihn, wie gesagt, kaum was mitbekommen ließ von den Geständnissen der beiden Fröbelinger ab, versuchte nochmals, Kontakt zu den Beamten im Bunker aufzunehmen. Er hatte ein ungutes Gefühl bei den zwei Waffennarren, die Kollege Freese für den Unter-Tage-Einsatz ausgesucht hatte. Vor Jahren war mal eine Abteilung der Kölner SEK aufgelöst worden, weil die Jungs 24/7 soffen, martialische Aufnahmerituale pflegten, Neulinge quälten und den Aufenthaltsraum ihrer Einheit mit Kettensägen auseinandergenommen hatten. Die beiden, die eine knappe Stunde zuvor unter die Erde geschickt worden waren, galten als Übriggebliebene dieser Abteilung. Das ging Rehbein durch den Kopf, als er bemerkte, dass sein Kontaktversuch scheiterte.

»Och nee«, stöhnte er, sehr laut, wie für alle Anwesenden gedacht. »Jetzt sind die zwei Ballerköppe weiter in den Schacht rein. Haben sich wohl durchgebuddelt. Die Verbindung ist weg.«

Paul und Bernadette guckten verstört, weil sie nicht begriffen, worauf der Kommissar hinauswollte. Aber Konrad verstand sofort. Jetzt hatte seine Fantasie die mögliche Szenerie in der Melatener Unterwelt im Griff.

»Das heißt, die zwei Beamten nähern sich jetzt möglicherweise dem Ort, an dem Ose Schumann sich versteckt? Möglicherweise mit ihrer Geisel? Und wo Oma Gitti gerade herumgeistert? Und wie gern schießen die, diese Ballerköppe? Und wie sieht es mit dem Geisteszustand von Ose Schumann aus?«

Nach dem Geisteszustand von Oma Gitti fragte er nicht.

Amalias Herz beschleunigte auf dasselbe Tempo wie das von Konrad. Zwei Herzen, synchron. Auch sie kannte und mochte Oma Gitti. Sie versuchte die Situation zu reflektieren und ruhig zu bleiben:

»Moment«, sagte sie. »Ose Schumann kann doch gar nicht dort sein, wo Sie, Paul und Bernadette, nächtigen – also, da kann sie doch kaum in die Schachtanlagen eingestiegen sein. Das hätten Sie doch bemerkt? Das ist doch Ihr Platz da hinten auf dem Friedhof?«

»Aber nich immer. Tagsüber sind wir selten da«, sagte Bernadette.

»Aber Ose Schumann ist doch nachts da rein. Sie hat den Forensiker doch noch in der Nacht, als wir …«

Amalia stoppte. Die Antwort, die sie vielleicht vom Logiker Martin erwartet hätte, gab sie sich selbst. Und wie zur Bestätigung gab sie ihr auch Paul:

»Da war'n wir aber auch nich da hinten. Da war'n wir ja vorn an dem Grab, wo der Aufgeschnittene lag. Und die beiden andern Toten. Die hatten uns ja auch festgenommen, die blöden … Verzeihung, Herr Kommissar.«

Rehbein winkte ab. Gegen eine Unter-zwölf-Augen-Beleidigung der beiden wahrscheinlich schon früh mit Schusswaffenwesten Gewickelten hatte er nichts. Etwas anderes war in diesem Moment wichtiger. Ihnen allen wurde die Sachlage innerhalb von Sekunden restlos klar. Amalia resümierte:

»Und die schwere Grabplatte, die konnte auch Ose Schumann heben, weil sie ja nicht allein war. Sie hatte einen Gefangenen. Und eine Waffe.«

Einen Gefangenen, der jahrelang Leichen aller Gewichtsklassen auf Sektionstische gehievt hatte. Ein Mann, der keine Muckibude brauchte. Der hatte die Platte angehoben, sie waren eingestiegen, dann hatte er sie wieder über die Öffnung gezogen. Mit Pistole im Rücken.

Die Schweigesekunden, in denen sich die Erkenntnisse in das Bewusstsein von Konrad & Co. senkten, wurden von einem empörten Ausruf Martins unterbrochen, dem geistig Fluidesten der Anwesenden:

»Dann ist Oma Gitti in Lebensgefahr!«, rief er. »Worauf warten wir dann noch? Mama?«

Die Anrufung der Mutter stieß bei Heribert Rehbein auf Verständnis, Amalia widersprach nicht, und Konrad bangte um Oma Gitti fast so sehr wie Bernadette und Paul. In großer Eile machte sich die Gruppe auf zum Nachtlager der Fröbelinger. Unterwegs gelang es Heribert Rehbein, Telefonkontakt zu dem Polizeiwagen mit Cornelius Walterscheid an Bord aufzunehmen. Rehbein dirigierte ihn um zum Eingang Ehrenfelder Friedhof und beschrieb den Beamten, wohin genau sie Walterscheid bringen sollten.

Zum Grabkreuz im Mauerwinkel.

Kaum fünfzehn Minuten später waren sie alle dort: frisch eingetroffen ein kümmerlich wirkender Walterscheid, flankiert von zwei Polizeibeamten.

»Ulf, nimm ihm mal die Handschellen ab«, sagte Rehbein.

»Aber Chef?«, sagte der mit Ulf angesprochene. Rehbein nickte, atmete tief durch:

»Ulf, der Mann ist in so vieles verstrickt, da braucht es keine Handschellen.«

Donnerwetter, dachte Konrad, *das ist mal Psychologie.*

Ulf dachte so weit nicht, tat aber, was sein Chef angeordnet hatte.

Walterscheid sah bleich aus, unrasiert, müde, verwirrt, rieb sich die Handgelenke. Das Grab von Justus Dehmel war ein schwarzes Granitkreuz, über einhundert Jahre alt. Dehmel war jung gestorben, vielleicht ein Weltkriegsopfer. Niemand, der besondere Aufmerksamkeit auf sich zog. Die Mauer hinter dem Grabmal war die rissige, hohe

Ziegelmauer gegenüber dem Jüdischen Friedhof und dem Institut für Rechtsmedizin am Melatengürtel. Wer hier begraben lag, lag mit dem Rücken zur Wand. Hier im Mauerwinkel mochte Walterscheid sich schon fast wie in einer Gefängniszelle fühlen. Es regnete stärker. Er fragte sich, was er hier sollte. Ein Ortstermin? Weshalb nicht am anderen Ende des Friedhofs? Am Grab, wo die Schüsse gefallen waren?

Wo alles schiefgegangen war.

Heribert Rehbein räusperte sich und begann mit der Konfrontationstherapie.

Der Kommissar erklärte Walterscheid mit kurzen, harten Sätzen die gesamte Sachlage. Fakten, an denen es, so wie Rehbein sie vorbrachte, nichts zu rütteln gab. Wo Leugnen nur noch lächerlich wirkte. Ose Schumann war überführt. Die Tat war glasklar. Smaragde. Teuerste Ware. Aus Kolumbien. Lediglich das Motiv nicht. Zugleich ließ Rehbein Ulf und Hans-Dieter – so hieß der zweite Beamte – die versteckte Grabplatte abheben, die Paul ihnen im wuchernden Efeu schräg hinter dem Granitkreuz gezeigt hatte.

»So leise wie möglich«, sagte Konrad.

»Allerdings«, bestätigte Rehbein. Walterscheid bekam ein paar Sekunden, die Fakten und als Fakten präsentierten Vermutungen sacken zu lassen. Rehbeins Methode setzte Walterscheid enorm unter Druck.

Psychologie.

»Wir haben ihre Stiefelabdrücke«, fuhr Rehbein fort. »An zwei Tatorten hier auf dem Friedhof. Wir wissen, dass sie eine Waffe hat. Gestehen Sie: Sie waren mit Ose Schumann in der Mordnacht auf dem Friedhof. Sie hat die beiden Männer erschossen. Und dann hat sie Benedikt Weiss, einen Forensiker aus dem Institut für Rechtsmedizin, der an der Untersuchung der Erschossenen beteiligt war, am frühen Sonntagmorgen auf seinem Heimweg entführt. Möglicherweise hat sie ihn ebenfalls umgebracht. Wo da unten« – er wies zum gähnenden Loch neben dem Grabkreuz – »steckt sie jetzt? Wir wissen, dass sie sich in den alten Bunkeranlagen verschanzt hat. Reden Sie endlich. Es ist aus!«

Cornelius Walterscheid blickte panisch vom Kommissar zu Konrad, dann wieder zum Kommissar. Die anderen hielten sich zurück. Wie sich am Verhalten Walterscheids zeigte, gab es eine sehr innige Beziehung zwischen ihm und Ose Schumann. In Walterscheids Kopf loderten die Gedanken.

»Sie können die Lage für sich und vielleicht auch für ihre Komplizin verbessern, wenn Sie jetzt auspacken«, fügte Rehbein hinzu. »Das Beste wäre es, Sie würden sie überreden aufzugeben. Ich kann für nichts mehr garantieren. Zwei schwer bewaffnete Einsatzbeamte sind da unten, nähern sich ihr. Und ich habe keinen Kontakt zu ihnen.«

»Und Oma Gitti ist auch da unten!«, rief Bernadette.

Konrad wollte einwerfen, dass man sich doch bitte leiser verhalten möge. Er starrte auf das Loch, das ihm wie eine Ohrmuschel erschien. Aber er hätte seinen Einwand sehr laut vorbringen müssen, um sich Gehör zu verschaffen. Also begnügte er sich mit einer dämpfenden Handgeste.

Walterscheid gab ein trauriges Bild ab. Konrad hatte das Gefühl, dass der Mann drauf und dran war, den Verstand zu verlieren. Der Regen prasselte auf ihn herab.

»Ich … Ich weiß es nicht!«, rief er jetzt. Konrad schloss die Augen. Walterscheid fuhr fort: »Sie hat … wir haben keinen anderen Ausweg gesehen. Ich habe Jahr um Jahr Geld für meinen Bruder aufbringen müssen. Das Geschäft ist am Ende. Der Schmuck. Ich habe so viel Geld bezahlen müssen. Ose und ich … wir hatten Pläne. Viele Pläne. Und immer wieder diese Rückschläge. Ich habe Ose immer gern unterstützt. Bei ihren Hilfsprojekten in Südamerika. Diese vor Idealen glühende Frau … Ich liebe sie. Und mein verdammter Bruder … Immer wieder haben wir für ihn zahlen müssen, damit sich die Schlinge um seinen verdammten Hals nicht zuzog. Ihm gehörte ja das Juweliergeschäft. Er hat mit mir gemacht, was er wollte. Und dann kam er mit den Smaragden. Rohsmaragde. Ich sollte sie in meiner Werkstatt schleifen. Ihr Wert wäre um ein Vielfaches gestiegen. Wir hätten sämtliche Schulden bezahlen können. Das hat er mir versprochen. Aber mein verfluchter Bruder hatte die Smaragde nicht nur geschmuggelt, sondern gestohlen. Von Menschen, die man besser nicht bestiehlt. Diese Killer! Ose ist ein guter Mensch!«

»Langsam klärt es sich auf«, sagte der Kommissar.

Nur die Sache mit Joschi nicht, dachte Konrad. Er suchte einen Ansatzpunkt.

Alle starrten Walterscheid an. War er schuldig? Konrad hoffte darauf, dass Kommissar Rehbein weitere Geständnisse aus ihm herauslocken konnte. Und Martin …

»MARTIN?«

Amalias Ausruf veranlasste Konrad dazu, die Augen zu öffnen. Er begriff ihre Panik sofort.

»O nee!«

Martin war verschwunden.

Konrad warf alle Vorsicht über Bord und brüllte, dass man es vermutlich unter der Erde bis zur Stahltür mit dem unbeschädigten, pampelmusengroßen Vorhängeschloss hören konnte.

»Der ist runter in den Tunnel. Der verrückte Kerl!«

»Ja«, kam es kaum noch hörbar aus dem Reich der Maulwürfe. »Ihr quatscht mir zu viel. Oma Gitti ist in Gefahr!«

Was immer Kommissar Rehbein geplant haben mochte, um Cornelius Walterscheid psychologisch geschickt dazu zu bringen, alles zu gestehen und Ose Schumann zum Aufgeben zu bewegen, es hatte augenblicklich jegliche Bedeutung verloren. Amalia und Konrad stiegen, ohne dass der Kommissar sie aufhalten konnte, ebenfalls hinunter in das Loch. Rehbein, 64 und bereits leicht arthritisch, hielt es für keine gute Idee, ihnen zu folgen. Paul hingegen kam mit ihnen. Er kannte die Anlagen, zumindest den Tunnel in diesem Abschnitt. Er konnte helfen. Wofür ihm Konrad schon nach wenigen Metern sehr dankte. Um sie herum herrschte vollkommene Dunkelheit. Oben wies Kommissar Rehbein Ulf an, den SEK-Beamten, der am Pförtnerhäuschen den Friedhofsausgang bewachte, abzuziehen und herzuzitieren. Der sollte in den Schacht einsteigen. Dann versuchte Rehbein erneut, Kontakt mit den zwei verschütt gegangenen Waffennarren vom Einstieg Pampelmusenschloss aufzunehmen.

Es klappte noch immer nicht.

Walterscheid war ins Jammern verfallen. Er gab zu, dass auch Ose Schumann in der Nacht auf dem Friedhof gewesen war und den Forensiker entführt hatte.

»Das habe ich nicht gewollt. Ich habe gesagt, es ist vorbei. Tu das nicht! Es war doch alles umsonst. Aber sie wollte nicht aufgeben. Ose ist so stark.«

Walterscheid wirkte gebrochen, behauptete, er wüsste nicht, wo sie nun steckte. Diese Bunkeranlagen kannte allein sie. Er selbst wisse nur, dass es sie gab.

»Als die beiden Killer die Smaragde im Körper meines toten Bruders nicht fanden, wollten sie mich erschießen. Aber ich bin ihnen zuvorgekommen. Ose dachte nun, die Smaragde müssten in der Rechtsmedizin unterschlagen worden sein. Von einem Fund ist ja nie etwas publik geworden. Das hätte in der Zeitung gestanden. Also gab es in der Forensik jemanden, der uns betrogen hat.«

»Betrogen?«

Der Kommissar zog erstaunt die Augenbrauen hoch.

»Sie gehörten uns«, beharrte Walterscheid. »Nach all den Demütigungen. Uns. Nicht meinem Bruder. Und auch nicht den Männern, die mich umbringen wollten. Es ist alles aus dem Ruder gelaufen.«

Und dann schwieg Walterscheid. Aus ihm war nichts mehr herauszuholen. Auch nicht zum Mord an seinem früheren Auszubildenden Kilian Geyer. Walterscheid verweigerte jegliche weitere Aussage. Kommissar Rehbein wütete innerlich. Sollte diese Aktion halbwegs verlustfrei über die Bühne gehen, würde er Walterscheid in kommenden Verhören grillen.

In der Zwischenzeit war Martin Dutzende, vielleicht schon über hundert Meter weiter ins Stockfinstere vorgedrungen. Immer wieder war der Gang abgeknickt oder es hatte Öffnungen in der Betonwand gegeben. Martin tastete sich am feuchten, rissigen Beton entlang. Es roch modrig und hier und dort ragten verbogene, teils zerbrochene rostige Stahlstreben hervor. Immer wieder stieß er mit dem Fuß gegen Hindernisse, fühlte vorsichtig mit den Händen nach: am Boden aufgetürmte Schutthaufen, Steinbrocken, heruntergerasseltes Deckenmaterial. Einmal griff er einem Schädel in die Augenhöhlen. Tatsächlich ein Schädel. Martins Tastsinn übersetzte die Eindrücke in Bilder.

Brrrr!

Sein Kopf pochte und glühte. Er hatte sich von einem Impuls hinreißen lassen, den er jetzt kaum bereuen konnte, ohne sich seiner Mutter gegenüber lächerlich zu machen. Rückzug war keine Option. Oma Gittis Rettung war das oberste Ziel. Und natürlich wollte er Ose Schumann finden, festnehmen, den Forensiker befreien.

Martin hatte trotz – oder gerade wegen – der Glut im Kopf große Pläne.

Aber nur wenige Möglichkeiten: diese SCHEISS DUNKELHEIT!

Wieder eine Öffnung, gradlinige Kanten, ein Abzweig in einen Nebengang.

Bloß nicht da rein, dachte er. Er bemerkte sich ineinander verschlingende Luftströme. Immer geradeaus, dachte er, dann würde es anschließend auch wieder geradeaus zurückgehen. Die einfachste Lösung.

Blöd nur, wenn die Teetante – *nenn sie nicht Teetante* hallte es in Martins Gedanken – einen dieser Nebengänge genommen hatte. Sollte er in eine Sackgasse geraten, niemanden finden, würde er sich nach und nach durch die Nebengänge wagen müssen. Martin verfügte über ein phänomenales Gedächtnis. Das beruhigte ihn. Er notierte auf dem schwarzen Zeichenbrett seines Gehirns jede Bewegung, konnte die Aufzeichnungen später dann rückwärts lesen.

Hoffentlich.

Wozu sonst hatte er zwei Klassen übersprungen?

Jetzt fühlte er den Impuls, anzuhalten und nachzudenken. Das gehörte ja ebenfalls zu seinen Stärken. Meistens jedenfalls. In dieser Situation war Nachdenken vielleicht die einzige Möglichkeit, das verkackte Unternehmen noch zu retten.

Noch immer meinte er, in der Ferne die Verfolger zu hören. Seine Mutter und Konrad. Zumindest diese beiden. Er wusste genau, dass sie seine Rettungsmission zum Abbruch bringen würden, wenn sie ihn fanden. Amalia würde ihren Sohn auf direktem Weg aus dem Tunnel ziehen. Und Konrad, das verliebte Weichei, würde ihr nicht widersprechen.

Oma Gitti ging vor.

Vielleicht war seine Blindheit, die Lichtlosigkeit, gar

kein Nachteil. Sie machte ihn langsam, aber Langsamkeit bedeutete auch Genauigkeit. Lichtlosigkeit in Kombination mit Langsamkeit war Tarnung. Leuchten konnte sein Geist.

Und das konnte der gut.

Martin dachte also nach. Und rührte sich einige Minuten lang nicht. Dann zog er sich ein Stück weit in eine der Nebengangöffnungen zurück. Hinter einen Mauerwinkel. Von dort aus lauschte er:

Die Geräusche waren verstummt. Er bemerkte nur einen langsamen kühl-modrigen Luftzug. Schwer und träge wie Öl kam der ihm vor.

Vielleicht hatten Konrad und Amalia beschlossen, sich Licht zu besorgen. Stablampen. Konrads Schattenhabicht? Aber die Polizei hatte doch bestimmt Taschenlampen oder so was dabei. Und was war mit diesen SEK-Leuten?

Nun ja.

Wie tief die Gänge wohl liegen mochten? Er schätzte, etwa fünf oder sechs Meter. Wenn Ose Schumann ihren Gefangenen hier drinnen versteckte, dann wäre es doch sinnvoll, die Mitte der Anlagen aufzusuchen. Sollte von dort aus jemand um Hilfe rufen, würden die Rufe niemals bis an die Oberfläche des Friedhofs dringen. Das Fehlen jeglichen Restlichts hier unten verriet ihm, dass der Schall keine Abkürzung zur Oberfläche fand. Schallschutz pur also. Der Friedhofsboden darüber verschluckte alles.

Wie blöd, dass er vor seinem Abstieg in diesen Höllenkreis keine Lagepläne zu Gesicht bekommen hatte. Mithilfe seines außergewöhnlichen Gedächtnisses hätte er sich das

Ganggefüge eingeprägt. Er hätte eine Art innerer Karte vor Augen gehabt.

Wieder hielt er die Luft an, lauschte.

Ein Knirschen? Schlurfen? Ein heftiges Atmen?

Martins Herz stürmte los. Beschleunigte von null auf hundertachtzig. Da war was. Wenn er sich nicht täuschte, kamen diese Geräusche nicht vom Eingang. Also nicht von dort, woher er gekommen war. Vielleicht befand er sich längst in der Nähe des Eingangs neben dem Parkplatz, hatte das Bunkersystem also fast durchquert. Er schätzte, dass er mindestens 150 Meter zurückgelegt hatte. In einem Zickzackkurs. 150 Meter sind auf der Erdoberfläche nicht viel. Aber hier unten, im Dunkeln, mit all den labyrinthischen Abzweigungen …

Der Kommissar hatte gesagt, dass die beiden, die am Parkplatz unter die Erde gegangen waren, an eine Engstelle gelangt waren. Wo sie zunächst nicht weiterkamen. Dort waren Teile des Tunnels zusammengebrochen. In einem Ausmaß, dass es ein Durchkommen versperrte und die beiden SEKler sich durch den Schutt arbeiten mussten.

Und dann …?

Ein Keuchen. Ein Husten? Panisches Atmen? Mann oder Frau?

Martin fragte sich, an wie vielen Stellen mit heruntergebrochenem Deckenmaterial er bereits entlanggekommen war? Vielleicht hatte er manchen Stolleneinsturz nicht bemerkt, weil er sich ständig an den feucht-modrigen Betonwänden entlangtasten musste.

Weshalb hörte er Oma Gitti nicht? Die Ruhe entsprach

ganz und gar nicht dem, was er erwartet hätte. Oma Gitti tanzte und sang und war ständig in Bewegung. Sie lärmte, machte auf sich aufmerksam. Diese Friedhofsunterwelt schien alles, aber auch wirklich alles verschluckt zu haben. Hier konnten ganze Busladungen singender, betrunkener Touristen innerhalb von Minuten verschwinden. Auf Nimmerwiedersehen. Der Friedhof hätte sie alle bedeckt.

Konrad und Amalia wurden von Paul in einen der Nebengänge gelotst. Amalia hatte Martin folgen wollen, doch die Dunkelheit war ein Gegner, den zu besiegen es besonderer Waffen bedurfte. Das Leben war ein beständiger Kampf gegen die Dunkelheit.

Und die Waffen dafür besorgte ihnen Paul.

Licht. Was sonst.

Paul, Bernadette und Oma Gitti – auch der Köbes und Joschi, als sie noch bei ihnen gewesen waren – hatten den Schacht neben dem Grabkreuz einige Male benutzt. Wegen der Neonazis, die sich dann und wann einen Spaß daraus machten, wehrlose Opfer zu suchen und *Penner zu klatschen*, wie sie es nannten.

Nachdem Ose Schumann den Fröbelingern den versteckten Eingang zu dem alten Bunkersystem unter Melaten gezeigt hatte, hatten Überfälle aus Sicht der Faschos ihren Reiz verloren. Immer wenn die Arschlöcher anrückten, war der Friedhof leer.

Damit sie unter der Erde besser flüchten konnten – im Fall des Falles –, hatten sich Paul, Bernadette, Joschi und der Köbes mit Taschenlampen versorgt. Die befanden sich in einer Mauernische direkt unter dem Einstieg. In einer Tüte, die sie vor Feuchtigkeit schützte.

Als Konrad und Amalia und Paul je eine der Taschenlampen an sich genommen und eingeschaltet hatten, flitschte das Licht durch den Raum, suchte den Boden, die Weite der Tunnel ab. Amalia drängte voran. In Sorge, aber vorsichtig. Sie sahen, was Martin nur ahnen, riechen, fühlen konnte: die eingebrochene Unterwelt. Schutthaufen. Mit Beton ausgekleidete Gänge, die immer weiter verfielen. Die von Kriegsschäden gezeichneten Schutzbunker. Im Licht der Taschenlampen kamen sie schnell voran. Sie eilten. Aber Martin blieb verschwunden. Martin, Oma Gitti und Ose Schumann mit ihrer – hoffentlich lebenden – Geisel.

In Konrads Kopf ging es rund. Hier unten, in den Grüften, den Tunneln unter dem Friedhof, schienen die Bilder, die Gedanken, die sich um den Mord von vor über hundert Jahren und um die Fälle der vergangenen Wochen drehten, zu verschmelzen. Als würden sie, bedingt durch die Enge und Dunkelheit, keinen Platz mehr haben, um in ihren eigenen Sphären zu bleiben. Konrad hatte Mühe, sich zu konzentrieren – bis Amalia plötzlich stoppte.

»Pst!«, sagte sie.

Geräusche.

Vor ihnen lagen Knochen auf dem Boden. Überall lagen Knochen. Der Mensch erfährt seine größte persönliche Ausdehnung möglicherweise erst nach seinem Tod. Wenn sich seine Knochen weitflächig verteilen. Wenn er aufgeteilt wird auf die Bereiche, die er im Leben nie beherrschen konnte. Ein Oberschenkelknochen hier, ein Brustkorb mit zum Teil schon fehlenden Rippen dort. Und ein Schädel ohne Unterkiefer auf einem Berg von feuchten, von Schimmel zerfressenen Papieren. Ende.

Ende und Ewigkeit.

Martin hatte, wie alle Nerds, sämtliche *Star-Wars*-Filme gesehen, über die zahllosen Logik- und sonstigen Fehler der Filme gelacht – und sie dennoch geliebt. Zumindest die ersten drei. Und ganz besonders den ersten: *A New Hope*. Er kannte sämtliche Szenen in- und auswendig. Auch die an Bord des Millennium-Falken, wo Luke Skywalker von Obi Wan Kenobi mit der Macht vertraut gemacht wird. Luke trägt einen die Augen verdeckenden Trainingshelm, schlägt mit dem Laserschwert um sich und wehrt die Schüsse einer ihn umschwirrenden Drohnenkugel ab.

Blind, allein auf die Macht des Geistes vertrauend.

Diese Macht war auch mit Martin.

Meistens jedenfalls. Er rumpelte immer mal wieder gegen eine Wand, hatte sich die Stirn an einem Mauervorsprung aufgestoßen, blutete nicht wenig und wäre beinahe k. o. gegangen. Aber er biss die Zähne zusammen und ging weiter. Er konnte das Dunkel beinahe lesen. Und nach einer Weile hörte er ganz in der Nähe ein Geräusch.

Zunächst eines, dann mehrere.

Martin las auch Geräusche, die Töne, machte sich ein Bild.

Es blieb, wie bei allem im Leben, ein Rest von Unsicherheit, ein Risiko. Seinem Geist vertrauend und ein bisschen darauf hoffend, nicht von irgendwelchen SEK-Idioten in der Rolle Imperialer Sturmtruppen über den Haufen geschossen zu werden, näherte sich Martin den Geräuschen. Es war …

Ein Wimmern.

Eine Art … Singen.

Ein vermummtes … Stöhnen.

Die Gangöffnung, aus der das alles hervorsickerte, war fast völlig versperrt von Gerümpel, Schutt, zersplittertem, zerfallendem Holz, aufgerichteten, verrostenden Pritschen, Mauerbruch. Auch das las Martin. Er nahm allen Mut zusammen und rief:

»Nicht schießen! Ich bin zehn Jahre alt! Ich komme jetzt, Oma Gitti!«

Zwei der Geräusche verstummten. Das Singen blieb, wurde fröhlicher.

Einige weitere Sekunden und Martin schob sich halb seitlich über den Schutthügel, der den Zugang zum Gesang versperrte. Er kletterte wie aus einem Schützengraben hinaus und hinein in eine Zone möglichen Feuers. Sein Herz wummerte. Und dann blieb es stehen, weil ihn der Strahl einer Taschenlampe traf. Ein Schuss aus Licht. Eine Blendung. Das Licht zitterte. Martins Herz sprang wieder an – es war jung, es hatte Kraft. *Wenn ich Mama davon erzähle, ist es aus mit mir,* dachte er. Allerdings wurde ihm schnell bewusst, dass es hier und jetzt weit wahrscheinlicher aus mit ihm war.

Oma Gitti sang noch eine Weile. Dann sagte sie unvermittelt:

»Siehst du, Ose, ich habe es dir versprochen. Joschi ist zurück und alles ist gut. Der Engel wird kommen. Alles,

alles ist gut. Wir müssen dem Engel helfen. Siehst du? Er blutet am Kopf, denn die Krone, die er trägt, ist schwer. Wir müssen allen helfen. Allen Engeln und allen Menschen. Du bist auch ein Engel, Ose …«

Und wieder sang Oma Gitti. Summte, säuselte, flüsterte. *Eine Schamanin*, dachte Martin. Das Licht der Lampe fiel ihm nicht mehr ins Gesicht. Es erhellte den Raum halb vor, halb unter ihm zumindest so weit, dass Martin Einzelheiten erkennen konnte. Ose Schumann saß zusammengesunken auf einer Pritsche. Ihr ausgemergelter Blick versteckt im Schatten der Augenhöhlen. Abgekämpft sah sie aus. Einen Kampf führte sie nicht mehr. Oma Gitti, diese zarte Seele, die angeblich 114 Jahre alt war, wirkte kräftiger als Ose. Die Signale waren deutlich. Die Taschenlampe in Oses linker Hand ruhte nun in ihrem Schoß. Das Licht floss über den Stoff der Hose, der Pritsche, den mit Blättern, Aktenordnern und fleckigen Karteikarten bedeckten Betonboden. Wenn Ose Schumann jemals gekämpft, geschossen, getötet hatte, dann in einer anderen Welt, einer anderen Zeit.

Oma Gitti saß neben ihr, summte, sang und flüsterte. Sie hatte einen Nerv getroffen, dachte Martin. Es musste ihr gelungen sein, Ose Schumann zum Aufgeben zu bewegen, obwohl Oma wahrscheinlich ganz und gar nicht in den Kategorien der Polizei dachte. Oma Gitti war vielleicht eine halbe Stunde vor Martin in diesem Bunkerversteck eingetroffen, in dem Ose sich verschanzt hatte. In dieser halben Stunde hatte Oma Oses Willen gebrochen, ohne überhaupt daran zu denken, einen Willen brechen zu wollen. Aber es war geschehen. Noch immer hielt Ose in der rechten Hand die Pistole, die Walther P1, mit der sie kaum 36 Stunden zuvor zwei Männer erschossen hatte. Noch immer war die Pistole geladen. Aber da war ja Oma Gitti, jene gute Freundin, die viele Welten und Rollen kannte; die Trösterin oder auch die verständnisvolle, leicht durchgeknallte Therapeutin, der man sich in großer Verzweiflung anvertraute.

Von der Pistole ging keine Gefahr mehr aus. Ose musste gar nicht sagen, dass sie nicht mehr kämpfen wollte. Es war ihr deutlich anzusehen und es erleichterte Martin enorm. Vor allem erleichterte es den auf einer zweiten Pritsche gefesselten, zusammengekrümmt daliegenden Benedikt Weiss. Der Knebel in seinem Mund verhinderte ein Statement, wie man es von einem analytisch denkenden Gerichtsmediziner in einer solchen Situation erwarten würde.

Benedikt Weiss vermied jegliche Bewegung. Er befürchtete, der Albtraum würde von vorn beginnen, wenn er jetzt einen Fehler machte.

Martin betrachtete den Raum genauer. Er war nicht sehr groß, immerhin größer als Martins Zimmer – und mindestens so vollgestopft. Die Pritschen stammten wohl noch aus den Zeiten der Bunkernutzung und hatten schon Generationen von Rattenfamilien als Brutstätte beziehungsweise Nest gedient. Hinter den Pritschen, an den Wänden aufgereiht wie Stützen, einige alte, angerostete, metallene Aktenschränke. Zum Teil waren die Türen aufgesprungen, die Schränke auf halber Höhe eingeknickt, weil die Betondecke an zwei Stellen auf die Schränke hinabgesackt war. Womöglich hatten die stabilen Schränke den kompletten Einsturz der Betondecke verhindert.

Bisher.

Was die Schränke enthielten, deutete Martin aus der Distanz. Er musste nur zu seinen Füßen auf die dort um ihn herum verstreuten Papiere und Karteikarten blicken. Nicht alles hatten Zeit und Feuchtigkeit gefressen. Manches Dokument war lesbar geblieben, trug die Stempel von Behörden. Hakenkreuz-Stempel. Ämter in der Nazizeit. Nachrichten der Friedhofsverwaltung. Begräbniskarten. Schriftverkehr mit Bestattern. Sämtliches Material historisch. Schreibmaschinenschrift und Kurrent. Die Jahreszahlen, die Martin hier und dort erkannte, waren immer dieselben: 1942 und 1943.

Interessant, dachte er.

Und es gab noch mehr zu entdecken:

Zwischen den Pritschen, die nahezu im Neunzig-Grad-Winkel zueinander standen, sah Martin eine Art Beistelltisch, ein Würfel aus Holz oder Blech, mit bis zum Boden reichender, fleckiger Leinendecke. Mitten auf dem Tischchen stand eine halb heruntergebrannte, in sich zerlaufene Stumpenkerze, die in den vergangenen Tagen vermutlich immer mal wieder angezündet worden war. Vielleicht, um die Taschenlampenbatterien zu schonen.

Neben der Kerze lag ein Gegenstand, der Martins Augen groß werden ließ. Das eine Ende des Gegenstands war vom heruntergelaufenen Kerzenwachs, wie von einem kleinen Lavastrom erfasst, eingehüllt.

»Siehst du, Ose«, sagte Oma Gitti. »Die Augen des Engels. Sie sind groß und ehrlich.«

Martin wollte sich das merken. Für seine Mutter.

»Er wird uns ans Licht führen.«

Klaro, dachte Martin.

Nun ließ sich Ose von Oma Gitti sogar die Pistole aus der Hand nehmen. Benedikt Weiss hielt den Atem an. Martin allerdings auch. Und dann übergab Ose dem kleinen, ehrlichen Engel die Waffe.

»Nimm dieses Schwert und geh voran«, sang Oma.

»Schwert?«

Martin nahm die Pistole.

»Ähm, könnt ich auch … das Lichtschwert haben? Dann finde ich den Weg besser … im Dunkeln.«

Oma übergab Martin auch die Taschenlampe.

Benedikt Weiss machte ganz, ganz vorsichtig Geräusche mit Knebel im Mund, um anzudeuten, dass der Engel ihn bitteschön nicht hier vergessen möge. Und als Martin merkte, dass von Ose Schumann keinerlei Widerstand zu erwarten war, fühlte er sich sicher genug, Benedikts Fesselungen zu lösen und den Gegenstand aus dem Kerzenwachs zu brechen.

Wie praktisch, dachte Martin, dass das Griffende des vorn fast spitzen, von Resten getrockneten Bluts bedeckten Ringriegels in ausgehärtetem Wachs gelegen hatte. Er musste sich keine Sorgen machen, seine eigenen Fingerabdrücke darauf zu hinterlassen. Er schob sich das Ding wie ein kurzes Stichschwert in eine der Gürtelschlaufen seiner kurzen Hose und brach auf: aus den Tiefen des Berges, stolz wie Bilbo Beutlin nach seinem Schatzfund.

So zog Martin voran, die Pistole in der einen, die Taschenlampe in der anderen Hand. Hinter ihm Oma Gitti. Sie hielt Ose Schumann tröstend im Arm, wie nur wenige Tage zuvor die alte Dame, die sie zum Toilettenhäuschen am Friedhofseingang geführt und dort mit Wasser aus einer Blumenvase versorgt hatte. Auch wenn Oma Gitti in ihrer Bescheidenheit anders dachte: Sie, nicht Martin, war der gute Engel von Melaten.

Benedikt Weiss folgte ihnen. Die bizarre Befreiung und die nun fast noch bizarrere Prozession Richtung Bunkerausgang und die Sorge um Eskalation ließen ihn davon absehen, seiner Entführerin wütende Vorhaltungen zu machen. Als Mann der Medizin wusste er überdies, dass Ose gerade nicht gut in Form war und psychisch womöglich schwer angeschlagen.

Als Amalia, Konrad und Paul den Trupp entdeckten, verzichtete Amalia auf eine Standpauke. Vor lauter Erleichterung dachte sie gar nicht daran, ihren Sohn zu falten. Zumal alles darauf hindeutete, dass Martin Ose Schumann entwaffnet und den Fall letztendlich gelöst hatte.

Diesem Eindruck wollte Martin keinesfalls widersprechen.

Als dann alle zurück am Tageslicht waren, fiel Kommissar Rehbein die Kinnlade runter: Die Geisel war wohlbehalten und befreit. Benedikt Weiss schien der Wendung des Schicksals noch zu misstrauen. Die Entführerin hatte kapituliert. Freese und zwei Beamte – Ulf und Hans-Dieter – kümmerten sich um sie, legten ihr Handschellen an, belehrten sie über ihre Rechte und verfrachteten sie in einen Mannschaftswagen. Cornelius Walterscheid durfte mit ihr in den Wagen einsteigen. Er hatte sie umarmt, hatte kurz mit ihr gesprochen. Zwei Sätze, die sowohl Konrad als auch dem Kommissar zu denken gaben:

»Wir halten zusammen. Wir stehen das gemeinsam durch, Ose.«

Ose hatte ihn angesehen, als suchte sie bei ihm Hilfe. Kein einziges Wort hatte sie gesagt.

Der Wagen fuhr los, Richtung U-Haft.

»Wie geht es Ihnen?«, wandte sich der Kommissar an Benedikt Weiss.

»So lala«, antwortete der.

»Wir haben einen Arzt hier«, sagte Rehbein. Der Rettungswagen stand in der Nähe.

»Vorausschauend«, sagte Weiss. »Einen Leichenbeschauer wahrscheinlich auch.«

»Den kennen Sie sicher«, sagte Rehbein. Benedikt Weiss lachte.

»Sie haben Humor. Nein, alles gut. Ich will einfach nur nach Hause.«

»Ein Kollege wird Sie fahren«, meinte Rehbein. Weiss nickte.

»Wenn es Ihnen recht ist, würde ich morgen gerne länger mit Ihnen sprechen. Im Präsidium«, sagte der Kommissar mit dem nötigen Feingefühl gegenüber einer gerade befreiten traumatisierten Geisel.

»In Ordnung«, sagte Weiss. »Morgen. Wann immer sie wollen. Aber ich bitte um einen Gefallen.«

»Der wäre?«

»Laden Sie auch meinen Chef vor. Zusammen mit mir.«

»Professor Kosanos? Gibt es Gründe?«

»Ach, wissen Sie … *Sie* werden morgen Fragen stellen. *Ich* werde antworten müssen. Ich bin gern ehrlich. Aber ich hasse Illoyalität.«

»Sie sprechen in Rätseln.«

»Wir haben da drüben jeden Tag mit Rätseln zu tun«, er deutete mit dem Daumen Richtung Rechtsmedizin. »Vielleicht färbt das ab.«

Kommissar Rehbein nickte.

»Sie werden im Rahmen Ihres Verhörs ohnehin auf die Rechtsmedizin zurückkommen«, fuhr Weiss fort. »Meine Entführerin behauptet, wir hätten in der Rechtsmedizin einen Haufen Smaragde aus dem Bauch eines Toten gestohlen und die Leiche verschwinden lassen. Sie redete vollkommen wirr. Hat mir nach der Spurensicherung hier am Tatort vor zwei Tagen mit einer Waffe aufgelauert und mich in dieses Verlies gelotst. Ich dachte, die dreht irgendwann komplett durch und ich komme nie wieder ans Tageslicht. Bis Gott sei Dank diese wunderliche alte Dame erschien. Was für ein Engel.«

Er sah sich um. Oma Gitti war in einer anderen Welt.

»Ich kann es immer noch nicht glauben.«

»Ich auch nicht«, sagte Rehbein. »Sie kommen zurecht?«

»Ja«, sagte Weiß, und zog mit dem Polizeibeamten, der ihn nach Haus bringen würde, davon. »Bis morgen.«

Konrad hatte die Unterhaltung mit angehört. Nun funkte Martin dazwischen. Der wartete auf seinen Auftritt:

Er überreichte dem Kommissar die Pistole plus Ringriegel.

»Hinten anfassen«, sagte er. »Am Kerzenwachs. Wegen Fingerabdrücken.«

»Sherlock Holmes, ich verbeuge mich tief vor dir.«

Martin grinste. Amalia wuschelte ihm durch das staubige Haar. Und weil Kommissar Rehbein ein Mensch war, der dann und wann feinste Schwingungen spürte, fügte er hinzu:

»Meine Mutter wäre stolz auf dich.«

Amalia Schmitz lächelte, wenn auch ein wenig gezwungen. Und neben ihr hätte man mit sehr, sehr feinem Gespür für die Gefühle anderer den Stein aufschlagen hören können, der Konrad vom Herzen fiel.

Als die Aktion gelaufen war und Heribert Rehbein zum Aufbruch blies, fiel ihm siedend heiß ein, dass zwei Beamte im Untergrund verschollen waren. Es bedurfte der erneuten Hilfe von Oma Gitti, um die beiden am anderen Ende des Tunnelsystems aufzuspüren, wo sie sich tatsächlich verirrt hatten. Der eine hatte seine Maglite-Lampe vergessen, dem anderen waren die Batterien verreckt.

»Mann, Mann, Mann«, brummte der Kommissar, »ihr seid mir vielleicht eine Eliteeinheit.«

Dann wandte er sich an Konrad und Martin.

»Konrad«, sagte er, »mir geht was durch den Kopf. Ich würde dich gern zu den Verhören morgen dazubitten. Ich weiß, dass ich mir Ärger mit Freese einhandle, aber ich überlege mir einen Grund für dieses außergewöhnliche Manöver. Ich glaube nicht, dass wir mit Freeses Methoden weiterkommen. Bei Ose Schumann und Cornelius Walterscheid fürchte ich auf eine Mauer des Schweigens zu stoßen.«

Konrad nickte.

»Vielleicht habe ich etwas, mit dem ich diese Mauer zum Einsturz bringen kann«, antwortete er kühn. »Mir ist da vorhin etwas aufgefallen. Das hat mir die Augen geöffnet.«

»Jetzt machst du mich neugierig, Konrad. Aber das ist gut. Wenn ich sagen kann, dass wir deine Expertise brauchen, wird sich auch Freese nicht querstellen können.«

»Und ich?«, rief Martin, »was ist mit meiner Expertise?«

»Das hängt von deiner …«, der Kommissar räusperte sich. »Es hängt von deiner obersten Behörde ab.«

Martin sah zu seiner Mutter. Amalia verdrehte die Augen.

»Mama, ich habe etwas, das für die polizeilichen Ermittlungen von höchstem Interesse sein dürfte.«

»Du bluffst«, sagte Amalia.

»Ganz und gar nicht«, sagte Martin.

»Glauben Sie mir, Frau Schmitz. Es besteht keine Gefahr.«

»Na dann«, seufzte Amalia. »Wenn's denn der Wahrheitsfindung dient.«

»Unbedingt«, sagte Martin.

»Dann Schluss für heute und bis morgen. Sagen wir …«, dem Kommissar fiel ein, dass Martin noch zur Schule ging. »Wann hast du Schulschluss?«

»Um …«

»Martin!«, mahnte Amalia.

»Na gut. Normal sechs Stunden. Um 13 Uhr 10.«

»Schaffst du 14 Uhr?«

»Auf jeden Fall!«

»Ich …« Konrad sah zu Amalia. Die nickte.

»Wir holen dich ab. Am Schuleingang.«

Martin machte mit der Faust eine Geste des Triumphs.

»Dann bis morgen.«

Der Kommissar verabschiedete sich, schlenderte über die Kieswege Richtung Haupteingang davon. Bevor er heimging, wollte er noch bei seiner Mutter vorbei. Käthe saß, wie immer, an ihrem Schreibtisch und wartete auf Neuigkeiten.

Als der Kommissar das Grab erreicht hatte, war die Sonne, die sich nach dem Regen wieder durchgesetzt hatte, fast untergegangen. Die glühende Dämmerung schmückte die Blüten von Vergissmeinnicht, Elfenblumen, Katzenpfötchen und die eine oder andere reifende Berberitze mit Säumen winziger Heiligenscheine. Und nach einer Weile des Betrachtens hörte Heribert Käthes Stimme:

»Heribert«, sagte sie, »du hast den Fall noch nicht gelöst.«

»Nicht ganz, Mama«, flüsterte der Kommissar. »Aber ich habe das beste Team der Welt. Warte bis morgen.«

Käthe Rehbein gab nach einer kritischen Weile zu verstehen, dass sie Geduld haben werde.

DAS GRÜNE HERZ VON KÖLN

Als Martin am Dienstag aus der Schule kam, hätten Konrad und Amalia erwartet, dass er vor Ungeduld platzen und vor Eifer zum Polizeipräsidium voranstürmen würde beziehungsweise zur Straßenbahnhaltestelle, von wo aus es, einmal über den Rhein, dorthin ging. Wo das Verhör stattfinden würde. Doch nichts dergleichen, Martin war seltsam still und nachdenklich. Trauben von Schülern schoben sich an ihm vorbei.

Konrad, der sich für den ungewöhnlichen Auftritt beim Polizeiverhör freigenommen und sogar ein Jackett angezogen hatte, war fast neugieriger als Amalia. Amalia, ganz Mutter, war eher besorgt:

»Möchtest du dem Verhör doch lieber fernbleiben, Martin? Dann gehen wir beide in die Stadt. Ich kaufe dir was Schönes?«

»Was? Auf keinen Fall. Wieso das denn?«

»Du wirkst so niedergeschlagen«, sagte Konrad. Sie erreichten die Aachener Straße, den Fußgängerüberweg zur Haltestelle *Melaten*.

»Vielleicht wird dir das alles zu viel?«, meinte Amalia.

»Ach, Quatsch. Es ist nur wegen Rochus. Kommt. Die Wahrheit muss ans Licht.«

»Wegen Rochus? Was hat dieser Mistkerl sich nun wieder einfallen lassen?«

Als sie die Straßenbahn-Linie 1 bestiegen hatten, um die neun Stationen bis Kalk-Post und zum Walter-Pauli-Ring zu fahren, wo das Polizeipräsidium lag, ließ sich Martin auf einen freien Sitzplatz in einer Vierergruppe im letzten Wagen fallen und warf seinen Schulrucksack neben sich. Konrad und Amalia setzten sich ihm gegenüber, beugten sich vor. Voller Erwartung. Dann fing er an zu erzählen.

Noch immer verschwieg er, dass er Rochus Gröben in der Nacht des langen Messers, als das Grab Oliver Hoffmanns geöffnet worden war, gesehen hatte. Auf dem Friedhof. Aber er berichtete während der zwanzigminütigen Fahrt, wie sehr sich Rochus in den vergangenen beiden Tagen ihm gegenüber verändert hatte. Während der Schulstunden, und vor allem während der Pausen, keinerlei Versuche mehr von Mobbing. Eine Wendung um 180 Grad. Das ging sogar so weit, dass, wer immer in der Klasse Martin aus mehrmonatiger Tradition heraus zu nahe kommen wollte, nun ausgerechnet mit Rochus Stress bekam.

»Kommt mir fast so vor, als würde er sich an mich ranwanzen.«

Martin verzog das Gesicht und lachte einmal kurz und laut.

»Fehlt noch, dass er nun mit mir befreundet sein möchte.«

Konrad grübelte.

»Vielleicht ist Rochus in sich gegangen und hat eingesehen, dass die Sache mit der …« Die Grabstelle, die Martin von Rochus geschenkt bekommen hatte, hatte Konrad gegenüber Amalia nie erwähnt. Wollte es auch nicht. Er bekam gerade noch die Kurve. »Ähm, also, ich meine, dass die Sache mit der ständigen Nerverei und so, dass das einfach zu viel war. Vielleicht wird Rochus erwachsen.«

»Das wäre doch eine gute Nachricht«, meinte Amalia aufmunternd.

»Ja, klar«, Martin lächelte abwesend. Sie überquerten die Deutzer Brücke, den Rhein. Martin betrachtete die Kranhäuser im Rheinauhafen, jenseits der Severinsbrücke. Die teuersten Wohnungen Kölns. Dort lebten Leute vom Schlag der Gröbens. Reich und oft ziemlich rücksichtslos.

»Im Grunde ist es egal«, sagte Martin. »Wenn es so bleibt, will ich mich nicht beklagen.«

Konrad und Amalia nickten, beobachteten Martin jedoch weiterhin sorgenvoll. Insbesondere Amalia.

Martin behielt für sich, was er sich selbst zu dem so plötzlich geänderten Verhalten Rochus Gröbens gedacht hatte. Einen Teil dessen, was er vermutete, hoffte er im Verhör, dem er und Konrad beiwohnen würden, bestätigt zu bekommen: Rochus hatte auf dem Friedhof in der Nacht etwas dermaßen Dramatisches und Verstörendes gesehen, dass er sich nun mit einer Verhaltensänderung zum Guten davon befreien wollte. Und dieses Schreckliche, das sagte Martin jene geistige Kraft, mit der er auf den Nobelpreis zusteuerte, musste mit der geschändeten Leiche zu tun haben. Mit was sonst?

Sie fuhren schweigend weiter, kamen am alten Lufthansa-Gebäude vorbei und tauchten vor dem Deutzer

Bahnhof unter die Erde. Um kurz vor 14 Uhr verließen sie die Straßenbahn an der Haltestelle Kalk-Post, kehrten zurück an die Erdoberfläche und erreichten nach wenigen Metern Fußmarsch das so langweilig wie ein normaler Mordfall gestaltete Gebäude des Polizeipräsidiums.

Es dauerte ein Weilchen, bis sie den Kommissar im Labyrinth der Büros gefunden hatten. Heribert Rehbein, etwas nervös, reichte ihnen allen die Hand. Dann erklärte er kurz das Vorgehen und bot Amalia an, der Prozedur von einem Platz gegenüber dem Verhörfenster aus zu folgen.

Sie stimmte zu. So würde sie Martin ständig im Blick behalten.

»Freese ist auf hundertachtzig«, sagte der Kommissar. »Aber er kann mich, ehrlich gesagt, mal kreuzweise. Ich zähle auf dich – auf euch –, Konrad und Martin. Sherlock Holmes«, er lächelte Martin an. Dann fuhr er fort:

»Cornelius Walterscheid und Ose Schumann scheinen entschieden zu haben zu schweigen. Keiner von beiden hat bisher in den Einzelverhören ausgesagt. Sie wollen die Schuld gemeinsam tragen. Diese Schuld werden wir ihnen mühsam nachweisen müssen. Wir haben den Ringriegel untersucht. Es sind Fingerabdrücke darauf. Die des Juweliers. Es handelt sich bei dem Ding, das zeigt das gut geführte Inventarverzeichnis seiner Werkstatt, eindeutig um ein Werkzeug aus Walterscheids Besitz. Auf der Pistole wiederum waren verschiedene Fingerabdrücke. Die von Cornelius Walterscheid, Ose Schumann sowie von Martin und Oma Gitti. Da ich Oma und Martin als Täter ausschließen kann, bleiben Ose Schumann und Walterscheid. Sie wollen die Schuld auch in diesem Fall gemeinsam tragen. Ringriegel und Pistole. Wir haben für alles zwei Täter. Und keine Beute. Die ominösen Smaragde sind verschwunden. Wenn es sie je gegeben hat. Für den Mord an Kilian Geyer haben wir noch nicht einmal einen Beweis. Da sich der Ringriegel in Walterscheids Besitz befand, sind seine Fingerabdrücke darauf nicht verwunderlich. Wir wissen, dass Ose Schumann den Forensiker entführt hat. Weiss und sein Chef Professor Kosanos wurden schon heute Morgen vernommen. Kosanos musste zugeben, dass in der Forensik mit dem ersten Mordfall ein ziemliches Durcheinander entstand. In der damaligen Nacht wurden Leichen in den Kühlfächern ausgetauscht. Das hat er vertuschen wollen. Der Austausch wurde vermutlich von Kilian Geyer oder den beiden später ermordeten Kolumbianern vorgenommen. Bei einem zweiten Einbruch sind dann Unterlagen gestohlen worden. Die Forensik kann nicht mehr garantieren, dass die in den Kühlfächern gelagerten Leichen tatsächlich zu den Menschen gehören, die dort laut den Akten hätten liegen sollen. Dies betrifft insbesondere die Leiche von Oliver Hoffmann.«

Und die von Richard Gröben, dachte Martin.

In derselben Sekunde dachte Konrad: *Ich habe es geahnt. Das gibt mir Munition.*

»Was war denn mit diesen Männern aus Kolumbien?«, fragte er.

»Freese hat einige Informationen über die beiden gefunden«, antwortete Rehbein. »Interpol. Es handelte sich um berüchtigte Killer der kolumbianischen Unterwelt. Wer sie brauchte, heuerte sie an. Verschwiegen bis ins Grab, in dem sie nun bald liegen. Noch befinden sie sich in der Rechtsmedizin. Pablo Baresco und Pedro Brasi. Killer, Erpresser, Leute für die Drecksarbeit. Aggressiv und effektiv. Sie sollten die Rohsmaragde, die Oliver Hoffmann der Mafia in Kolumbien gestohlen und von Kolumbien nach Köln gebracht hatte, wieder auftreiben. Und Hoffmann sollte dafür büßen. Wäre Hoffmann nicht im Flugzeug eines natürlichen Todes gestorben, hätten Pedro und Pablo ihm die geschluckten Rohsmaragde wahrscheinlich bei lebendigem Leib rausgeschnitten und ihn anschließend gehäutet, geteert und gefedert.«

»Sehr gut vorstellbar«, sagte Martin. Amalia schloss die Augen.

»Irgendwie hat das mit dem Wiederfinden der Smaragde aber nicht geklappt«, meinte Konrad.

Martin schwieg.

»Ja«, sagte der Kommissar. »Irgendwo haben wir noch einen Denkfehler.«

Konrad nickte:

»Vermute ich auch.«

Martin schwieg noch immer.

»Wir wissen, dass Kilian Geyer mit dem gefundenen Ringriegel aus Walterscheids Werkstatt ermordet wurde. Wir wissen noch nicht, wer ihn umgebracht hat und welche Rolle Geyer in dem Juwelendrama spielte.«

»Ein Stich ins Auge, das könnte sowohl ein Mann als auch eine Frau gewesen sein«, überlegte Martin. »Augen sind ziemlich weich.«

Amalia verabschiedete sich von dem Gedanken, dass ihr Kind noch ein Kind war.

»Wollen Sie Walterscheid und Ose Schumann noch einmal einzeln verhören?«, fragte Konrad.

»Hatte ich gedacht«, sagte der Kommissar.

»Keine gute Idee.« Konrad und Martin antworteten beinahe synchron und blickten sich anschließend überrascht an.

Rehbein überlegte kurz:

»Na gut«, sagte er dann. »Nehmen wir sie uns als Paar vor. Frau Schumann scheint mir zurzeit die labilere der beiden zu sein. Eigentlich wirkte sie auf mich immer stärker.«

Oma Gitti, dachte Martin – und musste lächeln.

Jan-Philipp Freese dachte, dass es eine total idiotische Idee seines Kollegen Rehbein war, diese beiden Vollidioten zum Verhör hinzuzubitten. Ein Friedhofsgärtner und ein Schulkind. Noch dazu ein vorlautes.

Scheißeaberauch.

Vielleicht ärgerte er sich aber auch deshalb so sehr, weil er selbst nicht mit dabei sein würde bei dem Verhör. Das nahm Heribert Rehbein mit Konrad und Martin allein vor.

Der Verhörraum hatte nichts, was zur geistigen Ablenkung einlud. Graue Wände, ein Tisch, Stühle, als Aufzeichnungsgerät ein Kassettenrekorder und an der hohen, rechten Wand eine Spiegelscheibe, von der jeder ab einem IQ von 85 wusste, dass dahinter, vom Raum aus nicht zu erkennen, Beobachter saßen. Im Halbdunkel. In diesem Fall Amalia und Jan-Philipp Freese.

Beobachter, die nicht miteinander sprachen.

Auf dem Tisch im Verhörraum, neben dem Aufzeichnungsgerät, Trinkgläser und eine Flasche Wasser.

Es ging um ein Verhör, nicht um Folter.

Ose Schumann und Cornelius Walterscheid wurden hereingebracht. Müdigkeit hatte sich in ihren Gesichtern eingenistet. Sie verschwand für einen Moment. Beide staunten, als sie Konrad und Martin erblickten.

Dann nahmen sie Platz, dem Kommissar, Konrad und Martin gegenüber.

Der Kommissar verlas noch einmal die Beschuldigungen und fragte, ob sie gestehen wollten. Im Nebenraum lachte Freese laut auf.

»Mannomann. Druck machen kann der Alte einfach nicht!«

Amalia überhörte ihn.

Im Raum jenseits des Einwegspiegels blieb es sachlich.

»Noch einmal also«, sagte der Kommissar. »Wer von Ihnen hat Kilian Geyer ermordet? Was haben Sie mit diesem Mann, ihrem ehemaligen Auszubildenden, Herr Walterscheid, zu tun? Was ist mit den Juwelen, den Rohsmaragden, die sich, wie Sie beide behaupten, im Bauch Oliver Hoffmanns befanden? Weshalb haben Sie, Frau Schumann, den Rechtsmediziner Benedikt Weiss in der Nacht vom 8. auf 9. September mit vorgehaltener Waffe entführt und in den Bunkeranlagen des Friedhofs Melaten gefangen gehalten? Und was ist mit dem Doppelmord auf dem Friedhof am frühen Morgen des 9. September? Wir haben Schmauchspuren auch an Ihren Händen gefunden,

Frau Schumann. Wer von Ihnen hat die Männer aus Kolumbien erschossen?«

Es blieb still. Ose und Cornelius schwiegen beharrlich.

»Die Indizien sind erdrückend«, fuhr der Kommissar fort. »Wir haben Fingerabdrücke. Wir haben das Blut untersucht, das an diesem Ringriegel verblieben ist. Es handelt sich um das Blut Kilian Geyers. Er wurde mit diesem Werkzeug ermordet. Vermutlich in Ihrer Werkstatt, Herr Walterscheid. Auch dort wurden Spuren gefunden. Von Ihnen beiden. Und auf dem Friedhof wurden Fußspuren ebenfalls von Ihnen beiden sichergestellt. Wir haben Sie, Herr Walterscheid, am Tatort aufgegriffen, kurz nach den tödlichen Schüssen. Und wir haben Sie, Frau Schumann, 36 Stunden später, in den Bunkeranlagen von Melaten gefunden. Mit Ihrer Geisel, die bei der Spurensicherung am Tatort gewesen war. Mit der Waffe, mit der die beiden Männer am Grab Oliver Hoffmanns getötet wurden. Was ist in dieser Nacht, in den Nächten zuvor, geschehen? Weshalb gestehen Sie nicht?«

Wieder hallten die Worte nach. Wieder schienen sie im Nichts zu verebben. Cornelius Walterscheid sagte müde: »Wir haben beide geschossen. Wir haben geübt. In den vergangenen Tagen. Wir wussten, wir würden uns verteidigen müssen. Aber am Grab geschossen habe dann ich. Aus Notwehr.«

Die alte Geschichte. Rehbein verzweifelte.

Aber Konrad sah den Moment gekommen.

Er räusperte sich, beugte sich vor, nickte Ose Schumann und Cornelius Walterscheid zu.

»Ich habe mich in der letzten Zeit öfter mit Oma Gitti unterhalten«, sagte er. »Und ich habe sie auf dem Friedhof beobachtet. Sie scheint glücklich zu sein. Sie tanzt und pflegt Gräber. Sie kommt mir irgendwie … befreit vor.«

Er lehnte sich zurück, der Blick klar und ernst, die hohe Stirn voller Gedanken. Ein Raubvogel, der über seiner Beute kreiste.

Amalia bewunderte ihn, blendete die Kommentare Freeses aus.

»Sie kümmert sich sogar um das Grab Richard Gröbens, des vielleicht reichsten Kölners, der hier in den vergangenen Tagen begraben wurde«, fuhr Konrad fort. »Sie pflegt es, obwohl viele sie von dort am liebsten vertreiben würden.«

Er hielt Ose Schumann und Cornelius Walterscheid in seinem Blick gefangen. Ose zitterte, kaum merklich. Und Cornelius Walterscheid war noch ein bisschen blasser geworden.

»Der Kommissar hat mir neulich ein Foto gezeigt«, sagte Konrad. »Ein Foto Ihres Bruders, Herr Walterscheid. Oliver Hoffmann, für den sich sowohl die Behörden hier als auch die kriminellen Clans Kolumbiens interessieren. Das Foto war ein ziemlich neues – und ein ziemlich gutes.«

Wieder schwieg er. Sein Herz klopfte schneller. Das ging auch Martin und Amalia so. Aufgeregt waren aber vor allem Ose Schumann und Cornelius Walterscheid.

Konrad fuhr fort:

»Er sieht jemandem ähnlich, den wir alle kennen. Der spurlos verschwunden ist. Es ist Joschi. Der zusammen mit Oma Gitti, Paul und Bernadette am Westende des Friedhofs lebte. Der sich in den Wochen vor seinem Verschwinden häufiger mit Ihnen, Herr Walterscheid, getroffen hat.«

Cornelius Walterscheid rang mit sich. Und Ose Schumann war den Tränen nahe. Konrad ließ die Worte sacken, setzte dann nach:

»Oma Gitti hat in den vergangenen Tagen mehrfach behauptet, Joschi sei zurück. Ich glaube, sie war sehr in Sorge um ihn. Ich frage mich, was Sie mit ihm besprochen haben, Herr Walterscheid. Paul und Bernadette konnten mir das nicht beantworten. Es scheint ein Geheimnis zwischen Ihnen und Joschi zu geben.«

Cornelius Walterscheid nestelte an seinem zu engen Hemdkragen herum. Er und Ose blickten sich beinahe panisch an.

»Joschi ist tot«, sagte Konrad. »Oma Gitti weiß es schon lange. Für Oma Gitti ist der Tod nicht das Ende. Sie ist froh, dass Joschi zurück ist. Sie lebt in einem Reich, in dem der Tod nur einen kleinen Raum einnimmt. Oma Gitti kennt mehr von der Welt als wir alle zusammen.«

Dem stimmte sogar Martin zu.

»Es wäre Zeit für ein Geständnis«, sagte Konrad. »In der Nacht, als die beiden Killer die Leiche ausgegraben haben, haben Sie alles beobachtet. Sie haben nicht gedacht, dass in dem Grab die Leiche Ihres Bruders liegt. Sie haben mit einem anderen Toten gerechnet!«

Kommissar Rehbein war baff.

Konrad beugte sich vor.

»Bei dem Toten im Grab hätte es sich um Joschi handeln sollen. Joschi, der Ihrem Bruder, Oliver Hoffmann, verdammt ähnlich sah. Der, auch wenn er möglicherweise eines natürlichen Todes gestorben ist, von Ihnen ausgenutzt wurde. Den Sie letztlich auf dem Gewissen haben.«

Nun konnte Ose Schumann die Tränen nicht mehr zurückhalten. Cornelius Walterscheid sank endgültig in sich zusammen. Sie gaben auf. Sie brachen ihr Schweigen:

»Nein«, sagte Ose mit schwacher Stimme. »So war es nicht. Es war ...«, sie sah Walterscheid an. Der nickte nur. »Wir haben keinen Ausweg mehr gesehen. Oliver, Cornelius' Bruder, hat uns Jahr um Jahr unter Druck gesetzt, hat Geld aus dem Geschäft erpresst. Er war der Besitzer des Geschäfts. Er hatte immer wieder Probleme mit der kolumbianischen Unterwelt. Mit Leuten, die das Edelsteingeschäft des Landes beherrschen. Oliver hatte ein ertragreiches Lager von Smaragden entdeckt. Im Gebiet von Muzo, nördlich von Bogotá. Auf dem Besitz einer der Familien, die dafür sorgen, dass die Hälfte der Wirtschaft Kolumbiens in Korruption versinkt. Oliver hat uns angefleht, ihm noch einmal zu helfen.«

»Und bedroht«, fügte Walterscheid hinzu.

»Ja«, sagte Ose. »Wenn wir die Smaragde schleifen, den Marktwert erhöhen und die Steine legal verkaufen, könnten wir uns aus allem freikaufen. Sonst ...«

Cornelius Walterscheid lachte gequält.

»Und ich habe ihm geglaubt. Ich Esel. Wie oft hatte er mich, hatte er uns schon enttäuscht. Das Geschäft ist hoch verschuldet. Weil Oliver ein solcher Gierhals war.«

»Oliver sagte, wir sollten jemanden zu ihm schicken, der bereit wäre, Rohsmaragde zu schmuggeln«, sagte Ose.

»Und da sind Sie ausgerechnet auf Joschi gekommen?«, fragte der Kommissar.

»Ja«, sagte Walterscheid. »Ich hatte immer wieder mit Joschi gesprochen. Ich wollte ihm und den Fröbelingern helfen. Ich habe gedacht, wir machen ein Geschäft. Die Schulden des Ladens werden beglichen, und die Fröbelinger können sich mit Joschis Hilfe eine neue Existenz aufbauen.«

»Wir haben geträumt«, sagte Ose.

Ose träumte schon lange. Konrad verstand.

»Joschi war Chemiker, bevor er ins Straucheln geriet«, sage Walterscheid. »Zuckerchemie. Er war ein gebildeter Mensch. Eine Seele. Aber diese Seele ist abgestürzt. Joschi verstand viel mehr von den kriminellen Machenschaften, auf die ich mich einließ, als ich selber. Vor vielen Jahren war er Abteilungsleiter bei den chemischen Fabriken der Gröben-Werke AG. Dieser verdammte Konzern. Ein Unglücksfall ist ihm zum Verhängnis geworden. Ein enger Mitarbeiter kam bei einem Arbeitsunfall ums Leben. Joschi – Joseph, so heißt er – hat sich diese Sache so sehr zu Herzen genommen, dass die Geschäftsleitung des Betriebs die Möglichkeit sah, ihn für den Unglücksfall verantwortlich zu machen. Er hat alles verloren. Er hat sich nicht gewehrt. Er hätte es können. Es war nicht seine Schuld. Es waren die mangelhaften Arbeitsschutzbestimmungen. Es waren die für den Arbeitsschutz Verantwortlichen. Aber Joschi nahm die Last auf sich. Und dann hat er den Boden unter den Füßen verloren.«

»Doch plötzlich sah er die Möglichkeit, allen, mit denen er die vergangenen Jahre zusammen verbracht hatte, seinen Freunden aus Fröbelingen und auch den Obdachlosen vom Südfriedhof, etwas Gutes zu tun. Zu helfen. Ihnen die Chance auf einen Neuanfang zu geben.«

»Joschi hat sich bereit erklärt, die Rohsmaragde von Kolumbien nach Köln zu schmuggeln«, sagte der Juwelier.

»Und auf dem Flug ist er gestorben«, sagte Konrad.

Walterscheid nickte. »Kilian Geyer, mit dem ich Kontakt aufgenommen hatte, sollte ihn vom Frankfurter Flughafen abholen. Geyer hatte vor zwanzig Jahren eine Ausbildung bei mir gemacht. Er hatte mich damals bestohlen. Ich habe ihn rausgeworfen. Aber ...«

»Du hast ein zu gutes Herz«, unterbrach ihn Ose. Walterscheid seufzte.

»Ich wusste mir nicht anders zu helfen«, sagte er. »Die Sache wuchs mir über den Kopf. Geyer hatte schon immer wenig Skrupel. Er hatte mich damals bestohlen, und ich habe die Beweise gegen ihn aufbewahrt, habe sie nie der Polizei gegeben. Deshalb habe ich geglaubt, er würde mich nicht hintergehen. Er sollte Joschi in Frankfurt abholen, ihn nach Köln bringen, und dann ... die Juwelen würden auf natürlichem Weg wieder ans Tageslicht kommen. Ich hätte die Steine geschliffen. Oliver hätte sie verkaufen können, und wir hätten vom Erlös ... ach, verdammt.«

Er verstummte.

»Joschi ist gestorben«, sagte Konrad. »Zwei Killer waren ihm auf den Fersen. Sind mit derselben Maschine gekommen. Die beiden waren seit Joschis Tod hinter den Smaragden her. Und Kilian Geyer?«

»Der ist in die Rechtsmedizin eingedrungen. Hat versucht, die Leiche zu finden. Er hatte ja Medizin studiert, sogar in der Rechtsmedizin gearbeitet.«

»Jemandem den Bauch aufschneiden. Die Steine herausholen. Makaber. Und würdelos«, sagte Konrad. Ose Schumann und Cornelius Walterscheid blickten betreten zu Boden.

»Ja«, sagte Cornelius. »So war es. Ich weiß nicht, ob Kilian oder einer der beiden Killer den Pförtner umgebracht haben. Ich habe nur die Version von Kilian. Jedenfalls habe ich die Kontrolle verloren, als Kilian am Morgen anrief und sagte, er müsse mit mir sprechen. Er behauptete, die Sache sei schiefgegangen. Zwei Männer hätten ihn überrascht. Als sie den Pförtner umbrachten, habe er in aller Hast die Leiche meines Bruders in einem Kühlfach versteckt. Die Nummer kenne nur er, und wenn ich ihm nicht …«

»Er wollte eine Million. Die hatte Cornelius aber nicht!«, sagte Ose.

»Wir gerieten in Streit. Ich habe rotgesehen. Ich habe …«

»*Wir*«, unterbrach Ose.

»Nein«, sagte Cornelius. »Ich. Ich habe die Kontrolle verloren und nach dem nächstbesten Gegenstand gegriffen, der sich anbot.«

»Der Ringriegel«, sagte der Kommissar.

»Ich wollte Kilian außer Gefecht setzen.«

»Der Stich ging genau ins Auge. Sauber.«

Der Kommissar nickte.

Ose Schumann und Cornelius Walterscheid schwiegen.

»Und niemand wusste nun, wo Joschi, der Tote mit den Smaragden im Bauch, lag«, schlussfolgerte Konrad.

»Niemand«, sagte Walterscheid.

»Tja, in der Rechtsmedizin haben sie, insbesondere nach dem zweiten Einbruch, alles zu vertuschen versucht«, sagte der Kommissar. »Der ermordete Pförtner war in ein defektes Kühlfach geschoben worden. Und die Leiche, die man für den verstorbenen Oliver Hoffmann hielt, kam in ein weiteres Kühlfach. In dem vermutlich schon jemand anders lag. Jemand, der nicht mehr seziert werden würde. Sonst hätte man die Smaragde ja tatsächlich in der Rechtsmedizin gefunden. Aber weshalb benutzte Joschi die Identität Hoffmanns?«

Walterscheid holte tief Luft:

»Mein Bruder ist ein Verbrecher«, sagte er. »Als Joschi zu ihm kam, war überhaupt nicht die Rede davon, dass er unter Olivers Namen, mit Olivers Papieren zurückreisen sollte. Aber ...«

»Aber Ihr Bruder hat zu seiner großen Überraschung festgestellt, dass ihm Joschi wie aus dem Gesicht geschnitten ähnelte.«

Konrads Stimme ließ Walterscheid zusammenzucken. Der Kommissar stieß einen Pfiff aus.

»Ja«, sagte Walterscheid, »Ich habe das so nicht geahnt. Ich hatte Oliver über zwanzig Jahre nicht gesehen. Wir kommunizierten ausschließlich per Mail und Telefon. Sonst nichts. Ja, er sah Joschi sehr ähnlich.«

»Und dann hat Ihr Bruder Joschi in Todesgefahr gebracht«, fuhr Konrad fort. »Die Unterwelt war Ihrem Bruder auf den Fersen. Er wusste um die Gefahren für sein Leben und das desjenigen, der die Juwelen nach Deutschland brachte. Da hat er Joschi überredet oder bestochen, sich für ihn auszugeben und die Reise mit seinen Papieren anzutreten.«

»Ja«, sagte Walterscheid.

»Joschi hat die Aufregung nicht verkraftet. Er hat, weil er körperlich ohnehin geschwächt war, einen Herzinfarkt erlitten.«

»Ja.«

»Wir haben uns nicht zu helfen gewusst«, rief Ose verzweifelt. »Die Juwelen … Wir waren völlig verschuldet. Wir haben die Konsequenzen nicht gesehen.«

»Mein Bruder ist abgetaucht«, fuhr Walterscheid fort. »Er gilt nun als tot. Er hat das Beste aus der Situation gemacht. Ist einfach von der Bildfläche verschwunden.«

Konrad und der Kommissar nickten. Martin blickte den noch kommenden Enthüllungen gespannt entgegen. Denn er wusste, dass noch immer nicht alles aufgedeckt war.

»Obwohl alles verloren war und Joschi auf so schreckliche Weise hat sterben müssen, haben Sie nicht aufgegeben«, sagte Konrad mit eisiger Stimme. Er blickte zu Ose Schumann.

»Sie haben sich in der Nacht zum Sonntag auf dem Friedhof auf die Lauer gelegt. Mit einer Pistole aus dem Bestand der Bundeswehr, einer Walther P1, Baujahr 1973. Sie haben vermutet, dass die beiden Killer den Toten aufschneiden würden, um die Smaragde aus dem Bauch zu holen. Sie hätten Joschi vor dieser Schändung nicht bewahrt. Alles nur wegen Geld.«

»Ja«, flüsterte Ose. »Es war ein Fehler. Ja.«

»Aber die Juwelen, die Smaragde, befanden sich gar nicht in diesem Körper«, sagte Konrad. Martin hielt es vor Ungeduld kaum noch aus. Konrad sprach weiter: »Dennoch haben Sie die beiden Männer erschossen.«

»Ich musste es tun«, sagte Ose. »Sonst hätten sie Cornelius umgebracht!«

Sie sah zum Juwelier mit einem Blick, der ihre über dreißig Jahre währende innige Verbindung verriet.

Konrad überging das für ihn nebensächliche Geständnis.

»Wenn die Leiche, die dort lag, die Smaragde nicht enthielt«, bohrte er weiter, »dann konnte das nur zwei Gründe haben: Entweder die Juwelen waren bereits aus dem Bauch herausgeschnitten worden oder bei dem Toten handelte es sich nicht um Joschi. Nun? Es war nicht Joschi, nicht wahr?«

»Teufel«, sagte der Kommissar. Martin grinste.

»Martin!«, mahnte seine Mutter jenseits des Spiegels.

»Nein«, sagte Ose schwach. »Ich war geschockt. Es war ein Fremder. Ich habe wirklich keine Ahnung, wer der Mann war. Es war nicht Joschi. Ich habe sofort gedacht, dass man uns in der Rechtsmedizin betrogen hatte.«

»Nach den Schüssen haben Sie sich versteckt, vermutlich in Ihrem Bunker«, warf der Kommissar ein, »bis die Polizei abzog. Dabei haben Sie Benedikt Weiss entführt und …«

KLICK!

»Och nein, Kassette zu Ende. Gott, diese vorsintflutliche Technik in der Behörde. Und natürlich keine Ersatzkassette. Na, dann eben auf die alte Weise.«

Rehbein machte sich Notizen. Während er schrieb sprach er weiter:

»Interessanterweise ist dieser Leichnam gleich nach der Untersuchung auf Drogen, die negativ ausfiel, wieder unter die Erde gebracht worden. Schon am späten Montag. Dort, wo er einen halben Tag zuvor ausgegraben worden war. Da scheint jemand von ganz oben kein Interesse an weiteren Untersuchungen gehabt zu haben.« Rehbein seufzte und fügte ein »Zu gern wüsste ich, wer und was dahintersteckt«, hinzu.

Martins Moment war gekommen:

»Vielleicht kann ich das Geheimnis lüften«, sagte er.

»Sherlock?«

Kommissar Rehbein warf ihm einen erstaunten Blick zu. Konrad lächelte, hatte selbst eine Vermutung. Und jenseits der Verhörscheibe ballte Amalia Schmitz die Fäuste. Sie feuerte ihren Sohn an. Jan-Philipp Freese hätte sicherlich einen unpassenden Kommentar gehabt, er war aber eben raus, um sich in der Cafeteria zwei Mettbrötchen zu holen. Er verpasste Entscheidendes, als Martin loslegte:

»Ich vermute, der Tote in diesem Grab war Richard Gröben senior. Ich hatte gestern und heute interessante Gespräche mit Rochus Gröben, dem Neffen. Das muss jetzt unter uns bleiben, weil mir Gröben sonst die Mafia auf den Hals hetzt, aber in der Nacht der Morde war auch Rochus auf dem Friedhof. Er hat seinen Großvater gesehen. Rochus muss schwer betrunken gewesen sein und glaubt nun, eine höhere Macht bestrafe ihn für seine Sünden. Ich will ihm den Glauben nicht nehmen, weil er mich nun in Ruhe lässt. Aber bei allem, was hier heute schon gestanden wurde und unter Berücksichtigung meiner eigenen Recherchen halte ich Folgendes für belegt: Richard Gröben senior hat in der Rechtsmedizin gelegen. Es gab in der Familie Gröben – Rochus war da sehr mitteilsam – schon lange Streit um das Erbe. Und weil die eine Seite der Familie der anderen Seite nur das Schlimmste zutraut, steigerte sich das bis zum Mordvorwurf. Ergo landete der alte Gröben in der Rechtsmedizin. Er sollte obduziert werden, weil die eine Seite der Familie der anderen vorwarf, den Mann vergiftet zu haben. Als dann ein Skandal daraus zu entstehen drohte, wurde die Sache doch noch abgeblasen. Mithilfe des Oberstaatsanwalts. Die einflussreiche Familie einigte sich und Richard Gröben senior sollte ganz normal unter die Erde kommen. Als es so weit war, lag er noch in seinem Kühlfach. Dann kam die Nacht der Morde. Daraufhin lag nicht mehr Gröben, sondern Joschi in dem Fach – und Gröben wurde, als Toter aus dem Flieger, seziert.«

Amalia war fassungslos vor Stolz.

Konrad nickte anerkennend.

Und der Kommissar:

»Donnerwetter. Respekt, Sherlock!«

Heribert Rehbein versuchte sich mit Martin an einem *Give me Five*.

»Und jetzt«, sagte er, »nach der zweiten Sektion Gröbens, nachdem die Leiche ausgegraben, von Leichenschändern verstümmelt und von Wildtieren angefressen worden ist, jetzt schließt die Behörde die Akten des Falles endgültig.«

»Na klar«, sagte Martin. »Den steinreichen Gröbens ist es doch egal, wo der Alte liegt. Solange nur jeder denkt, dass es sich um Richard Gröben senior handelt. Im Grab an der Millionenallee jedenfalls liegt Joschi. In einer prächtigen Gruft. Mit den Smaragden. Von denen die Gröbens nichts wissen.«

Alle nickten.

»Man könnte jetzt natürlich hingehen, das Grab öffnen lassen, Joschis Leichnam aufschneiden und …«

»Nein!«, rief Ose. »Nein, es ist genug.«

»Mehr als genug«, ergänzte Walterscheid.

»Wir haben uns schuldig gemacht. Cornelius und ich«, sagte Ose. »Ich habe jahrzehntelang für die Armen der Welt gekämpft. Wir hätten es nie so weit kommen lassen dürfen, dass Joschi sein Leben für uns, für Geld, aufs Spiel setzt. Ich fühle mich schuldig.«

»*Wir* fühlen uns schuldig«, sagte Cornelius Walterscheid.

Als das Verhör beendet war, kehrte Jan-Philipp Freese aus der Kantine zurück. In Abänderung seiner Anmachstrategie erkundigte er sich bei Amalia Schmitz, ob er was Wichtiges verpasste habe.

»Eigentlich nicht«, sagte Amalia.

»Auch eins?«, Freese hielt ihr eines der beiden Mitbringsel aus der Kantine hin.

»Nein danke«, sagte Amalia, vor dem Zwiebelduft zurückweichend. »Da, ähm, da drinnen ging es gerade wieder um die Leichenschändung.«

»Verstehe«, brummelte Freese und biss genüsslich in das erste Mettbrötchen.

Amalia wandte sich wieder der Sichtscheibe zu und fühlte ein wachsendes, warmes Gefühl von Stolz auf Martin – und auf Konrad.

Am Abend, nach dem Verhör und den Geständnissen, besuchte Kommissar Rehbein das Grab seiner Mutter. Er setzte sich auf die Parkbank und dachte nach. Dann ging er Wasser holen, goss das Beet und folgte den Weisungen Käthes, die ihn auf vergessene Stellen hinwies. Anschließend brachte er die Gießkanne zurück und nahm Abschied.

»Bis morgen, Mama«, sagte er.

Käthe hielt ihn zurück. Sie hatte ihm noch was zu sagen.

»Ich glaube, du hast recht, Mama«, sagte der Kommissar, als er schließlich ging. Niemand außer Konrad, Martin, Ose Schumacher, Cornelius Walterscheid und Amalia Schmitz wusste von den Smaragden. Freese jedenfalls wusste nichts. Das hatte ihm Amalia, Martins Mutter, verraten.

Heribert Rehbein grinste.

Freese hatte Mettbrötchen geholt. Im entscheidenden Moment.

Typisch, dachte der Kommissar. Und er selbst hatte seine Aufzeichnungen, seine Bleistiftnotizen, umformuliert. Der Kassettenrekorder war ja ausgefallen.

Er schlenderte über die Millionenallee, kam am Grab von Richard Gröben senior vorbei. Ein wirklich prächtiges Grab. Oma Gitti legte Blumen darauf. Er grüßte sie. Dann ging er weiter.

Joschi, dachte der Kommissar. *Het jröne Hetz vun Kölle.*

Das grüne Herz von Köln.

Oma Gitti tanzte.

EPILOG

»Konrad«, sagte Martin am Tag darauf. Es war Mittwoch, der 12. September. Die Sonne glühte. Erneut ein prächtiger Tag. Sie trafen sich wieder einmal auf dem Friedhof. Am verschwundenen Grab von Theodor Schlagowski. Martins Unterricht war vorbei und Rochus Gröben hatte weiterhin auf Mobbingmaßnahmen verzichtet. Die Welt war in Ordnung und Konrad und Martin hatten sich begrüßt.

Martin aber wollte etwas loswerden. Etwas Wichtiges.

»Ja«, sagte Konrad.

»Es geht um den Schädel. Die junge Frau.«

»Ah ja?« Konrad horchte auf.

»Du hast ja den Großteil der Mordfälle um die Rechtsmedizin und Kilian Geyer gelöst.«

»Na ja«, sagte Konrad, »du warst doch mindestens zur Hälfte beteiligt. Ohne dich wäre da nichts gelaufen. Der Kommissar nennt dich nicht ohne Grund Sherlock Holmes.«

»Das ist nett von ihm«, sagte Martin. »Aber die Frau. Der Schädel.«

»Ja?«, wiederholte Konrad.

»Du hast gesagt, die Aufzeichnungen von Käthe Rehbein würden enden, weil die Unterlagen wegen Bombenangriffen und Bränden verschwunden oder zerstört waren. Im Herbst 1944, nach über 200 Luftangriffen, die zuvor stattgefunden hatten. Hast du gesagt.«

»Phänomenales Gedächtnis. So ist es. Um genau zu sein, am 30. Oktober 1944.«

»Dann hör gut zu«, sagte Martin. »Als ich nämlich in den Bunkertunneln war, habe ich, als ich Ose gefunden hatte ...«

Konrads Augen wurden größer.

»Sag nicht, dass du ...«

»Doch«, triumphierte Martin. »Da unten, wo sich Ose verschanzt hatte, standen Aktenschränke. Mit vermutlich dem gesamten Schriftverkehr des Friedhofs oder der Verwaltung in den Kriegsjahren zwischen 1942 und 1944.«

»Das darf jetzt nicht wahr sein.«

»Ich kann es auch nicht glauben. Aber versetz dich mal in die Seelenlage der Verwaltung.«

Konrad überlegte. Ein Land unter Bombenteppichen. Ein Bunkersystem, in das man Akten, wichtige Aufzeichnungen verbringen konnte. Ein Land, das so versessen auf Ordnung war wie Deutschland oder das verdammte deutsche Nazireich.

»Wahnsinn«, sagte Konrad.

»Ich weiß, wo es langgeht«, sagte Martin.

»Dann nichts wie los.«

Konrad holte seinen Schattenhabicht, und Martin holte sich eine Maglite, die er sich vor einiger Zeit mal im Netz bestellt hatte. Sie machten sich auf, stiegen hinab in den Bunker. Konrad folgte Martin, der sich den Weg gemerkt hatte.

Und sie fanden tatsächlich jenes Schreiben, das im Oktober 1944 an die Friedhofsverwaltung Melaten gegangen war. Es besagte, dass man nach langen, komplizierten polizeilichen Ermittlungen zu folgendem Schluss gekommen war: Theodor Schlagowski, ehemals Eigentümer der Schlagowski-Werke, habe einige Jahre vor seinem eigenen Tod eine junge Frau, Dorothea Mühlens, die er geschwängert hatte, umgebracht. Irgendwann Anfang 1913. Man sei auf Dokumente des Bestatters Schlagowskis gestoßen, der von dem Mord gewusst habe, aber wohl erpresst worden war, die Informationen nicht der Polizei zu übergeben. Der Mann sei unter mysteriösen Umständen gestorben, möglicherweise umgebracht worden. Auch in dieser Sache müsse man weiterermitteln. Was nun die junge Frau betreffe: Man vermute die Überreste der Getöteten unter dem Grab des Täters. Deshalb ordne die Polizeibehörde nun eine Exhumierung an. Gezeichnet …

Und dann kamen die Bomben.

Konrad war bleich geworden.

Dorothea Mühlens war tot. Sie hatten es schwarz auf weiß.

Sie war das Mordopfer von Theodor Schlagowski. Dem Mann, dem Richard Gröbens der Allererste, Redakteur der *Kölnischen Zeitung*, auf die Schliche gekommen war. Der sich hatte korrumpieren lassen. Der sich, statt den Fall aufzuklären, zum Erpresser gewandelt, den Bestatter umgebracht hatte, sich in die Geschäftsleitung der Fabriken Schlagowskis gemogelt und schließlich alles übernommen hatte.

Dorothea Mühlens war vergessen worden. Niemanden hatte es interessiert. Knochen unterhalb der Knochen jenes Mannes, der sie ermordet hatte.

Sie hatte ein Kind gehabt. Hatte es überlebt? War es ebenfalls umgebracht worden? Oder war Dorothea Mühlens als Schwangere getötet worden?

»Weißt du was«, sagte Martin. »Wir bestatten den Schädel der Frau. Und den Oberschenkelknochen. Und was wir sonst noch von ihr gefunden haben. Das sind wir ihr schuldig. Ein eigenes, würdiges Grab.«

»Du hast recht. Aber wo?«, fragte Konrad.

»Ich habe ein Grab geschenkt bekommen«, sagte Martin. »Von jemandem, der langsam zu Verstand kommt.«

Konrad grinste. »Du bist echt ne Marke!«

»Wir beide«, sagte Martin. »Wir sind eine ganz großartige Marke. *Leise & Verschmitzt.* Nicht vergessen. Mama würde dich übrigens gern einladen. Samstag, ab dem frühen Nachmittag. Ich werde diesmal leider keine Zeit haben.«

Martin grinste und Konrad lachte laut auf.

Auf dem Friedhof spitzte Fuchs Socke die Ohren.

Kehrte hier denn niemals Ruhe ein?

ENDE

DANKSAGUNG

Der Melaten-Friedhof, diese wunderbare Ruhezone mitten in Köln, hat mein Herz gewonnen, und ich beginne schon in einer Art und Weise über meine Zukunft nachzudenken, die ich bisher von mir nicht kannte. Viele Menschen, die den Melaten-Friedhof sehr viel besser kennen als ich, haben mir geholfen, einen Blick für den Friedhof zu entwickeln. Der Leiter des Friedhofs, Jürgen Zach, vom Amt für Landschaftspflege und Grünflächen der Stadt Köln, hat mir vieles erklärt und mich Einblick nehmen lassen in detaillierte Unterlagen der Parkpflege. Das waren und sind mir unschätzbar wichtige Hilfen für die Beschreibung des nahezu himmlischen Grüns. Claus Walter und Jana Romero vom NABU Stadtverband Köln, wunderbare Naturschützer und Kenner der Pflanzen und Tiere auf Melaten, haben mir die Biotope Melatens nahegebracht. Wenn ich in meinen Beschreibungen Fehler gemacht habe, dann sind sie Folge meiner Dummheit oder sie stammen aus meiner manchmal schwer zu bändigenden Lust am Weiterspinnen von Handlungsfäden. Der musste die Realität hier und da angepasst werden – und manche Örtlichkeit, manche Organisation in Köln-Lindenthal ist reine Erfindung. So danke ich Frau Dr. Susanne Franke vom Förderverein

Melaten u. a. für den wichtigen Hinweis zu Bunkeranlagen unter dem Friedhof. Insbesondere hier ging die Fantasie mit mir durch. Der Bunker ist sehr viel kleiner als von mir beschrieben. Ich hoffe, die Dramatik der so entstandenen Handlung gleicht den Schaden an der Wahrheit wieder aus. Mein Dank gilt auch Friedhelm Sarling, einem wahren Freund und Kenner Kölns, der mir – er weiß, wie ich das meine – den Haupteingang zum Friedhof aufgeschlossen hat.

Hier und dort tragen die Charaktere des Buchs Anspielungen auf reale Personen. Bei wem immer ich das getan habe, sind diese Anspielungen freundlich und herzlich gemeint. Alle bösartigen Charaktere sind freie Erfindungen.

Last but not least möchte ich dem Team des Heyne-Verlages danken: Oskar Rauch, der schon weitergezogen ist, die Buchidee damals aber prima fand und sie in den Verlag gebracht hat, Anna Baubin und Michelle Stöger vom Lektorat und all denjenigen aus dem großen Verlagshaus, die dafür sorgen, dass dieses Buch hoffentlich nicht schwer wie ein Grabstein im Auslieferungslager liegen bleibt. Tja, und den Buchhändlerinnen und Buchhändlern, die das Buch dann hoffentlich zu einem leicht verkäuflichen machen, danke ich ebenfalls: Ihr alle seid meine guten Engel!

Herzlichst
Thomas Krüger